Alban Stolz, Joseph M. Hägele

Zuchthausgeschichten von einem ehemaligen Züchtling

Erster Teil

Alban Stolz, Joseph M. Hägele

Zuchthausgeschichten von einem ehemaligen Züchtling
Erster Teil

ISBN/EAN: 9783337353780

Hergestellt in Europa, USA, Kanada, Australien, Japan

Cover: Foto ©Andreas Hilbeck / pixelio.de

Weitere Bücher finden Sie auf **www.hansebooks.com**

Zuchthausgeschichten
von
einem ehemaligen Züchtling

von Joseph M. Hägele

Mit einem Vorwort
von
Dr. Alban Stolz
Professor an der Universität zu Freiburg.

Erster Theil

Inhalt:

Münster, 1853.

[ ] Korrektur von Satzfehlern / correction of typos

Vorwort

Ich bin gebeten worden, dem Verfasser dieser Zuchthausgeschichten einen Verleger zu verschaffen; der Verleger wünschte dazu ein Vorwort von mir. Ich gebe es gern; ich hoffe dadurch nicht nur dem jungen Manne, den Gott durch Verirrung und Unglück hindurch zum wahren Glück, zum überzeugungsfesten Christenthum geführt hat, nützlich zu sein, sondern auch den Lesern, welche etwa durch meinen bekanntern Namen veranlaßt werden dieses

Buch zur Hand zu nehmen.

Man hat viel Geschrei gemacht mit den Schwarzwälder Geschichten von Auerbach. Es wäre nicht nothwendig gewesen. Auerbach ist kein Schwarzwälder, er ist ein Jude. Ein Jude wird nämlich niemals ein Schwarzwälder, selbst wenn seine Vorfahren gleich nach der Zerstörung Jerusalems an den Feldberg oder nach Todtnau gezogen und sich niedergelassen hätten. Eben deßhalb mag Auerbach immerhin äußere Vorkommnisse auf dem Schwarzwald beschreiben; wenn er aber von dem Denken und Fühlen des Schwarzwälders reden will, so muß er dieses aus seiner Phantasie nehmen, welche aber keine Schwarzwälder Natur, sondern die eines jüdischen Literaten hat. Man hat, so will es mir scheinen, Auerbach besonders da viel gepriesen und gelesen, wo man blos unterhaltende Lektüre wollte und das tägliche Futter, die Romanenliebeleien im Schwarzwälder Bauernrock neu und pikant fand; auch mag mancher Posaunenbläser des Literaturmarktes den Meister Auerbach deßhalb gepriesen haben, weil er das Verdienst hat kein Christ zu sein.

Die Zuchthausgeschichten, welche hier vorliegen, halte ich für besser als Auerbachs Dorfgeschichten. Der Stoff ist wahr, und die kräftige Durchführung kommt aus einem Schwarzwälder Naturell und aus einer Seele, die selbst Schweres durchgemacht hat; es ist aber überhaupt eine viel interessantere und nützlichere Lektüre für einen geistiggesunden Menschen die Darstellung, wie Gottes Wege und die Wege des Menschen, wie große Sünde und großes Unglück in einandergreifen, als was ein Literat lustig zusammenphantasirt hat. Ich hoffe, daß die Leser sich nicht stoßen werden an manchen Derbheiten; der Verfasser konnte nicht Alle umgehen, wenn er lebensgetreu schildern sollte; und es scheint mir eigentlich nur eine sittliche

Kränklichkeit, wenn man alsbald Aergerniß nehmen zu müssen glaubt, wo Wort und That des rohern verkommnern Menschen unverhüllt mitgetheilt werden.

Nicht minder beachtenswerth ist diese Schrift aber auch bezüglich des stets noch unentschiedenen Streites, ob Zellengefängniß oder gemeinsame Haft in Zuchthäusern den Vorzug verdienen. In dieser Frage wird es wohl keinen competentern Schiedsrichter geben, als den, der nicht aus Büchern und kopfloser Sentimentalität spricht, sondern selbst die Sache durchgelebt hat, wie der Verfasser dieser Zuchthausgeschichten. Ich habe außer dem, was mein Klient aus eigener Erfahrung darthut, auch noch ein anderes Tagbuch eines gebildeten Zellengefangenen gelesen, der seine nach der Entlassung erprobte Bekehrung gleichfalls der Einzelhaft zuschreibt. Nun reducirt sich zuletzt der Streit darauf: Die Einzelhaft ist drückender und führt zuweilen selbst zur Verrücktheit; hingegen kann bei der Einzelhaft viel regelmäßiger auf Bekehrung gerechnet werden, als bei gemeinsamer Haft, ja diese ist in der Regel der Anlaß zu gründlicherer sittlicher Verwüstung, so daß wer mit *einem* Teufel ins Zuchthaus kömmt, oft mit sieben hinausgeht. Ein Christ, der dieses weiß, kann nicht in Zweifel sein, was vorzuziehen ist. Wenn man die Eierschalen gelehrter Bücher abgestreift hat und auf eigenen Füßen geht, so wird man letztlich nicht dafür halten, daß um eine mögliche Geistesstörung zu vermeiden lieber der Verbrecher im Morast schlechter Kameradschaft belassen werden müsse. Alle Formen des Wahnsinns sind Krankheiten der Grenzorgane zwischen Geist und Leib; sie binden allerdings den Geist und suspendiren denselben in seiner bestimmungsgemäßen Entwicklung, wie solches auch im Schlaf oder schlimmer in der Betrunkenheit geschieht. Der Wahnsinn ist daher nur ein langer Traum, eine moralische Pause, daher ein unendlich geringeres Unglück, christlich aufgefaßt, als ein bewußtes Leben in der Sünde. Hingegen ist die einzige Krankheit des Geistes selbst Irrthum und Sünde; Erlösung davon kommt oft vor in der Einzelhaft, in der gemeinsamen hingegen häufiger Verschlimmerung. Wer deßhalb, weil in seltenen Fällen Wahnsinn in der Zelle ausbricht, der verderblichen Verbrecher-Kameradschaft den Vorzug gibt, der zeichnet sich selbst damit: er ist ein Mensch, welchem zugestanden oder unbewußt das sinnliche weltliche Wohlsein mehr gilt, als die höchste Bestimmung des Menschen.

Ich wünschte, daß diese Schrift in Norddeutschland erscheine; die darin erzählten Vorkommnisse und Schilderungen sind dort mehrfach neu und fremd, während sie uns etwas Bekannteres sind. Hoffentlich wird man in Westphalen für solche wahre Geschichten aus einem fern gelegenen und doch verwandten Volksstamme wenigstens so viel Interesse haben, als für die mysteres de Paris und andere aus fremden Sprachen übersetzte Verbrecherromane, wie sie sonst der teutsche Michel liebt.

Freiburg am Tag des h. Mansuetus 1853.

Alban Stolz.

Meine Vorgeschichte

Wenn ein ehemaliger Züchtling sich unterfängt, als Schriftsteller, und zudem als katholischer, auftreten zu wollen, so möchte es am Platze sein, daß er zunächst ein Wörtlein über seine Person fallen läßt.

Zwar hat ein hochgeachteter und berühmter katholischer Schriftsteller sich meiner angenommen, mir eine Vorrede geschrieben und mir einen Verleger für die Zuchthausgeschichten verschafft, und in dieser Thatsache möchte für die Schrift und wohl auch für meine Person genügende Empfehlung lieden [liegen]; aber ein Zuchthaus ist kein Haus der Ehren, sondern ger [der] Sünde und Schmach, und ein ehemaliger Zuchthäusler, welcher die Religion und Kirche vertheidigen und verherrlichen helfen möchte, kommt namentlich heutzutage gar leicht in Gefahr, mißtrauisch angesehen und schief beurtheilt zu werden und durch öffentliches Auftreten einer großen heiligen Sache eher zu schaden als zu nützen.

Ich rede ungern von meiner Person, könnte sogar in den Verdacht gerathen, als ob ich meine zuchthäuslerische Wenigkeit sonderlich rechtfertigen, empfehlen und verherrlichen wolle; allein die Ehre der katholischen Kirche, der Inhalt dieser Schrift und wohl auch die gegenwärtigen Zeitumstände scheinen es mir anzubefehlen, zunächst Einiges über mich und noch mehr über den Standpunkt, welchen ich im Allgemeinen und in dieser Schrift insbesondere einnehme, verlauten zu lassen.

Meine eigene Geschichte ist eine Zuchthausgeschichte, deßhalb mag Einiges aus meinem äußern Leben und meiner innern Entwicklung die Vorgeschichte dieser Geschichten bilden.

Aus meinem wechselreichen und oft wildbewegten Jugendleben hebe ich nur hervor, daß ich zahlreiche Beweise und deßhalb auch Grund besitze, mit Freude und Stolz auf dasselbe zurückzublicken, insofern sich der Mensch über seine äußere ehrenhafte Haltung und redliches Streben nach Kenntnissen freuen und darauf auch als Christenmensch noch stolz sein darf.

Im Jahre 1837 begann ich meine Studien, der Herbst 1843 fand mich bereits als Schüler der katholischen Hochschule Freiburg, welcher ich außer vielem Andern auch die

Wohlthat eines Stipendiums zu verdanken habe; im Frühling 1846 ging ich nach Heidelberg, studirte fast ausschließlich Geschichte und Philosophie, machte und bestand im Spätjahre 1847 eine Staatsprüfung als Fachlehrer der Geschichte und Philosophie gemäß den badischen Verordnungen vom Jahre 1836, erhielt zugleich das Versprechen gelegentlicher Verwendung als Sprachlehrer in den niedern Klassen einer Gelehrtenschule und zog nach Freiburg zurück, zunächst um mich auf ein Doctorexamen vorzubereiten.

Aeußere Verhältnisse und innere Lebensvorgänge wirkten zusammen, daß ich bereits im Winter 1847/48, wo die Vorboten des nahenden Völkersturmes sich allenthalben und täglich mehr bemerkbar machten, das Revolutionsfieber in allen Gliedern spürte und mich mit der leidigen deutschen Politik befaßte.

Ich träumte dabei fort vom Stillleben eines Büchermenschen und Schulmannes, doch Alles sollte anders kommen, als ich träumte und erwartete.

Gerade am Abend des verhängnißvollen Schalttages im Jahre 1848 hielt ich in einer Versammlung von Studenten, Turnern, Arbeitern und Bürgern einen Vortrag über die möglichen Folgen von Ludwigs Philipps möglichem Tode, sprach mich darin entschieden gegen eine deutsche Republik aus, erklärte eine Republik nach amerikanischem Muster für eine baare Unmöglichkeit in Europa und—keine 14 Tage später war ich erklärter, offenkundiger, glühender Republikaner und an die Stelle meines Götzen Mirabeau, der gewaltige Danton, dieser fruchtlose Atlas der Revolution gesetzt.

Die Pariser Ereignisse brachten die ältesten Diplomaten aus dem Concepte, gereiste und feine Staatsmänner zur

Verzweiflung, machten Fürsten und Regierungen wehrlos, ehrliche Conservative vielfach zu aufrichtigen Freunden der bisherigen Bestrebungen der Radikalen, die Radikalen zu weißen Republikanern und rothen Sozialdemokraten, berechnende Kaufleute zu Schwärmern, redliche Handwerker zu Wirthshaushockern und Zeitungslesern, einfache Handwerksbursche zu wüthenden Politikern und so mag man es einem Lehrer ohne Schüler auch verzeihen, wenn er seiner gewonnenen Ueberzeugung folgte, den Zug des Herzens als des Schicksals Stimme betrachtete und von seinen Büchern hinweg mit wilder Thatenlust sich in den ärgsten Strudel der Revolution stürzte.

Der Mensch wird, was man aus ihm macht; aus mir haben weniger Anlagen, als Schicksale und Staatsdressuranstalten einen Revolutionair gemacht, dazu vielleicht auch der Umstand, daß ich niemals zur kraft- und saftlosen Jugend gehörte, welche man "die alte" nennen sollte, weil der Brodkorb, ein Titelchen und eine oder auch mehrere Vertreterinnen des schönen Geschlechts deren einzige Idole zu sein pflegen.

Ich habe im Frühling 1848 so thätigen und lebhaften und wiederum im Sommer 1849 im Herzen so innigen und verzweifelnden Antheil an der Völkerbewegung genommen, als ihn ein der positiven Religion gänzlich entfremdeter, gegen den büreaukratischen Staat und die "moderne" Kirche leidenschaftlich eingenommener Mensch nur zu nehmen vermag; von meinem damaligen Standpunkte aus war diese Theilnahme sittliche That und der Allmächtige weiß, daß ich mit Freuden mein persönliches Wohl und meine Existenz in die Schanzen schlug, weil ich glaubte, Völkerfreiheit und Menschheitsglück seien noch ganz anderer und schwererer Opfer würdig.

Leichtmöglich könnte ich durch Mittheilung meiner

9

zahlreichen Erfahrungen und nicht unwichtigen Erlebnisse in jener vielbewegten Zeit viele Leser nicht nur unterhalten, sondern noch mehr belehren und zeigen, wie Gott die Revolution im Großen und Kleinen richtet; ich bin auch schon mehrfach dazu aufgefordert worden, — aber ich mag nicht in den Schatten eines Verdachtes gerathen, als ob ich bei der gegenwärtig keineswegs unberechtigten, aber immerhin übertriebenen und alle christliche Liebe mit Fäusten schlagenden Parforcejagd auf flüchtige, gefangene, verfolgte und mißtrauisch betrachtete Mitmenschen ins Hörnlein stoßen wolle und zudem müßte ich ein nagelneues Buch schreiben, welches vielleicht manchem Jäger nicht sonderlich gefiele.

Nein, der Schuster bleibe bei seinem Leisten, deßhalb will und kann ich auch nur Einiges, was meine Wenigkeit allein angeht, berühren.

Am 24. Februar 1848 noch ein erträglicher badischer Unterthan, weil ich den Segen kleinerer Staaten für die Menschheitsentwicklung nicht verkannte, wandelte mich die Nachricht der Geburt der französischen Republik schnurstracks in einen Verfechter der Monarchie auf allerbreitester demokratischer Basis um; am 3. März schwärmte ich für ein unter 3 Herrscher getheiltes einiges Deutschland und das Einkammersystem; bis zum 15. erkannte ich den lächerlichen Widerspruch eines unter 3 Herrscher getheilten und trotzdem einig sein sollenden Vaterlandes und wünschte einen Barbarossa, der die Gränzen des Reiches scharf umreite, die Souveränitätsträume aller großen und kleinen Fürsten vernichte und ein scharfes Staatsdieneredict gegen dieselben erlasse. Am 18. März war ich bei der ersten großen Offenburger Volksversammlung und nicht sowohl diese als die Wiener Nachrichten bewirkten, daß ich in der

Monarchie überhaupt nur noch die fliegende Brücke sah, welche zur Republik hinüberführte; ein Aufenthalt in Straßburg ließ mich vor lauter Freude über die kleinen, tapfern Französlein ins Röthliche hinüberschillern, jedenfalls hätte Eberhard in Barte nur dann noch ruhig sein Haupt in meinen Schooß legen können, wenn er vorher seiner fürstlichen Stellung entsagt und eine Pension angenommen hätte.

"Zuerst putzen und räuchern wir den germanischen Augiasstall tüchtig aus, dann kommen unsere Brüder, die Franzosen, wir tragen zusammen die Tricolore bis zur Weichsel, errichten die Republik Polen, donnern den Czaren hinter den Ural tief in sein zobelreiches Asien hinein auf Nimmerwiedersehen, dann einstimmiger Beschluß der verbündeten Franzosen, Deutschen und Slaven: die etwa noch übrigen regierenden Häuser der pyrenäischen und italischen Halbinseln haben aufgehört zu regieren! — allgemeine Einladung an John Bull, seinen kostspieligen und ziemlich überflüssigen monarchischen Flitter vollends wegzuwerfen, allgemeiner Gehorsam, lauter Freude und Friede, ein großes Bankett von mindestens 120 Millionen Gedecken zu Ehren des nordamerikanischen Menschenstaates, ewiges Bündniß mit Bruder Jonathan, friedliches Entwickeln innerhalb der europäischen Völkerfamilie, großartige Freischaarenzüge im Interesse der Freiheit, Bildung und des Wohlstandes Aller nach andern Erdtheilen, zunächst Zurückführung der Kinder Israels ins gelobte Land und Wiederaufbau eines neuen Jerusalem!"

Dies war, man mag es glauben oder nicht, das Programm meiner und vieler Andern politischen Gesinnungen und Bestrebungen noch vor dem 1. April 1848.

Vom 18. März an predigte und lebte ich nach dem Thema: "Mißtrauen ist des Bürgers erste Pflicht! Aux armes,

<u>citoyens</u>!"—erwartete von einem Parlamente voll bedächtiger Professoren, wortklaubender Juristen und schlangenkluger Aristokraten wenig oder nichts mehr für Völkerfreiheit und die Schlag auf Schlag folgenden Ereignisse sorgten dafür, daß mein Fieber fortdauerte.

An Warnungen und Winken wohlmeinender Männer fehlte es nicht, die alltägliche Erfahrung versetzte meinem Idealismus unaufhörlich Ohrfeigen und Fußtritte, ich glaubte zu schieben, sollte geschoben werden, entdeckte es ein bischen zu spät und durch diese Entdeckung an meiner Achillesferse, dem Hochmuth, tief verwundet, zog ich mich zurück, so weit es anging. Hecker reiste nach Konstanz, die Schilderhebung für die Republik war im Werke, ich griff nach Hirschfänger und Flinte und zog zu Fuß über den Schwarzwald an den Bodensee, um mit eigenen Augen und Ohren die Stimmung und Gesinnung des Volkes zu mustern.

Die Reise aus dem betäubenden Volkslärm der Rheinebene über den dünn bevölkerten und stillen Schwarzwald, durch die von ihren politischen Häuptern abgehetzte Baar und den banger Erwartung vollen Hegau that mir wohl, obgleich ein Stockblinder den Ausgang des Heckerschen Unternehmens voraussehen mußte.

Unter allen demokratischen Führern, welche ich auf der Reise und in Konstanz traf, fand ich auch nicht Einen, der sich sonderlich auf das nahe Wiegenfest der Republik freute, doch mit mir glaubten Viele aufrichtig an sofortigen Uebertritt der Soldaten und an gleichzeitige Ereignisse in andern Ländern.

In Konstanz verlebte ich unvergeßliche Tage und schloß mich dann dem allmählig zu Leben kommenden Freischaarenzuge an, lediglich um meine "Ehre" zu retten und noch mehr, um ein Stücklein Geschichte mit eigenen Augen werden, wachsen, blühen und vergehen zu sehen.

Der Freischaarenzug lud mir die traurige Rolle eines politischen Flüchtlings auf den Hals.

Gott meinte es gut mit mir, denn ich besaß keine Anlage für einen eigentlichen Revolutionär, ein leicht erregbares, stürmisches Temperament würde mich bei längerm Verweilen im Strudel der Revolution aufgerieben, weitere politische Thätigkeit leiblich, geistig und sittlich ruinirt haben.

Was der ebenso gelehrte als geistvolle Staudenmaier kurz vor der Revolution über diese schrieb, was die gehaltreichen "historisch-politischen Blätter" und der berühmte Gründer derselben lange vor 1848 von dieser Hydra des Scheines und der Lüge sagten und erstere mit seltener Kühnheit fortwährend sagten, während die Revolution die Völker verblendete und verführte, muß ich als Wahrheit unterschreiben. Sie verfinstert den Kopf, vergiftet das Herz, entmenscht und verteufelt das Gemüth. Ich habe dies an mir selbst erfahren und alle Ursache, dem Allmächtigen zu danken, weil Er auf eine oft wunderbar scheinende Weise mich von Gelegenheiten zu Handlungen fern hielt, zu denen mich mein politischer Fanatismus hätte leicht hinreißen und den nagenden Wurm ewiger Reue in mein Bewußtsein werfen können.

Weniger mein Verdienst als das meines leitenden Schutzgeistes ist es, daß ich jetzt Allen, welche mich im Frühling 1848 sahen, hörten und auf irgend eine Weise kennen lernten, ruhig zurufen darf: "Wißt Ihr auch nur eine einzige unehrenhafte, gemeine und verbrecherische Handlung, welche ich damals zu verhindern vermochte und zuließ oder gar selbst beging? Habt Ihr von mir Eine Rede gehört, in welcher ich etwa nach dem Beispiele früherer und gleichzeitiger Republikaner Mord und Todschlag, Plünderung und Verfolgung Andersgesinnter als Mittel zur Freiheit und zum Volksglücke *empfahl*? Tretet auf, ihr Artikelschmiede, welche ihr jetzt unter dem Schutze großer Armeen und einer wohl dressirten Polizei so gewaltigen Heldenmuth gegen alle mißliebigen, wehrlosen Mitmenschen entwickelt! Versucht es, ob Ihr *meine* Ehre auch besudeln könnt, es möchte schon der Mühe werth sein, gibt es jetzt doch in mir einen "Ultramontanen" zu verspeisen!"

Je weniger Menschen ich vor der Revolution kennen gelernt hatte, desto mehr lernte ich während derselben kennen. Meine Begeisterung für das "souveräne" Volk und manche Führer desselben wurde namentlich während des Heckerzuges und noch weit mehr während meines Flüchtlingslebens ungemein abgekühlt. Liebe zur Macht ist keine Freiheitsliebe und hinter den wohlklingenden Redensarten, womit dem armen Volke Sand in die Augen gestreut und den Regierenden oft auf eine sehr ungerechte und schädliche Weise das Regieren erschwert und das Gemüth verbittert und verhärtet wird, kann ungemein viel rohe und verfeinerte Selbstsucht stecken.

Im Lande der Alpen impfte mir das Flüchtlingsleben die früher einstudirte und gänzlich vergessene Wahrheit wieder ein, daß Staatsformen an sich keineswegs ein Volk beglücken und möglicherweise in einer Republik große Engherzigkeit, arge Volksunterdrückung und thatsächliche Tyrannei jeder Art, dagegen in einer Monarchie Recht, Freiheit, Wohlstand und Bildung gedeihen können.

Was hilft ein schöner Hafen, wenn nichts Rares drinnen steckt?—

14

Im August 1848 kehrte ich freiwillig in die Heimath zurück und stellte mich bei den Gerichten derselben Stadt, in der ich meine politischen oder unpolitischen Hörner zuerst abgerannt, nämlich in Freiburg. Ein talentvoller und im traurigen Juristengewerbe wahrscheinlich noch nicht genug verhärteter Untersuchungsrichter schien den ehrlichen Geständnissen hinsichtlich meiner persönlichen Theilnahme an hochverrätherischen Unternehmungen Glauben zu schenken; ich konnte mich auf Thatsachen berufen, die mir zur Ehre gereichten und der Umstand, daß ich kurz vor dem unerwarteten Ausbruch des Struveputsches freiwillig mich gestellt, mochte viel dazu beitragen, daß ich auf die Liste der zu Amnestirenden gesetzt wurde.

Nach kurzer Haft bekam ich Stadtarrest und am 18. Oktober 1848 unter der Bedingung eines gesetzmäßigen Verhaltens gänzliche Amnestie.

Mit der immer verworrener und hoffnungsloser werdenden deutschen Politik mochte ich mir keine Mühe mehr geben, ein Doktorhut war mir gleichgültiger als eine Pfefferdute, etwas für die Menschheit und mich Ersprießliches wollte und mußte ich jedoch unternehmen, zog in eine entlegene Gegend des Landes und unterrichtete Kinder, deren Hauslehrer und Vater wegen des Heckerzuges in der Schweiz herumirrten.

Vom Herbste 1848 bis Mitte April 1849 führte ich ein friedliches und glückliches Schulmeisterleben, alsdann machte ich eine Ferienreise nach Freiburg, vorzüglich um den Prozessen einiger mir bekannten politischen Persönlichkeiten beizuwohnen und blieb bis zum Ausbruch des Maiaufstandes, an welchem ich mich wiederum betheiligte, obwohl in sehr untergeordneter Weise.

Wer sich von einem großmüthigen Staatsoberhaupt unter

der Bedingung eines gesetzmäßigen Verhaltens begnadigen läßt und später doch wieder gegen seinen Wohlthäter durch Theilnahme an einem Aufstande sich versündigt, geräth bei allen Redlichen leicht in den Verdacht, sonderbare Begriffe von Ehre und jedenfalls ein weites Gewissen zu besitzen.

Wem Amnestie bei so schwerer Betheiligung an der Revolution zu Theil wurde, wie dies bei mir der Fall gewesen und wer zum *zweitenmal*, wenn auch in der untergeordnetsten Weise an einer Revolution sich betheiligt, gehört nach meiner Ansicht von Gott und Rechtswegen geradezu in ein entehrendes Zuchthaus.

Wie verhält sich dies nun bei mir? War ich des Zuchthauses nicht würdig?— Wahrheit sei mein Leitstern und wer immer mich der geringsten Lüge zu zeihen vermag, soll den Antrag stellen, daß ich als der Gnade des Fürsten unwürdig wiederum ins Zuchthaus spedirt werde, um dort die an der Strafe geschenkten Jahre auszuhalten.

Weder mein Urtheil noch meine Richter kann und will ich im mindesten angreifen, ich beginge damit das größte, fragwürdigste Unrecht; aber gegen jenes Gesetz, welches rein politische Verbrecher, mit deren Handlungen weiter keine ehrlose That oder gar ein gemeines Verbrechen concurrirt, ins Zuchthaus spricht, glaube ich im Interesse der Menschheit, des Rechtes und meiner eigenen Person protestiren zu müssen und zu dürfen.

Ich habe mein der badischen Regierung gegebenes Versprechen eines gesetzmäßigen Verhaltens nicht gebrochen, obwohl meine Theilnahme am Aufstande des Sommers 1849 stark dagegen zu sprechen scheint.

Die Gegend, in der ich vom Spätherbste 1848 bis Mitte April 1849 und noch später lebte, gehörte meines Wissens schon vor der Revolution zu den Wahlbezirken der Opposition; bekanntlich haben sich die Bewohner desselben sehr lebhaft am Heckerzuge betheiliget, den flüchtigen Hecker beharrlich zum Mitgliede des Frankfurterparlamentes wählen helfen und würden sich ohne Dazwischenkunft des einflußreichen Flüchtlings W. wohl bedeutender auch am Struveputsch betheiliget haben, als dies wirklich der Fall gewesen ist.

Bei meiner Ankunft fand ich den an Geld und Gut wie an Einfluß reichen, zum Heckerzuge wahrhaft gepreßten W., dessen Söhne ich unterrichtete, sammt andern politischen Führern des Bezirkes flüchtig, die revolutionäre Gesinnung in reichlichem Maaße vorhanden und könnte ich eidlich beschwören, innerhalb 6 Monaten weder Ein conservatives Wort gehört noch von einer konstitutionellen Parthei das Mindeste gesehen zu haben. Es fehlte lediglich an einem organisirenden und leitenden Kopfe, um diese zwischen die Schweizerkantone Zürich und Schaffhausen eingekeilte, politisch und noch mehr militärisch wichtige Gegend mit den üppig auftauchenden und unter sich immer enger verbundenen demokratischen Vereinen des Landes in Wechselverkehr zu setzen. Man traute mir Fähigkeit und Beruf hiezu von mehr als einer Seite her zu, ich hätte es sogar versuchen und durchsetzen können, ohne mein der Regierung gegebenes Wort zu brechen, denn die demokratische Organisation ließ sich damals innerhalb der Schranken der bestehenden Gesetze sehr leicht vornehmen.

Ich habe niemals den leisesten Versuch hiezu gemacht.

Es ließe sich sagen, ein so unangesehenes Menschenkind meiner Art würde nicht Ansehen genug gehabt haben, um politischer Führer zu werden. Diesem Einwande widersprächen frühere Ereignisse, auch ließe sich an das Sprichwort denken: Probiren geht über Studiren, doch soll er gelten; ferner ließe sich sagen, der Flüchtling W. als der einflußreichste Mann der Gegend würde mein Thun nicht gebilliget haben und dies wäre möglich, denn der Vater meiner Zöglinge ist trotz seines demokratischen Auftretens, durch welches er sich in ein leider noch jetzt fortdauerndes Unglück gestürzt hat, sein Lebenlang kein inwendiger Demokrat, höchstens ein schlichter Liberaler und mit dem Herrn Amtsverweser ganz einverstanden gewesen im ruhigen Leben. Allein das demokratische Organisiren war gesetzlich, der Vater meiner Zöglinge noch längere Zeit flüchtig und ich keineswegs Einer, der ein Stücklein Gnadenbrod bei ihm aß und ihm hinsichtlich meines politischen Verhaltens Rechenschaft abzulegen hatte. Vieles lud zu Versuchen ein, eine politische Rolle zu spielen.

Ich lebte ebenso unabhängig als glücklich in Herrn W's Hause und kann beweisen, daß ich meine Pflicht als Lehrer mit strenger Gewissenhaftigkeit erfüllte, die Kinder sogar zum Kirchengehen und Religionsunterrichte anhielt, was außerhalb übernommener Verpflichtungen lag.

Im naheliegenden Amtsorte gab es einen Volksverein und keinen andern, in meinem Wohnorte dagegen tauchte trotz der allbekannten Gesinnung der Einwohner vor dem Mai 1849 kein politischer Verein irgend einer Art auf.

Was meine Wenigkeit anbelangt, las ich wochenlang keine Zeitung, ließ mich mondenlang kaum in ein politisches Gespräch ein, besuchte den Volksverein des Amtsortes auch nicht ein einziges mal, geschweige, daß ich Mitglied irgend eines Vereins wurde und habe nicht einmal eine Petition jener petitionenreichen Tage verfaßt oder unterzeichnet.

Benutzte ich vielleicht die Nähe der Gränze, um mit Flüchtlingen zu wühlen? Bekanntlich ist die Schweiz unschuldig am badischen Maiaufstande, derselbe ging von Mannheim aus und fing in der Residenz an, die Zahl der

Flüchtlinge war sehr gering in Schaffhausen und Zürich, zwei Ausflüge dorthin und drei dahin brachten mich in Verbindung mit 3 ganzen Flüchtlingen, nämlich mit dem Vater meiner Zöglinge und 2 Studienfreunden, von denen Einer in den ersten Monden des Jahres 1849 nach Amerika ging.

Gegen den Frühling hin thaute ich wieder etwas auf, suchte Menschen fand dieselben zumeist in den Wirthshäusern, deutsche und schweizerische Republikanerblätter und aufregende Ereignisse liehen Stoff zu Gesprächen und weil mein Thun keineswegs mit meinen politischen Gesinnungen harmonirte, sondern lediglich durch mein gegebenes Versprechen eines gesetzmäßigen Verhaltens und meine gleichmäßige Verachtung aller damaligen politischen Partheien und feigen Windfahnen insbesondere bedingt war, so mag ich zuweilen durch derbe Redensarten Diesem oder Jenem wehe gethan haben, der es nicht verdiente aber vergaß, wohl auch verdiente, aber nur bis auf andere Zeiten scheinbar vergaß. —

Im April fand ich in Freiburg ein sehr bewegtes politisches Treiben und Wühlen, zahlreiche Bekannte, neben alten Freunden mehr als Einen, der meinen Müßiggang in politischen Dingen hart und bitter tadelte, mir bereits offener oder heimlicher Feind geworden war oder wurde, weil ich Allem zusah, zuhörte und stumm und unthätig blieb in beharrlicher Neutralität.

Die Verhandlungen der armen, verhetzten Soldaten begannen, ich warnte meine Bekannten unter denselben vor Unbesonnenheit, reiste beim beginnenden Sturm von Freiburg ab und saß am Tage der Offenburger Volks- und Soldatenverbrüderung im Mai 1849 bereits wieder in meiner Schulstube.

Obwohl ich meinen Credit als Republikaner bei Hecker und manchen Andern schwer eingebüßt, wäre es mir doch ein Leichtes gewesen, bei der provisorischen Regierung irgend ein Aemtlein zu erschnappen, mindestens als Commissär mit dreifarbiger Leibbinde und klirrendem Schleppsäbel Bürgern und Bauern einen nagelneuen, hochgebietenden Herrn zu zeigen. Ich that es nie.

Das Herz glaubt so gerne, was es wünscht!

Lügenhafte und prahlerische Zeitungsberichte gaben mir wieder eine bessere Meinung von den Menschen, die Dinge im Lande sahen von meinem Winkel aus betrachtet prächtig und vielversprechend herein, ich glaubte an eine baldige Versöhnung aller politischen Partheien, an Verzichtleistungen, eine süddeutsche Foederativ-Republik, weiß Gott, was ich nicht Alles ferne vom Schauplatze so ernsthaft glaubte, wie mancher schweizerische Landjäger, der mich um Neuigkeiten bat, welche über Nacht zum Heil der Völker vom Himmel gefallen.

Ich glaubte ernsthaft nicht das Gelingen, sondern das Gelungensein des Maiaufstandes; die Stellung, welche der Landesfürst mit seinen Räthen der Bewegung gegenüber annehmen würde, war mir jedoch noch nicht klar und als diese Gewissenszweifel verschwanden, dachte ich, der Staat habe Diener genug, bedürfe keines Schulmeisters, im Nothfalle höchstens eines Freiwilligen mehr.

Als ich die Proclamationen der neuen Regierung las, die Karlsruher Zeitung als deren Organ sammt den regelmäßig fortlaufenden Nummern des Regierungsblattes in altem Format und neuem Style mit Entzücken verschlang, die bisherigen Beamten und Behörden unseres Bezirkes friedlich huldigen sah, ohne daß eine ernstliche Weigerung eines großherzoglichen Dieners oder irgend eine Drohung von

20

Seiten des Civilcommissärs stattfand und als ich zuletzt
Aktenstücke aus der Residenz in die Hände bekam, unter
welchen hochachtbare Namen im Staatsdienste beinahe
ergrauter Herren standen und von friedlichen
Unterhandlungen der "provisorischen" Regierung mit dem
Großherzog viel Tröstliches vernahm—da hielt ich mich
ehrlich und aufrichtig meines Versprechens vom 18. Oktober
1848 ganz und gar entbunden, denn gegen eine nicht mehr
bestehende Regierung kann es keine Verpflichtungen mehr
geben, der Unterthan aber hat niemals nach dem *Ursprunge*
seiner Regierung zu fragen, sondern nur zu gehorchen.
Dieses lehrt ja der Staatslehrer Zachariae, der gewiß ein
großer Jurist und meines Erachtens ein sehr winziger
Demokrat war. Mein Herz hatte der alten Regierung niemals
gehört, solcher Mangel mag ihr wenig geschadet haben,
jedenfalls war ich an ihrem Sturze im Jahr 1849 so
unschuldig wie ein neugebornes Kind, doch der neuen, aus
der Ferne anfangs so prächtig und großartig aussehenden
Regierung war ich mit Leib und Seele ergeben und glaubte,
es sei Pflicht und Schuldigkeit, derselben Dienste zu leisten,
wenn kein Anderer und Besserer als ich zu finden und ich
ausdrücklich dazu aufgefordert würde.

Meine Ansichten und Gesinnungen sprach ich am 27. Mai
1849 in einer Rede über die jüngsten Ereignisse vor einer
großen Volksversammlung aus, rücksichtslos, derb und
hinsichtlich der Thatsachen, welche ich ja nur vom Lesen
und Hörensagen kannte, vielfach unwahr. An Hochverrath
dachte ich bei dieser Rede so wenig, daß ich einen Entwurf
derselben hübsch in eine Mappe legte und später selbst in
die Hände des Amtsverwesers durch genaue Angabe des
Verwahrungsortes liefern half.

Mir ist es bloß darum zu thun, den Beweis zu liefern, daß
ich als Amnestirter mein der Regierung geleistetes

Versprechen eines gesetzmäßigen Verhaltens keineswegs mit Wissen und Willen gebrochen, folglich in dieser Hinsicht die Pflicht der Ehre nicht verletzt habe.

Meine Betheiligung am Aufstande sammt Untersuchung und Urtheil sollen und können hier nicht besprochen werden. Eine Veröffentlichung sämmtlicher Akten würde mir eher angenehm denn zuwider sein, weil einerseits daraus hervorginge, daß mich die zahreiche [zahlreiche] Armee in Baden sammt dem Standgerichte nicht im mindesten abhielt, mich zu meinen damaligen Gesinnungen und mit Recht angeklagten Handlungen mit einem Trotze zu bekennen, der sich lediglich durch meine Verblendung und Glauben an mein gutes Recht entschuldigen ließe. Anderseits möchte eine derartige Veröffentlichung aber ebenfalls zeigen, daß meine Vergehen rein politischer Natur und mit keiner an sich ehrlosen Handlung oder gar mit einem gemeinen Verbrechen im geringsten Zusammenhange seien.

Ich sah die letzten Tage des deutschen Parlamentes und der provisorischen Regierung, den ordnungslosen Rückzug des Insurgentenheeres, das Lager bei Baltersweil, den Uebergang ins Schweizerland, aber ich dachte nicht daran ein Flüchtling zu werden.

Später nannte ich im Kerker mein Dableiben den allerdümmsten Streich meines bisherigen Lebens, zumal ich schon im Frühling 1849 zur Auswanderung nach Amerika entschlossen und im Juli eine angenehme Gelegenheit für mich da war, um mit einer befreundeten Familie wohlfeil fortzukommen; der Stolz mich vor keiner menschlichen Macht oder Uebermacht zu beugen, wo ich in meinem Rechte zu sein glaube, die Einsicht, daß bei der ungeheuern Zahl der Theilnehmer des Maiaufstandes ein politischer Prozeß vom Standpunkte des Rechts und der Gerichte, die ja

22

mit Ausnahme Eines [eines] Gerichtshofes der provisorischen Regierung ebenfalls gehuldigt und ungeschoren fortfunktionirt hatten, unmöglich sei, die Hoffnung, daß man bei einer politisch allerdings sehr zu rechtfertigenden Verfolgung Einzelner anerkenne, daß ich als Amnestirter meine Pflicht nicht verletzte und das Bewußtsein, mich während des Maiaufstandes keineswegs zu einer Rolle hingedrängt und noch weniger eine auffallende Rolle gespielt zu haben—dies Alles bewog mich, die Ankunft der preußischen Truppen ruhig zu erwarten.

Am 13. Juli 1849 ließ mich der Amtsverweser verhaften, am 20. kam ich auf den Transport nach Freiburg, am 21. fiel es einem churhessischen Offizier ein, mich ohne den mindesten Anlaß von meiner Seite am frühen Morgen in Stühlingen mit Handschellen zu bedenken und zu seinem Privatvergnügen eine starke halbe Stunde vor seinem Hause gleichsam an den Pranger zu stellen. Der Amtmann wollte nichts von Beschwerde hören; ich verzeihe es ihm sammt seinem energisch ausgedrückten Herzenswunsche, daß es mir und meinem Leidensgefährten "recht schlecht" ergehen möge, verzeihe auch gern Anderes, was mir vom churhessischen und mecklenburgischen Militär sehr unnöthig angethan wurde und mit soldatischer Biederkeit nicht sonderlich viel zu schaffen hat.

Am 22. Juli kamen wir noch immer geschlossen, mit einer Eskorte, als ob ich und der gefangene Bauer am Jahr 1848 und 1849 dazu Vaterstelle vertreten hätten, in Freiburg an und lebte als Kriegsgefangener 7 Monate unter den Preußen, über deren strenge Aufsicht nur ein Narr klagen könnte, während alle Kriegsgefangenen Freiburgs hinsichtlich der ehrenhaften und menschlichen Behandlung von Seite der Offiziere und Soldaten wohl einstimmig sein und bleiben werden.

23

Ehre und Dank den preußischen Offizieren und Soldaten!—

Im September ward ich den ordentlichen Gerichten überantwortet, im October jedoch, obwohl ich in meinem allerersten Verhöre Alles gesagt hatte, was zu sagen war und worauf später das Urtheil sich stützte, vor die Untersuchungskommission des Standgerichtes gestellt, im November in Folge einer Verschiebung des Gerichtstages und einer Verordnung des höchstseligen Großherzogs abermals den ordentlichen Gerichten überwiesen. Am 28. Januar 1850 wurde mir das hofgerichtliche Erkenntniß eröffnet, welches auf *acht* Jahre gemeinen *Zuchthauses* lautete. Ich verzichtete auf einen Vertheidiger und vertheidigte mich selbst bei der höchsten Instanz, jedoch in einer so unklugen und trotzigen Weise, daß ich meine verbrecherische d. h. revolutionäre Gesinnung dadurch abermals unwiderlegbar constatirte und eher Schärfung des Urtheils fürchtete als Milderung hoffte.

Am 16. Februar 1850 schlüpfte ich in die entehrende Sträflingsjacke, nachdem ich schon seit September 1849 innerhalb der Mauern des Zuchthauses als Untersuchungsgefangener geweilt hatte. Im Sommer kam die Bestätigung meines Urtheils von Seite des höchsten Gerichtshofes, im August 1850 wurde ich in das Zellengefängniß nach Bruchsal versetzt und blieb daselbst bis zum 13. April 1852.

Sterbend hat der edle, unvergeßliche Großherzog Leopold, dessen wahrhaft adelich gesinnte *Persönlichkeit* weder von mir noch, laut meiner gewiß nicht armen Erfahrung, selbst von den wildesten Republikanern Badens jemals angegriffen, sondern hochgeachtet und geliebt wurde, mich auf meine dritte Bittschrift hin mit 16 Andern begnadiget.

Nach 33 Monden einer leidensvollen, jedoch schon 1848

wohlverdienten und für mich durch Gottes Gnade höchst segensreichen Gefangenschaft durfte ich zum erstenmal wieder ehrliche Kleider anziehen, ohne Hüter herumlaufen und frische Luft schöpfen, wo es und wieviel mir beliebte.

Am 13. April und zur Stunde fast noch mehr empfand ich und empfinde, wieviel ich dem in Gott ruhenden Fürsten verdanke, denn meine Bestrafung und zwar gerade in der Art und Weise, wie dieselbe stattfand, war von Seite der Menschen gerecht und milde, und zugleich der Quell meines zeitlichen und ewigen Glückes und zudem sind tausend Kerkernächte zwar kein Spaß, sondern furchtbarer Ernst, allein es sind noch lange keine 8 Jahre.

Weder vor noch während der Revolution beging ich jemals eine an sich entehrende Handlung oder gar ein gemeines Verbrechen; ich glaube gezeigt zu haben, daß ich als Amnestirter des Jahres 1848 keinen Wortbruch gegen die badische Regierung mala fide beging; ebensowenig brach ich jemals einen Eid, weil der Huldigungseid, den ich im August 1852 schwor und gewissenhaft zu halten gedenke, mein allererster Eid war, den ich während meines Lebens ablegte.

In diesen Thatsachen liegt die subjective Begründung der Protestation, welche ich gegen die Anwendung jenes Gesetzes, das reinpolitische Vergehen mit *entehrenden* Strafen belegt, fortwährend erhob.

Große Rechtsgelehrte verfechten den Grundsatz, daß politische Verbrecher, insbesondere wenn dieselben an einem allgemeinen Aufstande Antheil nahmen, vom Standpunkte der Rechtsidee aus nur dann mit Entehrung bestraft, mit Spitzbuben und Mördern in Eine [eine] Reihe gestellt werden sollen, wenn sie an sich entehrende Handlungen und gemeine Verbrechen gleichzeitig begangen haben.

Dieser Grundsatz ist in den Gesetzgebungen der meisten civilisierten Länder, wie Belgien, Preußen und Würtemberg in mehr oder minder ausgedehntem Grade anerkannt; meines Wissens zog auch die frühere badische Gesetzgebung hierin sachgemäßere und ausgedehntere Unterschiede als die jetzige, doch die Liberalen der zweiten Kammer dachten an verantwortliche Minister und ließen der Regierung keine Ruhe, bis das Zuchthaus für reinpolitische Vergehen recht in Flor kam.

Die objective Begründung der Ungerechtigkeit eines derartigen Gesetzes mag den Rechtsgelehrten überlassen bleiben und ist oft genug geliefert worden. Wenn ich vom Standpunkte des Rechtes hinsichtlich meiner Person in alle Ewigkeit meine Verurtheilung zum *Zuchthause* lediglich als *Gewaltthat des Gesetzes* betrachten und dagegen protestiren muß, so mag eine kurze Aufzählung der praktischen Folgen obigen Gesetzes zeigen, daß es nicht minder unzweckmäßig als ungerecht und recht eigentlich gegen das wahre Interesse der badischen Regierung gerichtet sei.

Ich habe die Belehrung über die praktischen Folgen nicht aus dem kleinen Finger gesaugt sondern während und nach der Gefangenschaft aus der alltäglichen Erfahrung geschöpft.

Um Alles in Einen Ausdruck zu fassen, möchte ich sagen, das Zuchthaus an sich sei durch die Vermischung gemeiner und politischer Verbrecher demoralisirt worden.

Die Schlimmen unter den gemeinen Verbrechern fragen nicht das Mindeste nach ihrer Entehrung, weil mit ihrem ganzen Wesen sich auch ihre Begriffe von Ehre in das Gegentheil dessen verkehrt haben, was sein sollte. Dagegen fühlten gerade die Gottlob zahlreichen Bessern und Besserungsfähigen die Wucht der Entehrung mehr oder minder stark, was auf Abschreckung und Besserung wohlthätigen Einfluß hatte und haben mußte, insofern ihr Gewissen ihnen eine an sich ehrlose Handlung vorwarf und sie an einen gerechten Gott mahnte.

Mit der Ankunft reinpolitischer Verbrecher wurde dies ganz anders. Weil selbst die gemeinsten Spitzbuben solche Ankömmlinge, von denen die Meisten früher niemals vor Gericht als Angeklagte gestanden und Manche als wohlhabende und angesehene Leute bekannt waren, nicht als Ihresgleichen zu betrachten vermochten, so sahen die gemeinen Verbrecher ihre Entehrung wenn nicht gesetzlich doch moralisch aufgehoben. Durch die Wahrnehmung, daß auch die rohesten Aufseher durch ihr Benehmen unwillkürlich verriethen, es beständen unsichtbare Unterschiede zwischen politischen und andern Gefangenen, steigerte sich das Bewußtsein der Ehrbarmachung bei den gemeinen Verbrechern, die unsichtbaren Unterschiede erzeugten recht sichtbare, dadurch litt die Hausordnung, und die Erreichung der verschiedenen Strafzwecke ward vielfach beeinträchtiget.

Manche politische Gefangene knirschten gegen ein ungerechtes Gesetz, dessen Opfer sie geworden, die Meisten jedoch gewöhnten sich an die neue Sippschaft und lachten ob der Absicht des Gesetzes, denn sie wußten ganz gut, ihre Freunde außerhalb des Zuchthauses dächten gar nicht, ihre Feinde nur scheinbar an *Entehrung ohne ehrlose Handlungen* und fuhren fort, die Regierung keineswegs als eine über politischen Gegensätzen stehende Macht, sondern lediglich als feindselige politische Parthei zu betrachten. Die Besserung eines politischen Verbrechers besteht wesentlich in Versöhnlichkeit und Aenderung politischer Gesinnung, aber die Thatsache der Zuchthausstrafe schien mächtig dagegen zu reden, daß die Regierung irgend ein Gewicht auf

Versöhnlichkeit und Gesinnungsänderung legte, nachdem sie ihre geschlagenen Feinde den Dieben und Räubern gleichgestellt hatte.

Ich bin aus guten Gründen nicht sonderlich für die Abschreckungstheorie eingenommen; will man dieselbe auf politische Verbrecher jedoch anwenden, so muß man lieber mit Kugeln und Stricken als mit Zuchthäusern dreinfahren, wenn man für die *nächste* Zeit sich heilsame Wirkungen von jener geschichtlich und rechtlich längst abgeurtheilten Theorie verspricht.

Manch unsichtbarer Held der Jahre 1848 und 1849 und meinethalben ehrlicher aber jedenfalls ungeschickter und unchristlicher Wütherich der Ordnung und Ruhe schreibt heutzutage heldenmüthige und *höchst beunruhigende* Artikel über die Unverbesserlichkeit und Vernichtungswürdigkeit der "ehrlosen, gottvergessenen" Demokraten und könnte ein Blinder meinen, Demokrat und Revolutionär seien ganz gleichbedeutende Worte und ein Demokrat von vornherein der Teufel in höchsteigener Person, mindestens ein Unchrist und Taugenichts.

Ich für meine Person lache über dergleichen federfuchsende Narren oder verachte solche umgekehrten Jakobiner, denn mit den deutschen Demokraten ist's noch nicht halb so arg, als man gerne redet oder auch gerne hätte und anstrebt. Ich habe sogar unter Freischärlern bei uns nicht Einen heimtückischen, meuchelmörderischen Italiener, wenig herzlose Franzosen und nicht viele wilde Ungarn getroffen, denn der Deutsche ist und bleibt ein Deutscher, leidet als Revolutionär oft bei weitem mehr am Kopfe als am Herzen, besitzt häufig ein tiefes, aber verwildertes Gemüth, ließe sich jedoch durch bessere Belehrung, menschliche Behandlung und christliche Liebe gar nicht schwer gewinnen, zumal der Deutsche überhaupt ein "politisches Thier" des Aristoteles niemals wird, sondern glücklicherweise im engen Kreise seines Berufes und im stillen der Familie gerne recht ruhig und harmlos lebt.

Im Zuchthause bewährte mancher politische Gefangene übrigens nicht etwa Religion und löblichen Abscheu vor Verbrechen, sondern weit eher Geisteshochmuth und Lieblosigkeit gegen gemeine Verbrecher. Dadurch kam viel Unfriede, Zwietracht und Haß unter die Bevölkerung und wäre Einfluß und Mühe der Angestellten und Beamten minder groß, die Hoffnung auf Begnadigung nicht so gar lebhaft, die Zahl der Politischen und die Macht der Bildung kleiner gewesen, so würden arge und schreckliche Auftritte vorgekommen und das Zuchthausleben zu einem Leben in einer Mördergrube oder in der Hölle geworden sein. Jedenfalls haben die Meisten meiner Leidensgefährten wenig für religiöse Erhebung und sittliche Ermannung [Ermahnung] der gemeinen Verbrecher gethan und war mehr als Einer der gemeinen Verbrecher besonders unter den unvorsätzlichen Todtschlägern ein weit besserer und wohl auch achtungswertherer Mensch, denn mancher sogenannte Märtyrer einer zweideutigen Freiheit.

Die schädlichste Wirkung des von mir angefochtenen Gesetzes beobachtete ich seit der Zeit meiner Befreiung. Einerseits bewiesen entlassene gemeine Verbrecher, daß sie die keineswegs völlig grundlose Ansicht von der politischen Natur aller Verbrechen aus dem Straforte in die Freiheit getragen, anderseits bemerkte ich eine große Abstumpfung gegen die Schande im Zuchthause gewesen zu sein nicht nur bei Entlassenen, sondern bei den niedern und mittlern Volksklassen überhaupt.

Die Tagesblätter reden genug davon, die Revolution sei keineswegs todt, sondern nur momentan gefesselt und gelähmt; Ereignisse der schauderhaftesten Art sprechen dafür und ein Christ darf und muß sagen, die Revolution sei erst dann besiegt, wenn die Hölle eine völlige Niederlage erlitten haben werde. Das Böse schreitet in großen moralischen Körpern wie in Einzelnen mit einer gewissen immanenten Dialectik und logischen Gesetzmäßigkeit vorwärts; das an sich Gute geht in leisen, allmäligen Uebergängen zum minder Guten, Gemischten und wirklich Bösen, endlich zum Teuflischen fort und so kann ein Staat die Lebenskeime der Revolution in seinem Schooße hegen und großziehen, ohne daß er darum weiß und es will, ebenso der Einzelne durch die Verletzung seines rechtlichen und Empörung seines sittlichen Gefühles allmälig und leise, in Uebergängen, welche er spät oder niemals gewahr wird, aus einem ruhigen Bürger zum Revolutionär werden. Diese Thatsache hat folgenschwere Consequenzen und eine derselben heißt, daß ein Staat, welcher durch ungerechte und unzweckmäßige Gesetze und Verfahrungsweisen das rechtliche und sittliche Gefühl seiner Bürger verletzt, an seinem eigenen Untergange unbewußt arbeitet.

Ein ungerechtes und unzweckmäßiges Gesetz in Baden spricht reinpolitische Verbrecher ins Zuchthaus und wer am allerwenigsten Vortheil daraus zieht, das ist die Regierung, daher wende sie ihre Aufmerksamkeit auf dieses Gesetz!—

Soviel von meinen Erfahrungen, soviel auch von meinem äußeren Leben. Was meine innere Geschichte betrifft, die mit der äußern im engsten Zusammenhange steht, so will und muß ich hier nur den hauptsächlichsten Moment, nämlich den religiösen berühren, um über meinen Standtpunkt keinen Zweifel mehr übrig zu lassen.

Geborner Katholik genoß ich als Kind eine strengkatholische Erziehung, doch schon im Knabenalter verlor sich der naive Glaube des Kindes zunächst in einem äußerlichen Gebahren, dann in Mangel an Verständniß der katholischen Religion, welcher in den Jünglingsjahren zur Gleichgültigkeit gegen alle positive Religion, endlich zur Verachtung derselben und zum Hasse gegen die eigene Kirche sich steigerte. Schicksale und Staatsschulen verbanden sich mit dem in mir liegenden und unruhig werdenden Keime des Bösen, um mir zuerst den lebendigen, dann den unlebendigen Glauben an Christum den Gottessohn zu rauben und endlich an die Stelle dieser allein beseligenden Wahrheit einen wechselnden Mischmasch der beweglichen Weisheit unserer Zeit zu setzen.

Ich beklagte den ungeheuern Verlust nicht, weil ich ihn nicht kannte und die Größe aller Folgen desselben so wenig als viele andere Jugendgenossen zu bemessen vermochte. Ich glaube während meiner ganzen Studienzeit kaum Einmal recht vorbereitet zur Beichte und würdig zum Tische des Herrn gegangen zu sein.

Nicht als ob die Vorbereitungsschulen zur Universität mich durch das Lesen klassischer Schriftsteller mit Vorliebe, *bewußter* Vorliebe für das Heidenthum erfüllt hätten. Nein, ich fand nur drei vortreffliche Lehrer, welche mich und Andere durch elende Wortklauberei und sehr geistlose Conjunctivenjagd mit ihren alten Schriftstellern nicht tödtlich langweilten. Erst auf der Hochschule lehrte mich der ausgezeichnete Bruder des nicht minder ausgezeichneten und weit berühmteren Philosophen Feuerbach in die Weltanschauung und in das innere Leben der Alten hineinblicken. Ein mangelhafter Religionsunterricht brachte mich so weit, daß ich als 18jähriger Mensch die Artikel des Glaubensbekenntnisses nicht mehr wußte, die Mehrzahl anderer Lehrer trug dazu bei, mich in religiösen Dingen zu einer tabula rasa zu machen, welche ich instinktmäßig durch Lectüre vieler Klassiker des modernen Europa, deren wahrhaft inneres Verständniß mir auch noch nicht zuzumuthen war, von selbst auszufüllen strebte.

Kurz vor dem Bezuge der Hochschule lud mir Gott verschiedene Arten von Elend auf den Hals, gab mir den ersten und letzten eifrigen und leider zu spät kommenden Religionslehrer, den ich auf den Vorbereitungsschulen fand; ich war trotz meines Unglaubens ganz ernstlich gesonnen, ein Diener der Kirche zu werden. Der stets auch im Mangel an gründlichen Kenntnissen wurzelnde Geisteshochmuth gab mir und Andern damals den Gedanken ein, dereinst Reformatoren der Kirche unterstützen zu wollen, doch die Restauration in Freiburg, welche man "theologisches Convict" zu nennen beliebte, gefiel mir nicht, manche Gäste gefielen mir noch weit weniger, die tiefe Gelehrsamkeit eines Hug entmuthigte, die prinzipielle Entschiedenheit eines Staudenmaier, der meine Herzkäfer, die deutschen Klassiker und besonders das junge Deutschland in ihren tiefsten Abgründen enthüllte, empörte mich und die Philosophie eröffnete mir eine kaum geahnte Welt voll Licht, Klarheit und Seligkeit—des Scheines.

Ich entschied mich für gar kein bestimmtes Fach und studirte, als ob ich Rothschilds leiblicher Sohn wäre, während ich wochenlang keinen Knopf in der Tasche trug, hörte philosophische, juristische, philologische und theologische Vorlesungen und las die Schriften berühmter Theologen lediglich, um als tiefsinniger, strebsamer Kopf zugelten und den Mitstudirenden recht imponiren zu können.

Das rechte Verständniß theologischer Schriften setzt lebendigen Glauben voraus, dieser mangelte mir täglich mehr, deßhalb legte mir meine Eitelkeit Riesenarbeiten auf, aber ich übernahm dieselben, denn Geisteshochmuth wurde täglich mehr der Kern meines Wesens und Thuns, die Achtung meiner Lehrer und die Bewunderung meiner

Mitschüler wurde Nektar und Ambrosia meines geistigen Lebens.

Armseliger, unglücklicher Mensch, der ich war!—

Hatte ich das Beichten schon auf den Vorschulen als leidiges, unnützes Geschäft betrachtet, so ließ ich die Glocken am Sonntage als Hochschüler gemüthlich brummen und ging höchstens in die Kirche, wenn eine hübsche Messe anzuhören oder gar ein Prediger sammt Predigt zu critisiren war. Im Collegium über Kirchengeschichte und in der Kneipe nahm ich für jeden Ketzer immer eifriger Parthei, wenn die Ketzerei nur auch ein Fünklein Geist in sich schloß und begriff täglich weniger, wie manche brave, gebildete, kenntnißreiche und theilweise sehr begüterte Bursche meiner Gesellschaft Theologen bleiben konnten, ohne vor Langweile zu sterben.

Unter solchen Umständen mußte Ronge mein Apostel werden.

Mit einem vor freudigbangen Erwartungen zitternden Herzen wohnte ich bei Konstanz dem "Concilium am Säubach" bei, sah den großen Reformator, hörte ihn, fand denselben sehr unbedeutend; sein College Dowiat kam mir als "anmaßender Schwung", mancher Deutschkatholik, der seit Jahren nicht einmal mehr die Augustinerkirche betreten hatte und jetzt gar andächtig mit gefalteten Händen zum Tische des Herrn Ronge ging, als ein Reinecke Fuchs vor— Heuchelei habe ich von jeher tödtlich gehaßt, meine Opposition gegen den Deutschkatholizismus war entschieden.

Ich blieb Katholik dem Namen nach, wurde geistig immer mehr zum Heiden und würde auch sittlich völlig verkommen sein, wenn ich ein minder ernstes Temperament, mehr Geld und vor allem weniger Ehrgeiz gehabt hätte.

Aller positiven Religion baar und ledig, in der letzten Zeit von Spinoza begeistert, kam ich nach Heidelberg. Der katholischen Kirche und deren Lebensäußerungen stand ich gegenüber wie ein junger, unerfahrener Reisender den Ruinen des Riesentempels von Karnak mit seinen unheimlichen Säulen und der wunderlich besternten lasurblauen Decke, der ein befremdendes Geräusch vernimmt, den Einsturz einer alten Säule, das Hervorbrechen eines dummwüthigen Raubthieres oder das Heranwinden einer giftigen jesuitischen Viper befürchtet.

In Heidelberg studirte ich unter Beihülfe der Hochschullehrer Schlosser, Häußer, Kortüm, Gervinus und Hagen namentlich Geschichte und diesen großentheils hochberühmten und mit Recht gefeierten Männern verdanke ich hinsichtlich meiner wissenschaftlichen Bildung sehr Vieles; der ausgezeichnete Philolog und unübertreffliche Menschenfreund Hofrath Bähr trug durch sein edles Benehmen gegen mich dazu noch bei, daß mein wankender Glaube an die Menschheit nicht vollends zertrümmerte.

Ich wußte Manches, vielleicht Vieles und die innere Leere sagte mir doch, daß ich nichts wüßte, nichts wäre als ein überflüssiges Atom in der Schöpfung, nichts besäße als ein gequältes Herz, dessen Sehnen ich damals noch nicht recht verstand. Es war eine trübe Zeit, ich arbeitete Tag und Nacht oft genug in der Absicht, mich durch Arbeiten aufzureiben.

Ich war geborner Katholik und kannte Christum nicht.

Ich suchte Prinzipien, leitende Fäden der Geschichte der Menschheit und der Einzelnen und solches Streben trug wohl Vieles zu einer eigenthümlichen Auffassung der geschichtlichen Vorträge gelehrter und geistvoller Protestanten bei.

Jetzt erst erschloß sich mir die großartige Weltanschauung der mittelalterlichen Kirche und ich lernte die staunenswürdigen Leistungen derselben für die barbarischen Völker Europas kennen, welche sich aus dem argen Wirrwarr der Völkerwanderung allmählig und langsam zu reinern, bessern, mildern Zuständen und nationaler Gliederung emporarbeiteten; die ewige Fehde zwischen Kaiser und Papst ward mir verständlich als der Doppelweg, auf welchem die Menschheit ihrer Bestimmung entgegenreiset und an dessen Ende feindliche Brüder mit versöhnter Liebe sich in die Arme sinken, während ihr gemeinsamer Vater den ewigen neuen Bund segnet; die Fehde zwischen Kaiser und Papst erschien mir als Kampf der Zeit mit der Ewigkeit, des Staates mit der Kirche und lös'te [löste] sich allmählig immer mehr in den Kampf zwischen Subjectivität und Autorität auf, in welchem wir noch befangen sind.

Der fast übermenschlich hohe Character einzelner Päpste erregte meine Bewunderung, die trostlosesten Zeiten der Kirche machten mich stutzig, weil nur ein Gott, ein persönlicher Gott, der für mich zum "großen Unbekannten" geworden, diese Kirche bei der gränzenlosen Verkommenheit der Menschen zu retten vermochte. Die feine, weitschauende und weltbewegende Politik des äußerlich so unscheinbaren und oft so schwer bedrängten römischen Hofes überzeugte mich, dieser Hof sei vor allen andern Höfen des Erdballs zu allen Zeiten an Genies und Characteren der reichste gewesen. Gleichzeitig mit Luther gewann der Jesuitenorden gerade wegen seiner tief begründeten und unversöhnlichen Feindschaft gegen das Prinzip der Subjectivität, wenn nicht meine Liebe, doch meine unwillkührliche Achtung und die

Schilderung des bürgerlichen und politischen Lebens
während des Mittelalters, des allmähligen Werdens und
Wachsens der altrömischen und englischen Verfassungen
war schon durch die redende Macht der Thatsachen sehr
geeignet, mich gegen die bestehenden Zustände arg
einzunehmen, wenn auch die Jahre 1846 und 1847 ohne alle
politische Bewegung im Leben geblieben sein würden.

Letzteres war bekanntlich nicht der Fall; die Bewegung der
Zeit gährte gewaltig, selbst in der Studentenwelt, welche alle
Phasen der kommenden Revolutionsjahre thatsächlich
anticipirte, während ich selbst bald ganz unabhängig von
den Hörsälen, von der Oberrheinischen Zeitung und der
Rundschau zu Struves Volksführer, von diesem zur
Mannheimer Abendzeitung und rasch zu Heinzens
diabolischen witzigen Pamphleten innerlich fortgaloppirte.

Das Staatsexamen kühlte meinen Radicalismus ab und die
sogenannte "Beruhigungsmütze" des Candidaten hatte für
mich einen tiefen Sinn, welchen ich damals nicht verstehen
wollte.

Weil Noth beten lehrt, so habe auch ich im seltsamsten
Widerspruche zu meinen pantheistischen Ansichten als
Hochschüler manchmal recht inbrünstig gebetet. Mein
Beten konnte bei Gott nicht den mindesten Werth besitzen,
ich betete um lauter zeitliche Güter und wenn ich diese
hatte, ließ ich es hübsch bleiben, doch die oftmalige
Erhörung wirkte bei, daß mein Gemüth nicht gänzlich
erstarrte oder verwilderte.

Häufig hörte ich, die positive Religion übe gar keinen
Einfluß auf das Leben des Menschen aus und ich glaubte es,
weil es bei mir gänzlich der Fall war. Auf dem erträumten
Gipfel der bisherigen Zeitentwicklung stehend, betrachtete
ich positive Religionen wie untergegangene Völker lediglich

36

mit wissenschaftlichem Interesse und gar oft mit Mitleid.

Ich hielt mich für den sittlichsten Menschen von der Welt, merkte gar nicht, daß lediglich der Geisteshochmuth die Quelle meiner Sittlichkeit sei und schrieb meinen Verdiensten zu, was ein ernstes finsteres Temperament, Mangel an Zeit, Geld, Gelegenheit, Mangel an Neigung zu rohsinnlichen Genüssen, das Streben nach Fortdauer der Liebe und Achtung edler Menschen gegen mich bewirkten.

Ein großer Katholik hat einmal gesagt, die Tugenden der Heiden seien nur verborgene Laster gewesen—ich war ein Heide und muß diesen Ausspruch für meine Person bestätigen. Bildung für sich ist nimmermehr die Mutter wahrer Sittlichkeit, sondern nur der verfeinerten Sinnlichkeit und berechnenden Selbstsucht. Werdet in arge Versuchung geführt oder in schweres Unglück gestürzt und sehet dann zu, ob Ihr in Eurer Bildung Halt, Muth, Trost, Glück findet!—

Woher mein Unglaube?—Vorerst kehre ich die Frage um: woher hätte mein Glaube kommen sollen? Mein Religionsunterricht war höchst mangelhaft, gab mir kaum eine Ahnung der christlichen Weltanschauung, das Mitmachen aller kirchlichen Uebungen galt mir und den meisten meiner Mitschüler fast nur als nutzlose, leidige Disciplinarsache.

Man redet heutzutage viel von der Vermehrung der Religionsstunden an den Gelehrtenschulen. Solche Forderungen sind bei den gewaltigen Fortschritten der Wissenschaft und den gesteigerten Ansprüchen an Studirende bald gemacht, aber schwer durchzuführen. Ich für meine Person würde es bei den althergebrachten zwei Stunden wöchentlich bewenden lassen, wenn von tüchtigen und vor Allem von treugläubigen Lehrern

Religionsunterricht ertheilt wird.

Aller Buchstabenglaube und alles Wissen in religiösen Dingen nützt blutwenig, wenn der Schüler nicht in seinen Lehrern Männer voll lebendigen Glaubens, *handelnde Christen* vor sich sieht.

Die durch und durch protestantisirte und rationalistische Wissenschaft hat mich mit meinen Altersgenossen großgezogen, ihr verdanken wir aber doch weit mehr Gutes als unsern Religionslehrern.

Der Allerletzte, welcher Etwas gegen den Gedanken einer katholischen Wissenschaft an katholischen Lehranstalten einzuwenden wüßte, habe ich schon als Student jene oberflächlichen, einfältigen Einwände, welche man dem ebenso kenntnißreichen als geistvollen und dabei charakterfesten Hofrath Buß: es gebe keine katholische Mathematik, keine katholische Medizin und sogar keine katholische Nationalökonomie u.s.f. entgegenschleudert, oft bemitleidet und verlacht. Sie wurzeln in der evidenten Thatsache, daß es nach meinem Wissen damals kaum eine katholische Wissenschaft gab, doch Beweise, daß es gar keine geben könne, lassen sich nicht beibringen und man hatte seit Dezenien Gottlob angefangen, namentlich im Gebiete der Geschichtschreibung und spekulativen Theologie das Gegentheil thatsächlich zu zeigen.

Ueberhaupt scheint es, daß der christliche Geist aus hundertjähriger Entäußerung immer mehr aufwache und sich aufraffe und wie die Engländer im Guten und Bösen die Vorkämpfer der Franzosen und Deutschen seit langem geworden und nach meiner unmaßgeblichen Ansicht die eigentlichen Träger der Kultur sind, so sind es in neuester Zeit besonders Engländer, welche bereits auch die Naturwissenschaften wiederum in den Dienst des religiösen

Glaubens ziehen; die Franzosen folgen und die Deutschen bleiben nicht zurück.

Ich anerkenne das protestantische Prinzip der Subjectivität als ein durchaus berechtigtes, insofern die Völker und Einzelnen, welche nun einmal den naiven Christenglauben verloren haben, durch alle möglichen Stadien des Irrthums, der halben Wahrheit und der Lüge wandern und im Verlaufe der Entwicklung immer mehr und zwar *lediglich aus freier, innerer Ueberzeugung* zum katholischen Glauben als dem ewig wahren zurückkehren müssen. Die Geschichte vom verlornen Sohne ist für mich die Anticipation der ganzen Geschichte des Protestantismus. Von diesem Standpunkte aus muß ich auch die protestantische Wissenschaft als die Odyssee des Menschengeistes nach dem Ithaka des Glaubens achten, ehren und lieben und kann selbst in der Richtung eines Strauß, Feuerbach, der Neutübinger Schule u.s.f. das für die Menschheit und die Weltkirche Jesu Christi Heilsame daran nicht verkennen. Luther hat A gesagt; wie weit seine zahlreichen Nachfolger bisher gekommen, läßt sich im Allgemeinen nicht bestimmen, aber das ganze Alphabet werden sie durchmachen müssen und am Ende erfüllen, was Lacordaire predigt: "Macht, was Ihr wollt, die Welt wird dennoch katholisch!"

Daß die katholische Wissenschaft erst wieder einigen Aufschwung nahm als sie protestantisirt wurde und erst in neuerer Zeit wiederum zur Selbstständigkeit sich emporschwingt, ist historische Thatsache.

Ganz naturgemäß fehlte den Katholiken das unruhige, forttreibende Prinzip und erst der übermächtig werdende Gegensatz der protestantischen Wissenschaft hat sie wiederum geweckt zu neuem Leben und Streben. Daß das Ringen nach Selbstständigkeit namentlich in der modernen spekulativen Theologie und katholischen

39

Geschichtschreibung sich offenbarte, *zuerst* offenbarte, darin liegt wohl eine tiefe Bedeutung.

Die Philosophie gibt, die einzelnen Systeme mögen noch so barok und noch so wunderlich klingen, dem Selbstbewußtsein der wechselnden Zeit seinen eigenthümlichen Ausdruck, die protestantische Geschichtschreibung geht meist hierin Hand in Hand und betrachtet die Thatsachen der Geschichte im Lichte der herrschenden Zeitanschauung, die katholische Theologie und Geschichtschreibung muß im Namen der Ewigkeit dagegen protestiren, diese Protestation begründet werden und wenn dieselbe von einem Möhler und Männern wie Staudenmaier, v. Hirscher, Hurter, Döllinger, Hefele, Gfrörer und Andern begründet wird, bleibt immerhin starke Hoffnung, daß die katholische Wissenschaft mindestens das Gleichgewicht mit der vorangeeilten protestantischen noch in diesem Jahrhundert erringe und die Jugenderziehung durchsäuere. Mit dem Katholisiren der Wissenschaft sollte jedoch das Katholisiren des Lebens stets mehr Hand in Hand gehen.

Während meiner Studienjahren kam mir außer den Werken Johannes v. Müllers, aus denen mindestens ich viel Gespreiztes, Affectirtes, und noch mehr heuchlerische Perfidie herausfühlte und den Schriften Leos, dessen Ingrimm gegen Rationalismus und Revolution mich anwiderte und empörte, weil ich selbst bereits ein Rationalist und Revolutionär geworden, kaum ein Geschichtswerk zu Gesicht, welches der positiven Religion nicht gleichgültig oder auch feindselig gegenüberstand.

Eine Weltgeschichte, welche Jesum Christum wirklich als lebendigen Mittelpunkt der Menschheitsentwicklung nicht blos gelten ließ, sondern wissenschaftlich darstellte und die Lehren des Christenthums mit den leitenden Gesetzen der

Geschichte in Harmonie zu bringen versuchte, kurz ein von christlicher Philosophie der Geschichte durchsäuertes größeres Geschichtswerk, existirt meines Wissens gar nicht.

Wie soll nun der lebendige Glaube an den Gottessohn als den archimedischen Punkt der Weltgeschichte in einem ernstlich nach Bildung ringenden Jünglinge fortzuleben vermögen oder gar erwachen und stark werden, wenn die Geschichtschreibung Christum als lebendige Einheit der Menschheitsentwicklung kühl übergeht oder den Erlöser nicht als solchen begründet?

Christus muß dann nothwendig zum Range eines Zoroaster, Mohamed herabgedrückt als eine ehemals zeitgemäße und nicht minder zeitgemäß vorübergehende Erscheinung, das Christenthum lediglich als Produkt der Faktoren einer bestimmten Zeit und die katholische Kirche als Partei erscheinen.

Aus solchem tiefgehenden Widerspruche zwischen den Lehren der katholischen Kirche und der Geschichtschreibung fließen dann gerechte Zweifel an der ewigen Wahrheit der Christusreligion, und dem Unglauben ist Thür und Thor geöffnet, ohne daß man denselben noch besonders prediget.

Weil im Menschen eine nimmerruhende Sehnsucht nach Wahrheit und Gewißheit lebt und das Herz etwas Positives haben muß, woran es sich mit aller Macht klammert, wirft sich der Jüngling vertrauend in die Arme der Philosophie, huldigt damit den Grundtendenzen der Zeit und weil die Bücherweisheit ihn nicht oder doch selten ganz befriediget, stürzt er sich in den Strudel des gemeinen oder in den Wirrwarr des politischen Lebens und vergißt darin die Ewigkeit und häufig genug sein besseres Selbst.

Das Moderne soll eine Vermittlung des Antiken und Christlichen sein; mir sind frühzeitig Zweifel erwacht, ob es überhaupt eine mehr als äußerliche Vermittlung, eine innere Versöhnung so schroffer Gegensätze geben könne und habe in Staat, Kunst, Wissenschaft und Leben blutwenig von solcher inneren Versöhnung gesehen, die ich doch als höchste Aufgabe unserer Zeit und kommender Geschlechter anpreisen hörte.

So wenig ich je eine Vermittlung zwischen Christus und Belial will, glaube ich an die Möglichkeit einer innern Vermittlung des protestantischen Prinzips mit dem katholischen, muß diese jedoch einer weiter hinausgehenden Fortentwicklung des Menschengeschlechtes überlassen und finde sie gegenwärtig in ein Stadium eingetreten, wo sie einer entschiedenen Feindschaft und grimmigem Kampfe aufs Haar ähnlich sieht. Die protestantische Wissenschaft ist bis zur Stunde tonangebend in der ganzen civilisirten Welt, der Katholik darf und muß von ihr sagen, daß ihr Hauptzug ins alte, nackte Heidenthum zurückweise.

Mit der Rückkehr heidnischer Anschauungen steht die Rückkehr heidnischen Lebens in enger Wechselwirkung und das arge Geschrei und Geschreibsel über die "schlechte Juden- und Heidenpresse" ist auch ein Nothschrei gegen das Leben, in welchem es jüdisch und heidnisch zugeht.

Die heidnische Wissenschaft und Literatur ist allerdings keine christliche, und als unchristliche und verderbliche zu bekämpfen, allein sie ist ziemlich unschuldig an ihrem Unglauben und mag der Verfolgungen spotten, welche gegenwärtig ziemlich erfolglos und vielleicht bald vorübergehend gegen sie eingeleitet werden.

Mein hochgeachteter Lehrer Gervinus hat in seinem Prozesse dem Hofgerichte in Mannheim gesagt, daß Er selbst ganz unschuldig an den Thatsachen der Geschichte sei—dies ist gewiß richtig und nicht minder richtig aber, daß ein Verdammungsurtheil gegen irgend eine geschichtliche Weltanschauung stets ein Verdammungsurtheil gegen das geschichtliche Leben unseres Geschlechts in sich schließt.

Die Macht der bisher eines ziemlich ungeschmälerten Sieges sich erfreuenden protestantischen Wissenschaft liegt darin, daß sie ihre Anschauungen vorherrschend aus der Wirklichkeit schöpft und wenn man unsere Philosophen, Historiker, Dichter heidnisch nennt, so sollte man vor Allem etwas mehr bedenken, daß sie Söhne unserer Zeit, unsere Zeit aber noch sehr vorherrschend Zeiten des praktischen Heidenthumes seien.

Worte bewegen, Thatsachen reißen hin; die thatsächliche unläugbare Uebermacht des Heidenthumes im öffentlichen und bürgerlichen Leben ist die Wiege der heidnischen Wissenschaft und die durch keine Censur, keine Polizei und Gewaltmaßregeln zu hemmende ursprünglichste Quelle des

Unglaubens der Gelehrten und Ungelehrten geworden und geblieben.

Bei mangelhafter religiöser Erziehung muß das Lesen der Klassiker, Philosophen und Historiker, von denen die Wenigsten mit dem ruhigen Blicke der Ewigkeit in das zeitliche Leben hineingeschaut und alle ihren Stoff vorherrschend doch aus der Wirklichkeit geschöpft haben und müssen dann vor Allem eigene Lebenserfahrungen Unglauben erzeugen und vollenden. Ich hörte das Christenthum predigen und preisen und fand, diese gepriesene Religion habe höchstens im Mittelalter einigen Einfluß auf das staatliche und bürgerliche Leben ausgeübt; aus dem Mittelalter heraus sah ich einen Heidenstaat sich gebären, während die Kirche nach Außen und Innen zusammenschrumpfte und verdarb und aufhörte Trägerin der Menschheitsentwicklung zu sein. Ich schaute im modernen Staatswesen umher, fand blutwenig Christliches in diesen sogenannten christlichen Staaten, verglich protestantische Länder mit katholischen, das Treiben und Leben der Protestanten mit dem der Katholiken und mein Urtheil fiel nicht im mindesten zu Gunsten des Bestehenden, der Kirche und der Katholiken, überhaupt nicht zu Gunsten der positiven Religion aus.

"Sollen nur die Armen, Geringen und Schwachen Christen sein, die Reichen, Mächtigen und Starken darob lachen und thun was ihnen beliebt? Sollen Jene auf Gott und Beten sich stützen und die Erde um des Himmels willen verachten, während diese auf Geld und Waffenrecht, heillose Ränke und selbstfabrizirte Gesetze vertrauen und jedenfalls vorläufig die Erde in Besitz haben, folglich nur halb betrogen sind, wenn es keinen Gott und keinen Himmel geben sollte? Muß ich eine Kirche, meine eigene Kirche, nicht verachten und verabscheuen, wenn sie im Namen

44

eines allliebenden und gerechten Gottes solch ungöttlichem Treiben nur veraltete Redensarten und sinnlos gewordene Ceremonien entgegensetzt? Was soll mir eine Religion, deren Wirkung in der Luft hängt, die von ihren Bekennern höchstens durch Worte, selten durch Thaten bekannt wird?"

So rief ich oft in wildem Unmuthe und Hunderte riefen mit mir. Wir sahen den Wald vor lauter Bäumen nicht, schöpften deßhalb aus dem vergangenen und gegenwärtigen Leben Zweifel, Irrthum, Unglauben, einen tiefen Haß gegen Staat und Kirche und eine Sehnsucht nach bessern Zuständen, welcher die Revolution Bahn brechen sollte. Während der Revolution bekümmerte mich die positive Religion und katholische Kirche blutwenig.

Ich meinte es aufrichtig mit der Gewissensfreiheit, glaubte, die "moderne" Kirche werde als verwesender Leichnam schon von selbst mit ihrem Herrn, dem Staate, zusammenfallen und redete für die Priester, weil sie auch "Bürger" waren und sich ruhig verhielten.

Es kamen ernste Augenblicke genug, welche mir Gedanken an Gott und Ewigkeit erweckten und ich erlebte Dinge, welche gleich leuchtenden Blitzen die wilde Nacht meines Innern erleuchteten.

Zumeist in Heidelberg hatten mich Protestanten die katholische Kirche als welthistorische Erscheinung achten gelehrt, während der Revolution wurde ich durch Thatsachen an die Existenz eines persönlichen Gottes gemahnt und erhielt neben zahlreichen Beweisen von der gewaltigen Macht des Unglaubens auch solche von der Macht des Glaubens.

Das friedlichere Landleben gab mir Sehnsucht nach Ruhe und Frieden und weil ich die Wahrheit des Christenthums bereits für eine mögliche hielt, mußten meine Zöglinge Religionsunterricht und Kirche fleißig besuchen, ich sprach bei ihnen so wenig gegen, als für die positive Religion und manchmal machten mich die naiven Fragen der Kinder nachdenklich.

Zeitgemäße Philosophie, zeitgemäße Geschichtschreibung, daraus folgende zeitgemäße Anschauung des Lebens hatten meinem Unglauben Form und Ausdruck gegeben, die Seele desselben war mein souveräner Hochmuth, allein während der Revolution redeten Thatsachen mit unläugbarer, zweifelloser Macht gegen meinen Unglauben und erschütterten die Zuversichtlichkeit desselben. Das Lesen republikanischer Zeitungen mag die innerlich beginnende Reaction aufgehalten haben.

An Weihnachten 1848 besuchte ich den mitternächtlichen Gottesdienst in der Klosterkirche zu Rheinau und nahm einige meiner Zöglinge mit mir. Voll und tief zitterten die Glockenklänge durch die eiskalte, sternenhelle Mitternacht, ich hörte die Kinder voll naiven Glaubens vom Heile dieser Nacht plaudern, dachte wehmüthig an die Zeit meiner eigenen Kindheit und verzweifelnd an einige Verse aus Göthes Faust. Verstimmt legte ich den etwas langen Weg zurück, sandte die Kinder zur Kirche, ich selbst ging in ein Wirthshaus. Doch der Wein war schlecht, die Gäste leerten die Stube, ich folgte denselben. Dieser Gottesdienst hat einen wunderbaren Eindruck auf mich gemacht, ich hätte laut aufschreien mögen und zum erstenmale nach langen Jahren riß mich ein Gottesdienst zum Gebete hin, ohne daß ich zeitliche Dinge erflehte. Lediglich die Neugierde hatte mich in diese Klosterkirche geführt, den unvergeßlichen Eindruck, welchen ich mit mir hinausnehmen würde, hatte ich nicht geahnt.

Wie entfremdet ich dem katholischen Cultus gewesen, mag

die Thatsache lehren, daß ich nach Beendigung des
Hochamtes und beim Beginne der einzelnen Messen trotz
dem Fortgehen vieler, besonders entfernt wohnender
Kirchengänger stehen blieb und mich von meinen
harrenden Begleitern aufsuchen ließ, denn ich Armer
erwartete die Rückkehr des Prälaten mit seinem Gefolge aus
der Sacristei, dann den Gesang der Botschaft: Christus ist
erstanden—und neuen vermehrten Jubel der Kirchenmusik.

Innere Vorgänge mögen auf mein politisches Verhalten bis
zum Maiaufstande und während desselben vielen Einfluß
ausgeübt haben, sicher bleibt, daß die theilweise
schrecklichen Auftritte, welche ich mit ansah, besonders das
Elend des Rückzuges einen unauslöschlichen Eindruck auf
mich machte.

Gott verblendete mich, daß ich in kurzsichtigem, thörichtem
Glauben, gar nicht oder nur wenig bestraft zu werden, am
Ende des Aufstandes in Deutschland blieb.

In der Kriegsgefangenschaft kam ich mit Neff zusammen,
der am 8. August 1849 standrechtlich erschossen wurde. Er
war mein Jugendfreund und ursprünglich ein edler Mensch,
bei welchem der Kopf leicht mit dem Herzen davon lief und
dessen Vaterlandsliebe Struve und die Revolution zum
wahnsinnigen Fanatismus gesteigert haben. Die Rolle, in
welche er hineingeredet und hineingetrieben wurde, paßte
nicht für ihn, das Todesurtheil erschütterte ihn, weil er eine
alte Mutter und eine Braut hatte, doch sammelte er sich
wieder und starb in gutem Glauben, etwas für die
Menschheit Ersprießliches gethan zu haben.

Sein Tod mahnte mich fortwährend an das Jenseits, meine
Umgebung an den Jammer und das Elend dieser Erde, der
rasche Umschwung der Dinge außerhalb der Kerkermauern
an die Charakterlosigkeit der Menschen und an das Nichts

der Volksgunst, um welche ich selbst so eifrig gebuhlt.

An Gefangenschaft und Zertrümmerung des selbstgebildeten Lebensplanes lag mir wenig, die Aussicht auf das Zuchthaus machte mich aber beben.

Gott bestrafte den Hochmuth der Revolution im Großen, an mir im Kleinen. Acht Jahre Festung würden mich bei weitem nicht so erschüttert haben, wie acht Jahre Zuchthaus, die Richter trafen damit meinen Stolz noch weit mehr als meine Schuld.

Das Fundament meiner gewöhnten Sittlichkeit bildeten jene Begriffe von Ehre, welche in der Achtung vor der Menschheit und im Selbstgefühle des Gebildeten wurzeln, die Achtung der Zeitgenossen und noch mehr der kommenden Geschlechter als das Höchste des Lebens erscheinen lassen.

War diese Sittlichkeit bereits während der Revolution in Partheileidenschaft schiffbrüchig geworden, so bot sie beim Eintritte in das Zuchthaus vollends keinen Halt mehr. Am lebhaftesten fühlte ich dies in der ersten Nacht, die ich als Sträfling im einsamen Vorarreste zubrachte; ich glaube die Geburtswehen eines neuen Menschen in mir durchgemacht zu haben und habe ich in meinem Leben jemals im Gefühle meiner Ohnmacht um Gottes Schutz und Erleuchtung von Oben inbrünstig gefleht, so geschah es damals.

Die Zuchthausstrafe war die Pferdekur, welche der erbarmende Gott bei mir anwenden mußte, wenn ich nicht zeitlich und ewig verloren gehen sollte.

Voll Einbildung auf meine ganz absonderliche Gescheidheit und Scharfsinnigkeit hatte ich mich auf eine höchst tölpelhafte Weise den Gerichten selbst in die Hände geliefert

und den Richtern nicht nur die nöthigen Waffen der
Wahrheit, sondern noch ganz unnöthige meines
souveränen Hochmuthes gegeben; voll von Träumen eines
weitausschauenden Ehrgeizes, von hohen Ehren und in
ferne Zeiten hinüberwallenden Weihrauchwolken, aß ich
jetzt mit Räubern an Einem Tische und Nachts flüsterten
mir Mörder die schauerlichen Geheimnisse ihres Lebens und
gar oft ihrer Verworfenheit in die Ohren; voll armseligen
Dünkels auf ein bischen Bücherkram mußte ich nunmehr
mit den rohesten, unwissendsten Söhnen des Volkes mich
abgeben und bald diesem bald jenem als eine Art Knecht
unterthan sein; sehr freigebig mit Versprechungen gegen
blutarme Angehörige, die alle Hoffnungen auf mich gesetzt,
glaubte ich mindestens die Vorwürfe dieser in meinen Kerker
hereintönen zu hören und so gleichgültig mir die Achtung
oder Verachtung politischer Partheimänner wurde, so sehr
kränkte mich doch das ungünstige Licht, in welches ich
während der Revolution und jetzt gar als Graukittel bei
manchem redlichen und einflußreichen "Aristokraten"
gekommen, der mich einst geliebt, geachtet, in dieser oder
jener Weise unterstützt und mir oft genug auch den Kamm
wachsen gemacht hatte. Von den übrigen Leiden der
Gefangenschaft mag sich der Leser dieser
Zuchthausgeschichten leicht eine Vorstellung später bilden
und weil ich einerseits nicht so unsinnig war, an Erlösung
in Folge des Ausbruches einer neuen Revolution, anderseits
unsinnig genug, an ein achtjähriges Zuchthausleben
ernstlich zu denken, sah ich statt einer erträumten
Apotheose schließlich einen nackten Leichnam auf dem
fürchterlichen Brette der Anatomie, mein Skelett in irgend
einer Nische eines anatomischen Museums neben den
Hölzerlipsen und Schinderhansen und im günstigsten Falle
mein vergeßnes Grab in einem Kirchhofwinkel.

Viel zu stolz, um zu klagen oder zu murren, schickte ich

mich äußerlich ganz vortrefflich in meine Lage, doch während der Mund lachte und spottete, blutete das Herz und zog sich bald in hoffnungsloser Trauer, bald in wildem Ingrimme zusammen.

Viele Wassertropfen hölen den härtesten Stein, viele Zuchthausnächte allmählig das stärkste Mannesherz aus, besonders wenn die Stärke desselben in Hochmuth beruht.

Durch die redende Macht der Thatsachen des Alltagslebens war ich zum Unglauben vorbereitet, durch das Studium der zeitgemäßen Philosophie und Geschichtschreibung der Unglaube meine Ueberzeugung geworden; auf ähnliche Weise wurde ich in die Arme des Glaubens zurückgeführt.

Pantheismus und dessen reiferer Bruder Atheismus lassen Gott und die Idee der Zweckmäßigkeit fallen, in ihrer scheinbar oft reichen und wirklich sehr dürftigen Weltanschauung ist das Sein Alles, die letzten Gründe des Seins gelten bei ersterm wenig, bei letzterm gar nichts; der erstere verläugnet Alles, was nicht in sein Spinnengewebe taugt und findet für die auffallendsten, wunderbarsten Ereignisse der Geschichte und Thatsachen des alltäglichen Lebens höchstens natürliche Gründe, letzterer nimmt alles, wie es ist, verzichtet auf die Erklärung des letzten Warum und müßte folgerichtig aller Philosophie und allem Denken überhaupt den Todesschein schreiben. Mich hat das Studium ganz verschiedenartig denkender und deßhalb auch verschiedenartig darstellender Geschichtsschreiber immer verhindert, einer philosophischen Schule ausschließlich und lange zu huldigen und niemals konnte ich es über mich bringen, die leitenden Gesetze, welche Astronomie, Geschichte und Naturwissenschaften insbesondere täglich evidenter zu Tage fördern, als an sich selbstständige oder als Ausflüsse einer blinden, willenlosen Kraft zu betrachten.

Ich nannte mich in keinem philosophischen Systeme fest, Spinoza und vor Allem die Schelling'sche Naturphilosophie sagten mir am meisten zu, doch der Ausspruch Hamlets: es gibt viele Dinge zwischen Himmel und Erde, wovon sich die Philosophen nichts träumen lassen!—hielt mich in beständiger Unruhe und gegen den Fatalismus, in welchen ich mich hineinzulügen strebte, protestirte beständig das bewegliche Herz.

Die Geschichte ist eine großartige Apologie der Idee der Zweckmäßigkeit, das Unzweckmäßige, Böse wird mit all seinen Folgen wunderbar in den Dienst des Zweckmäßigen, Guten hineingezogen, bei aller Disharmonie und Gesetzlosigkeit im Einzelnen herrscht Harmonie und Gesetzmäßigkeit im Ganzen.

Weil jeder Mensch doch eine Welt im Kleinen ist, sollte dessen Geschichte nicht auch eine Weltgeschichte im Kleinen sein? Sollte die Idee der Zweckmäßigkeit nicht auch als rother Faden jedes individuelle Leben durchziehen, gleichviel ob der Mensch mehr zum Guten oder zum Bösen sich hinneige? Sollte keine höhere Macht durch das Leben und die Schicksale der Einzelnen wandeln und von ihm unabhängig dessen Thaten und Unthaten mit den Zwecken des Ganzen vereinbaren, denselben zu seinem eigenen Beglücker oder Henker werden lassen?—

Solche Fragen sind nichts weniger als neu, schon oft genug bejahend beantwortet worden, doch ich glaubte nicht an die Bejahung und wollte nicht daran glauben, weil ich Morgenluft der positiven Religionen, des Judenthums und des Katholizismus herauswitterte und ich längst gewohnt war, Juden und Katholiken auch nur als Schauspieler des welthistorischen Dramas zu betrachten, welche nach gut gespielter Rolle von der Bühne abziehen und Andern Platz machen. Jetzt bin ich überzeugt, jede möglichst umfassende und objektiv gehaltene Geschichte eines Einzelnen, selbst des unbedeutenden Menschen würde zu einer indirekten oder direkten Verteidigung der katholischen Weltanschauung und christlichen Moral. Wenn unter den Menschen mehr Vertrauen als berechnende Vorsicht, mehr Wahrheitsliebe als Selbstliebe herrschten, so daß Viele ihr ganzes Sein und Leben, ihre Schatten- und Lichtseiten, ihr Böses und Gutes den Mitmenschen blos legten, dann schwände das heillose Vorurtheil, als ob die positive Religion an sich keinen Einfluß auf das Leben ausübe; man würde klar erkennen, wie ein *persönlicher* Gott strafend und lohnend durch jedes einzelne Menschenleben wandelt und daß der Ausspruch unseres Erlösers, wornach [wonach] ohne das Wissen Gottes kein Haar von unserm Haupte fällt, keine hingeworfene Redensart, sondern volle Wahrheit ist. —

Ohne die Revolution wäre ich vielleicht nie zur Religion gekommen. Mein Bücherhochmuth mußte zunächst durch Thatsachen gedemüthiget werden, die ich mit eigenen Ohren hörte und mit eigenen Augen sah und deren Ursachen ich auf eine übernatürliche Macht, auf einen persönlichen Willen zurückführen oder notgedrungen das Denken aufgeben mußte.

Fremde Schicksale, die ich genau kennen lernte und besondere Lebenslagen brachten mich zum Nachdenken über mein eigenes leichtsinniges und gottverlassenes Leben und wenn ich in meinem Stolze mich nicht als den solidesten, vortrefflichsten Burschen von der Welt, meine Fehltritte als verzeihliche Schwachheiten, meine heidnischen Gutthaten als nie oder selten erhörte Beweise großer, aufopfernder Tugend fortwährend betrachtet hätte, würde mir Gott vielleicht den grauen Kittel doch erspart haben.

Im Zuchthause hatte das Beisammensein mit schamlosen, schlechten Leuten und mit Unglücklichen der bessern Sorte für mich den Nutzen, daß ich die Schicksale Einzelner genau kennen lernte und hundert und aber hundert Geschichten vernahm, welche mich überzeugten, der Mangel an positivem Christenthum sei die erste Quelle des Unglücks aller Menschen.

Vom Nützlichkeitprinzip der Zeit noch immer durchdrungen, vermochte ich nicht mehr zu verkennen, das Christenthum sei auch die wahre Nützlichkeitsreligion, der Ungläubige verkenne zunächst auch seine *wahren zeitlichen* Vortheile.

Den Katholizismus als vollendetste Form des Christenthums längst betrachtend fand ich in Befolgung der Lehren desselben auch das Geheimniß des *zeitlichen* Glückes, die einfachste und großartigste *Lösung der sozialen Aufgaben*.

Erzählungen gemeiner und politischer Verbrecher, an welche ich mich gleichmäßig anschloß, besondere Vorfälle, das Lesen guter Bücher, namentlich von Hirschers Erörterungen über die religiösen Fragen der Gegenwart, Unterredungen mit Geistlichen machten mich nachdenklich, die menschenfreundliche Behandlung von Seiten der Beamten und Aufseher entwaffnete meinen politischen Fanatismus, meine dennoch verzweifelnd bleibende Lage ließ das Bedürfniß eines höhern sittlichen Haltes nimmer einschlummern.

Gott schien mich an den Haaren zu Sich reißen zu wollen, im Zuchthause mußte ich gezwungen den gottesdienstlichen Uebungen fleißig anwohnen, Gott nahm mir einige wenige Freunde, welche mich besucht und getröstet hatten, indem ihr Beruf sie in die Ferne rief, endlich entriß Er mich den sehr bedeutenden Zerstreuungen, welche in der Sträflingsgesellschaft eine tiefe Verinnerlichung des Gemüthes arg erschweren und führte mich in eine Zelle nach Bruchsal.

Schon in Freiburg habe ich viel gebetet, sogar meine Sünden dem Zuchthauspfarrer aufrichtig gebeichtet, aber ich glaubte, Christus werde, wenn ein so seltener Gast wie ich Ihn mit einem Besuche beehre, mir wohl auch die kleine Gefälligkeit erweisen, und die Herren in Carlsruhe für meine Freilassung stimmen. Ich versprach Christo dagegen, meine Zöglinge, welche noch immer auf ihren alten Hauslehrer harrten, sich jedoch bei meinem längern Ausbleiben nach einem neuen nothgedrungen umsehen mußten, recht christlich und gottesfürchtig zu erziehen. Christus aber blieb gesonnen, zunächst mich selbst zu erziehen, bevor ich wieder der Erzieher Anderer würde, die Herren in Carlsruhe fanden sich vorläufig "in keiner Weise veranlaßt", auf meine Begnadigung anzutragen und dies bewirkte einen namhaften Rückfall in den alten Unglauben und politischen Fanatismus.

"Entweder liegt dem Erlöser wenig an den Seelen meiner verlassenen Zöglinge oder Er vermag nichts in Carlsruhe, weil Er einen bereits gebesserten und vortrefflichen Menschen meiner Art in der Zelle eines Zuchthauses stecken läßt", dachte ich, dachte geringer von Christus und mehr als gering von den Herren in Carlsruhe.

"Was liegt an mir, ob ich zeitlich und ewig zu Grunde gehe? Das lumpige Leben dauert nur Einen Augenblick, dann ists vorbei und hat mich Gott ungerecht auf Erden zappeln lassen, so mag er dann meinethalben auch Seinen Himmel für sich behalten. Gibt es eine Hölle, dann ist sie schwerlich heißer als ein pennsylvanisches Gefängniß und finde vornehme Kameradschaft genug darin. Zunächst will ich den geistlichen und weltlichen Beamten sammt den Aufsehern durch keine Klage Freude bereiten, will meine Lage nicht unklug verschlimmern und ihnen zeigen, was für ein grundsatzfester Mann in einem Freischärler und in einer Sträflingsjacke zu stecken vermag!" So dachte ich in schlimmen Stunden und redete mich beim Anblick der an der Wand hängenden Hausordnung und des Himmels, der durch das Kerkergitter gleichgültig hereinschaute, in stoischen Gleichmuth hinein.

Doch in der Einsamkeit gedeiht der Stoicismus bei einem achtjährigen und sich schuldlos dünkenden Gefangenen nicht gut.

Die Einsamkeit hielt eindringliche, furchtbare Reden an mich, der alte Mensch fing mit dem neuen in mir immer ärgere Händel an, ich verbrachte meine freie Zeit mit Lesen und Zeichnen, dachte unter Tags und in der Nacht an mich, suchte die Räthsel meines Schicksales zu lösen und wurde täglich mehr überzeugt, welcher Bursche ich eigentlich bisher gewesen und wie wenig es mein eigenes Verdienst sei, niemals eine an sich entehrende und des Zuchthauses würdige That begangen zu haben.

Noch weit mehr als früher entwaffnete ein taktvolles, menschenfreundliches Benehmen der Beamten und Aufseher, welche doch in meinen Augen Söldlinge der vernichtungswürdigen badischen Regierung waren, meinen politischen Fanatismus, in meinem Hausgeistlichen lernte ich einen sehr gebildeten Mann kennen, der vor meinem Bücherkram keineswegs verstummte und in ihm gleichzeitig einen Christen, wie ich bisher noch keinen kennen gelernt hatte.

Von der positiven Religion und der katholischen Kirche dachte ich bereits hoch, am Glauben an Vieles mangelte es mir nicht mehr, meine alte Wenigkeit wurde durch Gespräche, Bücher und Lebenslage aus den letzten Bollwerken des souveränen Hochmuthes herausgetrieben.

Immer lebhafter erwachte in mir das Bedürfniß eines positiven Verhältnisses zu Gott und je mehr ich die Haltlosigkeit meines Wissens, Lebens und Strebens einsah, desto sehnsüchtiger wurde ich nach Wahrheit, erleuchtender, beseligender Wahrheit. Endlich hinkte ich, der souveräne Bürger und preiswürdige Märtyrer des Volkes, an einem Krückenstocke, von leiblichen Schmerzen gefoltert, elendiglich und von den Menschen verlassen im Zuchthause herum; der Schmerz machte mich oft wüthend und nach einiger Zeit begriff ich, der kleinste Heilige der katholischen Kirche sei doch ein tausendmal charakterfesterer und glücklicherer Mensch als ich gewesen.

Wiederum las ich Hirschers Erörterungen, Staudenmaiers Dogmatik, Stolzens Ewigkeitskalender und Legenden, englische und amerikanische Controversschriften und vieles Andere, schaute bereits mit ganz andern Augen als früher in diese Bücher hinein und wünschte, daß sie lauter Wahrheit, absolute Wahrheit enthalten möchten.

Ich sah ein, daß ohne den Glauben an den lebendig gewordenen Gottessohn alles Gerede von Christenthum eben ein Gerede, daß Christus der Mittelpunkt und Wendepunkt der natürlichen und übernatürlichen Welt, des Diesseits und Jenseits sei, die katholische Kirche aber der in der Zeitlichkeit zurückgebliebene Christus.

"Wer die göttliche Dreieinigkeit zugibt, mag Satz für Satz und Schluß für Schluß die göttliche Wahrheit des Christenthums darthun. Wer einmal fest an Christum glaubt, muß nothwendig auf den Katholizismus verfallen, wenn er ein bischen gesunde Logik im Leibe hat. Das ist alles richtig, und glücklich wer in Christo den Urquell erleuchtender Wahrheit und beseligenden Lebens gefunden; aber Ein Gott in drei Personen und ein Gottessohn, der auf Golgatha für die Sünden selbstgeschaffener Geschöpfe büßt, gleichsam als ob eine Weltordnung auszusühnen gewesen, welcher Christus, ein Gott, selbst unterthan, folglich wieder kein Gott, sondern ein Unterthan gewesen, das ist meinen Einsichten zu stark, ich kann es nicht recht glauben und wenn ich deßhalb verdammt werden sollte, so sähe ich darin lediglich eine neue Ungerechtigkeit Gottes. Der Glaube ist eine Gnade; Andere mögen diese Gnade erhalten haben, ich weiß nichts von solcher Begnadigung, folglich bin ich für meine Zweifel auch nicht verantwortlich!"

In dieser Weise redete ich einmal im Anfange des Jahres 1851 mit dem geistvollen, würdigen Zuchthauspfarrer und dachte: "Gelt, Theologe, der Freischärler schlägt dich doch noch aus dem Felde; du verstehst mehr als ein Dutzend anderer Pfarrer im Lande und bist zudem bei allem Christenthum ein vorherrschender Verstandesmensch, ein Mathematiker, aber mich soll kein katholischer Pfarrer durch Ueberzeugung von meinem Mangel an gründlichem Wissen und ernstem Denken bekehren!"

Der Geistliche war ein ordentlicher Gedankenerrather, lächelte in seiner besondern Weise und fragte ruhig:

"Haben Sie denn jemals an Christum den Gottessohn glauben *wollen*?"

"Gewiß, denn ich will Wahrheit, womöglich absolute Wahrheit und wenn Christus diese absolute, fleischgewordene Wahrheit ist, will ich gern die Gnade des Glaubens an Ihn ergreifen. Mein Wille ist gut, aber Gott achtet nicht darauf!"

"Haben Sie denn diesen guten Willen schon *bethätiget*?"

"Ei, habe ich nicht einen Heißhunger nach theologischen Schriften? Vergleiche ich nicht während der Arbeit die

Aussagen der Katholiken mit denen der Protestanten, die Aussagen dieser mit denen der Philosophen und anderer Ketzer?"

"Dies ist Etwas, aber nicht genug. Alles Bücherwissen gibt Ihnen höchstens Vorbereitung auf den Christenglauben, nicht diesen selbst, denn er ist eine Gnade! — Sie haben noch einen andern Weg zu betreten, der zur Wahrheit führt und von welchem die wenigsten sogenannten Wahrheitsfreunde Etwas wissen *wollen*, wenn sie auch die Unzulänglichkeit des menschlichen und eignen Wissens einsehen und zugeben!"

"Sie meinen das Gebet, Herr Pfarrer, nicht wahr? Viele Menschen haben behauptet und behaupten noch, durch Gebet zur Wahrheit gelangt zu sein. Wer die Wahrheit ernstlich will, durch alles Denken und Studiren nicht zu ihr gelangt, der *muß* den Weg des Gebetes betreten, wenn er auch nicht einmal an Gott glauben sollte. Ich *habe* gebetet, jedoch nicht um die Gnade des Glaubens, sondern um volle Wahrheit und Gewißheit in göttlichen Dingen."

"Und zweifeln noch an dem Gottessohn?"

"Allerdings!"

"Gut, fahren Sie nur mit Studiren und mit Beten fort, beten Sie mit aller Inbrunst, deren Sie fähig sind, nicht um die Gnade des Glaubens an den Gottessohn, sondern in Demuth um Wahrheit, befriedigende und dadurch auch beseligende Wahrheit allein. Wer um Gnade bittet, bekommt sie; glaubenslose Menschen *wollen* nicht darum bitten, *wollen* den vornehmen Weg zur Wahrheit nicht betreten, wenn sie denselben auch längst vom Hörensagen kennen. Im bösen Willen allein liegt das Verdammungsurtheil der zahllosen Namenchristen!"

Mir war es ernstlich um Wahrheit zu thun, deshalb flehte ich auch ernstlich um sie und die Wahrheit ist mir in Jesu Christo kund geworden. Eine neue Erde, eine neue Geschichte der Menschheit, ein neuer Himmel eröffnete sich mir in einer kleinen Zelle des neuen Männerzuchthauses zu Bruchsal.

Ich habe aufgehört, Christum lediglich als einen großen Mann, die Kirche Christi als vorübergehende Erscheinung im geschichtlichen Entwicklungsprozesse zu betrachten, eine Ansicht, aus welcher zahllose, beklagenswerthe und sehr folgenschwere Irrthümer fließen.

Der positivkatholische Standpunkt ist der meinige geworden und ich habe offen und ehrlich dargethan, auf welche Weise ich zu ihm gelangte.

Damit ist meine Vorgeschichte zu diesen Zuchthausgeschichten einstweilen geschlossen und ich gehe zu letztern selbst über.

Einer, der die Welt verbessern helfen möchte und zugleich Einer, der rücksichtslos gegen sich und Andere redet, handelt und schreibt, wo die Interessen der ewigen Wahrheit wirklich oder doch nach meiner inneren Überzeugung im Spiele zu sein scheinen, bin ich geblieben. Die ewige Wahrheit aber ist die der katholischen Kirche und wenn man in ihrem Sinne zunächst sich selbst zu verbessern und auf die Besserung der Einzelnen durch Beispiel, Wort und Schrift einzuwirken sucht, befindet man sich auf dem nächsten und besten Wege, das Ganze zu verbessern.

Das Christenthum gelangt im Einzelnen wie im Ganzen nur allmählig zur Wirklichkeit, ist ein mühevolles Streben und langsames Werden und der gute Wille unser vornehmstes

Verdienst.

Wenn ich über Wandel und Lehre meines ewigen Herrn und Meisters nachdenke oder die einzig ächten Helden der Weltgeschichte, die Helden des sittlichen Willens, nämlich die Heiligen betrachte und mich mit dem geringsten derselben vergleiche, ja wenn ich einzelner Männer gedenke, deren Gesinnungen und Wandel mich in dieser trüben, drangvollen, gewitterschwülen Zeit aufrichten und ermuthigen, dann empfinde ich sehr lebhaft, welch langen Weg ich noch zurückzulegen habe, um in Allem ein erträglicher Katholik heißen zu dürfen. Auch sind meine Worte und Ansichten nichts weniger als unfehlbar und meine Schriften mögen mehr Mängel haben denn ein alter Judengaul, mindestens habe ich an meinen Erstlingsversuchen selbst weit mehr als Andere auszusetzen gefunden. Aber an redlichem Willen als Christenmensch durch meine Lebensminute zu wandeln, die Weltkirche Jesu Christi bei jeder Gelegenheit und auf jede mir zustehende Weise vertheidigen und verherrlichen zu helfen, durch Schriften, Wort und That das Werden des Christenthums in meinen Mitmenschen zu fördern, damit für die moralische Hebung des Volkes im allgemeinsten Sinne zu wirken, daran fehlt es mir nicht und Gott wird durch den Erfolg der Schriften auch unter anderm zeigen, ob ich meinen eigentlichen Beruf nicht verkannt und mir ein zu hohes Ziel vorgesteckt habe.

Wie in neuerer Zeit gegen heidnische Weltweisheit und Geschichtschreibung durch das Aufblühen der spekulativen Theologie und christlichen Geschichtschreibung im Namen der Ewigkeit protestiert wurde, also hat sich auch gegen die heidnische Unterhaltungsliteratur der christliche Geist erhoben, zuerst vorherrschend verneinend, dann aber versuchend, durch Schöpfung einer christlichen

Unterhaltungsliteratur derselben entgegenzuarbeiten.

Wie Gleichgültigkeit gegen positive Religion, Unglaube und Unsittlichkeit vorzugsweise durch unterhaltende Schriften in das Herz des Volkes und insbesondere des jungen, lesesüchtigen Volkes wahrhaft hineingeschmuggelt werden, indem Irrthum und Lüge das Mäntelchen der Wahrheit, falsche Sittlichkeit und entschiedene Unsittlichkeit das der Tugend umhängen, so läßt sich meines Erachtens auch die Weltanschauung des Christenthums in die Herzen der Menschen gleichsam hineinschmuggeln. Freilich hat die unchristliche Unterhaltungsliteratur den großen Vortheil für sich, daß sie der Sinnlichkeit, dem Geisteshochmuth und den Leidenschaften der Menschen schmeichelt, während die christliche gerade gegen die Selbstsucht einen entschiedenen Vernichtungskrieg führen muß.

Ferner huldiget die unchristliche Unterhaltungsliteratur den Anschauungen und Tendenzen der Zeit, während die christliche bisher vorherrschend in der ihr eigenthümlichen ideellen Welt, deren Verständniß zur Rarität geworden und ein bereits christliches Gemüth voraussetzt, sich bewegte oder gegen das Wahre und Ewige in den Anschauungen und Tendenzen der Gegenwart sich oft mit einseitiger Polemik kehrte und dadurch die Kinder der Zeit von vornherein abstieß und langweilte. Endlich läßt sich nicht verkennen, daß die genialsten Schriftsteller, Romanenschreiber und Theaterdichter insbesondere vorzugsweise Protestanten und Juden sind, ausgerüstet mit der ganzen Bildung der Zeit und mit allen Waffen des Geistes, welche sie für den Geist der Verneinung schwingen und im Hochgefühle ihrer noch wenig beeinträchtigten Herrschaft im Gebiete der Literatur besonders gegen den positiven Glauben und gegen die katholische Kirche kehren.

Ich bin sehr weit davon entfernt, die großen Verdienste

unserer protestantischen und jüdischen Schriftsteller um Wissenschaft und Kunst zu verkennen, oder Zeitrichtungen und Persönlichkeiten deßhalb verdammen zu wollen, weil dieselben nicht katholisch sind; auch verkenne ich nicht, daß es einem entschiedenen Protestanten oder glaubenslosen Juden beinahe unmöglich sei, die katholische Weltanschauung sammt Allem, was daraus fließt, mit andern als mißtrauischen oder feindseligen Augen zu betrachten, doch jene Ungerechtigkeit und Leidenschaftlichkeit, mit welcher nur allzuhäufig Alles abgethan wird, was katholisch heißt und heißen will, halte ich eben für keinen lobenswerthen Characterzug der modernen Kritik und der gegenwärtigen Zeit überhaupt.

Die Fähigkeit sich über Partheistandpunkte zu erheben, das Wahre in entgegengesetzten Richtungen anzuerkennen und auch im Feinde den gleichberechtigten Menschen gelten zu lassen, scheint dem jetztlebenden Geschlechte täglich mehr abhanden zu kommen, je ärgeres Geschrei von sogenannter reinmenschlicher Bildung und Freiheit Aller erhoben wird. Wohl deßhalb, weil Wissenschaft und Kunst sich immer entschiedener auf das Wirkliche und Praktische geworfen, wird auch hierin Alles zur Parthei und jede Aeußerung katholischen Lebens nicht nur vom Standpunkte der Parthei aus beurtheilt, sondern in Folge eines gewissen Instinktes von den meisten Söhnen der Verneinung mit Partheileidenschaft und Partheiwuth behandelt.

Die katholische Kirche kennt keine Partheiwuth, es liegt hierin eine Aeußerung ihrer unbesiegbaren Stärke. Der Katholik sollte mit dem ruhigen Blicke der Ewigkeit in das Gewühl und in den Wirrwarr des zeitlichen Lebens hineinschauen, allein Katholiken sind auch Menschen, haben auch ihre Schwachheiten und Fehler und je inniger Einer von der Wahrheit seines Glaubens überzeugt ist, desto leichter steht er in Gefahr, dem Gegner gegenüber ungerecht und leidenschaftlich zu werden und diesem dadurch Waffen gegen sich in die Hände zu liefern.

Man darf nur in manche katholische Tagesblätter hinein sehen, um die Ueberzeugung zu gewinnen, der gerechte Ingrimm gegen die Revolution sei zum ungerechten Ingrimm gegen das democratische Prinzip, welches innerhalb der Kirche Anerkennung und Berechtigung doch auch gefunden und der gerechte Zorn gegen die Partheisucht der sogenannten Juden- und Heidenpresse zur ungerechten Verkennung der Berechtigung des protestantischen Prinzips der Subjectivität und der großartigen Verdienste der protestantischen Wissenschaft und Kunst fortgeschritten.

Wer ein Buch im katholischen Geiste schreibt, darf ziemlich sicher sein, von der herrschenden protestantischen Kritik entweder vornehm ignorirt oder mit Waffen todgeschlagen zu werden, welche nicht von der angeblich so heißen Liebe für Wahrheit und vom angeblich freien Geiste der Wissenschaft geschliffen sind. Dagegen werden Protestanten, welche sich in Staat, Wissenschaft und Kunst die höchsten Verdienste erworben, um mißliebiger Ansichten willen von Katholiken oft in einer Weise behandelt, in welcher kein Fünklein menschlicher Billigkeit und christlicher Liebe zu entdecken übrig bleibt.

Zuletzt haben Protestanten und Katholiken, welche sich damit abgeben, der unsittlichen Unterhaltungsliteratur eine christliche entgegenzusetzen, noch mit dem verdorbenen Geschmacke und der Verkehrtheit der Lesewelt zu kämpfen. Um sich von dem verdorbenen Geschmacke zu überzeugen, darf man nur in die nächste beste Leihbibliothek gehen. Welche Bücher am meisten gelesen werden, habe ich hundertfältig mit eigenen Augen gesehen und eigenen

Ohren gehört.

Sauber und wohlerhalten stehen die Werke classischer Schriftsteller aller Völker, die deutschen nicht ausgenommen, in den Schränken und selten bekümmert sich ein Leser um dieselben. Ich könnte einen Leihbibliothekar in einer schon bedeutenden Stadt nennen, welcher Göthe's Werke sechs Jahre im Laden hatte und dann verkaufte, weil während der ganzen Zeit auch nicht Ein Leser Eines derselben abgeholt hatte. Englische und amerikanische Schriftsteller werden zwar ziemlich gelesen, ebenso unsere guten Romanenschreiber und noch mehr unsere Tendenzbären, allein reißend gehen die neuern und neuesten Franzosen, noch reißender die einfältigsten, geistlosesten Ritter-, Räuber-, Gespensterromane und herzbrechende Helden der verschollen geglaubten sentimentalen Zeit und am reißendsten bei *allen* Klassen des Volkes—schmutzige Geschichten ab.

Man darf nur Bücher, deren Decke von Schmutz glänzt und deren Blätter von der Unschuldsfarbe bereits keine Spur mehr zeigen, heraussuchen und dann fast sicher sein, aus diesem Liebling des Publikums einen Menschen herausreden zu hören, der mit Paul de Kok, Casanova und Andern dieses Gelichters frappante Ähnlichkeit hat.

Die traurigen Folgen derartigen Geschmackes werden in diesen Zuchthausgeschichten zum Theil am "Duckmäuser" offenbar und zwar weder historisch unwahr noch übertrieben, denn der gute Duckmäuser ist nichts weniger als ein erdichteter Charakter und dessen Geschichte nichts weniger als eine erdichtete Geschichte, was nicht nur schwarz auf weiß sondern mündlich von ihm selbst wie vom alten "Paule" und den meisten in diesen Geschichten vorkommenden Persönlichkeiten, ich möchte sagen bereits von Allen, die noch leben oder nicht nach Amerika auswanderten, bewiesen werden könnte.

Aus der Wirklichkeit ist der ganze Inhalt dieser Schrift geschöpft und der Idealisirung absichtlich nur der allernothwendigste Spielraum gelassen. Die platte, gemeinste Wirklichkeit eines Zuchthauses zu schildern ist zwar unmöglich und glücklicherweise auch unnöthig, allein wer nicht blos unterhalten, sondern noch mehr belehren möchte und bei der Belehrung eine bestimmte Absicht verfolgt, darf und kann nicht so Vieles vertuschen und verschönern, als er von Herzen gern wünschte, weil die Objektivität darunter zu große Noth litte.

Einen ästhetischen Maßstab an vorliegende Schrift legen, hieße den Zweck derselben gänzlich verkennen, denn dieser ist ein durch und durch praktischer.

Er ist auch zugleich ein zwiefacher.

Erstens nämlich soll diese Schrift ein Scherflein dazu beitragen, die Einsicht in die Schäden und Wunden unseres süddeutschen Volkslebens und unserer gesellschaftlichen Zustände zu vermehren und dahin zu weisen, woher gründliche Heilung einzig und allein zu kommen vermag.

Ich habe meine eigene Zuchthausgeschichte im Interesse der positiven Religion so offen und ehrlich erzählt, daß ich nicht fürchte, dereinst am Gerichtstage Gottes darob zu Schanden zu werden und gerade weil meine Selbstliebe sich dagegen sträubte, daß ich der Welt mein Innerstes bloß lege, habe ich mich eher zu schlecht als zu gut gemacht.

Durch die Geschichte gemeiner Verbrecher werden die Wege zum Zuchthaus und dadurch aber auch der einzig richtige Weg zum zeitlichen und ewigen Glücke offenbar, die finstern Mächte des Erdenlebens enthüllt, die verklärten Gestalten des Himmels verherrlichet.

Langsam und allmählig wächst der Mensch im Guten, rascher und reicher im Bösen. Mag die That eines Verbrechens den Mitmenschen noch so auffallend und vereinzelt erscheinen, dieselbe ist doch nur die Frucht eines längere Zeit fortschleichenden und wachsenden innern Verderbnisses und beweist eindringlich, wie klein der Schritt vom Lasterhaften zum Verbrecher sei und damit der Unterschied zwischen zahllosen Freien und den meisten Gefangenen.

Ich brauche dem Leser wohl nicht im Einzelnen nachzuweisen, welchen Einfluß die positive Religion auf das Leben ausübe. Wer die Geschichte irgend eines untergegangenen Volkes der Erde vom Anfange bis zu den Endpunkten recht begreifen will, muß sich vor Allem in die religiöse Anschauung desselben vertiefen, denn in dieser wurzelt die Gestaltung der Lebenszustände. Christi Welt- und Menschheitsreligion hätte ohne Einfluß auf das Leben die Welt schwerlich umgestaltet, übt fortwährend mächtigen Einfluß auf Politik und Völkerleben und sogar auf die Nationalökonomie, wie der ungläubigste Nationalökonom bei den wohlhabenden und betriebsamen Quäkern finden könnte.

Der Leser weiß auch mindestens im Allgemeinen, daß Mangel an religiöser Erziehung und noch mehr an Belebung, steigende Genußsucht im Kampfe mit steigender Armuth und Verdienstlosigkeit die Quellen der meisten Verbrechen sind und ich erlaube mir nur Eine Bemerkung.

Viele Sträflinge haben Väter, deren Namen in keinem Taufbuche zu finden und fast bei allen gemeinen und wohl auch bei vielen politischen Verbrechern habe ich eine merkwürdige Lockerung der Familienbande und Zerrüttung der Familienverhältnisse in verschiedener Weise wahrgenommen.

Auflösung und Zerstörung des Familienlebens—dieses Idol hirnloser Utopier—führt Einzelne dem Zuchthause und Völker dem raschen Untergange entgegen und wo Hurerei und Ehebruch als verzeihliche Schwachheiten betrachtet werden, was bei uns häufig der Fall zu sein pflegt, läßt sich von der Zukunft nicht allzuviel Tröstliches erwarten und Büreaukraten und Polizeimänner sind hierin auch wunderliche Volksdoktoren.

Noch weit wunderlicher sind aber hierin viele Erzieher und Mütter und gleichen dem Vogel Strauß, der den Kopf in den Sand steckt, um den Feind nicht zu sehen, der ihn oder seine Jungen zerfleischen will.

Ich finde einen Mangel sehr vieler katholischer Unterhaltungsschriften darin, daß sich die Gestalten derselben weit eher im Himmel und in der Hölle, als auf der Erde und in der lebendigen Wirklichkeit herumbewegen. Man mag sich in einer erdichteten Idealwelt sehr gut gefallen und süße Thränen der Rührung und Freude weinen, aber ich habe in meiner Jugend auch erfahren, daß viele Bücher den unerfahrenen Leser zu sehr in die Idealwelt hineingewöhnen, dadurch die Bekanntschaft mit der wirklichen bedeutend erschweren und es Jedem überlassen, oft mit großen Gefahren und Unkosten mit derselben näher bekannt zu werden. Lauter schneeweiße Tugendhelden und rabenschwarze Lastermenschen, überglückliche Christen und unglückselige Unchristen, lauter verklärte fromme Priester und ganz abscheuliche Gegner derselben—dies Alles ist etwas Unwirkliches, Einseitiges und hat schlimme Folgen, weil der junge Leser den Maßstab der gewonnenen Ideale an die Gestalten des wirklichen Lebens legt, nichts davon weiß, daß die meisten Menschen für den Himmel zu schlecht und für die Hölle zu gut und niemals fertige sondern immerfort werdende und sich entwickelnde Geschöpfe seien und sehr leicht mit der Wirklichkeit, Gott, Welt und sich selbst zerfällt, weil er *zuviel* von den Menschen verlangt.

Ich für meine Person halte blutwenig vom Nutzen derartiger Unterhaltungs- und Controversschriften, meine, der Schriftsteller sollte Stoff und Charaktere aus der Alltagswelt schöpfen und besonders in Jugendschriften Alles eher zu wenig als zuviel in übernatürliche Höhe schrauben und darnach streben, den Leser nicht der Wirklichkeit zu entfremden, in der er doch einmal leben muß, sondern mit derselben zu befreunden, keck auf alle Schatten- und Lichtseiten eingehen, damit man sich in derselben leichter zurecht finde und alle trüben und hellen und dämmerungsreichen Erscheinungen des Lebens im Lichte der Idee zeigen, damit man nicht eitel Unwahrheit darin sehe und sich gegen dasselbe kehre.

Man braucht die Gestalten des Himmels und gute Menschen nicht in eine erträumte Idealwelt hineinzubannen, denn beide sind auf der Erde aufzufinden; die Gestalten des Himmels wirken hienieden unsichtbar Sichtbares genug, an guten Menschen ist auch heutzutage noch kein Mangel und den Mittelschlag zwischen Guten und Bösen sollte man um so weniger vergessen, weil derselbe im Leben die ungeheure Mehrzahl bildet.

Eines der größten, folgenschwersten und leider allgemeinsten Laster ist die Unkeuschheit und das Schlimmste dabei, daß weder auf der Kanzel noch in Büchern, welche auf christlichen Geist Anspruch machen, von dieser Hydra des Menschengeschlechtes die Rede sein soll. Einem zu weit getriebenen Anstande und einer falschen Schaam wird die ächte Delikatesse und wahre Schaam vieler tausend jungen Seelen geopfert.

Schon Rousseau hat diese verderbenbringende Schönthuerei als Anlaß vieles Bösen und großen Unglückes mit Recht verdammt. Papa lächelt und schweigt, Mama lacht und schilt bei gewissen naiven Fragen des Kindes, auf welche geistliche und weltliche Lehrer keine oder doch keine genügende Antwort ertheilen. Allein das Kind vergißt die Frage nicht mehr, weil der erwachende Trieb es an dieselbe mahnt, es gibt größere und minder gut geartete und wohlerzogene Kinder, gibt furchtbar gewissenlose Dienstboten, gibt Gelegenheiten zu Sünden und nur zu oft springt der junge Mensch der reizenden Sünde lächelnd in die Arme, weil er sie nicht und noch weniger deren Nachwehen genügend kennen gelernt hat.

Genügend? Wo gibt es einen Schutz gegen sittenlose Unterhaltungsschriften und medizinische Bücher? Ich weiß, daß wir in großen Wörterbüchern stundenlang nach gewissen Ausdrücken suchten und gewisse Stellen heidnischer Dichter auswendig wußten, ohne daß der Lehrer darnach je fragte.

Man kann zu sehr hinter dem Berge halten und dadurch wahrhaft gewissenlos an den eigenen Kindern handeln, zumal keine Sünde dem Menschen näher liegt, keine mehr reizt und scheinbar befriediget, keine so rasch und leicht dem leiblichen und geistigen Verderben entgegenführt und betrübtere Folgen für das spätere Leben nach sich zieht, als gerade diejenige, von welcher Eltern, Lehrer und christliche Bücher am allerunliebsten reden, am liebsten schweigen.

Unsere Jugend liest im Ganzen zehnmal mehr als sie zu verdauen vermag und meistens unterhaltende Bücher. Christliche Unterhaltungsschriften schonen das heillose Vorurtheil der Menschen, doch die Zahl unchristlicher

Romane, welche das Laster der Unkeuschheit lieber ausmalen und verherrlichen, als andeuten und die traurigen, schrecklichen Folgen desselben schildern, heißt Legion und nicht christliche, sondern unchristliche und sittenlose Bücher sind das Lieblingsfutter der jungen Lesewelt. Es ist mißlich und schwierig, hier etwas Gutes zu leisten.

Natürlicherweise kommt in Zuchthäusern hinsichtlich des sechsten Gebotes Vieles vor, was man in einer nicht sowohl für Gefängnißkundige als für das größere Publikum bestimmten Schrift nur ungemein gemildert auftischen oder durchaus weglassen muß und eine der größten Schwierigkeiten hinsichtlich dieser Zuchthausgeschichten lag für mich darin, einerseits der objectiven Wahrheit und anderseits dem sittlichen Gefühle nicht allzunahe zu treten.

Schon die äußere Rücksicht auf meinen hochverehrten Gönner, den Herrn Professor Stolz mußte mich vorsichtig machen, damit ich durch die im Interesse einer großen Sache nothwendige Profanirung des Kultus und der geschlechtlichen Verhältnisse keinen Anlaß zu gegründeten Beschwerden gebe.

Der zweite Zweck dieser Schrift berührt das *Gefängnißwesen*.

In diesem Fache können Männer aller religiösen und politischen Farben ein ruhiges und vernünftiges Wort reden und eine beim Volke ebenso unbeachtete, als wichtige Frage der Zeit entscheiden helfen.

Weil ich nicht die Ehre habe, Rechtsgelehrter oder Gefängnißbeamter zu sein, erscheine ich als vollkommen Unpartheiischer und weil ich die Unehre hatte, volle 33 Monate ein Gefangener zu sein, wird es wohl als keine Anmaßung erscheinen, wenn ich Gelehrten von Fach ein klein bischen ins Handwerk pfusche.

Ich habe lange genug unter Sträflingen gelebt, um die unverbesserlichen Grundfehler des Zusammenlebens derselben ausfindig zu machen und fast lange genug in der Zelle, um die Lichtseiten und Schattenseiten des pennsylvanischen Systems an sich und in seiner bisherigen Durchführung kennen zu lernen. Ich versäumte auch nicht, die Jahrbücher von Julius und Varrentrapp und die Schriften berühmter Anhänger der verschiedenen Gefängnißsysteme sammt denen ihrer Gegner zu lesen, habe sogar Ritter Apperts zahlreiche Geisteserzeugnisse, bei denen der Erfolg das Merkwürdigste bleibt, verschlungen und dadurch mindestens die Ueberzeugung gewonnen, daß auch im Gefängnißwesen eine 33jährige Erfahrung die Augen selbst einem Franzosen nicht mehr öffnet, wenn derselbe alltägliche Vorurtheile gegen ein System einmal eingesogen und öffentlich als berechtigte anerkannt hat oder gar, mit einem selbstfabrizirten Systemchen schwanger gehend, in schweren, langjährigen und immer fruchtlosen Geburtsnöthen in der weiten Welt herumkutschirt.

Weil die Gefängnißfrage eine der wichtigsten Fragen der Staatsverwaltung und Rechtspflege ist, so habe ich mich keineswegs mit meinen persönlichen Erfahrungen und dem Lesen zahlreicher Schriften über Gefängnißwesen begnügt, sondern namentlich auch bedacht, daß mich die aufrichtige und bleibende Hochachtung und Liebe, welche ich den geistlichen und weltlichen Beamten des Bruchsaler Zellengefängnisses zollen muß, leicht mit einseitiger Vorliebe für das Isolirsystem erfüllen und unmerklichen Einfluß auf meine Ueberzeugung ausüben könnte.

Noch selbst Gefangener habe ich mit Manchem geredet, welcher das Zellenleben früher durchgemacht hatte und nach meiner Begnadigung redlich gestrebt, Urtheile der

Zellenbewohner zu vernehmen und Entlassene zu beobachten und zwar beides bei Leuten, welche gemeine Verbrechen begangen, theilweise die einsame sammt der gemeinsamen Haft gekostet hatten und sehr verschiedenen Ständen, Bildungsstufen und religiösen Bekenntnissen angehörten.

Was ich bereits in der Zelle war, bin ich bis zur Stunde geblieben, nämlich ein Anhänger der allerdings harten und je nach Umständen gefährlichen, doch bei sachgemäßer Durchführung für die Gesellschaft höchst segensreichen einsamen Haft.

Die gemeinsame Haft erfüllt ihre Aufgabe hinsichtlich der Strafzwecke der Sühne, Abschreckung und besonders der Besserung nur halb oder gar nicht. Warum?

Richten wir das Augenmerk zunächst auf den Strafzweck der *Besserung*, so muß ich mich vor Allem gegen jenen sehr zeitgemäßen, aber auch sehr oberflächlichen Begriff von Besserung verwahren, der bis zur Stunde gang und gäbe ist und bei Rechtsgelehrten in Folge der bisherigen Entwicklung ihrer Wissenschaft bis nächsten Frühling wohl noch nicht aufgegeben sein wird.

Laut diesem Begriffe besteht die Besserung des Sträflings darin, daß derselbe in der Strafanstalt recht fleißig arbeitet und die Hausordnung befolgt, nach der Entlassung aber nicht mehr zurückkehrt.

Nun ist fleißiges Arbeiten und gesetzmäßiges Verhalten während und nach der Gefangenschaft *möglicherweise* ein Zeichen von Besserung, eben so gut aber auch keines, denn Arbeitsamkeit kann Folge der Gewohnheit, Noth, des Ehrgeizes, der Geldliebe und vieler anderer Dinge sein, welche mit der Besserung nichts gemein haben und die Zahl jener Menschen, welche beim Austritt aus der Strafanstalt sich vornehmen, keineswegs gesetzlich zu leben, dem Amtmann wiederum in die Haare zu gerathen und möglichst bald zu den augenarmen Zuchthaussuppen zurückzukehren, ist wohl äußerst gering.

Alles dies könnte den Rechtsgelehrten gleichgültig sein, wenn man im Staatsleben nur nicht innerhalb der gesetzlichen Schranken ein grundschlechter Kerl sein und der menschlichen Gesellschaft durch Ausübung von mancherlei Lastern hundertmal mehr in Einem Jahre zu schaden vermöchte, als etwa ein alter Zuchthausbruder durch seine kleinen Diebstähle während seiner ganzen Spitzbubenlaufbahn geschadet hat.

Diese unläugbare Thatsache läßt den Begriff, welchen die Rechtsgelehrten mit den meisten Gefängnißbeamten von der Besserung haben, in seiner völligen Armuth und Bedeutungslosigkeit erscheinen, insofern von einem *Nutzen* für die menschliche Gesellschaft die Rede sein soll.

Ferner sind laut meinem Sträflingsleben und zahllosen, einstimmigen Veröffentlichungen der Fachmänner gerade unter den Rückfälligen die stillsten, fleißigen und fügsamsten Seelen und woher kommt es wohl, daß diese Gebesserten immer häufiger in die Strafanstalten zurückkehren und die Amtsleute sammt Gefängnißbeamten durch persönliches Erscheinen von der Nichtigkeit des herrschenden Begriffes von Besserung überzeugen?

Diese Rückfälligen haben keinen sittlichen Halt in sich und keinen sozialen in der Gesellschaft, bilden den Abfall der Volksentwicklung und sind die Parias unserer gesellschaftlichen Zustände.

Der alte Paul, welcher im Amtsgefängnisse seine, ein jetzt

73jähriges Leben umfassende Zuchthausgeschichte, an der ich gar nichts geändert habe, getreu erzählt, ist das Muster eines Rückfälligen und nach meinem Ermessen ein für Rechtsgelehrte und Geistliche besonders belehrendes Muster.

Die Besserung, von welcher in dieser Schrift geredet wird, besteht in der sittlichreligiösen Wiedergeburt des Menschen und diese wurzelt lediglich in der positiven Religion.

Etwas Sittliches kann möglicherweise positives und damit strafwürdiges Unrecht sein, etwas Unsittliches jedoch kann nimmermehr zu Recht werden; ferner bestand die Besserung bei mir zwar in sittlichreligiöser Wiedergeburt, worin sie auch beim gemeinen Verbrecher bestehen soll, allein es können bessere Leute als ich wegen politischer Vergehen ins Zuchthaus gekommen sein, endlich besteht die Besserung des politischen Verbrechers zunächst im ehrlichen Aufgeben seiner regierungsfeindlichen Pläne—damit habe ich den Hauptgrund angegeben, weßhalb ich in dieser Schrift nicht mehr viel von politischen, sondern fast lediglich von gemeinen Verbrechern spreche.

In der gemeinsamen Haft sind Thränen und Seufzer der Reue zwar nichts Seltenes und gute Vorsätze gibt es mehr als Erdäpfel, allein die Reue ist bereits immer und fast nothwendig nur eine natürliche Reue über die zeitlichen Folgen der That und die guten Vorsätze enden gemeiniglich in dem Vorsatze, das elfte Gebot, nämlich das Erwischtwerden nicht mehr zu übertreten.

Eigentliche Besserung gedeiht in Sträflingsgesellschaft so wenig, als ein von den ersten Symptomen der Pest Befallener durch Pestkranke gesund wird.

Warum?

Die Zuchthausgeschichten sagen es und hier zunächst die Gründe kurz zusammengenommen, welche gegen gemeinsame Haft überhaupt und gegen Besserung durch dieselbe reden.

Die empörenden Prahlereien und schamlosen Herzensergüsse hartgesottener Sünder, der Unterricht, den die Altmeister der Greiferkunde und aller Laster in der Sprache und den Kniffen der Gaunerwelt Andern mit satanischer Freude ertheilen, die unvermeidliche Anknüpfung von Bekanntschaften, welche dem bessern Entlassenen häufig arge Verlegenheiten, Versuche und Gefahren bereiten, die Möglichkeit der Verabredung und Durchführung von Flucht aus der Anstalt und zu Verbrechen, welche innerhalb und außerhalb der Anstalt ausgeführt werden sollen, der Verkauf von Gelegenheiten zu Unthaten—all diese längst anerkannten Schattenseiten der Sträflingsgesellschaft betrachte ich trotz ihrer Wichtigkeit doch nur als Nebendinge.

Den unverbesserlichen Grundfehler aller gemeinsamen Haft, für welchen außer der einsamen kein Kräutlein gewachsen ist, insofern man von Besserung reden will, finde ich darin, daß der stets durch Gesellschaft zerstreute Sträfling schwer oder gar nicht zum ernsten Nachdenken und unpartheiischen Insichblicken gelangt, in Folge des steten Zusammenlebens blutwenig Zeit und Gelegenheit findet, dem nicht gerade karg zugemessenen, doch schwer zu vertheilenden Unterricht in Kirche und Schule nachzuhelfen durch Selbstbildung. Dagegen findet er lauter Leidende um sich, überzeugt sich selbst und Andere gerne von seiner allzuharten Strafe oder beispiellosen Unschuld, läßt sich auch von Anderer Unschuld gerne überreden, wird durch beständigen Anblick von Verbrechern und engeres Anschließen an Einzelne derselben gar bald gegen alle

Verbrechen abgestumpft, redet sich und Andere in eine rettungslose Selbsttäuschung über den eigenen Werth, in wilden Haß gegen Gesetze und Menschen, gegen Staat und Kirche und Gott hinein.

Dagegen helfen keine Klasseneintheilungen, deren Eintheilungsgrund doch nirgends annehmbar aufzufinden ist, weil die sittliche Wiedergeburt ein innerer Akt ist und mit dem äußeren Verhalten gar oft in scheinbaren Widerspruch gerathen kann. Auch die farbenreichen Affenjacken mit tellergroßen Knöpfen voll Inschriften, welche die liebe Eitelkeit kindischer Sträflinge ködern könnten, darf Herr Appert als unnütze, äußerliche Spielerei herzhaft aufgeben und was das Schweigsystem betrifft, so beseitiget dieses keineswegs die Schattenseiten der gemeinsamen Haft, läßt einige derselben höchstens in neuer Art fortleben und verzichtet auf jede Frucht des Zellenlebens.

Das Schweigsystem ist eine Halbheit und theilt das Schicksal aller Halbheiten; verdirbt es mit allen Partheien und bleibt unfruchtbar für die Gesellschaft. Besserung als Wiedergeburt des Menschen vermittelst des religiösen Glaubens gedeiht lediglich in der Zelle, wie ich an mir selbst erfahren habe, wie die Geschichte des "Duckmäusers" insbesondere zeigen soll und wie ich von mehr als Einem Gefangenen genügend beweisen kann.

Freilich erfolgt auch in der Zelle Besserung nicht immer und nur unter gewissen Bedingungen, von denen später die Rede sein und hier nur eine einzige erwähnt werden soll.

Es ist kaum glaublich, welche Ansichten manche Rechtsgelehrte und Gefängnißbeamte von der Besserung durch einsame Haft hegen. Alles Ernstes huldigen sie dem Wahn, alte, gründlich verdorbene Menschen, welche leider statt jugendlicher Verbrecher nach Bruchsal spedirt werden, könnten innerhalb weniger Monate nicht nur Anfänge zur Besserung machen und darin fortschreiten, sondern vollkommen gebessert und so Alles, was 20 bis 50 und mehr Jahre verdorben, im Sturmschritte einiger Monate verbessert werden.

In neuerer Zeit haben die Engländer die Zeit der längsten Dauer der Einzelhaft auf 18 Monate festgesetzt, nach deren Verlauf sie ihre Gurgelabschneider und Londoner Spitzbubengenies in ferne Colonien senden, um dieselben auf gute Weise sich vom Halse zu schaffen.

Kaum war dieses beschlossen, priesen deutsche Gelehrte solche Maaßregeln auch für deutsche Zellengefangene an und weil die Deutschen als Träger der Cultur und anderer schöner Sächelchen keine Verbrecherkolonien besitzen, wollten Jene die Leute bereden, ein Mensch, der über 18 Monate in einer Zelle sitze, leide nothwendig an der leiblichen und geistigen Gesundheit Schaden und könne nach 18 Monaten des Glückes jeder Spitzbubengesellschaft wieder theilhaftig gemacht werden wegen der während dieses Zeitraums neu oder zum erstenmal errungenen Vortrefflichkeit.

Weil ferner in manchen Anstalten Englands die Zellengefangenen wahrhaft verhätschelt und eher für ihre Verbrechen belohnt als bestraft werden, priesen Ritter einer durch und durch falschen, weil gegen die wahren Interessen der Gesellschaft und der Gefangenen gleichmäßig gerichteten Humanität auch für Deutschland dergleichen Verhätschelungen an und schlugen Maaßregeln vor, durch welche das Grundprinzip der einsamen Haft, nämlich die *absolute Trennung der Verbrecher unter sich*, mehr oder minder vollkommen beseitiget worden wäre.

In Baden ist die Strafdauer natürlich je nach dem Vergehen sehr verschieden, kurze Strafzeiten herrschen vor, damit aber auch Nichtbesserung der meisten ältern Sträflinge und dies um so mehr, weil die Gerichte in neuester Zeit mit Hungerkost und Dunkelarrest gar zu freigebig sind und durch diese Strafverschärfungen ein dem Isolirsystem als dem der Besserung zwar nicht widersprechendes, doch demselben sachgemäß untergeordnetes Prinzip, nämlich das der Abschreckung auch in Bruchsal vorherrschend machen und dadurch erst mit dem Grundgedanken dieser Anstalt in Widerspruch gerathen.

Vollkommen mit Herrn Professor Stolz einverstanden, erkläre ich: Jeder Geistliche und jeder Mensch, welcher die Sünde für ein größeres Uebel hält denn Wahnsinn und Leibestod und daran glaubt, daß im Himmel Ein Bekehrter mehr Freude verursache denn 10 Gerechte, muß folgerichtig ein Anhänger der einsamen Haft der Verbrecher werden, zumal die Erfahrung an manchen Orten und besonders auch zu Bruchsal trotz der ungünstigsten Verhältnisse bewiesen hat, bei richtiger Behandlung der Zellenbewohner seien die Fälle von Geistesstörung und Tod kaum häufiger, als in einsamer Haft und Bekehrungen gemeiner Verbrecher nichts weniger als eine Seltenheit, ohne daß die Bekehrten einem krankhaften Muckerthum oder einseitigem Fanatismus sich ergeben.

Ist ein unter dem Abschaum der Gesellschaft lebender gebesserter Sträfling ein weißer Rabe, was eigentlich ein Kindesverstand ohne die Erfahrungen von Jahrhunderten einsehen sollte, so steht es mit dem Strafzwecke der *Abschreckung* in gemeinsamer Haft eben auch nicht glänzend. Bekanntlich trägt Jeder seine Bürde leichter, wenn er Andere dieselbe Bürde tragen sieht, ebenso bekanntlich sucht und findet man Zerstreuung in der Gesellschaft und nicht minder bekanntlich kommen täglich mehr Gäste in die Strafanstalten und bringen erheiternde oder tröstliche Neuigkeiten. Von all diesen Erleichterungen der Strafe weiß der Zellenbewohner wenig, folglich hat die einsame Haft auch hinsichtlich der Abschreckung Vorzüge vor der gemeinsamen. In neuerer Zeit hat man gemerkt, wie wenig die gemeinsame Haft bei guter Kost und ordentlicher Pflege abschrecke und wenn dieselbe durch Hungerkost verschärft wird, so finden wir hierin nur etwas Löbliches. Man hat Hungerkost und den bei längerer Dauer und regelmäßiger Wiederholung nicht sehr empfehlenswerthen Dunkelarrest aber auch für Zellenbewohner und zwar nicht blos für Rückfällige reichlich verordnet und dieses Verfahren finden wir ein bischen grundsatzwidrig, stark ungerecht und äußerst nutzlos. Es hat überhaupt mit der Abschreckungstheorie eigene Bewandtniß, weil der Mensch beim Begehen eines Verbrechens wohl selten an Erwischtwerden und kommende Strafe ernstlich denkt oder glaubt, sich häufig vom Augenblicke der Leidenschaft beherrschen läßt und was laut der Geschichte die grausamsten Strafen nur wenig vermochten, nämlich Andere abzuschrecken, wird kein Zuchthaus der Welt jemals ersprießlich zu Stande bringen.

Mit den Leiden des Verbrechers hängt als dritter Strafzweck die *Sühne* auf das Engste zusammen und hier ist das Verhältniß der einsamen und gemeinsamen Haft so, daß letztere geradezu das Gegentheil dessen bewirkt, was sein sollte. Je verkommener und schlechter nämlich ein Mensch ist, desto leichter findet er sich in die Sträflingsgesellschaft, gewöhnt sich leicht an das Zuchthaus, weil er sich daselbst in seinem eigentlichen Elemente befindet und die Zeit stumpft ihn gegen das Elend der Gefangenschaft beim Andenken an das meist wohlverdiente und oft furchtbare Elend außerhalb der Gefängnißmauern manchmal völlig ab, so daß er dem Tage der Freilassung nicht freudig, sondern traurig entgegensieht. Gerade die Bessern und Besserungsfähigen leiden in gemeinsamer Haft am meisten, weil sich ihr innerstes Gefühl, der Rest des bessern Menschen in ihnen gegen die Gleichstellung und das Zusammenleben mit den verworfensten Burschen empört. Wie in der Welt überhaupt, so haben auch im Zuchthause gar oft die Heuchler und Schlimmen die Oberhand über die Geraden und Bessern und um die schmerzliche Empörung ihres Innern zu betäuben, dadurch ihre Leiden zu mildern und ruhig und erträglich leben zu können, suchen sie den Heuchlern und Schlechten gleich zu werden.

Ich habe hineingeblickt in die Herzen alter Sträflinge, wie nur ein Sträfling dem andern hineinzublicken vermag und wenn diese Herzen noch nicht ganz verknöchert und versteinert waren, so habe ich als letzten Rest des bessern Menschen eine bittere, furchtbare Anklage gegen die menschliche Gesellschaft darinnen gelesen.

Jeder Mensch ist ein Gesellschaftsmensch, die Gesellschaft trägt mehr oder minder Mitschuld an seinen Lastern und Verbrechen und wenn die Gesellschaft die Sühne des Verbrechers diesem allein aufbürdet, ihre Mitschuld keineswegs anerkennt und nur sich selbst, keineswegs aber ihn zu retten, sondern moralisch zu vernichten strebt, so nenne ich Entlassener vom Standpunkte der Rechtsidee aus ein derartiges Verfahren ebenso selbstsüchtig als ungerecht.

Rücksichtlich der Sühne haben die Zellengefängnisse einen Vorzug, der alle Männer des Rechtes zu Freunden derselben machen sollte. Man könnte mit großen Buchstaben über die Eingangsthüre einer derartigen Anstalt schreiben:

Je schlechter der Kerl, desto schlechter geht es ihm hier!

80

und würde damit eine nachweisbare Wahrheit getroffen haben.

Manche Beamte alter Anstalten prahlen mit merkwürdigem Vertrauen, welches ihre Gefangenen gegen sie bewiesen. Nun ist es zwar richtig, daß ein menschlicher Beamter, der Sträflinge taktvoll zu behandeln weiß, was eben keine leichte Sache und nicht Jedem gegeben ist, sich die Liebe und Achtung derselben und wohl auch das Vertrauen Einzelner in hohem Grade erwirbt. Doch das Vertrauen Einzelner ist noch lange nicht das Vertrauen der Gefangenen überhaupt; ferner ist zwischen Vertrauen und Vertrauen ein gewaltiger Unterschied und ich für meine Person sehe nicht ein, welche Gründe zusammenlebende Sträflinge im Allgemeinen haben könnten, einen hoch über ihnen, Allen gleichmäßig gegenüberstehenden Beamten, der es unmöglich Allen recht machen kann und deßhalb seine Gegner, Verläumder und Ehrabschneider unter den Sträflingen stets finden wird, wenn er auch ein Halbgott wäre, zu ihrem wahren Vertrauten zu machen und damit demselben alle Falten ihres Herzens und alle Geheimnisse eines oft schauerlich verkommenen Lebens zu offenbaren. Der Mittheilung bedarf der Mensch freilich, aber der Sträfling wird gerade wie andere Leute sich zunächst seinen Gesinnungsgenossen mittheilen, wenn er solche in der Nähe findet, wird sich an Solche wenden, welche mit ihm auf gleicher Bildungsstufe stehen und in der gleichen Lage leben und bei einiger Klugheit, woran es dem einfältigsten Sträfling selten mangelt, den Beamten sich in möglichst gutem Lichte zeigen und dadurch seine Lage verbessern. *Den* Sträfling möchte ich wohl einmal sehen, der zu den Beamten läuft und seine Sünden und Laster *nicht* zu entschuldigen, zu verschönern und zu rechtfertigen sucht, sondern denselben von seinen Verirrungen erzählt, Beweise der Verruchtheit bringt und unentdeckte Schandthaten enthüllt!

Er würde jedenfalls unter seinen Kameraden als der größte aller Dummköpfe gelten und hätte es bei ihnen für immer verschüttet. Statt an wahres Vertrauen glaube ich tausendmal eher an Heucheln und heimliches Anzeigen, an Lug und Trug und wenn je ein Sträfling statt seinen Gesinnungsgenossen einen Vorgesetzten zu seinem wahren Vertrauten zu machen gedächte, so würde er zunächst sich an den Zuchthauspfarrer wenden, um etwa den Trost und die Hülfe der Religion bei diesem zu holen.

Sträflinge dieser Art gibt es; ich selbst habe unter durchschnittlich 300 Einen gefunden, aber nur Einen, welcher von der Predigt am Sonntag manchmal bis zu Thränen gerührt wurde und jedesmal dem Pfarrer entgegenzitterte, wenn ihn der Verwalter vorher wegen seines unordentlichen Benehmens in Arrest gesprochen hatte. Dieser Bursche war ein ebenso jähzorniger als leidenschaftlicher Todtschläger, dabei eine höchst sentimentale Natur und weil er eine hübsche Magd liebte, welche er zuweilen aus bescheidener Entfernung betrachten, doch nur durch Blicke und Geberden romantische Gefühle mit ihr austauschen konnte, so wird es leicht begreiflich, daß er nach Befreiung dürstete und schmachtete und sehr wahrscheinlich, daß unser Herrgott weit weniger als die hübsche Magd der Gegenstand seiner rührenden Sehnsucht und herzbrechenden Verehrung war.

Ein gutes Zeugniß vom Hausgeistlichen gilt als gewaltiger Hebel bei Begnadigungen, der Bursche bedurfte eines solchen weit mehr als andere und um die Gunst des Pfarrers zu gewinnen, redete er gottselige Dinge von schuldlosen Gefangenen, welche Gott mit Gebet bestürmen müßten, niemals von der holdseligen Magd ausgenommen Tag und Nacht unter den Sträflingen, mit welchen er sich zu vertragen vermochte.

Weil ein Zusammenleben der Sträflinge Heuchelei, Verstellung, Verabredungen jeglicher Art und heimliche Angebereien möglich macht, wird den Beamten die Kenntniß der einzelnen Individuen, damit aber auch die *individuelle Behandlung* der Einzelnen sehr erschwert, die doch mit der Erreichung aller Strafzwecke in engen Zusammenhang treten soll.

Die Beamten sind mit andern Arbeiten überladen, und zufrieden, wenn nur der Gewerbsbetrieb der Anstalt blüht und die Hausordnung, welche wenig mit religiössittlicher Wiedergeburt zu thun haben kann, aufrecht erhalten wird. Wir wollten damit auch zufrieden sein, wenn nur die Vertheidiger der alten Zuchthäuser der Welt nichts von Besserung der Gefangenen vormalten und gegen das Isolirsystem loszögen, als ob dieses das Non plus ultra aller Unzweckmäßigkeiten und aller Gräuel in sich schlösse.

Der Zellenbewohner ist ein Mensch, folglich ein für Gesellschaft geborenes und der Mittheilung bedürftiges Geschöpf, ist manchmal ein großer Sünder und schwerer Verbrecher und gerade diese Art von Leuten drängt ein geheimnisvoller Trieb zu Selbstgeständnissen; die drückende Alplast der Einsamkeit lastet schlaflose Stunden der Nacht und viele Stunden des Tages ungestört auf ihm, er fängt an mit sich selbst zu reden, seine ganze Lage ist darauf berechnet, ihn zum Nachdenken, Insichblicken, zur Verinnerlichung zu bringen und weil außer geistlichen und weltlichen Beamten, Werkmeistern, Aufsehern und einzelnen Besuchern der Anstalt Niemand zu ihm kommt, weil schon seine Lage ihn in eine erhöhte und oft leidenschaftliche, äußerst reizbare Gemüthsstimmung versetzt, welche an sich einer langdauernden Heuchelei widerspricht, endlich weil nirgends ein Gefangener so unabläßig und scharf beobachtet zu werden vermag wie der

Zellenbewohner—aus all diesen Gründen ist er sehr offenherzig, oft bis zur Unverschämtheit und Maßlosigkeit treuherzig und naiv und wenn er sich nicht jedem Besucher geradezu gibt wie er ist, sei es vorherrschend im Bösen oder im Guten, so werden doch alle Beobachter zusammen in Folge einer äußerst durchdachten Controlle und musterhaften Zusammenwirkens sehr bald über den individuellen Charakter, den Unwerth und Werth jedes einzelnen Gefangenen vollkommen einig.

Kenntniß des individuellen Charakters macht jedoch eine diesem gegebenen Charakter entsprechende Behandlung möglich und durch diese hat die Einwirkung im Interesse aller Strafzwecke eine mächtige Handhabe.

Was in gemeinsamer Haft ein Akt der Nothwendigkeit ist, nämlich möglichst gleiche Behandlung aller Gefangenen, aus welcher sich übrigens gewaltige Ungleichheiten von selbst ergeben, wäre im Zellengefängniß ein Akt des Unverstandes, welcher die Erreichung der Strafzwecke beim Einzelnen sehr beeinträchtigte.

Ohne die Hausordnung im Mindesten bei Seite zu setzen, liegt es in der Macht der Beamten eines Zellengefängnisses, bei Behandlung der Zellenbewohner an sich sehr geringfügige, für diesen jedoch sehr große Unterschiede eintreten zu lassen. Weil Jeder nach seiner Art und Weise behandelt werden kann und soll, mag der Strafzweck der Sühne auch von Außen her seine Erfüllung finden. Aber schon die Lage des Zellenbewohners bewirkt die bestmögliche Erreichung dieses Strafzweckes.

Nichts ist so beredt als die Einsamkeit und nichts so furchtbar, als die Lage eines Zellenbewohners, der ganz ins Aeußerliche versenkt, ein elender Knecht seiner Triebe und Leidenschaften, ein hohles Rohr, welches von jedem Aufathmen der maßlosen Begierde gebeugt wird, viele Stunden des Tages und der Nacht einsam zubringen, seine Zerstreuung in lauter Dingen suchen muß, welche darauf hinzielen, die schlummernden Keime und Reste des bessern Menschen in ihm zu wecken. Er steht allein mit seinem Ich, mit seinen wüsten Erinnerungen, mit dem vollen Bewußtsein seines Unglücks und wenn erst die Selbstvorwürfe lebhafter werden, wenn die natürliche Reue in Folge tieferer Einsicht in sich selbst und neuerrungener

Erkenntniß zur übernatürlichen sich steigert, wenn er dasteht mit zerrissenem, blutendem Herzen und von der Größe seiner Schuld überzeugt in sich keinen Halt, keinen Trost, keine Ruhe und keinen Frieden zu finden vermag, dann ist er der Verzweiflung, dem Wahnsinne nahe und es darf nur ein taktloser Geistlicher kommen, um die *Schrecken der Religion* in die Zelle zu bringen oder die Gefühlsseiten der Religion vorherrschend schildern, dann mag der altgewordene Sünder durch Verzweiflung an Gottes Gnade und eigener Kraft dem religiösen Wahnsinne verfallen.

Der erfahrenste, taktvollste, ruhigste Geistliche vermag nicht immer derartige Stürme zu beschwören, schon mancher Bewohner amerikanischer und europäischer Zellengefängnisse ist an der Ungeschicklichkeit des Geistlichen oder auch an der Offenbarung Johannis zu Grunde gegangen und hat durch ein seelengestörtes Leben seine zeitliche Schuld gesühnt.

Je verkommener der Mensch, desto größer die Qual in der Zelle! — Dies ist an sich ganz in der Ordnung und ein Vorzug der einsamen Haft vor jeder andern Haftart, von dessen Vorhandensein ich mich auf vielfache Weise gewissenhaft zu überzeugen trachtete und überzeugte.

Für die Richtigkeit dieser Thatsache spricht auch die alte Erfahrung, daß zumeist die *schlechtesten* Subjekte Seelenstörungen und Selbstmordsgedanken in der Zelle vor allen Andern ausgesetzt sind, wie dies in der ganzen Welt der Fall ist.

Der Vorwurf, einsame Haft erzeuge leicht Seelenstörungen und Selbstmord hat mindestens historische Thatsachen genug für sich, doch weniger einsame Haft *an sich* als eine mangelhafte, verkehrte *Behandlung der Gefangenen* machte einzelne Zellengefängnisse zu einer Art Versammlungsort der Kandidaten des Narrenhauses und Selbstmordes. Die Gestalt [Anstalt] zu Bruchsal steht hierin glänzender als alle oder doch die meisten andern da und wenn auch hier Seelenstörungen und Selbstmorde vorkommen, so muß man bedenken, dies sei in Anstalten mit gemeinsamer Haft wohl auch der Fall und überhaupt in Gefängnissen, in welchen gemeiniglich der Auswurf der Gesellschaft zusammenströmt, etwas Natürliches. Ich kenne zwei Fälle von sogenannten Halucinationen und, wenn das Springen ins Wasser ein Selbstmordsversuch genannt werden darf, auch einen solchen Fall aus meinem Zusammenleben mit Sträflingen binnen kurzer Zeit und der alte Paul, der noch lebt und das bewunderungswürdigste Gedächtniß in hohen Jahren bethätigt, weiß in seiner langen Zuchthausgeschichte auch hierin Belehrendes zu erzählen. Endlich darf man nicht vergessen, daß in Bruchsal noch viele politische Gefangene sitzen, welche, wie namentlich die armen Soldaten, keineswegs das Bewußtsein innerer Verworfenheit, sondern eher das lebendige Gefühl, für Andere die Suppe ausessen und allzu schwer büßen zu müssen im Bunde mit einer einst mächtigen und jetzt zerstörten Hoffnung dem Wahnsinn in die Arme treibt! —

In Bruchsal ist der Beweis, daß nicht einmal vier- und fünfjährige, geschweige eine über 18 Monate hinausgehende Einzelhaft den Gefangenen durchschnittlich leiblich oder geistig krank mache, thatsächlich geliefert; mit Gott und Welt versöhnt leben Manche recht glücklich in ihren engen Behausungen und liefern Viele den Beweis, die Behauptung, ein Zellenbewohner sei nicht im Stande seine Besserung zu bethätigen, laufe eben auch nur wie so Manches in den Schriften der Gegner der einsamen Haft auf arge Oberflächlichkeit und leidige Unkenntniß hinaus.

Wenn das Ertragen der schweren Leiden der einsamen Haft

um Jesu Christi willen und ein ruhiges, fast freudiges Ertragen und Dulden kein Beweis religiössittlicher Wiedergeburt, der Besserung sein sollte, dann gibt es meines Erachtens keinen Einfluß der Religion auf das Leben der Menschen und keine ächte Sittlichkeit.

Die Zelle ist eine Art von Sarg, das Zellenleben eine Art von Tod, man könnte ihn den "Vortod" nennen, doch aus Särgen erblüht neues Leben und jedem Tode folgt eine Auferstehung!———

Ich habe nun meine allgemeinen und meines Erachtens guten Gründe dargelegt, die mich zum entschiedenen Gegner der gemeinsamen und zum entschiedenen Freunde der einsamen Haft machten.

Ein berühmter Rechtsgelehrter und hochgeachteter Schriftsteller äußerte sich gegen mich einmal dahin, daß die Einzelhaft eine zu starke Kur, die Frucht der Besserung keine sichere sei und daß ein religiöser Orden, welcher sich ganz und ausschließlich mit Gefangenen beschäftigte, ganz andere und größere Erfolge erzielen würde, als die durch Zellenleben bisher erzielten. Ich kann dieser Ansicht nur halb beipflichten, die Gründe davon werden durch das Folgende klar werden, hier möchte ich nur bemerken, daß im kleinen Baden und in andern paritätischen Staaten, der Staat sich von vornherein nicht dazu verstehen würde, die Sträflinge je nach ihrem religiösen Bekenntnisse in besondere Anstalten unterzubringen und die Leitung katholischer Strafanstalten einem geistlichen Orden zu überantworten. Ein Zellengefängniß bietet zudem den für das Aufwachen und Erstarken des Bedürfnisses nach positiver Religion wichtigen Vortheil, daß Katholiken, Evangelische und Juden getrennt sind und jeder Einzelne in Kirche und Schule recht aufmerksam sein und in der Zelle ungestört unter vier Augen mit seinem Seelsorger sich unterreden kann.—Würde sich jedoch niemals ein Zellenbewohner wirklich bessern, eine Voraussetzung, deren Grundlosigkeit ich bei Vielen einsehen lernte, so bliebe ich dennoch ein entschiedener Anhänger der einsamen Haft.

Aus welchen Gründen?

Erstens fallen die unverbesserlichen Nachtheile der gemeinsamen Haft bei der einsamen von selbst weg und verwandeln sich bereits in ebenso viele Vortheile für die Gesellschaft wie für die Gefangenen.

Die Großhansen der Greiferkunde und aller Verbrechen finden in der Zelle keine Gelegenheit, sich ein lernbegieriges Schärlein zu sammeln, Zellengefängnisse bieten anerkannte Garantie gegen Fluchtversuche der verwegensten und verzweifeltsten Menschen und sichern damit den Strafvollzug; ferner sind Verabredungen und Verbindungen zur Ausführung boshafter oder verbrecherischer Plane, welche während oder nach der Gefangenschaft ins Werk gesetzt werden sollen, eine baare Unmöglichkeit, endlich beugt eine streng und folgerichtig durchgeführte Einzelhaft den Bekanntschaften gleichgesinnter Bösewichter und den oft so folgenschweren Begegnungen verschiedenartig gesinnter Entlassener vor, zuletzt nimmt sich das Volk mit gesundem, richtigen Instinkte eines entlassenen Zellenbewohners eher als jedes andern entlassenen Sträflings an.

Zweitens bekommt der Zellenbewohner nicht nur Zeit, Gelegenheit und Mittel, ein Gewerbe zu erlernen oder sich in einem solchen zu vervollkommnen, sondern er bekommt in weit höherm Grade als jeder andere Gefangene auch Zeit, Gelegenheit und Mittel, sich mehr oder minder die Macht der Bildung anzueignen, um ein guter Bürger, ein sittlicher, religiös gesinnter Mensch zu werden. Dadurch sühnt aber die Gesellschaft unstreitig großentheils die Mitschuld, welche sie ebenso unstreitig am Vergehen und Verbrechen des einzelnen Mitgliedes hat und deßhalb halte ich auch einen ehemaligen Zellenbewohner, welcher wiederum rückfällig wird, je nach Umständen für weit strafwürdiger als jeden andern Rückfälligen.

Drittens endlich *wird der Zellenbewohner* doch gewiß *nicht* bei den reichlich vorhandenen Mitteln der Bildung und Besserung *verschlechtert*, wenn er auch nicht gebessert werden sollte. Sein Ehrgefühl wird nicht tödtlich verwundet, weil er seine Schande mehr für sich und fast ungesehen tragen kann, der beständige Anblick und die Rede roher, ehrloser Bursche stumpft ihn nicht gegen Schande und Verbrechen ab und die ausschließliche Gesellschaft der Beamten und Angestellten macht seinen Haß und seinen leidenschaftlichen Ingrimm gegen Gott und Welt, Gesetze und Richter, Kläger und Zeugen keineswegs aufflammen, sondern läßt denselben ohne frische Nahrung allmählig erlöschen.

Ein Zellengefängniß ist jedenfalls keine Lasterschule, kein Werbeplatz für blutdürstige Utopier und hirnverbrannte Ikarier, wie Gefängnisse anderer Art und hierin liegt ein großer Vortheil für die Gesellschaft, den sie blos deßhalb nicht genügend anerkennen möchte, weil sie ihre wahren Interessen überhaupt gerne vergißt.

Bin ich als entschiedener Freund der Einzelhaft ein Feind der Anstalten alten Styles? Allerdings, doch kein unbesonnener.

Ein Zellengefängniß nach dem Muster des badischen ist zwar ein für Jahrhunderte erbautes Gebäude, aber Bau und Einrichtung kosten schweres Geld und Geld ist ein Artikel, den die Regierungen zu andern und möglicherweise zu bessern Zwecken verwenden können als zum raschen

Aufbau "moderner Bastillen und Spitzbubenpaläste."

Wenn meine zuchthäusliche Wenigkeit in der Welt Etwas zu befehlen und Geld dazu hätte, so würde ich zunächst die vorhandenen alten Lasterschulen auch stehen lassen, vom Strafzwecke der Besserung klüglich schweigen und den Grundsatz der Abschreckung noch energischer als bisher geschah durchführen, zugleich aber auch den verderblichen Grundsatz, den Fehler eines Einzelnen oder Weniger sogleich Alle büßen zu lassen, aufstecken. Abschreckung wollte ich als verzweifeltes Mittel anwenden, weil bei alten, hartgesottenen Sündern schwerlich mehr an Besserung zu denken sein wird, wenn jeder Einzelne derselben nicht mindestens vier bis fünf Jahre unausgesetzt in einer Zelle untergebracht werden sollte.

Statt mit Dunkelarrest würde ich mit Hungerkost freigebiger werden, wo Noth an Mann käme und die alten Gefängnisse gerade so wie die badische Regierung gegenwärtig thut, allmählig in unvollkommene Zellengefängnisse verwandeln, bis vollkommene gebaut wären.

In den Einzelzellen der alten Strafanstalten würde ich die schlechtesten Subjekte unterbringen, damit dieselben mindestens die bessern Gefangenen nicht mehr zu verschlechtern im Stande wären und hiebei insbesondere auf die Halbgebildeten und Religionsspötter Bedacht nehmen.

In ordentlichen Zellengefängnissen dagegen würde ich vor Allem *jugendliche Verbrecher* unterbringen und bei diesen ausschließlich den Grundsatz der Besserung durchzuführen suchen, denn erstens biegen sich Bäumlein am leichtesten, so lange sie noch jung sind, zweitens würde ich nicht zuwarten, bis ein junger Mensch zum großgewordenen Verbrecher sich herangebildet und die sittliche Fäulniß in

91

ihm tüchtig um sich gegriffen, sondern so schnell als möglich mit einsamer Haft dazwischen fahren und sicher sein, bei einem jungen Menschen in 18 Monaten weit mehr auszurichten als im Laufe von 4-6 Jahren bei einem Verbrecher, welcher dem Schwabenalter bereits nahe steht oder dasselbe gar schon auf dem Rücken hat.

Mit der Kur der Einzelhaft, wenn dieselbe bei jugendlichen Verbrechern rechtzeitig angewandt wird, ließe sich freilich bei der immer mehr zunehmenden Verarmung und Verdienstlosigkeit die Zahl der Verbrecher schwerlich namhaft vermindern, dagegen würden doch Rückfälle sicher zur Seltenheit werden.

Wie es geborne Dichter gibt, gibt es wohl auch geborne Diebe und vor Unglücklichen dieser Art wie vor andern Leuten an denen Hopfen und Malz verloren bleibt, würde ich die Gesellschaft dadurch zu schützen suchen, daß die unverbesserlichen Feinde derselben entweder unter beständiger sachgemäß verschiedener Aufsicht und Behandlung bei öffentlichen Arbeiten — Straßenbau, Festungsbau, Lichten von Waldungen — verwendet oder in Folge eines Vertrages mit einem andern Staate auf Nimmerwiederkommen in ferne Länder geschickt würden.

Träume sind Schäume! —

Wenn auch das Isoliersystem allmählig in ganz Europa aufkommen und herrschend würde und je nach den verschiedenen Ländern und Volkscharakteren sich in der Durchführung mehr oder minder verschieden gestaltete, was nicht ausbleiben kann und nicht ausbleiben wird, so werden einzelne Strafanstalten mit gemeinsamer Haft doch *als Ausnahmen* sich stets erhalten und der Grundsatz der Abschreckung mehr oder minder ausschließlich in denselben ein kümmerliches Fortleben fristen.

Es gibt nämlich Kategorien von Sträflingen, welche nicht in Zellen taugen und deren Versetzung in dieselben nach meiner unmaßgeblichen Ansicht etwas ungerecht und zweckwidrig zu sein scheint.

Darunter gehören vor Allem Sträflinge von sehr schwächlichem Körperbau, mit schwacher Brust oder großen Kröpfen, ferner Wasserköpfe, an denen offenbar nichts zu bilden ist und schwerlich Etwas verbessert wird. Ältere Leute, welche selten mehr so fertig das Schreiben und Lesen lernen, um aus Büchern Unterhaltung, Belehrung und Bildung schöpfen zu können, Gehörlose, weil dieselben unter Sträflingen selten viel verderben und nicht gründlich verderbt werden können, während sie anderseits als Zellenbewohner der vornehmsten Tröstungen und fast jeglicher Unterhaltung der Mitgefangenen beraubt sind, endlich Verbrecher, welche das 55. Lebensjahr bereits überschritten und das eigentliche Interesse an Verbrechen und am Leben überhaupt mehr oder minder verloren haben, zuletzt Leute, welche besondere Anlagen zu Seelenstörungen zeigen, möchten wohl als unbrauchbare Invaliden der einsamen Haft auch am füglichsten zusammenbleiben. So weit meine Vorgeschichte der Zuchthausgeschichten.

Freiburg, am Charfreitag 1853.

J.M. Hägele, Privatlehrer

Der Zuckerhannes.

Kinder und Jugendleben.

Ein trüber, regnerischer Septembermorgen schaut langweilig genug in die Thäler des Schwarzwaldes hinein, die Vorhügel rauchen gewaltig, den höhern Bergen statten graue schwere Regenwolken just einen Besuch ab und wenn nicht zuweilen ein Schuß oder das Geschrei eines Raben von den höhern, finstern Tannen, welche bis zum Waldbache herabgestiegen, herübertönte, könnte man leicht meinen, alles Leben im Wald und auf den Bergen sei verstummt, vor Verwunderung über den Besuch, den nach langer Dürre und arger Hitze die Wolken des Himmels dem sonst so befreundeten Gebirge wieder machen.

Dagegen gehts im Thale nicht so still zu.

Murmelnd und jauchzend, brausend und tobend in wilder Lust ob der neu verjüngten Kraft läuft und springt und stürzt der Gießbach über Stock und Gestein durch das Thal mit seinen grünen Matten, stolzen Obstbäumen, vereinzelnten Hütten und stattlichen neuen Häusern, an denen von bemoosten Strohdächern, altersgrauen Schindeln und gebräunten Brettern nur noch wenig zu entdecken ist. Eintönig und verstimmt klingt ein Glöcklein durch das Thal und ein Leichenzug bewegt sich so eben an der kreischenden Sägemühle vorüber einem Kirchhofe zu, dessen weiße Mauern und dunkelen Kreuze von einer steilen Anhöhe herabschauen.

Der Zug ist sehr klein; voran trägt ein pausbackiger Bube mit schwarzen Augen und rothen Wangen stolz ein einfaches Kreuz und man weiß nicht, ob er mehr auf die kurzen Lederhöschen und den nagelneuen Manchesterkittel oder auf seine vorübergehende Würde als Kreuzträger sich Etwas einbildete. Ihm folgt ein sehr einfacher Sarg von vier Männern getragen, deren bescheidener Anzug und gleichgültige Gesichter verkünden, daß ihnen das Leben wenig gegeben und der Tod nicht das Aergste wäre, was ihnen zu Theil werden könnte. Hintendran kommt der Geistliche, ein großer junger Mann mit blonden Haaren und mild freundlichen Gesichtszügen, auf denen ein ganz besonderer Schmerz zu liegen scheint; neben ihm wandeln seine Diener und dicht hinter diesen baarfuß und im elendesten Aufzuge ein Bube, dessen rothgeweinte Augen den Leidtragenden anzeigen und den ein stattlicher, behaglich aussehender Bauer an der Hand führt. Zwei bis drei Männer und ein Dutzend Weiber, deren schwefelgelbe runde Strohhüte, dunkelfarbige schwere "Juppen" und Rosenkränze an die "gute alte Zeit" mahnen, vollenden das Geleite.

Die Leute beten und man würde ihr Gebet eintönig und mechanisch nennen dürfen, wenn nicht Eine Stimme vor allen andern laut und kräftig sich vernehmen ließe. Es ist die der dicken Sonnenwirthin, der Elsbeth, welche weitum im Geruche der Frömmigkeit steht und selbst von sich rühmt, ihr unabläßiges Beten und Kirchengehen habe sie in ein besonders großes Ansehen bei unserm Herrgott gebracht; sie sei im Stande, Einen auf die Beine oder unter den Boden hinabzubeten und fünf Männer hättens bei ihr erfahren, wo Barthel den Most und der Teufel gottvergessene Seelen hole. Weil Gott gerecht und sie die Elsbeth sei, deßhalb stehe die Sonne auch als eines der stattlichsten Wirthshäuser des ganzen Waldes da und wenn Gott ihr den sechsten Mann und vielleicht doch noch ein Kind schenke, so müsse neben die alte Sonne ein neuer, drei Stock hoher Gasthof hingestellt werden, wie keiner in Friberg oder Villingen zu finden. Das Beten helfe zu Allem.

Gleichsam als wolle der Himmel die fehlenden Thränen der Leichenbegleitung ersetzen, fällt ein feiner Regen aus den grauen Wolken herab, der Zug bewegt sich rascher auf dem schlüpferigen Wege die Anhöhe hinauf, das Bergsteigen macht außer der Elsbeth die Beterinnen stumm und Alle sind froh, wie sie endlich den Sarg neben einem frisch ausgeworfenen Grabe des Gottesackers stehen sehen.

Der junge Geistliche scheint am wenigsten Rücksicht auf das üble Wetter zu nehmen, verrichtet mit gewohnter Andacht und Würde die üblichen Liturgien, spricht das sonst so mechanische miserere und de profundis mit ganz besonderer Ergriffenheit und scheint nicht zu bemerken, daß der Sarg, der an den raschelnden Seilen ins Grab gesenkt wird, nicht genügend in die Tiefe sinke.

Beim Einsegnen des Grabes wirft er noch einen tiefbewegten Blick auf den Sarg, der leidtragende Knabe beginnt von Neuem zu schluchzen und wimmert still vor sich hin, der Weihwasserwedel geht aus einer Hand in die andere, die Leute sammeln sich unter ihren Regendächern und gehen fort, auf dem Heimwege entschuldiget Jedes die Mängel und erhebt Jedes die Tugenden der Verstorbenen.

"Ach, würden doch die Menschen den Lebendigen dieselbe Nachsicht und viele Liebe erweisen, wie sie den Todten thun!" sagte der junge Geistliche zu der dicken Sonnenwirthin, welche ihn unter ihren Schirm eingeladen hat und die Elsbeth beginnt alle Gutthaten aufzuzählen, die sie in einer Reihe von Jahren der verstorbenen und so eben begrabenen Brigitte erwiesen haben wollte.

Der Begrabenen? So schnell geht die Sache nicht und um uns davon zu überzeugen, dürfen wir nur zum Kirchhof noch einen Augenblick zurückkehren, wollen auch zugleich eine Art von Leichenrede hier halten.

Der Todtengräber hat diesmal nicht wie sonst nach Beendigung der Feier in die Hände gespuckt und zum Spaten gegriffen, sondern zunächst die Seile unter dem Sarge fluchend weggezogen und dann ist er in das Grab hineingesprungen und auf dem Sarge herumgetreten, denn das Grab war schief und schlecht gehauen und der Mann mußte das Gewicht seines Leibes noch durch Sprünge vermehren, bis der Sarg in die gehörige Tiefe hinabgedrückt war.

Halbzertrümmert gelangte er daselbst an, der Todtengräber hat die arme Brigitte zum Abschied von der Welt mit den letzten der vielen Tritte bedacht, deren sie im Leben theilhaftig wurde, der leidtragende Bube hat thränenlos und erschrocken zugeschaut und ist stehen geblieben, bis das Grab der Mutter beinahe gänzlich ausgefüllt war.

Er mochte dunkel fühlen, die ganze Erde sei für ihn jetzt ein großer Kirchhof und vielleicht das Beste, wenn er auch drunten läge in der stillen kühlen Grube der Mutter.

Er hat wenig Menschen gefunden, der arme Hannesle, denen er sich in seinem Leben liebend und vertrauend ans Herz legen durfte, am Grabe der Mutter stand er als der ärmste und verlassendste Tropf des Thales und stand, bis ihn der Todtengräber zuletzt auch von da verjagte!

Brigitte war jung an Jahren und reich an Leiden gestorben, gehörte zu jenen Weibern, welche Kinder auf die Welt setzen, denen sie ihren eigenen Geschlechtsnamen geben müssen und ihre kurze Geschichte darf heutzutage mit traurigem Recht eine *Alltagsgeschichte* genannt werden.

Ihr Vater ist ein armer Bürstenbinder gewesen, der bei seinem herumziehenden Leben blutwenig Zeit fand, sich sonderlich mit der Religion oder der Erziehung seines Kindes abzugeben und Beides seinem Weibe überließ. Ein Bürstenbinder ohne eine durstige Leber soll eine Kuriosität sein; wir lassen die Richtigkeit dieses Ausspruches dahin gestellt und begnügen uns zu erzählen, Brigittens Vater habe in jeder Hinsicht seinem Handwerke keine Schande machen wollen und vor lauter Trinken niemals Gelegenheit gehabt, sich mit den Seinigen aus der ererbten Armuth ein bischen herauszureißen.

Er starb frühzeitig, wurde in seinem Hauswesen kaum
vermißt und sein Weib, die Marianne hat geglaubt, es thue
Noth, für seine arme Seele allabendlich mindestens Einen
Rosenkranz zu beten, hat denselben auch mit großer
Gewissenhaftigkeit bis auf die letzte Zeit ihres Erdenwandels
gebetet und die Brigitte hat fleißig mitbeten müssen.
Marianne war zeitlich und ewig nicht übel bestellt.

Was das Zeitliche betrifft, so hatten Sorgen und Kummer
zwar die ursprüngliche Anmuth und Schönheit ihres
Antlitzes zerstört und in ihrer Stube lag Alles unter
einander und über einander, so unordentlich und
schmutzig, wie bei manchem Trödeljuden, aber hatte sie
nicht Antheil an einer Hütte und nannte keineswegs die
schlechteste Kammer darin ihr Eigenthum? Besaß sie nicht
einen kleinen Krautgarten, zwei Viertel Acker, wo nicht
niedriger Hafer und erbsengroße Kartoffeln gedeihen wie
droben auf dem hohen Walle, sondern die Gottesgaben der
Rheinebene? War die Marianne nicht eine geschickte und
fleißige Strohflechterin und verdiente in mancher Woche
mehr als sie brauchte?

Wäre nur ihr Mann kein Lump gewesen, die Leutchen
hättens schon zu Etwas gebracht, denn sie galt mit Recht
allenthalben als ein "rechtschaffenes Mensch" und es war ihr
mit der Religion Ernst, mindestens wußte der strengste
Pfarrer wenig an ihr auszusetzen außer der übergroßen
Zärtlichkeit für die kleine, hübsche Brigitte.

Vielleicht weil die Frau ihren Mann nicht zu lieben
vermochte und stets froh war, wenn er ging, hing sie ihr
ganzes Herz an das einzige Kind und fand in diesem ihren
besten Erdentrost.

Sie weihte das "Brigittle" in alle hohen Geheimnisse und schönen Lehren der Religion ein, zeigte demselben in ihrer eigenen Person vielfach auch eine handelnde Katholikin, was eine Hauptsache aller katholischen Erzieher ist, und ihr betrunkener Mann gab ihr Gelegenheit zum Dulden und Ertragen genug, aber ihr Töchterlein mit Ernst und Strenge zu Etwas anzuhalten, Solches brachte sie niemals übers Herz und sie hat diese unglückselige Schwäche später bitterlich bereut.

Brigitte hörte Gottes Willen und sah denselben befolgen, wurde aber durch die Mutter daran gewöhnt, ganz nach eigenem Willen zu leben und dadurch so verdorben, als man in einem Thale verderbt werden mag, wo alte Tracht und alter Glaube sammt den alten Sitten und Gebräuchen noch vorherrschten und nicht viel Verkehr mit der übrigen Welt zu finden war.

Mit 16 Jahren hieß die Brigitte weitum das "schöne Teufele" und dies nicht ganz mit Unrecht. Die Kleider nach uraltem Schnitte entstellten zwar die wohlgebaute Gestalt, doch unter dem gelben Strohhute schaute eine schneeweiße Stirne hervor, die schwarzen feurigen Augen paßten recht gut zu dem schelmischen Stumpfnäschen und das gesunde Roth der Wangen schien der Abglanz der frischen Lippen des freundlichen Mundes zu sein, der den stolzesten Burschen des Thales allerlei weltliche Gedanken erregte.

Die Leute wußten aber auch, daß die schöne Stirne finstere Falten bekomme, die Augen wie höllisches Feuer aufblitzen, die Wangen erbleichen, die frischen Lippen sich krampfhaft verzerren und dem feinen Munde gar grobe und garstige Reden entströmen könnten und wer es am besten wußte, das war die alternde Mutter und wenn den Burschen, die es ehrlich meinten, die weißen, zarten Hände der Brigitte nicht gefallen wollten, so gefiel alsgemach der Marianne die ganze

Brigitte nicht mehr.

So lange diese noch ein Kind war, hieß es: "sie hat ein gar zu hitziges Geblüt, ist gleich bös und gleich wieder gut, schlägt halt dem Vater selig nach!"—seitdem aber das Brigittle täglich größer und gröber, störriger und auffahrender geworden und der Mutter nur gute Worte gab, wenn diese nach schweren Händeln in großen Dingen als gehorsame Magd zu Allem Ja sagte, wie sie es jahrelang in kleinen gethan, da jammerte diese: "Gott, was hab' ich für ein Kreuz auf mir und wo hab' ich Solches denn verdient?"

Sie fügte dem Rosenkranz für ihren Bürstenbinder noch einen Rosenkranz für die Besserung ihrer Tochter bei, aber wenn der Rosenkranz für Jenen nicht mehr gefruchtet haben sollte, als der Rosenkranz für Diese, dann ist es dem wüsten Manne der frommen Beterin im Jenseits nicht allzu gut ergangen.

War es kein Glück für die Brigitte, ihre Mutter zu verlieren, so war es schwerlich ein Unglück für Diese, daß sie nach zahllosen Leiden und einer langwierigen Krankheit von Gott geholt wurde, ohne an ihrer Tochter das Aergste erleben zu müssen, was es mindestens damals für eine brave Mutter im Schwarzwalde geben konnte.

Marianne hinterließ den Leuten eine gute Erinnerung an sie, eine wehmüthige an ihr Schicksal und an irdischer Habe zwar keine Schulden, dagegen auch kein Vermögen. Der Bürstenbinder hatte lieber "gebürstet" und heimliche Schulden als Bürsten gemacht und sein Weib die Gläubiger ehrlich bezahlt. Eine vortreffliche Haushälterin hinsichtlich der Kunst des Sparens war letztere niemals gewesen, Brigittens Erziehung kostete auch Geld und dieses Geld wurde nicht ersetzt, weil Brigitte nicht gerne und am allerwenigsten auf dem Felde arbeitete, endlich brachten nach der Mutter Tode Doctor und Apotheker ellenlange Rechnungen; das Grab verschlingt auch noch einiges Geld, obwohl die Todten den Weg in die Ewigkeit ohne Felleisen und Zehrgeld machen und so kam es, daß die Verweiste außer ihrem "G'häs" nichts mehr ihr Eigenthum nennen konnte und ihren Pfleger durch keine schwere Rechnungsaufgaben in Verlegenheit setzte.

Sie redete in den letzten Jahren Vieles davon, die "altfränkische" Tracht, Mutter und Heimath ganz zu verlassen und in Villingen oder gar in dem großen, prächtigen Freiburg ein vornehmes Unterkommen und wohl auch einen Mann zu suchen, allein in der Stadt bekommt man auch wenig geschenkt, man muß arbeiten und Vielerlei erlernen und verstehen, was die Landleute des Gebirges nicht brauchen.

Das Lernen war schon in der Schule Brigittens Sache nicht gewesen, vom Arbeiten befürchtete sie schweren Nachtheil für ihr holdes Antlitz und die zarten Gliedmaßen, der Stolz hielt sie ab, bei einem Hofbauern einen Dienst zu suchen, die Unwissenheit und Faulheit vor Allem hielt sie in der Heimath zurück und eine weitschichtige, kinderlose Base gab ihr Dach und Fach, Kost und Kleider und versprach ihr herrliche Dinge für die Zukunft.

Das "schöne Teufele" hielt bei dieser Base jedoch kaum von Jörgentag bis Johanni aus, denn Base Bibiane hatte auch gar Manches von einem "Teufele" an sich und wo zwei derartige Geschöpfe zusammenkommen, mögen Friede, Freude und Liebe nimmermehr gedeihen und leben die Menschen gleich Verdammten in der Hölle.

Brigitte war faul und befehlshaberisch, eitel und auffahrend, verstand vom Haushalten wenig und vom Sparen gar nichts und unter solchen Umständen würde die beste Frau, geschweige eine launenhafte, zanksüchtige, hartherzige und im Kleinen knickische Bibiane, nicht gut mit ihr ausgekommen sein.

Die Beiden lebten gleich Hund und Katze, doch Brigitte war faul und stolz, die Base forderte keine schweren Arbeiten von ihr und sie wollte doch tausendmal eher bei einer Verwandten leichtes und gutes Gnadenbrod als an einem fremden Tische Dienstbotenbrod essen und zudem war die Base reich, kinderlos und machte in guten Stunden Versprechungen, daß der nach großen Dingen Lüsternen der Mund gewaltig wässerte und das eitle Herz vor Freuden zitterte.

Bibiane dagegen mußte Jemanden haben, mit dem sie zanken und zugleich auch Jemanden, den sie lieben konnte, dachte, weil sie dem Schwabenalter bereits arg nahe war, an die Möglichkeit, doch noch als alte Jungfer sterben zu müssen und mit Schrecken an ein einsames freudenloses Alter, in welchem sie Niemand verpflegen und lieben würde.

Unter solchen Umständen hätten sich die Beiden am Ende allmählig in einander hineingelebt und an einander gewöhnt, jedenfalls nicht so bald an Trennung gedacht, wenn nur der Michel nicht ins Thal gekommen wäre.

Dieser Michel, ein unschöner, großer, spindeldürrer Bursche, dessen altes Gesicht den Taufschein mindestens um 15 Jahre Lügen strafte, war der Sohn eines reichen Hofbauern, des Fesenfranz, der allwöchentlich mit einem mächtigen Wagen voll Getreide nach Zürich fuhr und dort im Adler wie in der Lilie zu Villingen oder im Hirschen zu Donaueschingen mit Brabantern und Fünflivren um sich warf, als ob es Bohnen wären.

"Wenn der Michel thäte, wie der alte Fesenfranz, dann

würde es bei allem Reichthum doch bergab gehen und Mathaei am Letzten heißen!" hieß es in der Baar mit Recht, denn der Vater trank und spielte gern, der Sohn trank wenig, spielte gar nicht und liebte außer dem Gelde nur noch die Weiber.

Er wollte nicht mehr mit dem Vater hausen und den Getreidehandel fortbetreiben, sondern sein Vermögen in ein Wirthshaus stecken, zunächst mit Allem, was einem Wirthe Noth thut, recht bekannt werden und zwar auf die wohlfeilste Weise.

So kam der Michel ins Thal zu seinem Vetter, dem Bärenwirth an der Steig und lernte die Brigitte kennen, denn der Weg zur Kirche führte dieselbe am Bären vorüber und weil die Base häufig Krämpfe bekam und dann jedesmal ein oder zwei Fläschlein vom Rothen brauchte, so machte die Brigitte auch unter der Woche den weiten Weg zum Bären, sah Michels Gefallen an ihr, hörte dessen schmeichelnde, schlangenkluge Worte, dachte an sein Geld, an alle Wehen des ledigen Standes und es dauerte gar nicht lange, so konnte man den spindeldürren Allerweltbedienungscandidaten im Zwielicht unter den Nußbäumen bei einer gewissen Bürstenbinderstochter stehen sehen.

Marianne hatte streng auf ihre Hausehre gehalten und mehr als Einen, der um das Töchterlein herumzuschleichen Lust zeigte und dem sie nicht traute, herzhaft gesagt, wohinaus der Zimmermann das Loch gemacht habe, war in diesem einzigen Punkte trotz allem Gesichterschneiden, Heulen und Wüthen der holdseligen Tochter unerbittlich und unerschüttert geblieben und hatte hundertmal ganz ruhig erwiedert:

"Bin ich bald unter dem Boden, so kannst Du machen, was

Du magst, denn ich habe keine Verantwortung mehr, doch so lange ich lebe, bleibst Du hinsichtlich der Mannsbilder gescheid, das weiß ich!"—

Bibiane glich insofern der Bürstenbinderin, als auch sie durchaus keine Bekanntschaft Brigittens dulden wollte, nicht jedoch, insofern der Grund davon ein anderer war, nämlich keineswegs die Angst vor Unehre, sondern die Eifersucht.

Die alte Jungfer konnte stundenlang höchst lieblos über das ganze bärtige Geschlecht losziehen, aber in ihrem Herzen glimmte noch immer die Hoffnung, das harte Ehejoch gleich den meisten Mitschwestern tragen zu dürfen und der Gedanke, das blutjunge, blutarme, aber hübsche Bäschen werde noch vor ihr unter die Haube kommen, machte sie rasend.

Es versteht sich von selbst, daß die Argwöhnische sehr bald erfuhr, weßhalb Brigitte seit einiger Zeit so gerne in den Bären gehe und als letztere einmal glaubte, Bibiane liege vor lauter Krämpfe in tiefer Ohnmacht und mit dem Michel bereits ausrechnete, wie viel in der Woche vor dem nächsten Michaelistag die Hochzeit wohl kostete, sprang die leibhaftige Bibiane gleich einem Tiger zwischen das glückliche Paar und auf die Braut los. Michel hatte bisher schöne Worte und Versprechungen, gräßliche Schwüre und herrliche Plane zu Markte getragen, sonst aber nichts Weiteres, diesmal mußte er jedoch ein Einsehen nehmen und that es.

Brigitte übertrat die Thürschwelle der Base nicht wieder, ging mit dem Michel in den Bären, welcher gerade einer Kellnerin bedurfte, blieb als solche daselbst und der Michel hat ihr am andern Tage ihre Kleider gebracht und ein prächtiges, floretseidenes Halstuch dazu.

Kein Jahr später ist der Michel plötzlich aus der Gegend verschwunden und lebt, wenn man dem Bärenwirth glauben wollte, in irgend einer wälschen Stadt, mindestens 150 Stunden entfernt, Brigitte aber drischt in der Scheune eines Thalbauern und eilt Abends zu der kinderlosen Frau eines armseligen Gestellmachers, wo der Hannesle die kleinen Aermchen nach ihr ausstreckt und nach einiger Zeit ihr den süßen Mutternamen entgegenlallt.

Sehr bald nach der eiligen Abreise des Michel hat der Bärenwirth seine Kellnerin fortgeschickt, die verführte und verlassene Brigitte zu Kreuze kriechen und bei der wohlhabenden Base Aufnahme erbetteln wollen, aber die tugendsame Bibiane stieß sie mit entrüsteten Fäusten aus dem Hause. Die Unglückliche lief einige Zeit am Bache hin und her, dann ward sie von der Frau des Gestellmachers um Gottes Barmherzigkeit willen aufgenommen und nach der Geburt des Hannesle mußte sie froh sein, bei einem Bauern einen Dienst zu finden, wo sie bei harter, elender Kost fast ohne weitern Lohn die schwersten Arbeiten verrichten mußte.

Der Hannesle blieb im Häuslein des Gestellmachers und gedieh leiblich, seine Mutter blieb bei dem harten Bauern und erduldete Unsägliches; einer uralten Sitte gemäß, welche erst in neuester Zeit in den meisten Thälern des Schwarzwaldes verschwunden ist, mußte sie als eine Mutter ohne Mann eine besondere Auszeichnung tragen und wurde so verachtet und verspottet, daß sie sich kaum zur Kirche zu gehen getraute und ein tiefer Gram sich in ihrem Herzen fest setzte, der ihrem Gemüthe alles Zutrauen und alle Liebe zu den Menschen genommen.

Der Mensch ist nur wahrhaft unglücklich, wenn die Religion kein Leben in ihm hat. Brigitte war bei ihrem äußern Unglücke auch inwendig eine der unglücklichsten

Personen, denn daß alles Elend sie nicht besserte und zu Gott zurück führte, hat sie sieben Jahre nach der Geburt des Hannesle bewiesen.

Ein Jahr vorher starb die gute Frau des Gestellmachers, Brigitte ließ sich bewegen als Haushälterin zu dem bereits grauen Wittwer zu ziehen und— beging den zweiten Fehltritt, der ihr das Herz brach. Manche billig denkende Menschen, insbesondere Mannsleute, hatten mit den Jahren ziemlich Gras über den ersten Fehltritt der Brigitte wachsen lassen und wenn der Hannesle nicht als zweibeinige Erinnerung an den langen Michel im Thale herumgesprungen wäre, würde vielleicht irgend ein armer Holzschläger oder ein Anderer beide Augen zugedrückt und nach dem "schönen Teufele" gegriffen haben, um dasselbe heimzuführen.

Die Billigen bedachten eben, wie unschuldig manches ledige Weibsbild daran sei, daß es zu keinem Kinde komme, die geistlichen Herren überlegten, welch abscheuliches Sündenleben oft unter dem Namen des Ehelebens geführt würde und hätten der Brigitte gerne die halbe Ehrlichmachung durch einen Ehemann gegönnt, zumal das "schöne Teufele" zwar durch alle Mühsale kein rechtes Christenmensch, dagegen auch nicht nach Art mancher Schicksalsgefährtinnen ganz ehrlos und liederlich wurde, namentlich die Mannsleute für lauter Michels hielt und ärger als Gift, Feuer und Schwert scheute.

Die Weibsleute, vor Allem die Ledigen und unter diesen diejenigen voran, welche am meisten Grund für nachsichtige, milde Beurtheilung in sich trugen, hatten der Gefallenen am meisten Verachtung und Lieblosigkeit erwiesen und dieselbe hartnäckig um so tiefer herabgesetzt, je höher sie sich selbst in den Augen der Leute setzen wollten.

Brigittens zweiter Fehltritt erregte den Jubel der schlimmsten Weiberzünglein, denn jetzt schien Alles gerechtfertigt, was diese seit Jahren unabläßig trotz der offenkundigen Scheu vor Mannsleuten gegen die gefallene Mitschwester vorgebracht hatten.

Zwar wußte Jedermann, der Gestellmacher habe die Brigitte heirathen wollen, der Pfarrer selbst sei dafür gewesen, doch die Gemeinde habe es eben durchaus nicht geduldet, weil das Brautpaar das gesetzliche Vermögen nicht zusammen zu bringen vermochte. Daß Brigitte Alles gethan, um sogar die Base Bibiane zu bewegen, einige Dublonen des Antheils an der Erbschaft herauszubezahlen und für diesen Fall gerne auf alles Erben verzichtet hätte, wußte man so gut, als daß die Base voll Schadenfreude und Unmenschlichkeit die Heirathslustige mit Hohn und Spott abgewiesen.

Der Gestellmacher selbst behauptete fortwährend, lediglich ob der Unbarmherzigkeit der Gemeinde gegen ihn, der doch eine Frau nothwendig brauche und gegen die alte Freundin seines Weibes, welche er zu Ehren bringen wollte und doch nicht durfte, sei das Unglück passirt und er zu jeder Stunde bereit, die Brigitte zu nehmen, zumal er den Hannesle auch stets wie sein eigen Fleisch und Blut betrachtet und behandelt habe. Doch die Gemeinde blieb unerbittlich, die lieblosen Zungen ruhten nimmer, Brigitte mußte das Häuslein des Gestellmachers verlassen, den Hannesle aber übergab er der Gemeinde, weil er ohne Weib auch kein Kind brauchen könne und außer der Brigitte keine andere Haushälterin wolle.

Die Gemeinde hätte den Buben übernehmen müssen und an den Wenigstnehmenden versteigert, wie dies in christlichen Landen der Brauch geworden, mindestens in Gegenden, allwo die christliche Liebe noch nicht zu Waisenhäusern und Findelhäusern fortgeschritten ist; allein Brigitte war nicht aller Ehre baar und ledig, stellte den Buben bei armen Leuten ein und zahlte ein zwar geringes, doch für sie beinahe unerschwingliches Kostgeld, welches sie sich am eigenen Leibe absparte.

Der lange Michel hat ihr niemals einen Heller geschickt, sie hat denselben niemals bei Amt verklagt und würde schwerlich Etwas von ihm angenommen haben, wenn er ihr auch eine bedeutende Entschädigung angeboten hätte aus freiem Willen.

Ihre Kräfte nahmen zusehends ab, ihr bleiches Gesicht und der Zug voll Schwermuth und Todessehnsucht, welcher sich um den einst so freundlich lächelnden Mund lagerte, verkündigte genugsam, daß ein tiefer Gram an ihrem Herzen nage und ihr Hüsteln, daß eine unheilbare schleichende Krankheit ihren Leib durchwühle.

Täglich schwächer, elender und verschlossener, konnte sie endlich nicht mehr arbeiten, der Dienstherr trieb sie fort, beim Gestellmacher durfte sie keine Unterkunft suchen und mußte wöchentlich aus einem Hause in ein anderes wanken und später sich tragen lassen, um auf Unkosten der Gemeinde verpflegt zu werden.

Sechs Jahre hatte ihr irdisches Fegfeuer gedauert, jetzt begann ihre irdische Hölle und die Wanderungen von Haus zu Haus scheinen für sie die Leidensstationen gewesen zu sein, auf denen sie wahrhaft zu Gott zurückgeführt wurde.

Kinder deuteten mit Fingern auf sie, Mädchen und Weiber spieen vor ihr aus, ledige Bursche rissen Zoten und in mehr als Einem Hause mißgönnte man ihr jede Arznei, welche der Arzt verschrieb und jeden genießbaren Bissen, welchen diese oder jene mitleidige Seele der Schwerkranken, die harte Hausmannskost und kohlschwarzes Brod nicht mehr zu verdauen vermochte, zusteckte.

Im Hause ihrer ärgsten Feindin, der Base Bibiane, die sie
von Gemeindswegen für einige Tage aufnehmen mußte, weil
sie kein Geld geben wollte und nicht ungern aufnahm, um
dieselbe recht quälen zu können, genas Brigitte eines
elenden Mägdleins, das schon nach wenigen Stunden starb.

Der Arzt zuckte die Achseln und schwieg, Brigitte lächelte
zum ersten Mal nach langer Zeit, denn sie verstand des
Arztes Schweigen und sah mit einer Freudigkeit dem Tode
entgegen, welche nicht einmal der Gedanke an den
verlassenen Hannesle zu trüben vermochte.

Unter den Thalbewohnern gab es nicht viele eigentliche
Unmenschen; Brigitte ward manchmal unmenschlich
behandelt, weil die Leute Menschenliebe um Jesu Christi
willen nur vom Hörensagen kannten, und von einer
gewaltigen Vorstellung des eigenen Werthes oder von jenem
rohen Eigennutze besessen waren, den die Gebildeten hinter
schönen Redensarten und einem mehr oder minder fein
berechneten Verfahren zu verstecken wissen.

In manchem Hause fand die Kranke Mitleid, Erbarmen und
ordentliche Pflege, doch ein unwillkommener, weil
aufgedrungener und den Gang des Hauswesens störender
Gast blieb sie fast überall und gerade die gar zu große
Ungleichheit der Behandlung und Pflege machte sie kränker.
Bald sahen Alle voraus, daß sie nicht mehr auskommen und
der Gemeinde nicht allzu lange mehr zur Last sein würde.

Allmählig genoß sie allenthalben einer bessern Pflege, selbst
bei den Hartherzigsten; nicht weil die Leute mehr Mitleid
empfanden, sondern weil Jeder befürchtete, sie werde unter
seinem Dache sterben. Die Einen wollten keine Todte in
ihrem Haus, die Andern meinten, Brigittens Tod lade ihnen

größere Unbequemlichkeiten und Unkosten auf den Hals.

Der Pfarrer der Gemeinde war ein 265 pfündiges Pfarramt, dazu als landesherrlicher Dekan mit viel unnützen Schreibereien geplagt, litt an Gliederreißen, mochte seinen kostbaren Leichnam nicht durch übertriebene Anstrengungen allzu voreilig dem Himmel entgegen führen, hielt mächtig auf Ansehen und Ehre bei den Amtsherren und so fehlte es ihm an Zeit und Lust zugleich, Kranke zu besuchen und er dachte am wenigsten daran, den langen, schmerzlichen Todeskampf der armen, verachteten und verrufenen Brigitte zu belauschen und durch die Tröstungen der Religion zu erleichtern.

Sehr Vieles, was dieses 265 pfündige Pfarramt that und unterließ, unterließ und that dagegen der junge Vicar, der auch leider allzufrühe von der Welt Abschied genommen hat. Er war ein treuer Jünger Christi, der nicht bloß Andern katholisch predigte, sondern, was den Predigten eines Geistlichen beim Volke erst den anhaltenden Nachdruck verleiht, katholisch lebte und handelte.

Bei der Saumseligkeit des Pfarramtes mit Geschäften und bei der unbedingten Oberherrschaft der pfarramtlichen Haushälterin mit Verdruß aller Art überladen, mußte er das Beten des Brevieres für einige Wochen abkürzen, um der leidenden Brigitte beizuspringen. Er hörte aus ihrem Munde die so einfache und doch so inhaltsschwere Geschichte ihres Lebens und ihrer Verirrungen, ward Zeuge ihrer Leiden, ihrer tiefen Reue und stillen Ergebung und seitdem er ihr die Wege enthüllt, auf denen sie nothwendig wandeln mußte, um zu erfahren, was es heiße, Jesum Christum und Dessen göttliche Mutter ehren und lieben, war er in ihren Augen ein tröstender Engel des Himmels, in dessen Nähe der Tod jeden Stachel und die Hölle jeden Sieg einbüßte.

Am lebendigen Glauben des Priesters entzündet sich der Glaube der Laien, am lebendigen Glauben der Laien die Begeisterung des nach Vollendung seines hohen Berufes strebenden Priesters; diese Thatsache wirft wohl einen Lichtstrahl in die mehr trostlosen als tröstlichen Zustände der "christlichen" Staaten!—

Der junge Geistliche sah Brigitten sterben, drückte derselben die lebensmüden Augen zu, dann sank er auf die Kniee und betete laut, der Herr möge ihn dereinst nach solchem Muster sterben lassen.

Er kannte die Verstorbene, deßhalb seine Ergriffenheit während des Begräbnisses.

Jetzt liegt die Bürstenbinderstochter mit freudig gebrochenem Herzen im halbzertrümmerten Sarge, die Herbstluft streicht über das einsame Grab, der Himmel weint seine Thränen darauf und wie lange wird es dauern, bis Brigittens Name verklungen sein wird im heimathlichen Thale des Schwarzwaldes?—

Der Gestellmacher wohnte dem Leichenbegängnisse nicht bei, aber er hörte die Stimme des Todtenglöckleins, sie zitterte durch sein Herz wie ein aus der Ewigkeit herübertönender anklagender Mahnruf. "Die Thalherrn mögens verantworten!" rief er, während er von der Arbeit aufstand und schlug unwillig mit der Faust auf den Tisch. Er ging eine Weile im Stüblein auf und ab und als er zufällig in den kleinen Spiegel schaute, seinen ergrauenden Kopf und die vom Leben arg durchfurchten Gesichtszüge sah, schrak er zusammen, fuhr mit der Hand über die faltenreiche Stirne, als ob er gewisse Erinnerungen dort wegwischen wolle, verfiel in ein langes, trübes Nachdenken und eilte dann in den Bären an der Steig, um die Grillen mit Schnaps zu vertreiben.

Während dieser Zeit saß der Hannesle auf der Ofenbank in der Stube der armen Leute, bei welchen er seit seiner Vertreibung aus dem Häuslein des Gestellmachers gelebt hatte und verzehrte in größter Gemüthsruhe eine "Dinnelen", welche vor einer Viertelstunde warm aus dem Ofen genommen worden war.

Die guten Leute hatten ihn behalten, obwohl die kranke Brigitte kein Kostgeld mehr zu zahlen vermochte und von der Gemeinde bisher noch keine Entschädigung verlangt, im Gegentheil auch Brigitten von Zeit zu Zeit ins Haus aufgenommen, wenn die Reihe an sie kam.

Bei der Heimkehr vom Kirchhofe hat der Bube gezittert und beim Anblicke des floretseidenen Halstuches, welches der Michel einst der Brigitte geschenkt, diese vor ihrem Tode der Bäurin noch ziemlich wohl erhalten als Andenken vermachte, wiederum geweint, doch die Bäurin gab ihm eine duftende "Dinnelen" und er aß daraus Vergessenheit der Mutter und Sorglosigkeit der unbefangenen Kindheit.

Der Vicar aber schritt neben der stattlichen Sonnenwirthin durch das Thal und schien recht eindringliche Worte zu derselben zu reden. Er sah ein, der Hannesle könne nicht bei seinen Pflegeltern bleiben, denn diese waren nur reich an Kindern, Brigittens Sohn hatte bei ihnen ein sehr dürftiges Loos und eine noch dürftigere Erziehung zu erwarten und doch hatte der Vicar der Sterbenden versprochen, für den armen Tropf einige Sorge tragen zu wollen.

Ein Pfarrhof ist selten ein Californien, der Geldbeutel eines Vicars oft magerer als eine der sieben magern Kühe des Pharao, der Credit heißt auch nicht viel, weil ein Vicar wenig hat und alle Augenblicke bereit sein muß, den Bündel zu schnüren. Mit Geld konnte unser braves Herrlein dem Buben nicht helfen und hatte sich an Base Bibianen gewandt, damit diese den Waisen bei sich aufnehme. Diese wollte in neuerer Zeit auch im Geruche einer tüchtigen Katholikin stehen, aber ihr Christenthum hörte immer just da auf, wo Lehren und Befehle desselben anfingen, deren Befolgung ihr nicht mundete. Sie wollte ganz besondere Gründe für sich haben, um den Hannesle nicht anzunehmen, dem Herrn Vicar jeden andern, selbst den schwersten Dienst mit Freuden erweisen, nur gerade den nicht, welchen er von ihr jetzt verlangte. Der Vicar war nichts weniger als ein Menschenkenner, hegte von allen Leuten die beste Meinung und meinte ganz freundlich, Bibiane brauche den Hannesle nicht in ihr Haus aufzunehmen, es sei im Gegentheil besser, wenn er ein bischen unter eine scharfe Zuchtruthe komme und die Base dürfe nur etwas Geld schwitzen, dann werde er die Sache schon ins Geleise bringen. Doch Bibiane hatte abermals triftige und theilweise geheimnißvolle Gründe, auch kein Geld für den Hannesle herzugeben und als sie zu predigen anfing und dem Vicar sagte, der Bube sei ein Lasterkind, wer denselben hege und pflege, nehme schweren Antheil am Laster und dieses vertrüge sich nimmermehr mit ihrer Ehre und ihrem christlichen Gewissen, da schüttelte der gute Vicar den Kopf und zog betrübt von dannen.

In diesem Augenblick glänzt sein Gesicht vor Freude, denn so eben hat er andere Ansichten, bessere Einsichten und einen freudevollen Willen zu Werken der Barmherzigkeit und all' diese Herrlichkeiten bei der dicken Sonnenwirthin, der Elsbeth, gefunden.

Als er mit dieser vom Hannesle redete, meinte sie, sie sei schon längst entschlossen gewesen, den Waisen aufzunehmen, habe lediglich der Obrigkeit die Ehre des ersten Wortes gönnen wollen und deßhalb den Antrag des Herrn Vicars erwartet. Der Hannesle möge noch in dieser

Stunde kommen, er werde in der Sonne eine zweite Mutter finden, die Elsbeth heiße und weder an Leib noch Seele irgendwie Etwas vermissen, was Noth thue.

Schon am nächsten Tage nach dem Begräbniß der Mutter wanderte der Hannesle zur Sonnenwirthin und fühlte sich in der ersten Woche so glücklich, als dies bei einem Knaben der Fall sein mag, der in seinem Leben noch kein ordentliches Kleidungsstück auf dem Leibe und selten einen guten Bissen im Magen gehabt hat und nun auf einmal ganze Kleider und wenn auch nicht vieles doch gutes Essen bekommt.

Die Herrlichkeit dauerte jedoch gar kurze Zeit und dies aus dem einfachen Grunde, weil der Hannesle ein ungezogenes, verwahrlostes Büblein, die Elsbeth wohl eine eitle Betschwester, doch keine ächte Christin und am allerwenigsten eine Erzieherin war.

Elternliebe ist die Sonne der Kinderwelt und ohne Liebe mag ein Kind wohl gedeihen, wie eine Pflanze im Treibhaus oder in einem sparsam erhellten Kellergewölbe, nimmermehr wie ein in frischer Luft und unter freiem Himmel wachsendes und vom Gärtner sorgsam gehegtes, beschütztes und beschnittenes Bäumlein.

Dabei kommt jedoch Vieles darauf an, ob die Liebe der Eltern zu den Kindern der des Thieres zu seinen Jungen oder der des Erlösers zu dem Menschengeschlechte entspricht und so häufig beide Arten von Liebe mit einander vermischt gefunden werden, so richtig ist es auch, daß die natürliche gewöhnlich die übernatürliche überflügelt und fast ganz erstickt. Brigitte wurde zwar durch den Anblick des Hannesle beständig an den treulosen Michel und an ihre Schmach und Schande gemahnt, aber sie hatte zuviel liebreiches Gemüth, um dies beim Anblicke des hülflosen und schuldlosen Bübleins, welches allein ihr die Aermchen liebend entgegenstreckte, nicht zu vergessen und liebte den Hannesle mit all' jener Zärtlichkeit einer Mutter, deren Liebe nur erdwärts sich richtet.

Eine arme Bauernmagd findet höchstens am Abend und an Sonn- und Feiertagen Zeit und Gelegenheit sich mit ihrem Kinde abzugeben, ist dann wenig geneigt, die Augen für die keimenden und wachsenden Unarten desselben aufzumachen und wähnt, mit dem Rüthlein peitsche sie leicht alle Liebe aus dem zarten, jungen Herzen heraus.

Hannesle blieb unter der Obhut der Frau des Gestellmachers, welche er die "Werktagsmutter" nannte, freute sich den Tag und die Woche über auf Brigitten, die "Sonntagsmutter" und hatte er kleine Streiche genug verübt, so war er doch sicherlich brav, wenn letztere in der Nähe saß, denn diese kam selten, ohne ihm Etwas zum Essen mitzubringen und für das Bravsein zu geben.

Die Frau des Gestellmachers, ein herzensgutes Weib, welches jedoch das Pulver schwerlich erfunden haben würde, meinte Kinder seien eben Kinder und der Hannesle müsse von andern Kindern genug leiden, so daß sie ihn nicht noch mehr plagen wolle; der Gestellmacher aber fand seine größte Freude an den Unarten des heranwachsenden Bübleins und wollte sich schier ausschütten vor Lachen, wenn dieses "einen Kopf machte" irgend einen pfiffigen Streich spielte oder gar zornmüthig nach ihm schlug.

Wenn die Brigitte kam, wußte er nicht genug Gutes und Liebes vom Hannesle zu berichten, Brigitte freute sich darob und lachte auch ob den Streichen des kleinen Wichtes, dessen Gesicht immer mehr Aehnlichkeit mit ihr selbst zeigte und dessen Gebahren sie hundertfältig an die eigene Kindheit mahnte.

Aus dem Häuslein des Gestellmachers wanderte der Bube in die mit Kindern arg bevölkerte Stube armer Leute, die an ihm und den eigenen Kindern den Himmel zu verdienen glaubten, wenn sie nur das nöthige Futter und Gewand beischafften, mit den Kindern vor und nach dem Essen und besonders lange am Abend beteten, dieselben zum Kirchengehen und vor Allem zum Arbeiten anhielten. So klein der Hannesle noch war, schien er doch groß und stark und gescheid genug, um Kühe und Geisen zu hüten, Reisig und Waldbeeren zu sammeln und bei Feldgeschäften wie im Hause Hand mitanzulegen.

Es ist ein hartes, aber oft wahres Wort, daß der Fluch eines Geschlechtes sich fortpflanze bis ins siebente Glied und wohl noch darüber hinaus. Der Fluch aber wurzelt zumeist in den schlimmen Eigenschaften der Eltern, welche auf die Kinder übergehen und für diese keine guten Früchte bringen können.

Brigitte schlug ihrem Vater, der Hannesle aber zumeist der Mutter nach, war eitel in Lumpen, eigensinnig wie ein Kameel, zornmüthig wie ein Kater, naschhaft wie ein verzogenes Schooßhündchen und glich dem Michel höchstens darin, daß er große Rührigkeit, Lust und Liebe zur Arbeit und zum Erwerben zeigte.

Hannesle stand als ein recht verwahrloster Bube am Grabe der Mutter und aus ihm sollte und konnte nach der Meinung des Vicars die durch ihr Christenthum berühmte dicke Sonnenwirthin, die Elsbeth, einen ächten Christen und rechten Mustermenschen heranbilden.

Fast sechs geschlagene Jahre lebte der Hannesle in ihrem Hause, ist jedoch kein Christ, sondern der "Zuckerhannes" geworden, als ein Krüppel an Leib und Seele in die weite Welt gelaufen und hat der Pflegmutter in seinem ganzen

Leben keinen Dank für ihre viele Mühe und Sorge gewußt, sondern im Zuchthause behauptet, in der Sonne sei ihm der Sträflingskittel angemessen worden.

Die Religion der Elsbeth wurzelte keineswegs in der übernatürlichen Liebe zu Gott und zum Erlöser, sondern in der natürlichen Liebe zu sich selbst. Sie liebte weder Gott noch die Menschen, dagegen ihre eigene Person über alle Maßen, hinter ihrem frommen Gebahren stand die liebe Eitelkeit, ohne daß sie selbst darüber zur Einsicht kam.

Heutzutage würde sie eine etwas wunderliche Figur spielen, wenn sie ihre Rolle nicht umkehrte, denn die Ehre, als eine rechte Katholikin zu gelten ist bei weitem nicht so groß als die, der aufgeklärten und freisinnigen Welt anzugehören. Damals war in dem entlegenen Thale dies noch anders und stand die Sonnenwirthin um so höher bei manchen Frommen angeschrieben, weil Wirthsleute sich in Allem, folglich auch in religiösen Dingen gemeiniglich nach ihren Kunden zu richten pflegen.

Wirthe und Kaufleute vor Allem sind die berufenen Schildträger der Toleranz auf der breitesten demokratischen Unterlage und haben die Holländer vor Allem um des Handels willen ihr Christenthum bei heidnischen Völkern nicht bloß thatsächlich sondern auch mit Schwüren ernstlich in Abrede gestellt, so haben ihre Haupterben, die Engländer, aus demselben Grunde laut glaubwürdigen Berichten bis auf die neueste Zeit die menschenmörderischen Feste des Götzen von Dschaggernaut verherrlichen helfen und auf Ceylon zu Ehren des Teufels alljährlich viel Pulver verschossen, was an Frohnleichnamstagen in Altengland erspart wurde.

Wir wollen daraus weder Mynheeren noch John Bull einen besondern Vorwurf machen, weil man nicht wissen kann,

ob die Deutschen nicht ebenso duldsam und fügsam
geworden wären, wenn sie es bisher zu einer ordentlichen
Seemacht gebracht hätten; jedenfalls muß man auch bei uns
selten in Kaufläden oder Wirthshäusern suchen, wenn man
erträglichen Einfluß des Christenthums auf Handel und
Wandel entdecken will und holten die Gelehrten, welche
jeden solchen Einfluß läugnen, ihre Ansicht wahrscheinlich
da, wo sie Tuch für ihre Röcke kaufen oder ihr Schöpplein
zu sich nehmen.

Zur Sonnenwirthin hätte Keiner kommen dürfen, der fest in
solcher Ansicht bleiben wollte und schon ein Judenbart
würde ihm eine Zeche zugezogen haben, daß er schwerlich
zum andernmal gekommen wäre.

Ein intoleranteres Weib als die Elsbeth gab es schwerlich
auch zu ihrer Zeit im ganzen Schwarzwalde und sie machte
aus ihrer Unduldsamkeit nicht das mindeste Hehl. Sie betete
für Bekehrung der Heiden, fürchtete die Türken, haßte die
Juden, verabscheute die Protestanten und schimpfte eifrig
über Geistliche und Laien, welche ihr nicht katholisch
genug waren.

Es gab Leute, welche behaupteten, die dicke Sonnenwirthin
habe Gott sammt allen Heiligen beständig auf den Lippen,
dagegen zehn Teufel im Herzen und an sich alle Mängel,
welche ein schlimmes Weib zu tragen vermöge. Gegen
fromme Menschen sind Unfromme leicht eingenommen und
weil diese zu allen Zeiten die Mehrzahl bildeten, darf man
hinter argem Geschrei nicht sofort viele Wolle vermuthen;
auch ist die Elsbeth längst unter dem Boden, von
Verstorbenen soll man nicht leicht Schlimmes glauben,
zudem preist ein schöner Grabstein mit goldenen Worten so
viele Tugenden der alten Sonnenwirthin an, daß gar kein
Tadel aufzukommen vermag und unter solchen Umständen
wollen wir die Verstorbene kurz und wahrheitsgetreu im

118

Lichte der sieben Todsünden betrachten, Christenmenschen so gut als möglich vertheidigen und den Hannesle als Zeugen mitspringen lassen.

Die Verläumder behaupten, die Elsbeth sei von *Hoffart* so erfüllt, wie ein ins Wasser geworfener Schwamm, habe in ihrem Leben niemals geweint, außer wenn man ihrem guten Rufe einen Druck gab und wehe that und suche durch frommes Gebahren nicht Gott, sondern nur sich selbst zu verherrlichen. Sicher bleibt, daß man nur an ihrer Schönheit, ihrem Reichthum, an ihrer Billigkeit, Tugend und Religion einen leisen Zweifel aussprechen durfte, um lebenslänglich von ihr angefeindet und verfolgt zu werden, allein sie befeindete und verfolgte dergleichen Zweifler in der löblichen Absicht, diese zur Einsicht ihrer Gottlosigkeit und Verworfenheit zu bringen und zu bekehren und arbeitete in dieser Hinsicht so rüstig für den Himmel, daß sie ihre eigenen fünf Männer als arge Zweifler unter den Boden hinabdisputirte und dem Hannesle ein Bein abschlug, weil derselbe einmal im Zorne behauptete, die Pflegemutter thue nur vor den Leuten fromm und sei daheim und besonders gegen ihn ein Drache, wie die Katzenlene auch gesagt habe.

Vom *Geize* der Sonnenwirthin wußten Gäste, Dienstboten, Bettler, Verwandte und Schuldner Unerhörtes zu erzählen; wirklich trieb sie alle einträglichen Betrügereien, welche ein Wirth zu begehen vermag, ohne mit dem Amte und leeren Gastzimmern zu thun zu bekommen und jene machen jährlich oft mehr aus, als ein halbes Zuchthaus voll Spitzbuben in zehn Jahren stiehlt. Allein sie zwang ja durchaus Niemanden bei ihr einzukehren, der keine besondere Geschäfte mit ihr hatte, zahlte geringen Lohn, damit die Knechte und Mägde nicht übermüthig würden und forderte bei schmaler Kost schwere Arbeit, damit die Anfechtungen des Teufels dieselben nicht leicht übermannten.

Bet' und arbeite! hieß ihr Wahlspruch und wenn ein Bettler damit nicht zufrieden war, mußte ihn der Nero oder Sultan zum Hause hinausbellen, damit er lerne, sich fleißig zu rühren. Niemals hat man ein Beispiel erlebt, daß sie einem Zinsmanne die Frist verlängerte oder einem bedrängten Familienvater mit einem Kapitälchen aus der Noth half, dagegen zahlte sie ihre Schulden sehr ungerne, um die Gläubiger in der christlichen Geduld zu üben und ließ Jeden in der Noth stecken, damit die Bedrängten ihr Vertrauen mehr auf Gott als auf Menschen setzten. Der Hannesle hat bis zu seinem Tode behauptet, sich in der Sonne nur dann satt gegessen zu haben, wenn die Elsbeth betrunken war oder nach Friberg oder Löffingen wallfahrtete und die große Schaar von Knechten und Mägden, welche jährlich in die Sonne ein und ausgewandert, habe beim Fortgehen mindestens einige Zentner des eigenen sündhaften Fleisches zurückgelassen, was der gerechte Himmel unserer Frommen zweifelsohne sehr hoch angerechnet haben wird.

Von der *Unkeuschheit* der Sonnenwirthin wußte man wohl am meisten zu erzählen und ihre Männer sollen schwer darüber geseufzt haben, allein sie hatte das Unglück, niemals Einen zu bekommen, welcher ihr längere Zeit blieb, entlassene Dienstboten haben böse Mäuler und weil der Hannesle erst zu ihr kam, als sie bereits über Vierzig war, niemals etwas Unrechtes merkte und es ganz in der Ordnung fand, daß sie allabendlich mit dem Oberknechte nach dem Fortgehen der Gäste sehr lange allein blieb, um die Rechnung des Tages zu stellen; endlich weil er hundertmal anhörte, wie sie ungeberdige Gäste auf feine oder grobe Weise zur Ruhe verwies, keine Liebschaft unter ihrem Dache duldete, Nachts im ganzen Hause herum patrouillirte und in alle Schlafkammern sorgfältig hineinleuchtete, so wollen wir über die Jugend, das Eheleben und Gebahren der Wittib den dichtesten Mantel der christlichen Liebe werfen.

Elsbethens Feinde sagten, sie beneide die Nachbaren um die Regentropfen, welche auf deren Wiesen und Aecker fielen, könne ein mit Kindern gesegnetes Weib kaum anschauen, seufze, so oft einem Thalbewohner etwas Gutes begegne und preise Gott, wenn Jemand von schwerem Unglücke heimgesucht wurde, allein gibt es Etwas, was eher Lob denn Tadel verdient, so ist es Elsbethens Neid, weil ihr Neid kein Neid, sondern eher Liebe gewesen sein kann. Sie wußte, wie sorglos, selbstvertrauend und übermüthig das Glück die Menschen mache und wie die Noth beten lehre, daher ihre Trauer über das Glück und ihre Freude über das Unglück der Mitmenschen. Den Hannesle betrauerte sie wegen seiner hübschen Gestalt und prophezeite, dieselbe werde ihm zeitliches und ewiges Unheil zuziehen, wie dies bei seiner "gotteslästerlichen" Mutter der Fall gewesen. Als der Bube vom vielen Wassertrinken einen Kropf bekam, wollte sie durchaus von keinem Rezepte Etwas vernehmen; die Halszierde wuchs, verhärtete und gedieh ganz ausgezeichnet und würde ein lebenslängliches Andenken an die Sorge der frommen Pflegemutter um sein ewiges Heil daran besessen haben, wenn sie ihm auch niemals ein Bein abgeschlagen hätte.

Von Elsbethens *Unmäßigkeit* munkelten und lärmten böse Zungen erst in spätern Jahren. Zwar erfreute sie sich stets eines sehr gesegneten Appetites, aß vielleicht zu viel, was die Hausgenossen zu wenig bekamen und weil ihr Leib mit den Jahren einem auf zwei Klötzen einherwandelnden Fasse glich, welchem fast nur die Reifen fehlten, ist nicht zu verwundern, daß sie für Füllung des zunehmenden Fasses zunehmende Sorge trug und dem Liqueur, welchen sie seit der ersten Ehe Abends zu sich zu nehmen pflegte, allgemach unter Tags immer mehr Gläslein als Vorposten und Plänkler vorausschickte.

Weil schon der Hannesle die Sonnenwirthin häufig betrunken sah und dann die besten Stunden bei ihr verlebte, dieselbe in spätern Jahren wirklich zur Trunkenboldin wurde und dadurch Hab und Gut meistens einbüßte, Unmäßigkeit im Trinken jedoch zu den Todsünden gehört, so müssen wir etwas gründlich die Wahrscheinlichkeit erwecken, auch der Vorwurf dieser Todsünde schließe eine Verkennung und Anschwärzung in sich.

Wir behaupten, das Trinken der frommen Elsbeth sei keine Todsünde, kaum eine läßliche Sünde, sondern wohl die größte ihrer Tugenden gewesen. Weßhalb? Ei, sie trank nicht um des Trinkens willen, nicht einmal für sich, sondern für die Sünden der Welt. Oberflächlich und grundlos ist oft der Vorwurf, ein Säufer liebt das Saufen an sich und gäbe sich zum Vieh herunter, denn wohl die Meisten betrinken sich nur, um ihr Elend zu vergessen. Ein Betrunkener steigt keineswegs zu den Thieren herab, welche freiwillig sich niemals betrinken, sondern von den Unglücklichen zu den Glücklichen der Erde hinauf; so lange er noch auf den Beinen zu stehen vermag, ist er ein Glücklicher, ein König, ein Gott und sinkt er unter den Tisch, so beweist er ja klar, daß er die Erde mit all ihren Leiden, Qualen und harten Dingen nicht mehr kenne und das größte Glück genieße, welches sehr gelehrte und tiefsinnige Heiden aufzutreiben und zu nennen vermochten, nämlich das Glück der Vergessenheit ihrer selbst und aller Dinge.

Je älter unsere Elsbeth wurde, desto deutlicher erkannte sie, wie sehr die Welt im Argen liege und wie unverbesserlich die Menschen, wie himmelschreiend die Sünden der meisten

Thalbewohner seien und in ihren letzten Lebensjahren sprach sie es manchmal laut aus, Gott hätte schon längst Feuer auf den ganzen Schwarzwald und über ihr Thal zuerst regnen lassen, wenn Er nicht um weniger Gerechten willen die sündhafte Menge noch eine kleine Weile verschonte. Sie vermochte die Menschen immer weniger zu achten und zu lieben, wenn sie nüchtern war; die Liebe ist jedoch das erste und größte Gebot unserer Religion und weil die Liebe aus Elsbethens Herzen herausgepumpt wurde, je höher der Stand des Alkohol im Magen war, so trank sie fleißig und weil die Welt täglich schlechter wurde, mußte sie um der Nächstenliebe willen täglich und jährlich auch mehr trinken. In der Trunkenheit war sie die beste Seele von der Welt, schlug einem Dienstboten keine Bitte ab, half Nothleidenden, schrieb Quittungen und Schuldscheine für Jeden der es haben wollte und so lange sie eine Feder zu halten vermochte und zum Schlusse stammelte sie oft die glühendsten Gebete für das Wohl aller Menschen zum Himmel empor.

Dieser Zug einer im Leben vielfach verkannten und am Ende nur noch von einem Grabstein gegriesenen [gepriesenen] frommen Seele ist um so beachtenswerter, weil er für Elsbethens tiefe Selbstkenntniß Zeugniß ablegte. Diese wußte sehr wohl, daß sie ein hitziges Geblüt und eine zornige Gemüthsart zur Welt gebracht habe und daß ihr Haß gegen die schlechte Welt mit der Liebe zu Gott wachse und zunehme. In ihrer Kindheit war sie nicht hart und bitter gegen die Welt gewesen, durch Trinken versetzte sie sich in den Zustand der unbefangenen, weil unwissenden Kindheit zurück, deßhalb war ihr Trinken auch ein ernstlicher Kampf gegen das eigene sündhafte Fleisch und besonders gegen ihre Zornausbrüche und Zanksucht.

Zwar ging ihr *Zorn* vom Himmel aus, weil sie die bodenlose

Verderbtheit und endlose Heuchelei der Nachbarn gründlich erkannte und nicht mit ruhigen Augen anzusehen vermochte. Wenn sie Jemanden schwer beleidiget, gekränkt oder beschädiget hatte, so fand sie Trost in dem Gedanken, Gott lasse Niemanden etwas Böses widerfahren, ohne daß Er seine Gründe dafür habe und sie sei wohl nur ein Werkzeug des göttlichen Zornes, aber alle ihre Beichtväter bekämpften solche Ansicht, mit geistlichen Herren wollte und durfte sie es nicht ganz verderben, zumal der Kapitelsdekan im Thale wohnte und dieser Umstand ihrer Wirtschaft und ihrem Rufe der Gottseligkeit ebensoviel zu schaden als zu nützen vermochte. Sie gestand deßhalb ihre sündhafte Neigung zum Zorne zu, fand sich jedesmal im Beichtstuhle ein, wenn sie ihrer Jachheit und ihrer Rachsucht volles Genüge gethan und weil trotz Beichten und Beten ihr Herz jährlich mehr gegen die Mitmenschen verhärtete, so machte sie immer eifriger Gebrauch von der Entdeckung, das Trinken sei ein probates Mittel, um die Liebe wach zu erhalten und Anfechtungen des Zornes vorzubeugen.

Für unsern Hannesle war Elsbethens gallichte Gemüthsart ein sehr heilsames Mittel der Besserung und müssen wir nur bedauern, daß das Mittel bei ihm nicht recht anschlug und die von Brigitten ererbte Neigung zum Zorn die Quelle manches Unheiles für ihn wurde. An der Pflegmutter erkannte er die ganze Abscheulichkeit dieses Lasters, sein Kopf und Rücken samt allen Gliedmaßen verspürten täglich die wehethuenden, schmerzlichen Folgen desselben und weil er lernen mußte, den eigenen Zorn zu verbeißen und sich zu beherrschen, wenn er nicht trotz dem ärgsten Russen geprügelt werden wollte, so wurde der von Natur offenherzige und ehrliche Hannesle verschlagen, hinterlistig, falsch und heimtückisch.

Für den ungerechtesten aller Vorwürfe, welchen ihre Feinde

aufs Tapet brachten, hielt Elsbeth den der *Trägheit* und nimmermehr vermochte sie es zu fassen, weßhalb das 265pfündige Dekanat der einzige Beichtvater blieb, welcher ihr keine lange Predigt über diese Todsünde machte.

Mit diesem dicken Seelenhirten stund die dicke Sonnenwirthin insbesondere deßhalb auf freundschaftlichen Füßen, weil er sie als die rührigste und thätigste Hausfrau und Wirthin des ganzen Schwarzwaldes gelten ließ und pries. Ihn zahlte sie zu den wenigen Gerechten des Thales, das Dekanat leistete der reichen, stattlichen Elsbeth denselben Dienst. Auf diese Weise bekam auch der junge Vikar, welcher die Brigitte begraben und sich des Hannesle angenommen hatte, von vornherein eine vortreffliche Meinung von der Sonnenwirthin und als diese den Hannesle so willig und freudig unter ihr Dach aufnahm, vergoß der gute Mann fast Thränen der Rührung über die Beweise christlicher Barmherzigkeit, die er hier und sogar bei einer Wirthin gefunden. Wie der Mensch ist, so schaut er auch die Welt an, bevor er dieselbe genauer kennen gelernt und sich eine richtige Weltanschauung gebildet hat.

Der Selbstsüchtige sieht lauter rohe und verfeinerte Selbstsucht, der Glaubenslose eitel bewußten und unbewußten Unglauben und eigennützige Heuchelei der Frommen, der Stürmische lauter offenen und heimlichen Krieg ohne entscheidenden Sieg; unser Vikar besaß ein tiefes, herrliches Gemüth und einen lebensvollen Glauben an Christum und dessen Weltkirche, hegte die beste Meinung von den Menschen, übte große Nachsicht gegen Andere und merkte zu spät, welchen Bock er geschossen, indem er den Waisen der Zucht der frommen Elsbeth anvertraut hatte, welche bei Messen, Bittgängen, Leichenzügen und Brüderschaften die Vorderste war und alle vier Wochen mindestens einmal beichtete und zum Tische des Herrn ging.

Er schenkte den schlimmen Gerüchten, welche über die Betschwester im Schwange gingen, um so weniger Glauben, weil dieselbe auch in der Kunst der Verstellung ihren Meister suchte und trotz der besten Advokaten Alles zu verdrehen und zu lügen verstund, seine Seele dagegen kein Arg und keine Falschheit kannte und weder die Sonne noch der Bär oder ein anderes Wirthshaus der Ort war, wo er oft und gerne weilte.

Allmählich wurden ihm die Augen hinsichtlich des Characters der dicken Sonnenwirthin ganz geöffnet und zwar durch die Katzenlene.

Diese Katzenlene hieß Magdalena, im Thale aber die Katzenlene, weil ihr Mann, ein blutarmer Taglöhner, ein außerordentlicher Liebhaber des Katzenfleisches gewesen und das Volk der Mäuse an manchem Dutzend ihrer Todfeinde blutig gerächt haben soll.

Der Vikar hatte viel Seltsames von diesem alten, eisgrauen

Mütterchen gehört, welches Tag und Nacht, Sommer und Winter in einem altersbraunen, dämmerungsreichen Hinterstübchen einer einsamen Strohhütte saß und niemals in eine Kirche oder zu andern Leuten kam, weil es an beiden Füßen seit 27 Jahren gelähmt war.

Die Einen wußten viel von merkwürdigen Prophezeiungen der Katzenlene zu erzählen, welche aufs Haar eingetroffen sein sollen; Andere glaubten, es sei bei der Alten nicht ganz geheuer, dieselbe stehe mit Geistern im Bunde, nehme höchstens zum Scheine ein bischen Speise zu sich und könne weder gesund werden noch sterben bis zum jüngsten Tag. Viele behaupteten, es sei unmöglich, der Lene etwas Schlimmes nachzusagen und wer in ihre Nähe komme, dem werfe sie Zauberblicke zu, daß er von der Stunde an nur eine gute Meinung von ihr haben könne.—Andere berechneten, wieviel diese Zauberin durch ihr Stricken verdiene und fanden, dieselbe gebe beinahe ihren ganzen Lohn den Armen und lasse sich nicht bewegen, das Gewand, welches sie seit Menschengedenken trug, mit einem neuen zu vertauschen oder statt Habermus und Milch, wovon sie und ihre Katze lebten, etwas Besseres zu genießen. Die Gutthätigen erzählten, es müsse Einer oder Eine bei der Lene schon hoch angeschrieben und ein rechtschaffener Christenmensch sein, bevor sie auch nur einen Apfel oder eine Birne von ihr annehme und Manche, welche im Rufe des Leichtsinnes oder in einem noch übleren standen, versicherten, sie würden das Hinterstübchen der Alten nicht betreten, wenn man ihnen auch zehn Karlinen verspräche. Das 265pfündige Dekanat wußte nichts Genaues von der Lene, dagegen erzählte die Elsbeth Vielerlei, woraus hervorgehen sollte, die alte Madlene trage ihren Taufnamen mit vollem Rechte, weil sie in ihrer Jugend ein leichtfertiges, gottvergessenes Ding gewesen, deßhalb von Gott schwer heimgesucht und bis zur Stunde im Begriffe sei, die Sünden alter Zeiten abzubüßen.

Am Begräbnißtage Brigittens hatte ein Büblein dem jungen Geistlichen einen halben Gulden gebracht und gesagt, das Geld sei von der Katzenlene, der Herr Vikar möge es nehmen und dafür eine heilige Messe für die Verstorbene lesen. Der Vikar gab das Geld zurück und besuchte Nachmittags die Geberin, von der er schon Manches vernommen hatte.

In einem niedern, dunkeln Stüblein, dessen einziger Schmuck ein armseliges Bett, ein alter Tisch von Tannenholz und ein mit zerrissenem alten Leder überzogener Großvaterstuhl war, saß ein Weiblein mit schneeweißen Haaren und armseligen "G'häs" und:

  "Schau, geistlicher Bueb, kann holt nicht aufstehen, denn ich bin lahm,
  aber setze Dich daher und sei willkommen im Namen Jesu Christi!"

waren die ersten Worte, welche der verwundert und mitleidig umherschauende Geistliche von der Katzenlene hörte und dann setzte er sich, von einer geheimnißvollen Macht zu ihr hingezogen, ruhig auf einen alten Trog und schaute unbefangen in das ruhig und freundlich lächelnde Antlitz der alten Tirolerin, welche vor vielen Jahren in den Schwarzwald herabgekommen.

Das Regenwetter vom Morgen hatte Etwas nachgelassen, es glühten gleich Diamanten einzelne Tropfen, welche an den Rosen und Passionsblumen hingen, die aus dem Gärtchen hereinnickten, einige Sonnenstrahlen spielten durch das armselige Stüblein, der Vikar schaute in zwei große, helle Augen und in ein altes, kluges Gesicht, aus dessen Runzeln der Morgenschimmer einer höhern Welt hervorzubrechen schien.

Er wollte von ihrer Verlassenheit und ihrem Elend anfangen, einige Hülfe anbieten, doch die Katzenlene schien seine Gedanken zu errathen und begann von dem irdischen Glücke zu reden, dessen sie Gott theilhaftig gemacht und als der Vikar diese uralte, blutarme, verlassene Frau, welche volle 27 Jahre keine fünfzig Schritte weit von der Hütte gekommen war, nach einigen Stunden verließ, trug er die Überzeugung mit sich fort, die glücklichste, Person des ganzen Thales und wohl des ganzen Schwarzwaldes und zugleich eine Christin gesprochen zu haben, welcher er trotz tadellosem Wandel und lebendigem Glauben nicht die Schuhriemen aufzulösen würdig sei.

Für diese Alte gab es keine Erdennoth und keinen Erdenwehe, sie lebte auf Erden bereits wie im Himmel, bedurfte keines Trostes und keiner Hülfe und hat den jungen Geistlichen in der Erkenntniß göttlicher und menschlicher Dinge weiter gebracht, als das Studium einer umfassenden wissenschaftlichen Bibliothek vermocht haben würde.

Schade, daß wir uns weder mit der Katzenlene noch mit derem neuen Schüler besonders befassen dürfen, indem wir statt einer Himmelsgeschichte eine Zuchthausgeschichte zu liefern uns zur Aufgabe gestellt haben.

Hannesle war in der Sonne und getraute sich kaum in der ersten Zeit recht zu athmen, denn trotz seiner Jugend und der idyllischen Heimath wußte er bereits, es bestehe ein mächtiger Unterschied zwischen reichen und armen Leuten und die Armen lebten eigentlich nur von der Gnade der Reichen, die Sonnenwirthin sei ein grundreiches Weib und ein armer Tropf nicht gescheidt, wenn er nicht nach ihrer Pfeife tanze. Er erhielt Kleider, welche er im Vergleich zu seinen frühern für wahre Grafenkleider hielt und dazu keine Schuhe, welche immer das höchste Ziel seiner Wünsche gewesen, sondern Halbstiefel, wie sie nur von den vornehmsten Buben des Thales getragen wurden und an die er kaum zu denken gewagt hatte.

"Kleider machen Leute!" so ist es nun einmal auf der Welt und es kostet den besten Menschen Ueberwindung, in einem recht nachlässig gekleideten oder gar zerlumpt einhergehenden Mitmenschen etwas Ordentliches zu entdecken und denselben als Ihresgleichen zu betrachten.

Mit der Muttermilch und Sprache saugt der Mensch die Ansichten und Vorurtheile ein, welche innerhalb der menschlichen Gesellschaft gang und gäbe und im Grunde oft mit dem Christenthume arg im Widerspruche sind.

"Vor Gott sind alle Menschen, Könige und Bettler gleich und die Menschen sollen vor Allem Gott ähnlich werden!" hört das Kind, sieht jedoch in der Welt nirgends Gleichheit, sondern allenthalben Ungleichheit und fühlt den herben Widerspruch zwischen Religion und Wirklichkeit heraus, ehe es noch so weit kommt zu fragen: "Ei, sind die Menschen vor Gott alle gleich und ist es Aufgabe Aller, gottähnlich zu werden, weßhalb machen sie denn unter sich selbst so große Unterschiede?"

Der Hannesle hatte oft gehört, wie gewaltig der Gestellmacher über die Sonnenwirthin daheim schimpfte, aber auch erfahren, wie gar demüthig derselbe Gestellmacher den Hut herabzog, so oft dieselbe Sonnenwirthin ihm begegnete und wie er ihr kein Wörtlein von Allem ins Gesicht sagte, was er daheim mit der Werktagsmutter und der Brigitte oder andern Leuten von ihr redete, sondern in lauter Freundlichkeit und Unterthänigkeit schier zerfloß.

Ebenso schimpfte der Gestellmacher grausam über Steuern

und Abgaben, Bettelvögte und Amtsleute, die spätern Pflegeltern und Andere machten es ebenso und wenn nur der Zweifarbige oder ein Amtsschreiber im Thale sich blicken ließ, sah der Bube nichts als entblößte Häupter und demüthige Köpfe und wenn der Bettelvogt oder Amtsschreiber Einem Grobheiten machten oder gar drohten, lief dieser, gleich einem begossenen Pudel, still nach Hause und ließ höchstens Weib und Kinder das widerfahrene Leid entgelten.

Brigitte redete von dem Bauer, bei welchem sie in Dienst stand, auch selten etwas Gutes und doch verbot sie dem horchenden Hannesle bei schwerer Strafe, jemals eine Silbe davon bei andern Leuten verlauten zu lassen.

All diese Dinge kamen dem Buben so wunderlich vor als der Umstand, daß die Einen vieles Vieh, größere Häuser, viele Felder, Matten und Waldungen ihr Eigenthum nannten, schöne Kleider auch am Werktage trugen und mit Roß und Wagen zu Markte fuhren, während die Mehrzahl kaum ein mageres Kühlein, einige Geisen oder gar keinen Stall besaß, in Hütten hauste, die aus Stroh, Schindeln und wurmstichigen Balken gemacht waren, wenig Äcker und noch weniger Matten ihr Eigenthum nannten, das Holz kauften und froh waren, an bestimmten Tagen dürre Äste von den himmelhohen, stattlichen Bäumen herabhäkeln zu dürfen, nur Einen Rock im Kasten führten und baarfuß oder auf des Schusters bescheidenem Rappen durch das Thal wandelten, dabei schwer arbeiteten und am Sonntage kaum die Werktagskost Anderer aufbrachten.

Der Hannesle dachte, Alles müsse so sein, wie es eben sei, richtete sich nach den Erwachsenen und seine Gefühle wurden erst zu Gedanken, während er in der Sonne lebte und der Aufenthalt machte ihn früh zu dem, was jeder religionslose arme Teufel im Grunde ist, obwohl er häufig nichts davon weiß, nämlich zu einem "gottvergessenen" Demokraten. Gelehrte und Theologen suchen die Ursachen des Unglaubens an allen möglichen Enden und Orten, beim Hannesle genügte es, daß er wenig handelnde Christen vor sich sah, Vieles litt und ein bischen über das Leben und Treiben der Bewohner des Thales nachsann, um leise Zweifel an der Richtigkeit und Wahrheit der Religion zu bekommen, welche im Laufe der Zeit bis zum verstocktesten Unglauben fortschritten.

Die nagelneuen Kleider und Halbstiefel, welche ihm die vornehme Elsbeth zukommen ließ, schufen ihn zu einem Menschen um, der sich für besser und höher hielt, als er bisher gewesen. Seit Allerheiligen schon ging er zur Schule, der Schulmeister hatte ihn höchstens dann seiner Aufmerksamkeit gewürdiget, wenn Ohrfeigen, Tatzen und Schimpfreden auszuteilen waren und oft genug war er heulend heimgesprungen oder hatte der schwerkranken Mutter geklagt, die Buben und absonderlich die Herrenbauernbuben hätten ihn während der Schule gefoppt und gesagt, er habe keinen Vater, sei ein "Bankert", die Mutter ein Lumpenmensch und nach der Schule ihn mit Schimpfreden und Steinwürfen verfolgt.

"Schlag' zu!" schrie dann der Gestellmacher und der Bube thats, wenn nicht allzu Viele gegen ihn standen oder ein Feind ihm in die Hände lief.

"Armer Tropf, wir Arme sind eben Hunde!" seufzte manchmal die Gestellmacherin und wiewohl der Hannesle nicht wußte, was ein "Bankert" sei, so wußte er doch recht gut, was ein "armer Tropf" zu bedeuten habe und weil die Hunde beißen und davonlaufen, glaubte er auch also thun zu müssen.

"Die Buben meinens nicht böse, es kommt Alles von den

Alten her, Gott verzeihe es ihnen!" hüstelte zuweilen die Mutter und schaute schmerzlich gen Himmel, allein Schimpfreden und noch mehr Steinwürfe und Prügel thaten wehe, diese kamen nicht von den Alten, sondern von den Jungen und wenn Gott denselben ohnehin verzieh, meinte der Mißhandelte, um so weniger Grund zur Verzeihung zu haben, liebte die Buben, welche baarfuß gingen und die Herrenleute auf der Straße mit ihm anbettelten, haßte die Herrenbauernbuben, welche ihn und seine Kameraden verachteten und sich auf die Hülfe der großen Leute schier immer verlassen durften.

Jetzt wurde dies Alles plötzlich anders, denn der Hannesle stolzirte im Gewande eines Herrenbuben einher, der Herr Vicar verkündigte, die Frau Sonnenwirthin sei nunmehr die Mutter seines Schützlings, der Schulmeister lächelte gnädig, die Schüler horchten hoch auf und Alles betrachtete den Glücklichen, als ob er ein wildfremder und hochachtbarer Mensch geworden.

Er aber sagte sich von der Stunde an von Allen los, welche keine Schuhe trugen, hielt zu den Herrenbauernbuben, die Eltern derselben drückten ein Auge zu und die Sonnenwirthin lobte ihn, weil er sich nicht mehr mit "Gesindel und Bettelvolk" abgebe.

Die Frühlingssonne hatte den Schnee noch nicht von den saftiggrünen Matten hinweggeschmolzen, da zweifelte der Hannesle schon stark, ob er nicht in seinen Kleidern einen recht elenden kleinen Menschen stecken habe und allgemach verblaßte zwar die Erinnerung an das ungebundene Leben beim Gestellmacher und bei den spätern Pflegeältern, er gewöhnte sich in seinen Zustand hinein und es dauerte jahrelang, bis er die Sonne verließ, aber später sagte er oft, hier sei es ihm beständig gewesen, als ob ein Mühlenstein auf seinem Herzen läge und ein schweres Wetter über

seinem Haupte stünde und nach der Flucht sei es ihm
vorgekommen, als wäre er ein Vogel, der jahrelang in einem
kleinen Käfig gefangen saß und trauerte, um des
Futterkastens willen sitzen blieb und zuletzt beim
Fortfliegen nach den freien Wäldern sich neugeboren fühlte
und nichts von des Lebens Mühen und Sorgen wüßte.

Wer das Schul- und Hausleben des armen Burschen
betrachtet und dazu bedenkt, daß die Lichtstrahlen der
Wahrheit und Liebe in Jesu Christo immer spärlicher in sein
verdüstertes und vereinsamtes Gemüth fielen, wird dem
spätern "Zuckerhannes" billig Manches verzeihen.

Auf dem Lande hat die Jugend zwei große Vortheile vor
Stadtkindern.

Zum Ersten nämlich werden die Kinderfreuden nicht durch
die tägliche Qual des vielstündigen ununterbrochenen
Sitzens auf der Schulbank allzusehr versalzen, man geht
nicht darauf aus, aus ihnen lauter Gelehrte machen zu
wollen und quält sie nicht mit endlosen Schulaufgaben;
zum Zweiten sitzen Buben und Mägdlein in Einer
Schulstube, theilen Mühe und Freuden, gewöhnen sich an
einander und gewinnt das Verhältniß beider Geschlechter
einen Charakter, welcher großen Einfluß auf das spätere
Leben und zwar einen der Religion und Sittlichkeit wohl
günstigern ausübt, als das mißtrauische Trennen und
Scheiden in größern Städten.

Beider Vortheile ging der Hannesle durch die Elsbeth
verlustig.

Er mußte die Schule pünktlich besuchen, denn sie mochte
das Pfarramt nicht erzürnen und ebenso wenig dem
Volksbildner unverdientes Geld geben, doch selten bekam
der Bube an Werktagen und Feiertagen ein freies Stündchen,

weil er entweder beten oder arbeiten oder Beides zugleich thun mußte und war er einmal frei, so hatte er entweder an blauen Malen und Beulen herumzudrücken, mußte den Obstgarten oder etwas Anderes hüten oder es fehlte ihm an Gespielen.

Die armen Buben haßten und verfolgten ihn, wie es früher die Andern gemacht und diese hielten nicht zu ihm, weil sie entweder zu stolz waren oder weil er sich nicht mit ihnen viel abgeben konnte. Einige Schulkameradinnen waren in der Nachbarschaft und gar oft schaute er betrübt beim Garnwinden, Kartoffelschälen, Holztragen und andern Geschäften ihren frohen Spielen zu, allein ans Mitmachen durfte er nimmermehr denken, wenn er auch Zeit dazu gehabt hätte, denn die fromme Pflegemutter würde ihn gesteiniget haben, ohne einen Grund dafür laut werden zu lassen außer dem seltsam klingenden Spruche: "Die Sünde geht herum wie ein brüllender Löwe und sucht, wen sie verschlinge, absonderlich wenn Einer eine hübsche Larve hat!"

Von Knechten, Mägden und Gästen erhielt er freilich oft genug Aufschlüsse, doch zum rechten Verständniß derselben kam er nicht, dachte vorläufig niemals darüber nach und es darf als wahre Fügung Gottes gelten, daß er in gewissen Dingen sehr einfältig blieb, weder sah noch hörte, bis er als Jüngling in die heillose Lasterschule eines Amtsgefängnisses gerieth, wo er die Welt mit minder unschuldigen Augen als bisher betrachten lernte.

Zweifelsohne hat das viele Arbeiten und die schmale Kost das Gedeihen seines Leibes aufgehalten, damit aber auch das Verderbniß seiner Seele hinsichtlich des sechsten Gebotes, denn im Ganzen hat die dicke Sonnenwirthin den Hannesle so recht für das Zuchthaus und die Hölle erzogen.

Seine Hoffart bekämpfte sie durch tägliche und stündliche Mahnung an sein Herkommen und seine Armuth, sein Selbstgefühl ging durch die demüthigendste und niederträchtigste Behandlung unter, welche er nach dem Beispiele der Hausherrin von den meisten Dienstboten, vom Oberknecht bis hinab zum Roßbuben und zur "Saumagd" erdulden mußte. Ihr Geiz lehrte ihn das Geld als den wahren Erdengott schätzen und ihre Habsucht ließ ihm alle Mittel zum Erwerben gleich gut erscheinen, wenn sie nur nicht zur Amtsstube führten, was durch Verhehlen, Pfiffigkeit und Läugnen verhindert werden konnte. Daß der Bube die Reinheit seines Gemüthes nicht schon während seines Aufenthaltes in der Sonne einbüßte, daran hatte Elsbethens Benehmen und Gerede sammt dem der übrigen Bewohner und mancher Gäste blutwenig Verdienst. Der Neid blieb ihm sein Lebenlang ziemlich fremd, doch das Beispiel der Pflegemutter und noch mehr die große Summe dessen, was er entbehren mußte, während es den meisten Menschen zu Theil geworden, hätten bei größern Anlagen zu diesem Laster den Neid zu einer ingrimmigen Höhe emportreiben müssen und in spätern Jahren ersetzte der Haß die Leistungen des Neides. Von Unmäßigkeit konnte bei ihm keine große Rede sein, er sah die abschreckenden Folgen dieses Lasters täglich vor Augen und ist niemals ein Gewohnheitssäufer geworden, dagegen hat ihn Elsbethens übertriebener Anspruch auf die Genügsamkeit Anderer und die Lust zum Naschen, welche er aus dem Häuslein des Gestellmachers brachte, frühzeitig genug zum Stehlen geführt und sein Gewissen weit gemacht. Elsbethens Zorn besserte den seinigen nicht, sondern unterjochte denselben der Angst und Furcht und verkehrte ihn in naturwidrige Heuchelei, Hinterlist und Heimtücke.

Der Trägheit hinsichtlich des Arbeitens widersprach sein quecksilbernes Naturell und noch mehr das Machtwort der

Pflegemutter, und was Trägheit zum Guten heißt, hat dieselbe Pflegemutter ihm zwar gründlich gezeigt, doch hat er diese Lehre niemals recht erfaßt.

Er haßte die Elsbeth von ganzem Herzen; am meisten verwünschte er ihre Frömmigkeit, weil dadurch seine Arbeit unsäglich vermehrt wurde. Das Beten der Dienstboten vor und nach dem Essen wollte kein Ende nehmen, er aber mußte vorbeten, bis er heiser wurde. Eine fleißigere Kirchgängerin als die Pflegmutter gab es schwerlich auf zehn Stunden im Umkreise, bei jedem Gange zur Kirche mußte aber der Hannesle an ihrer Seite sein, gleichsam als wolle sie Gott und Menschen stets daran erinnern, welche Wohlthaten sie einem Vertreter der Armuth spende und das Aergste für diesen war, daß sie während des Gottesdienstes nicht nur scharf zusah, ob er sein Gebetbüchlein richtig halte, beim Verbeugen und Kreuzschlagen sich keine Blöße gebe und die Lippen stets bewege, sondern auch forderte, er müsse über alle Mienen, Geberden und Reden der Kirchgänger genauen Bericht abstatten. Wußte er nichts zu erzählen, dann regnete es Ohrfeigen, meldete er unangenehme Wahrheiten, dann ließ sie ihre Wuth an ihm aus und brachte er angenehme Lügen vor, so schaute sie ihn mit durchbohrenden Blicken an, er pflegte anfangs zu erröthen und verwirrt zu werden oder später sich zu widersprechen und jedesmal erhielt er dann eine doppelte Portion, weil er die Kirchgänger nicht fleißig oder richtig beobachtet und noch dazu gelogen habe.

Die Kundigern meinten sammt dem Beglückten, die Sonnenwirthin habe nach dem Tode ihrer Männer einen Sündenbock ihrer Launen und Untugenden anschaffen müssen, welcher Aussicht auf langes Leben und keine Aussicht auf Erlösung aus ihren Klauen besitze und die Kosten des Sündenbockes würden durch die Arbeiten desselben mehr als vergütet, an ihr sei ein schlauer Diplomat verloren gegangen!—Eine Reihe von Jahren verlebte Brigittens Sohn bei der Elsbeth und was diese säete, wuchs und gedieh und sie mußte es allgemach einerndten.

Ein kindliches Gemüth versteht die tiefsten Geheimnisse der Religion, weil es die Liebe versteht, die Liebe zu den Eltern und Geschwistern bildet für das Kind die Brücke zur Wanderung und Vertrautheit mit den Gestalten des Himmels.

"Wie Jeder ist, so ist sein Gott, darum wird Gott so oft zum Spott!" sagt Göthe sehr wahr und, fügen wir bei, weil der Mensch wird, was man aus ihm macht, so mußte ein Leben ohne Liebe und Freude den Hannesle dazu führen, daß er zuerst die Menschen fürchtete, Zutrauen und Glauben an sie verlor, die angeborene Liebe des Gemüthes in Haß und Selbstsucht untergehen ließ, dann das Verständniß der Religion der Liebe verlor, den Gott des Hasses und Zornes fürchtete, mit den Jahren gleichgültig und feindselig gegen denselben wurde und den einzigen und höchsten Zweck des Erdenlebens in der Erfüllung selbstsüchtiger Wünsche erblickte.

Aller Religionsunterricht, alles Beten und Kirchenrennen und Empfehlen religiöser Gesinnungen fruchtet bei der Jugend wenig, wenn Eltern, Erzieher und Andere durch ihr Beispiel denselben keine handelnden Christen zeigen.

Tagtägliche Uebertretungen der Gebote Gottes von Seite der Großen werden den Kleinen allmählig zu Widerlegungen der Lehren der Religion und Rechtfertigungen der religiösen Gleichgültigkeit und des Unglaubens, zumal keine Religion der Erde den Interessen der erwachenden, schmeichelnden Selbstsucht des Kindes schroffer und herber entgegentritt als gerade das Christenthum.

Der tausendjährige Fortbestand mancher heidnischen Religionen erklärt sich leicht aus dem Anschmiegen ihrer Lehren an die Selbstsucht des Menschen, der bald zweitausendjährige Fortbestand der Weltkirche Jesu Christi bleibt an sich ein Wunder der göttlichen Vorsehung, wie der anfängliche Sieg des Christenthums über die heidnische Welt.

Gerade weil der Zuckerhannes ein an sich ganz gewöhnliches Menschenkind und seine Geschichte zunächst eine Alltagsgeschichte gewesen ist, wie es deren viele Tausende gibt, wir aber zunächst den wohl unästhetischen, doch sehr leicht zu vertheidigenden Zweck im Auge haben, die Mitschuld der Gesellschaft an den Sünden, Lastern und Verbrechen des Einzelnen einmal klar nachzuweisen, haben wir auf die Gefahr hin, ein bischen langweilig zu werden, die Einflüsse hervorgehoben, welche auf den jungen Hannesle wirkten und denselben zu einem Zuchthausbruder machen halfen.—

Nicht still, denn dafür sorgte die Pflegmutter mit vielen Andern, wohl aber einförmig und freudlos flohen dem Buben beinahe 3000 Tage dahin, welche er in der Sonne verlebte und das Besondere, was ihm aufstieß, läßt sich mit kurzen Worten abmachen.

Der Vicar hatte die Lebensfreudigkeit, Rohheit und Unarten des Bübleins gesehen, als dasselbe noch baarfuß und mit zerrissenen Zwilchhöslein im Thale herumsprang. Er kam anfangs oft in die Sonne, vernahm manches Untröstliche von der Wirthin, welche schwer über das selbst auferlegte Kreuz der Erziehung eines Halbwilden seufzte und prägte dem Lehrer sehr unnöthig große Strenge gegen den Hannesle ein, dessen scheues, niedergeschlagenes Benehmen trotz der bescheidenen und höflichen Manieren ihm nicht recht gefallen wollte.

"Der Bube ist nicht glücklich, er begreift die heilsame Strenge seiner Behandlung noch nicht, es wird bald besser werden und besser gehen, denn die Sonnenwirthin ist ein gescheidtes Weib und eine musterhafte Katholikin!" dachte der Geistliche, mußte jedoch bald erleben, daß der Bube weder wie ein Glücklicher dreinschaute noch wie ein unbefangenes Kind that.

Bei der Katzenlene fand er nicht sogleich Aufschluß, denn diese kannte nur noch wenige Leute des Thales und unter diesen die Sonnenwirthin als eine reiche, stolze, entfernt wohnende Person nur vom Hörensagen, der Hannesle selbst versicherte stets, daß es ihm sehr wohl ergehe, Frau Elsbeth an ihm als einem verlassenen "unehrlichen" Buben den Himmel verdiene und sich dem Herrn Vicar höflichst empfehlen lasse.

Letzterer bemerkte, daß der Bube sich vor ihm verkroch, bei jeder Frage zitterte, wenn von der Sonne die Rede war und seine Antworten gemeiniglich mit Thränen würzte. Die Katzenlene, andre Leute und die eigenen Augen brachten ihn zuletzt doch zur rechten Einsicht; er wollte der Elsbeth Lehren geben, aber da kam er schlecht weg! Eine alte und berühmte Christin, die fünf Männer und elf Kinder in den Himmel gesandt und bei Gott zweifelsohne im höchsten Ansehen stehen mußte, ließ sich von einem blutjungen Vicar nichts vom Erziehungswesen einreden, das war aus und vorbei!—

Der Wohlthäter des Hannesle hatte es gut gemeint, als er ihn der Elsbeth übergab und hierin lag sein Trost; er hatte es schlecht angefangen, den Bock zum Gärtner gemacht und bereute es tief, allein ändern ließ sich die Sache nicht mehr.

Er strebte auf alle Weise darnach, das Zutrauen des Mißhandelten zu gewinnen, aber dieser fürchtete alle

Herren, sah ihn als Urheber seines Unglückes an, glaubte ihn im Einverständniß mit der zornigen Pflegemutter, ließ sich nicht fangen und beharrte auf seiner unnatürlichen, stummen Rolle.

"Komm, wir gehen zu *deiner Großmutter*;" spricht der Vicar an einem schönen Sommernachmittag zu dem Buben. Dieser schaut zuerst ihn, dann die dicke Sonnenwirthin an, diese nickt bejahend und er geht voll Verwunderung, was das für eine Großmutter sein werde, zu welcher ihn der geistliche Herr führe, ohne daß die Pflegemutter es verbiete.

Er wußte von einigen Vettern und Basen, der Gestellmacher trank zuweilen einen Schnaps in der Sonne, die Bauernleute, bei welchen er zuletzt gelebt, traf er an Sonntagen auf dem Kirchgange, doch die Sonne verlassen und ohne Vorwissen der Pflegemutter ein anderes Haus betreten, galt als eines der schwersten Verbrechen, welches er zu begehen vermochte; er beging es nicht, weil die Angst ihm alle Freude verdarb und von einer Großmutter, die noch unter den Lebendigen wandle, hatte er noch nie gehört.

Jetzt führte ihn der Schützer in das Stüblein der Katzenlene.

War die Katzenlene nicht eine Base der Marianne selig und damit auch der Brigitte selig? Hatte Marianne mit der kleinen Brigitte nicht zuweilen ihre Zuflucht in dieses Stüblein genommen, wenn der betrunkene Bürstenbinder sie schlagen wollte, ihr sonst ein großes Wehe oder auch die Langeweile auf dem Herzen lag? Saß Brigitte nicht oft genug auf dem Fensterbänklein, bevor sie mit dem langen Michel bekannt wurde und hat die Lene sie nicht auch noch später einigemal eingeladen? Konnte diese nicht die Großmutter des Thales und absonderlich die des Hannesle heißen?—Der Geistliche blieb eine Weile, versprach der Alten, ihr künftigen Sonntag wiederum den Leib des Herrn in die Hütte zu tragen und ging, um nach einigen Stunden wieder zu kommen und den Buben abzuholen.

Von dieser Zeit an kam letzterer oft zur Katzenlene und diese hat mit ihren wundersamen Historien von heiligen und unheiligen Menschen dem Knaben eine neue, bisher unbekannte Welt erschlossen und Vieles gethan, um die Liebe zu Gott und den Menschen im jungen Herzen wach zu erhalten. Der Hannesle hat die alte Frau unsäglich lieb gewonnen, doch die Geschichten derselben verbitterten ihm das Leben in der Sonne mehr als sie es versüßten und die Liebe des Erlösers zu den Menschen wußte er nicht mit dem Leben und Treiben der Thalbewohner zusammenzureimen. Er betrachtete die fromme vielbetende Elsbeth, verglich sie mit der frommen, vielbetenden Katzenlene, sah das fromme und hochangesehene Dekanat und den frommen, minder angesehenen Vicar und wußte sich in den vielerlei Arten von Frömmigkeit am Ende gar nicht mehr zurecht zu finden. Er hätte am liebsten sterben und zu der Sonntagsmutter kommen mögen, denn Freude an der Welt und an den Menschen empfand er täglich weniger.

Gelbveigelein und Rosmarin blühten zum zweitenmal auf Brigittens Grab, als der Vicar wandern mußte und damit hatten auch die Besuche des Buben bei der Katzenlene ein Ende und der letzte, welchen er einmal verstohlener Weise machte, trug ihm bittere Früchte ein.

Es schien, als ob mit dem Vicar der Schutzgeist des Buben Abschied genommen habe, denn war die Elsbeth bisher unmenschlich gewesen, so wurde sie jetzt oft mehr als unmenschlich und hatte beim Hannesle bisher nicht Alles seine Richtigkeit, so verfiel er jetzt rasch aus einer Untugend in die andere, setzte dem Hochmuthe Trotz, dem Zorn Heimtücke, dem Geize Diebstahl, dem Neide Schadenfreude, der Lieblosigkeit tiefen Haß entgegen und je musterhafter und frommer sein Benehmen auf den ersten Anblick zu sein schien, desto hohler und fauler sah es inwendig in ihm aus.

Der Gestellmacher hatte selten einen Gang in das Amtsstädtchen oder in ein anderes Dorf gemacht, ohne dem Hannesle, dem Herzkäfer etwas Gutes mitzubringen, die Sonntagsmutter am eigenen Munde gespart, um ihr Büblein zu erfreuen. Ostern, Kirchweihen, Jahrmärkte und Klausentage waren hohe Feste für ihn und er hatte die Woche über sich immer auf Etwas zu freuen. Bei der Elsbeth bekam er weit Besseres, dagegen auch weit weniger Essen als vorher und von besondern Leckerbissen oder Geschenken war keine Rede. In einem Wirthshause liegen einem Hungernden Versuche des Naschens und Stehlens sehr nahe, namentlich wenn er von Zeit zu Zeit erleben muß, daß alle Hausbewohner Bescheerungen erhalten und er allein leer ausgeht. In der Sonne hieß es: wenn die Katze fort ist, tanzen die Mäuse, denn hinter dem Rücken der sparsamen, haushälterischen Wirthin verdarben, veruntreuten und stahlen die Knechte und Mägde zehnmal mehr, als dies der Fall gewesen sein würde, wenn jene billiger und gütiger gewesen wäre.

Ihre Habsucht erzeugte täglich Veranlassung zu schweren Sünden Anderer und ihr Geiz trug als Frucht Verschwendung. Alle Dienstboten hielten gegen die Herrin zusammen und betrogen sie gleichmäßig. Hannesle, so klein er war, sah Manches und plauderte, wurde von der Pflegemutter deßhalb nicht besser behandelt, dagegen von den Verrathenen desto schlimmer. Mancher Dienstbote suchte ihn zu gewinnen und gescheidt zu machen, der Bube sah Vieles, freute sich darob, schwieg und befand sich nicht übel dabei. Was Pfarrer und Lehrer und Elsbeth selbst predigten, fand in der Sonne bei den Erwachsenen keine

Geltung, weßhalb sollte ein geplagter, oft genug hungernder Bube es befolgen? Er begann auf eigene Faust zu stehlen, schritt von einem Stücklein Zucker allgemach zu einem ganzen heimlichen Magazin von Eßwaaren fort und stibitzte bei guter Gelegenheit zuerst Kreuzer, Sechser, Sechsbätzner und nachdem er einmal mit kühnem Griffe einen Brabanter genommen und nach achttägiger Angst unentdeckt geblieben war, lernte er allmälig stehlen, ohne daß ihm die Finger zitterten und das Herz pochte. Eine Magd kam hinter sein Waaren- und Geldmagazin, ihre schrecklichen Drohungen machten den Buben zu ihrem Sklaven, er stahl fortan für sie und diese versorgte ihn dagegen mit süßen Herrlichkeiten, welche einem Bettelbuben so vortrefflich schmecken wie dem verzogensten Stadtkinde. Seine Hehlerin gerieth einmal in scharfe Händel mit einer andern Magd und diese wußte im ersten Zorn nichts Besseres zu thun, als der Sonnenwirthin die Augen über die Untreue der Feindin zu öffnen, diese dagegen machte den Pflegsohn zum Sündenbocke und ein mit Zuckerwaaren halb angefüllter alter Trog sammt einem Leinwandsäckchen mit Münzen aller Art gab der erstarrenden Elsbeth Einsicht in die langfingerigen Anlagen des Hannesle, wenn auch keine in die Früchte ihrer Erziehungsweise.

Beide Mägde wurden augenblicklich fortgeschickt; wie es dem Buben erging, läßt sich denken und nur der Umstand, daß sie denselben so grausam schlug, um den Bader herbeirufen und Amtsgeschichten befürchten zu müssen, bewirkte, daß der Hannesle noch länger im Hause bleiben durfte. Elsbethens ärgster Zorn verrauchte, der Bube rutschte vor ihren Füßen herum und winselte erbärmlich, um dableiben zu dürfen und durfte bleiben. Doch weit entfernt, den Fehltritt desselben verständig zu beurtheilen und klug zu verschweigen, erfuhr jeder Gast die Beweise, welche der gottlose Hannesle für den Undank der grundverderbten Welt geliefert, sie selbst führte denselben nach der Genesung in die Schulstube und erzählte den Kindern, was ihr Mitschüler verschuldete und wie sie den Hannesle fortan nur *"Zuckerhannes"* rief, also riefen ihn fortan auch die Altersgenossen und Erwachsene.

Brigittens Sohn erhielt durch diesen Beinamen die Taufe des Verbrechers und hat denselben niemals wieder verloren.

Der verachtete "Bankert" war ein beargwohnter und gemiedener Spitzbube geworden, die Verachtung Aller vernichtete sein Ehrgefühl, machte ihn boshaft, weil feindselig gegen die Menschen. Er fühlte wohl, seine Strafe sei nicht unverdient, doch im Grunde hatte er blos das Beispiel der Erwachsenen befolgt, diese erndteten weder Verachtung noch Verfolgung, die Unversöhnlichkeit, welche gegen ihn bewiesen wurde, verbitterte sein Gemüth und seine Selbstliebe schmeichelte ihm den vornehmsten Glaubensartikel der Spitzbuben ein, wornach nämlich nicht sowohl das Stehlen, als das Ertapptwerden etwas Schändliches und Strafwürdiges ist.

Den Namen "Zuckerhannes" bekam er im dritten Jahre seines Aufenthaltes in der Sonne und noch mehr als diesen Namen quälte ihn die Furcht, der gute Vicar und die Katzenlene würden Alles erfahren.

Die Sonnenwirthin hegte ernsten Willen, den jungen Dieb zu bessern, wählte jedoch lauter verkehrte Mittel. Das bisherige gute Bett ward ihm genommen und durch einen Spreusack sammt Pferdeteppich ersetzt; er mußte die Nächte in der schlechtesten Bodenkammer des Hinterhauses eingeschlossen zubringen, verschmachtete im hohen Sommer beinahe vor Hitze, in dem langdauernden Winter vor Kälte, Sturm und Regen, Schnee und Eis drangen zu ihm hinein und vom zweiten Hahnenschrei bis spät in die Nacht blieb er keine Stunde unbeschäftigt, unbeobachtet und ungeschoren. Nicht die elende Kost, mit der er fortan vorlieb nehmen mußte, und nicht die Zumuthung, in Stall und Scheune, Feld und Wald die Arbeit eines baumstarken Knechtes zu verrichten, kränkte den armen Buben am meisten, wohl aber, daß er für alles Arbeiten weder Dank noch Ehre einerndtete und daß mit dem Namen "Zuckerhannes" das Mißtrauen gegen seine Ehrlichkeit sich forterbte und in Mienen, Reden und Handlungen der Hausbewohner sich täglich offenbarte.

Knechte und Mägde veruntreuten und stahlen nach wie vor, aber den Zuckerhannes machten sie nicht mehr zu ihren Vertrauten. Dieser sah fortwährend veruntreuen und stehlen, gönnte der unversöhnlichen Pflegemutter jeden Schaden und schwieg deßhalb auch, er selbst hat in der Sonne zahllose Versuchungen mannhaft überwunden und zwar aus Furcht, denn er wußte, daß Elsbeth aus Drohungen sehr bald Ernst mache und diese hatte ihm gedroht, ihn den Gerichten augenblicklich zu überliefern und jahrelang bei Wasser und Brod einsperren zu lassen, wenn er nur noch Eines Kreuzers Werth veruntreue oder entwende.

Der einzige Vortheil, welcher dem Zuckerhannes nach seiner Ansicht aus der schlimmen Geschichte erwuchs, bestand darin, daß er seines Amtes als Vorbeter und Kirchenbegleiter enthoben wurde.

"Das Gebet eines Spitzbuben hat keine Kraft; mit einem Bankert konnte ich zur Nothdurft aus christlicher Barmherzigkeit zur Kirche gehen, dagegen soll ein Galgenvogel niemals neben mir wandeln!" sagte die rauhe, mannhafte Elsbeth und dabei blieb es, denn ein Wortbruch in schlimmen Dingen war bei ihr eine Seltenheit. Zwei

146

schwere Jahre voll Arbeit, Entbehrungen und Leiden verflossen wiederum, der Zuckerhannes wurde der Schule entlassen und betrachtete den Tag der Entlassung als den größten Glückstag, welcher seit langer Zeit ihm zu Theil geworden. Seine Freude am Lernen war niemals groß gewesen, er blieb stets hinter seinen Mitschülern zurück, zumal er daheim keine Zeit zum Lernen und keinen Sporn dazu erhielt; in den letzten Jahren lag die Mißachtung des geistlichen und weltlichen Lehrers und die der Schüler dazu immer drückender auf seinem Herzen und an den Stunden, welche er in Schule und Kirche zubringen mußte, war ihm das Ende das Allerliebste.

Vom Beichten hielt er bereits wenig und schon der erste Gang zum Tische des Herrn galt ihm eben als herkömmlicher, wunderlicher Brauch. Mit Zeitungen, Büchern und gelehrten Leuten ist der Zuckerhannes während seines ganzes Lebens blutwenig zusammengekommen, dagegen hat er Leute genug gesehen, welche trotz Beichte und Abendmahl stets die Alten blieben und wiederum Andere, welche ohne diese Heilsmittel nicht schlimmer als Andere zu sein schienen.

War sein Schulsack klein, so wurde doch der Kropf groß, den er in die Jünglingsjahre hinübertrug und später nicht mehr wegbrachte. Derselbe entstellte seine nicht unansehnliche Gestalt und war die Ursache einer schweren Fehde mit der Pflegemutter. Der dicke Hals eines Bankerts war für sie kein Anlaß zum Geldausgeben, der Kropf eines Spitzbuben ein sichtbares Zeichen der göttlichen Strafgerichte und ein heilsames Werkzeug der Buße und Besserung. Der Hannesle bekam keinen Heller Geld in die Hände und bat und flehte vergeblich um einige Kreuzer, mit welchen die lästige Halszierde hinwegbeschworen werden konnte. Elsbeth schwur, entweder einen kropfigen oder gar keinen Zuckerhannes vor ihren Augen sehen zu wollen, gab bei heiterer Laune gute Versprechungen und wiederholte in anderer ihre Drohung, die Hausbewohner und manche Gäste hatten ihre helle Freude daran und eine so geringfügige und abgeschmackte Geschichte die eines Kropfes sein mag, so hat dieselbe unserm Helden doch manche heimliche Thräne gekostet und seinen Haß gegen Gott und Welt schüren helfen.

Elsbeth haßte den Pflegsohn, weil er ihrer Erziehung vielfache Schande eintrug, doch ihre Habsucht flüsterte ihr ein, es lasse sich ein rühriger und geschickter Knecht aus ihm großziehen, der die Sonne nicht wohl verlassen und noch weniger ordentlichen Lohn fordern könne. Bisher hatte derselbe ihren Haß nicht durch besondere Unfolgsamkeit geschürt, deßhalb behielt die Habsucht Oberhand, obwohl das Maulen und Trotzen dem einst so schüchternen, demüthigen Buben von Tag zu Tag allgemach doch geläufiger wurde.

Nach seiner Entlassung aus der Schule stimmte er merklich einen andern und höhern Ton gegen die Sonnenwirthin an und redete ziemlich laut davon, er habe bisher just wenig Gutes hier genossen, jeder Arbeiter sei seines Lohnes werth und am Ende ließe sich auch ein anderer Ort als dieses Wirthshaus für ihn finden.

Knechte und Mägde gaben ihm Recht und hetzten aus verschiedenen Beweggründen, Elsbeth ließ ein halbes Dutzend Todsünden gegen den "undankbaren, gottverlassenen Galgenstrick" immer heftiger Sturm laufen, der Angegriffene setzte ähnliche Mannschaft entgegen, es entspann sich manches wüste, hitzige Gefecht und zuletzt wurde die Katzenlene ohne Wissen und Willen der Anlaß, dem Faße der Trübsalen des Zuckerhannes den Boden auszustoßen.

Seitdem nämlich unser Held kein gezwungener Vorbeter und Kirchengänger und ein Sonntagsschüler geworden war, emanzipirte er sich allmählig vom Beten und Kirchengehen überhaupt und schlenderte an schönen Sonntagen im herrlichen Tempel der Natur herum, übrigens ohne mit Gedanken über Gott und göttliche Dinge sich sonderlich zu befassen.

Weil er gerne allein war und keinen guten Kameraden brauchte, der während des Gottesdienstes mit ihm im Gebüsche längs den Ufern des Gießbaches oder im Walde schlief und sich herumtrieb, kam ihm solcher Naturdienst recht angenehm vor, doch im Schwarzwalde dauerte die milde Jahreszeit nicht allzulange und die Freude manches Sommertages wird durch einen wolkenreichen Himmel getrübt. In die Kirche zu gehen, scheute sich der Zuckerhannes immer mehr, vom Bären hielt ihn Menschenscheu und Geldmangel ab, in ein anderes Haus getraute er sich nicht wohl, als in das der Katzenlene und seitdem ein arger Platzregen ihn wiederum einmal dahin getrieben und der Besuch ihn überzeugt hatte, daß die Alte zwar seine böse Geschichte kenne, ihn jedoch keineswegs verachte und geringschätze, saß er manches Stündlein bei ihr.

Am Morgen durfte er jedoch nicht kommen, weil das Schwänzen des Hochamtes bei gesundem Leibe in ihren Augen ein unverzeihliches Verbrechen war, doch Mittags während der Vesper übte sie Nachsicht, nachdem sie sich einreden lassen, der Besucher vermöge es nicht, mitten unter den Thalbewohnern, unter lauter Verächtern und Feinden das Herz zu Gott zu erheben.

Der alten Großmutter erzählte der Zuckerhannes gar Mancherlei von seinem Leben und Leiden, verschwieg Alles, was ihn selbst herabzusetzen vermochte, aber sie merkte sehr wohl, woran es ihm fehlte, wollte Alles thun, um den auf gefährlichen Pfaden Wandelnden zu Gott zurückzuführen und als kluge Frau nicht mit der Thüre ins Haus fallen, sondern vor Allem das Herz des Sünders für sich gewinnen.

Kam er auf die Sonnenwirthin zu sprechen, so redete heißer Haß aus ihm und weil der Haß keineswegs ein grundloser war, mußte die Katzenlene um ihres Zweckes willen ruhig zuhören und dem Ankläger in Manchem um der Wahrheit willen Recht geben. Gar Vieles empörte die alte Christin und so ließ dieselbe einmal das Wort fallen: "die Elsbeth müsse ein wahrer Drache sein, der die Seelen verderbe!" Diesen Ausspruch vergaß der Zuckerhannes nicht wieder, überbrachte denselben den Hausgenossen und als er unter der Woche wegen eines nachläßig geschmierten Wagenrades mit der Pflegmutter in schwere Händel gerieth, so schrie er im Zorne aus:

"Tobt nur wie der lebendige Teufel! Als ein Drache und eine Seelenverderberin seid Ihr ja genugsam bekannt, die Katzenlene hat es erst am Sonntage noch gesagt!"

Diese Worte versetzten die Elsbeth in besinnungslose Wuth, sie ergriff eine eiserne Stange, welche gerade vor ihr lag und schlug den davonspringenden Burschen mit solcher Wucht auf das Bein, daß derselbe stürzte und von den herbeieilenden Knechten in die Kammer getragen werden mußte.

Die Verletzung mag nicht sehr bedeutend gewesen sein, aber das beharrliche unversöhnliche Schweigen des Verletzten machte ihr Angst und sie fürchtete amtliche Untersuchung, obwohl keine Zeugen in der Nähe gewesen, ihr Geiz redete auch ein Wörtlein und ein versoffener Bader, welcher versprach, den Fuß binnen 8 Tagen schöner herzustellen, als die Natur denselben geschaffen, machte den kropfigen Zuckerhannes binnen 8 Wochen zu einem lebenslänglichen Hinkebein.

Gerade noch rechtzeitig schwur der Gequälte, seinen Mund zu halten, wenn ein ordentlicher Arzt gerufen würde, ein solcher erschien und durfte von Glück reden, weil der Fuß nicht vom Leibe getrennt werden mußte.

So gütig, milde und freigebig war die Sonnenwirthin niemals gewesen, wie jetzt, als sie den Bankert und Spitzbuben doch Etwas zu fürchten hatte, sie versprach demselben goldene Berge—-eines schönen Morgens fand man das Bett desselben leer, der Vogel war ausgeflogen und das Wohin konnte Niemand sagen.

In den ersten Tagen war es Elsbethen nicht recht geheuer, sie entfärbte sich Etwas, so oft der Gerichtsbote in den Bereich ihrer Augen kam, doch dieser brachte ihr niemals eine Vorladung, sie fing an, sich lauter und heftiger über den entlaufenen Galgenstrick auszutoben und ohne ihre Predigten würden wohl Wenige denselben vermißt haben.

Der Zuckerhannes aber saß droben im Hegau, lebte in der Nähe eines Amtsstädtleins in einem stattlichen Bauernhofe, dem Mooshofe, glücklicher als er jemals im Schwarzwalde drunten gewesen und in die Hoffnungen einer freudenvollen Zukunft warf nur zuweilen Ein Gedanke Schatten, nämlich der Gedanke an seine Papiere.

Der Moosbauer war ein guter, verständiger Mann und hatte den hergelaufenen Zuckerhannes probweise unter der Bedingung als Roßbube eingestellt, daß er sich über seine Person gehörig ausweise. Der übelaussehende, menschenscheue und wortarme Bursche, der zudem noch ein hinkendes Bein hatte, wollte ihm nicht recht gefallen,

151

aber die Bäurin redete für den Weinenden ein gewichtiges Wörtlein und weil der Bauer als tüchtiger Landwirth bald sah, daß er keineswegs einen Faullenzer oder im Bauernwesen unerfahrenen Menschen aufgenommen und derselbe in den ersten Wochen nicht das Mindeste von einem Säufer, Spieler, Mädchenjäger oder Raufer an sich merken ließ, so schenkte er den Reden des Zuckerhannes bald vollen Glauben und versprach, ihn so lange zu behalten, als er da bleiben und keine schlechten Streiche machen wolle. Unser Held fühlte sich wie neugeboren, denn sein Arbeiten und Benehmen fand Anerkennung, Meister und Meisterin, Knechte und Mägde kamen ihm freundlich und wohlwollend entgegen und den argen Zwiespalt zwischen Dienstgeber und Dienenden, welchen er in der Sonne von Kindesbeinen an erlebt, fand er im Mooshofe nicht.

Die Leute mußten tüchtig arbeiten, dafür erhielten sie gute Pflege, hohen Lohn und menschliche Behandlung und waren stolz darauf, dem reichen, angesehenen Moosbauern dienen zu dürfen.

An einem Montag erhielt der Moosbauer genügende und überflüßige Aufschlüsse über den neu eingestellten Schwarzwälder. Das Zeugniß des Vogtes war kurz und gut, dagegen hatte das 265pfündige Dekanat ein großes, bogenlanges Sündenregister gesandt, welches am Zuckerhannes kein gutes Haar übrig ließ und vorzüglich deßhalb seine Wirkung nicht vollständig hatte, weil das Uebertriebene gar zu sehr hervorleuchtete.

Der Moosbauer schüttelte den Kopf, nahm nach der Heimkunft den Roßbuben ins Hinterstübchen und ließ sich von demselben seinen ganzen Lebenslauf erzählen, ohne eine Silbe von den angekommenen Schriften laut werden zu lassen. Der Zuckerhannes hatte in der Sonne in der Kunst des Lügens nicht unerhebliche Fertigkeit erlangt, doch diesmal merkte er Etwas, log nicht, sondern erzählte binnen einer peinlichen Stunde Alles, was sein Herkommen und seine Schicksale betraf, der Wahrheit gemäß.

"Es ist dein Glück, weil Du nicht logst, denn ich weiß Alles und würde einen Lügner auf der Stelle fortgejagt haben. Jetzt bleibe Du nur da, sei fleißig und brav, dann wird Alles gut gehen!"

Mit diesen Worten entließ der Moosbauer den Zuckerhannes und sie klangen in ihm fort wie himmlische Musik. Gegen die Knechte und Mägde wollte der Meister Stillschweigen über alles Nachtheilige beobachten, was er von jenem gelesen und gehört hatte, dagegen mußte die Bäurin Alles wissen, um sich darnach zu richten.

Diese war ein gutes Weib und versprach Stillschweigen, aber am Dienstag Mittag wußten sämmtliche Hofbewohner, daß ein Bankert, Spitzbube, undankbarer, gottvergessener und entlaufener Kerl, kurz der "Zuckerhannes" mit ihnen aus Einer Schüssel esse und der Oberknecht, der Bläsi, der seines Zeichens auswendig ein beurlaubter Dragoner und inwendig ein etwas stolzer und hochfahrender Bursche war, munkelte davon, der neue Gast gehöre von Gott und Rechtswegen ins Zuchthaus statt in den Mooshof und es sei merkwürdig, daß heutzutage ein ehrlicher Meisterknecht nicht mehr gelten solle, denn ein hergelaufener Galgenvogel, in dessen Nähe man alle Schlüssel abziehen, unter Tag im Sack herumschleifen und Nachts unter das Kopfkissen legen müsse. Der Moosbauer hat dem Dragoner den Mund verstopft, doch über Gesichter und Gebärden desselben vermochte er so wenig zu befehlen, als über die der übrigen Knechte und Mägde.

Dienstag Nachts hat der arme Zuckerhannes schon gewußt, daß Achtung, Zutrauen und Liebe der meisten

Hausbewohner für ihn auch hier ein Ende hätten und altes Elend in anderer Weise beginne. Am Mittwoch Morgen erzählte die Hausmagd der Bäurin, das Kopfkissen des Roßbuben sei ganz naß gewesen, derselbe müsse heute Nacht wenig geschlafen und viel geweint haben.

Eine Andere versicherte, derselbe sehe übernächtig drein, habe diesen Morgen nicht laut mitgebetet, gezittert, als er den schwarzen, blechernen Löffel, den sonst Niemand brauche, welchen ihm der Bläsi zuschob, in die Hände genommen und kaum einen rechten "Schub" Suppe gegessen.

Am Sonntag Abend wußte der Held unserer Geschichte, sein Herkommen und seine begangenen Sünden sammt vielen unbegangenen seien im Dorfe drüben und sogar im Amtsstädtchen in mehr als Einem Munde, schwor, niemals Kameraden zu suchen und ohne besondere Geschäfte kein Wirthshaus zu betreten und hat den Schwur bis tief in den Winter hinein gehalten. Still, verschlossen und menschenscheu lebte er im Mooshofe und erfüllte seine Pflichten mehr als getreu, indem er die Stallbewohner beinahe zu seinen ausschließlichen Gesellschaftern machte.

An einem Sonntage saß er vor dem Stalle auf der Hundshütte, ließ eine silberne Sackuhr im Licht der Wintersonne spielen, der Bläsi sah dies aus der Ferne und lächelte höhnisch, am andern Tage aber holte ein Gensdarme den Zuckerhannes aus dem Mooshofe und führte ihn in das Amtsgefängniß.

Im Thurm.

Es bleibt eine Thatsache, über deren Richtigkeit schon das Studium der Schriften der ausgezeichneten Gefängnißkundigen genügend belehrt, daß in Deutschland

Preußen und Baden das Meiste gethan haben und noch thun, um das Gefängnißwesen in musterhaften Stand zu setzen.

Preußens Gefängnisse kennen wir nur durch Schriften, Unterredungen mit einzelnen Gefängnißbeamten und ehemaligen Gefangenen, die badischen dagegen vielfach aus eigener Anschauung und Erfahrung.

So vortrefflich in neuer und neuester Zeit die Zuchthäuser, Arbeitshäuser, Kreisgefängnisse eingerichtet und verwaltet werden, so sehr man sich bemüht, auch die Untersuchungsgefängnisse in guten Stand zu setzen, so bleibt doch in Beziehung auf letztere noch Manches zu thun übrig.

Wir kennen trefflich eingerichtete Untersuchungsgefängnisse, welche nur noch an Einem großen Mangel leiden, nämlich daß sie *durch das Beisammenleben der Gefangenen Vorschulen aller Verkehrtheit und Laster werden*; wir kennen aber auch Arrestlocale, deren Beschaffenheit und Einrichtung wohl bis zur Stunde aller Gesundheitspolizei und Humanität schneidenden Hohn sprechen.

Von Oben herab geschieht freilich alles Mögliche, damit Untersuchungsgefangene oder polizeilich Verurtheilte nicht an Leib und Seele Schaden leiden, allein mancher Phisikus ist dick und bequem dazu, mancher Beamte hat viel zu viel mit der Unschuld zu schaffen, um sich sonderlich um etwas anderes denn um Verurtheilung der Schuld zu bekümmern, mancher Kerkermeister ist ein kleiner Absolutist, der hinter dem unnahbaren Schild des Gesetzes und der Verordnungen seinen Eigennutz und seine Launen versteckt und in mancher kleineren Gemeinde sind gewiß keine drei Personen, die sich Etwas von der Wichtigkeit des

Gefängnißwesens träumen lassen, weit eher dreißig gedankenlose, kurzsichtige Schwätzer, welche sich über kostspielig scheinende Verbesserungen der Gefängnisse aufhalten und lieber großen Schaden mitbezahlen, als kleinere verhüten helfen würden.

Freilich gibt es unter dem Monde nichts ganz Vollkommenes; wie in allen Dingen lassen sich auch im Gefängnißwesen manche Mißstände nur langsam, schwer oder auch gar nicht beseitigen oder Verbesserungen ziehen neue Mißstände nach sich, so daß die Menschen am Ende ein großes Übel weniger auszumärzen, als durch ein kleineres zu ersetzen vermögen.

Was Friedrich II. in der bekannten Audienz zu einem deutschen Gelehrten sagte: "Die Menschen seien eine ganz verfluchte Race" werden die Regierenden zu allen Zeiten an einzelnen Werkzeugen und vielen Unterthanen bestätigt finden, welche ihre wohlwollenden Absichten Absichten sein lassen oder gar vereiteln.

Die Hauptsache bleibt, daß nach dem Vorbilde der preußischen die badische Regierung fortwährend redlich und ernstlich nach musterhafter Einrichtung und Verwaltung aller Zweige des Gefängnißwesens strebt und hierin wohl mehr bereits geleistet hat, als einige größere Staaten zusammengenommen—mit diesem tröstlichen, versöhnlichen Gedanken wollen wir in eine *Ausnahme* von der Regel, nämlich in ein *schlechtes* Amtsgefängniß treten und in einer Spelunke desselben den Zuckerhannes aufsuchen.

Man stelle sich ein nicht gar geräumiges Gemach oder vielmehr Kellergewölbe vor, das durch ein kleines, hoch oben angebrachtes Fenster Licht und Luft erhalten soll. Ein außerhalb des Fensters angebrachter Verschlag, dessen

Zweck sich schwer absehen läßt, hindert jedoch das Einströmen frischer Luft und ließe bei Tag von der Erde das Dach einer nahen Scheune, vom Himmel einiges Blau und in der Nacht einige Sterne deutlich sehen, wenn die Scheiben nicht durch den Qualm und Staub vieler Jahre zu einer Satire auf die Erfindung des Glases geworden wären. Ein enggeflochtenes Drahtgitter am Fenster und sechs lange, mächtige Eisenstäbe spotten jedes Versuches, zum Fenster emporzuklettern, um etwa Vorüberwandelnde zu sehen und zu sprechen. An sonnenhellen Tagen stiehlt sich um Mittag zuweilen ein barmherziger Sonnenstrahl matt und vielfach gebrochen durch die Gitter herein und macht alte Jahreszahlen und verschollene Namen ehemaliger Bewohner dieser Höhle denjenigen bekannt, die kein Vergnügen an rohen Versen und schmutzigen Zeichnungen finden, welche auf die altersgrauen, von Feuchtigkeit marmorirten Wände hingeklekst wurden.

Drei alte, wurmstichige Bettladen nehmen nahezu den ganzen Raum des Kerkers ein und nur längs der Wand, in welcher sich die Thüre mit dem Schieber findet, läuft ein schmaler Gang, in welchem ein Gefangener hin- und her gehen kann. Freilich setzt solcher Spaziergang Bedingungen; erstens nämlich darf der Gefangene keinen Fallstaffleib besitzen, zweitens bedarf er außerordentlich solider Geruchsnerven, weil er rechts in Ermanglung eines Stuhles oder Tisches ein Möbel findet, welches eben nicht gleich Rosen und Gelbveigelein duftet; drittens bedarf er einer Brust trotz der des Kriegsgottes Mars, um die von seinen Schritten aufgewirbelten feinen Atome verschiedener Mineralien und zerstäubter Thiergeschlechter einzuathmen; viertens endlich muß er gute Augen haben oder ein geschickter Blindekuhspieler sein, damit er sich nicht beschädige an den scharfkantigen hölzernen Pallisaden, womit der schlechte, eiserne Ofen links in der Ecke umzäunt wird. Dieser Ofen mag schon manchem Bewohner des dämmerungsreichen Ortes Stoff zum Nachdenken geliefert haben, denn auf welche Weise er geputzt und angestrichen und der Staub unter ihm und in seiner Nähe weggebracht werden könnte, bleibt ein Räthsel, an dessen Lösung der Verstand der Amtsverweser offenbar verzweifelte.

Die Gefangenen indeß oder der Kerkermeister selbst zertrümmern von Jahr zu Jahr eine oder zwei Pallisaden, die Magd kommt mit ihrem Besen und säubert den Augiasstall beim Ofen, der Beamte brummt ein bischen über die "liederlichen" Pflegbefohlenen unter dem Themistempel und decretirt neue Pallisaden. Abends erzählt er in der Post beim Bier dem dicken, mundfaulen Phisikus von der Decretur; letzterer meint, die Gefangenen der beiden Lokale unter der Amtsstube könnten einmal bequem ersticken oder auch verbrennen, ersterer versichert, das Gewölbe sei feuerfest und jedenfalls würden die Akten der Amtsstube bald gerettet sein, beide Leuchten des Rechts und der Wissenschaft sind vollkommen damit beruhigt und getröstet.

In einem derartigen Kerker keinen vorübergehenden Besuch machen, sondern schwüle Sommermonate und endlose Winternächte hindurch den Ausgang einer spannenden, aufregenden Untersuchung abwarten, wie dies beim Schneckengang der Justiz vor Einführung des Geschwornengerichtes gemeiniglich der Fall war und noch jetzt der Fall sein kann, mag die Kerneichennatur eines deutschen Bauern tief erschüttern und hat sicher den Armenhäusern, Spitälern und den Krankenstuben der Strafanstalten schon manchen Rekruten geliefert. Kommen elende Kost, rohe Gefangenwärter und unsichtbare Beamte hinzu, welche den Gefangenen nicht einmal während des Reinigens der Spelunke frische Luft gönnen und im Fall einer Beschwerde sich mit dem Befehle *strenger* Verwahrung zu entschuldigen vermeinen, dann könnte man wohl begreifen, daß die Gefangenen gegen Gott und Welt und besonders gegen die Regierung erbittert werden.

Wir wissen aus eigener Erfahrung hundert- und tausendfach, wie geneigt das gemeine Volk sei, die *Regierung* als den allgemeinen großen Sündenbock aller scheinbaren oder wirklichen Taktlosigkeiten, Willkür, Brutalität der Angestellten und Beamten zu betrachten.

Die preußische Regierung hat vor Kurzem der Polizei Höflichkeit und mildere Formen empfohlen und dadurch ihre Kenntniß des Volkes und ihre Einsicht beurkundet— eine ähnliche Empfehlung möchte von Zeit zu Zeit in Baden noch weit nothwendiger sein denn in Preußen und um so bessere Folgen haben, wenn sie nicht nur der Polizei, sondern vielen andern Angestellten und Beamten zu Gemüthe geführt würde, unter denen gar Mancher durch unnöthige Grobheit und hochnasige Rohheit der gewiß wohlwollenden Regierung mehr geschadet hat, als mancher sogenannte "rothe Republikaner"—eine Behauptung, an sich einleuchtend und durch Thatsachen unschwer zu erhärten.

Der Zuckerhannes schneidet sein gutmüthiges, etwas einfältiges Alltagsgesicht, sitzt sehr unruhig auf seinem zusammengefallenen Strohsacke, dessen klein zerriebener Inhalt ihn genügend vor Verweichlichung schützt und betrachtet bald eine dickleibige Kreuzspinne, die aus ihrem dichten Gewebe in der Nähe des gegenwärtig halb zerbrochenen und von der Mittagssonne eines Frühlingstages umspielten Fensterleins heißhungerig auf eine ausgemergelte, verirrte Fliege losstürzt, bald einen Sperling, der im Vorbeiflattern sich auf den Verschlag setzt mit freundlicher Neugier in die Wüste dieser Behausung hineinzirpt und erschrocken davonfliegt, bald eine Wanze, welche träg aus einer Fuge der morschen Bettlade in eine andere schleicht, bald einen Floh, der vom schmutzigen Hemdärmel des Nachbars sich durch einen fröhlichen Harrassprung auf die Hand unseres Helden setzt, hier mit vertraulicher Keckheit sitzen bleibt und seine Bestimmung zu erfüllen sucht, nämlich Gefangene in schwermüthigen Grillen und Nachbrüten zu stören.

Neben dem dickhalsigen, schwerkeuchenden Hannes kauert ein Genie, gehüllt in Lumpen, die mit Namen und Wappen tätovirten Arme schlecht verhüllend. Wäre das arg verworrene, mit Strohstückchen und andern Dingen gepuderte Haar des Lumpenmannes oben in einen urgermanischen Zopf gebunden und würde nicht ein starker Bart sich seines dreiwöchentlichen Daseins erfreuen, so gliche diese Gestalt mit ihrem rothbraunen, starkknochigen, länglichen Gesichte und dunkeln, glühenden Augen so ziemlich einem Indianer, der in Gegenwart mehrerer Blaßgesichter Zurüstungen trifft, die verlorene Friedenspfeife seines Stammes durch eine provisorische zu ersetzen. Er knetet nämlich einen gewaltigen Klumpen Schwarzbrod mit Hülfe seines Speichels zu einem Teige und unterhält sich damit, aus diesem Teige abwechselnd Etwas zu gestalten, was Aehnlichkeit mit einer Tabakspfeife, einem Cigarrenhalter oder etwas Anderm besitzt, was er jedesmal der allgemeinen Bewunderung preisgibt. Hat er ein Gegenstück zum Ovid künstlerisch gestaltet, dann schaut er von Zeit zu Zeit, was der Gehülfe auf dem nächsten Bette macht.

Dieser, ein hübscher Schlosserlehrling und böser Bube dazu, schneidet gehärtete Teigplatten in Riemen, diese in gleichförmige Vierecke und der Nachbar, ein alter Mann, vollendet die aus Brod zierlich geformten Steine des Dominospieles, indem er vorn in der Helle auf einem Pfosten der Bettlade mit einem Bleistiftstückchen die nöthigen Punkte und Striche macht.

Während der Zuckerhannes in den Tag hineinschaut, der Indianer knetet, der Schlosserlehrling schneidet und der alte Mann punktirt, alle zugleich ein Quartett kratzen, schnarcht das Murmelthier den Grundbaß dazu.

Das Murmelthier, ein kurzer, dicker Kerl, besitzt das Talent, Tag und Nacht in Einem fort zu schlafen und mörderlich zu schnarchen trotz Flöhen und Wanzen, Hunger und Durst, Ermahnen und Bitten, Schreien und Fluchen der Mitgefangenen. Er steht nur auf, wenn er absolut muß, gähnt, murrt und brummt dann wie ein aus dem Winterschlaf auftaumelnder Bär, redet selten ein deutliches Wort und schnarcht sehr bald wieder ein.

Er wird zornig und fährt auf, wenn man ihn stößt und rüttelt, mit Wasser begießt, wirft, sticht oder schlägt, doch sein Zorn endet stets mit der Mißhandlung, sein Blut ist dick, ein todtes Meer, welches kein Sturm in Wallung bringt.

Das Murmelthier ist ein Gastwirth, der, höchstwahrscheinlich im Schlafe, eine Majestätsbeleidigung ausgestoßen haben soll, vielleicht den Gästen zu gefallen, denn Bier, Wein und Branntwein sind in seinem Hause liberal und wenn ihn seine Frau erzürnt, so brummt er heftig über das Ministerium und repetirt einen Theil der neuesten Nummer der Mannheimer Abendzeitung.

Was er im Schlafe gesagt, gestand er im Halbschlafe ehrlich, um nicht lange in Verhören herumstehen zu müssen; schlafend wird er sein Urtheil anhören und an sich vollziehen lassen, wird blutwenig an den Ansichten und Sitten der Zuchthäusler verbessern oder verderben, wohl aber den Schlaf derselben stark beeinträchtigen.

Auf demselben Bette, worauf diese zweibeinige Widerlegung des schwermüthigen Young. der "balsamische Schlaf meide die Augen der Unglücklichen," behaglich schnarcht, sitzt das "Affengesicht" und unterhält sich mit dem einäugigen Stoffel, einem alten Besenbinder und ganz unverbesserlichen Vagabunden, der sich wieder um eine Eintrittskarte in sein Winterquartier, nämlich ins Zuchthaus beworben hat und dieselbe sicher erhalten wird.

Das "Affengesicht" hat seinen Namen vom "Indianer" nicht umsonst erhalten, Gesicht und Gestalt zeigen Aehnlichkeit mit einem Affen; die Laune der schöpferischen Natur scheint hier zum Troste verzweifelnder Naturforscher den bisher noch nicht ermittelten Uebergang vom Schimpanse zum Australneger einmal verkörpert und die äußere Gestalt den innern Anlagen vollkommen entsprechend gebildet zu haben.

Er lebt und webt Tag und Nacht in einem und demselben Elemente; Alles, was er sieht und hört, bringt er in Beziehung mit seiner Lieblingsneigung, welche ihn auch in dieses Kellergewölbe gebracht hat und voraussichtlich zu einer Zierde der Strafanstalten machen wird. Wüste Lieder, gemeine Zoten, unzüchtige Erzählungen und kitzelnde oder ekelhafte Schilderungen sind seine Lust und Wonne und beinahe das Einzige, woran er denkt und wovon er redet.

Anfangs entleidete sein Geschwätz und sein Gabahren [Gebahren] einigen Mitgefangenen, doch darnach fragte das Affengesicht wenig und jetzt lassen sie ihn reden und hören nicht mehr darauf. Von Natur schwächlich, feige und furchtsam würde ihn ein Blick, eine Drohung, geschweige ein Schlag des Indianers oder jedes Andern für einige Zeit zum Schweigen bringen, aber der einäugige Stoffel nimmt stets eifrig für das Affengesicht Parthei, der Moses thut dasselbe, denn der Stoffel ist in Gemeinheit, Sünde und

Laster grau geworden, der Sohn Israels kennt den Casanova und Paul de Kock besser als Talmud und Bibel, erzählt gerne pikante Histörchen, um anderer Quälereien los und ledig zu werden.

Der Schlosserlehrling ist ein begeisterter Schüler des Affengesichtes geworden, dem unerfahrenen, täppischen Zuckerhannes ist in diesem dämmerungsreichen Orte ein ganz neues Licht über Leben und Lieben aufgegangen; er gesteht gerne, bisher ein "dummer Kaib" gewesen zu sein, doch reift in ihm auch der Entschluß, seine Dummheit zu verbessern und wenn das Affengesicht, der Moses oder der Einäugige etwas vorbringen, was nicht schon hundertmal dagewesen ist und den Reiz der Neuheit verloren hat, paßte er gewaltig auf, lacht gewaltig und bittet gewöhnlich um ein baldiges da Capo.

Während er dem alten Mann zuschaut, der die Dominosteine punktirt, wird es im nächsten Käfig laut. Dort sitzt das "rothe Liesli," das berüchtigtste Weibsbild des Städtleins, klopft an die Wand und singt dann ein schamloses Lied, während eine Kameradin leise sekundirt, so leise, als ob sie sich noch ein bischen vor sich selbst schäme.

Unsere Gefangenen spitzen die Ohren; einige, wie der Zuckerhannes verschlingen jedes Wort, ermangeln nicht beim Schlusse jedes Verses Beifall zu klatschen und zu lachen, nur das Murmelthier schnarcht unbekümmert weiter, der Indianer knetet heftiger, der alte Paul schüttelt den grauen Kopf und meint, die Welt sei noch immer so schlecht, wie Anno 1805, als er mit den Franzosen nach Oesterreich kam. Der dienstfertige Moses kauert zum allgemeinen Besten in der Nähe des Ofens auf dem Boden, weil hier die Wand am dünsten ist und den Schall am besten fortleitet. Er preßt seine aufgeworfenen Wurstlippen an die

163

feuchte, schmutzige Wand und führt ein Gespräch mit dem Liesle, über dessen Inhalt Niemand zweifeln wird und welches von Zeit zu Zeit nur von dem wiehernden und gellenden Gelächter der zuhörenden Weiber und Männer unterbrochen wird.

Der Zuckerhannes schreit einen Einfall des Schlosserlehrlings ebenfalls hinüber, doch seine dumpfe, krächzende Stimme wird nicht verstanden; der Moses mit seiner schneidenden bringt den Einfall an Ort und Stelle, die Antwort ist ein Gruß und eine Einladung an den Zuckerhannes, ob welcher sich der Stoffel vor Lachen den Bauch hält, der Zuckerhannes mit einer Art von Stolz und Freude vergnüglich umherhüpft.

Endlich klirren Schlüssel, Gespräch und Gesang nehmen für diesmal ein Ende, um vielleicht in der Nacht desto lebhafter fortgesetzt zu werden!— —

So lange Gefangene beisammensitzen, so lange Weiber und Männer sich unter Einem Dache wissen, ebenso lange werden Gefängnisse Schulen der Unzucht bleiben; Kerkermeister und Schildwachen können beim besten Willen nur wenig verhindern und seit wann sind diese Leute Ritter der Ehrbarkeit und Züchtigkeit?

Freilich, in Wachstuben, Kneipen und sogar in Gesellschaften "honetter" Leute nimmt man's mit Worten und Thaten nicht genau, vornehme Herren sind schon oft genug mit Ehebruch und Mätressenwirthschaft der tollsten Art vorangegangen—doch *der Staat* soll den Uebertretungen des sechsten Gebotes keinen Vorschub leisten und er thut dies überall, wo er Leute verschiedenen Alters in einen und denselben Kerker, Leute verschiedenen Geschlechtes unter ein und dasselbe Dach sperrt. Auch *Leute verschiedener Glaubensbekenntnisse* sollten nicht zusammen eingesperrt werden, am allerwenigsten Juden zu Christen.

Man mag jene Verschmelzung der Juden und Christen, welche Berthold Auerbach in seinen Dorfgeschichten anticipirt, sehr schön und recht wünschenswerth finden, leider wird sie ein frommer Wunsch bleiben, von dessen Erfüllung wir in dieser Zeit der Gottlob! beginnenden Wucherprozesse weiter als je entfernt sind.

Im allgemeinen bleibt der Jude ein Fremdling, der unser Denken, Fühlen und Glauben nur schwer oder gar nicht versteht, mag er mit altem Eisen handeln, im Bureau eine Rolle spielen oder mit scharfer oder geistreicher Feder für das "reine" Menschenthum wüthen. Man haßt nicht sowohl seine Religion, denn seine Irreligion, nämlich die gemeine Habsucht, die spitzbübische Schlauheit, den tiefgehenden Haß gegen das Christenvolk und den Fanatismus des Unglaubens, welchen das "junge Israel" in Zeitungen und Büchern aller Art zur Schau trägt, während das mit greifbaren Dingen schachernde Israel das Volk arm und elend macht.

Freilich ist man den Juden nirgends liebevoll und christlich entgegengekommen; ihr Haß gegen die Christen hätte vielhundertjährige Berechtigung, wenn der Haß überhaupt jemals berechtigt sein könnte, doch worin wurzeln die ersten Ursachen der betrübenden Feindschaft zwischen Juden*menschen* und Christen*menschen*? Verschiedenheiten der Nationalität, Weltanschauungen, Interessen, vor Allem der wunderbar erfüllte Fluch Gottes, der dieses Volk zuerst in die Sandwüste Arabiens, dann zu den Trauerweiden Babylons, zuletzt in die Wüste eines fremdartigen Völkerlebens verbannte, erklären die trübe, schwermüthige Geschichte des auserwählten, tief gesunkenen und dennoch niemals untergehenden Volkes.

165

Unter den tragischen Erscheinungen der Weltgeschichte nimmt die der Juden wohl den ersten Rang ein und ein Christ vermag kein durchgreifendes Mittel zur Verbesserung der Lage des unglücklichen Volkes zu sehen als das Sichselbstaufgeben und Bekehren.

Wie immer, wenn ein Jude in enge Gemeinschaft mit Leuten aus dem Volke kommt, ohne daß Handel und Geldangelegenheiten im Spiele sind, hatte auch der Moses von der Rohheit, Gemeinheit und Lieblosigkeit seiner Mitgefangenen Vieles zu dulden und zu leiden.

Wohlfeile Spöttereien, gemeine Späße, Neckereien und Quälereien aller Art verfolgten ihn Tag und Nacht und sobald der Geduldfaden bei ihm zu brechen drohte, mußte er erleben, daß die Meisten gegen ihn eifrig Parthei ergriffen und *daß gemeinsame Haft für einen Israeliten eine Strafverschärfung, eine Tortur der Seele und wohl auch des Leibes sei, von welcher die Gesetze nichts wissen wollen.*

Um sich Ruhe zu verschaffen, lebte er Allen zu Gefallen, stieg zum Affengesichte und dem einäugigen Besenbinder herab und ergänzte die rohen Späße und ekelhaften Erzählungen derselben durch Brocken, welche er als halbstudirter und gebildeter Mann aus der neuern Romanenliteratur gefischt hatte.

Der Moses that jedoch noch mehr; er selbst gehörte zum "aufgeklärten" Israel, glaubte in religiösen Dingen gar nichts und vom Glauben seiner Väter und der Jugend war ihm nichts übrig geblieben, denn ein ingrimmiger Haß gegen das Christenthum. Er sah bald, daß bei seinen Mitgefangenen von besonderer religiöser Ergriffenheit und lebendigem Glauben wenig vorhanden sei, ließ seinem Hasse gegen die Religion seiner Gegner freien Lauf, fand in diesem Punkte Duldung und Beifall genug, bemühte sich, alles Christliche

166

mit der Lauge des bittersten Spottes und Hohnes zu
übergießen, alles Heilige und Ehrwürdige in den Koth
herabzuziehen und fand hierin seine Freude, seinen Stolz,
seinen Genuß und wenn er bemerkte, daß er keineswegs auf
Felsengrund säete, sondern seine Feinde gründlich verderbe,
vergaß er die Leiden des Kerkers.

Das rothe Liesli ist abgefertigt, der Stoffel erinnert den
Moses, es sei heute Freitag, in diesem Loche gehe die Sonne
bereits unter, er möge seinen Schabes damit anfangen,
indem er "ebbes Koschers" von einem "Schicksel" oder
"Gojim" erzähle, dem Moses fällt gerade nichts bei, als daß
Jesus Christus am Freitage gestorben und er geht daran zu
beweisen, der Welterlöser könne unmöglich der Messias
gewesen sein, weil derselbe sich von "unsere Lait" kreuzigen
ließ.

So unvorsichtig und frech hat der Jude noch niemals
geredet, wie er jetzt zu reden beginnt. Dem Zuckerhannes
steht das Haar schier empor, doch er ist auch in diesem
Kerker der Aermste und Einflußloseste, das Affengesicht
schweigt, der Stoffel hört mit Lachen auf, nur der
Schlosserlehrling ermuntert durch sein Kichern den Moses
zum Fortfahren.

Wäre es in dieser Höhle minder dunkel gewesen, so daß der
Lästerer die finstern Gesichter und drohenden Blicke des
Indianers und des alten Paul hätte sehen können, so würde
er sich eine unfeine Redensart und einen gewaltigen Fußtritt
erspart haben, welche der urplötzlich aufspringende
Indianer ausstieß und ihm versetzte mit den Worten:

"Wir glauben zwar wenig, was die Pfaffen sagen, doch du,
lausiger Mausche, spottest nicht mehr über unsere Religion
oder ich haue Dich kreuzlahm, Du Tropf!"

"Au waih geschrieen!" jammert der Getretene, ["]hab' ich
dem Herrn Ebbes gethan? Hab ich doch glaabt, Rores und
Koschers zu erzähle!"

Der Stoffel und der Schlosserlehrling nehmen Parthei für
den Moses, der sich hinter sie flüchtete und vom

Zuckerhannes fast erwürgt wird, eine in Gefängnissen nicht ungewöhnliche Rauferei würde sich entsponnen haben, wenn nicht der sonst schweigsame "Zimmercommandant" oder der "Spaniol," drohend dazwischen getreten und der Drohung durch seine sehnigen Arme Nachdruck verschafft hätte.

"Haut den Mausche nieder, schlagt ihn todt, er muß in den Schooß Abrahams und Speck fressen!" schreit der Schlosserlehrling wie besessen.

"Graußer Gott, kümm ich gegange zu gain in de Taud! ... Laßt mich gain ... gain! ... As ich klag beim Polizeicumisär, ist er doch aach von unsere Lait, er ist aach en Gojim geworde und angesehe ... Kairausche ... uh ... uh ... Laßt mich gain, ... Zuckerhannes!" ...

Mit der blinden Wuth des gereizten Kampfstieres hielt der keuchende Zuckerhannes den geängstigten ächzenden Juden an der Kehle, bis der Spaniol mit seinen Fäusten Ruhe schaffte und den Zuckerhannes wegriß, indem er schrie:

"Wollt Ihr Euch selbst zerfleischen, Kinder des Volkes? ... Sollen die Aristokraten eine Freude haben! ... Ventre saint gris, Ruhe! ... Die Lappalie ist nicht der Rede werth! ... Viel Lärm um Nichts! ... weg da, Jean de sucre, par Dieu!" ...

Nach einigen Minuten ward die Ruhe hergestellt; der Indianer flucht und schimpft noch, denn er ist ein besonderer Feind der Juden und hatte seine besondere Ursache, der Zuckerhannes keucht, der Schlosserlehrling lacht, der Stoffel lacht auch, das Murmelthier brummt und das rothe Liesli klopft heftig an die Wand, das Affengesicht gibt Antwort, der Moses aber sitzt still und erbittert in einem Winkel und schwört den "Göjims" im Herzen von Neuem Rache und Haß.

Er wußte schon, daß eine Anzeige ihm wenig nützen würde, weil Alle gegen ihn sprächen, wohl aber sehr mißliche Folgen für ihn nach sich ziehen könnte und beschloß, nach der Freilassung drei arme Christenfamilien durch Erbarmungslosigkeit ganz gesetzlich zu ruinirn.

"Alter Schwede, Du hast versprochen, uns Deine Geschichte zu erzählen, thue es jetzt. Es hat zwar draußen erst 3 Uhr geschlagen, doch hier wird es dunkel, es ist Abend! die Herren haben sich etwas erhitzt, Deine Geschichte wird die Wirkung einer Limonade haben!" sagt der Spaniol zu dem alten Manne, dessen große, dunkle Gestalt zwischen dem Ofen und Nachtstuhl umherwandelt.

"Oui, je suis prêt de vous faire un plaisir, mon commandant!" sagt der Alte und setzt bei: ["]Schon acht Tage denke ich über meine Geschichte nach, ich will sie so gut erzählen, als ich vermag und *Das* will ich Euch sagen, *wenn Einer im mindesten an Etwas zweifelt, so will ich ihm lebendige Zeugen genug nennen.* Ich lüge den Amtmann an, denn dieser ist ein Tyrann, doch Euch lüge ich nicht an, es wäre nicht der Mühe werth. Zudem kennt der Stoffel da von Mannheim her mein Leben; wir haben schon in den Zwanzigerjahren Zuchthaussuppen mit einander gegessen, er ist ein alter Spezel von mir. Setzt Euch! ... Komm Mausche! *Du* besonders sollst Deine Judenohren spitzen, denn ich *bin ein Evangelischer* und *Pfaffenfeind*, frage den Teufel nach dem Teufel, doch einen Gott gibts, Jude, und eine Vorsehung, das kannst Du sammt dem Spaniolen mir nicht nehmen und Deine Spöttereien will ich auch nicht mehr hören!"

Alle Zuhörer kauern auf ihre Strohsäcke, der Paul will erzählen, wir geben dessen Lebensgeschichte mit wenigen nöthigen Abänderungen, wie er sie selbst gegeben und lassen die unwesentlichen Unterbrechungen aus dem Spiele.

Die Geschichte des alten Mannes.

"Es ist eine hübsche Zeit seitdem ich auf die Welt kam und habe noch wenige Jahre, dann werde ich gute Leute finden und glücklich sein, nämlich vom 70. Jahre an. Das hat mir Anno 1805 ein frommer Waldbruder prophezeit und weil Alles so pünktlich eingetroffen ist, was er mir prophezeite, so wird auch dieses eintreffen.

Im Jahr 1782 bin ich geboren und der jüngste Sohn eines Stabstrompeters, welcher bei den Heidelberger Dragonern stand und später vom Churfürsten Karl Theodor das Patent als Tanz- und Fechtmeister erhielt.

Als ein Büblein zwischen 5 und 6 Jahren verlor ich den Vater, an den ich mich kaum mehr recht erinnere. Bald darauf lag die Mutter lange krank; an diese kann ich mich noch recht gut erinnern und als sie starb, hatte ich Niemanden mehr auf der Welt. Meine Brüder waren als Soldaten fort, die Schwestern verheiratet, ich mußte in das Waisenhaus nach Mannheim und wurde dort erzogen. Später erlernte ich die Weberprofession und arbeitete als Geselle drunten in der Pfalz.

Verwandte von mir lebten über dem Rheine und dort regierten damals die Franzosen. An einem Sonntage kommt eine Base zu mir herüber, klagt mir ihre Noth und weint bitterlich. Sie war eine Wittwe mit 5 Kindern, keines konnte ihr an die Hand gehen außer dem ältesten Sohne; dieser war erst 17 Jahre alt, sollte mit Gewalt bei den Franzosen Soldat werden, war entlaufen und der General hatte der armen Frau fürchterlich gedroht, wenn sie ihren Sohn nicht beischaffe oder einen Mann für denselben stelle.

Jetzt weinte sie mit mir über ihr Elend, ich weinte mit und weil ich doch damals schon so groß war, wie jetzt und so stark, daß ich alle Webstühle hätte zusammenschlagen mögen, auch weiter Niemanden in der Heimath hatte, dem Etwas an mir lag, so machte ich kurzen Prozeß, ging mit der Base über den Rhein, meldete mich beim General als Ersatzmann ihres Sohnes, wurde mit Freuden angenommen und zum 16. französischen Linienregiment eingeteilt.

Anno 1805 machte ich den Feldzug nach Oesterreich mit, war bei der Schlacht von Austerlitz, erhielt einen Säbelhieb über das Gesicht, der wenig zu bedeuten hatte, dagegen wurde unser Regiment in Mähren oft zum Plänkeln verwendet, bei einer solchen Gelegenheit erhielt ich einen Bajonettstich in die rechte Seite und einen in den rechten Fuß, blieb auf dem Kampfplatze liegen und wurde gefangen.

Nicht so gar weit von Olmütz war ein ehemaliges Kloster zu einem Lazarethe eingerichtet worden; man brachte mich dahin, ich wurde gut verpflegt und besorgt, obwohl viele Soldaten darin lagen, doch die Gefangenschaft gefiel mir nicht und ich verabredete mit einigen Kameraden einen Fluchtversuch.

Oben auf einem Speicher war die Todtenkammer, Todte gab es genug, wir schlichen uns eines Abends hinauf, lagen still bis Mitternacht und ließen uns dann durch eine Dachluke an zusammengebundenen Leintüchern in den Hof hinab. Wir standen im Hofe und hatten Eile, denn die Leintücher flatterten vor den Fenstern herum, wenn uns die Schildwachen entdeckten, hatten wir nicht viel Gutes zu erwarten. Wir hatten keinen Schlüssel und keinen Ausweg, meine Kameraden verzweifelten an der Flucht, denn der Abzugskanal, der durch den Hof lief, war gefroren, zudem voll Unrath und da, wo er unter der Mauer ins Freie führte, durch ein Gatter versperrt.

Das Gatter war von Holz; wir brachen es los, doch weil das Eis nicht trug und wir leicht im Schlamme ersticken konnten, wagte es außer mir keiner diesen sichern, jedoch gefährlichen Weg zu machen.

Meine Kameraden kehrten um, einen andern Ausgang zu suchen, ich kroch durch das Gatter in den Abzugskanal, wäre um ein Haar erstickt unter der ziemlich langen Wölbung, doch Gott hatte Erbarmen mit mir und wie durch ein Wunder gelangte ich aus dem Graben ins Freie.

Es war eine sternenhelle Winternacht, weil ich tropfnaß geworden, gefror Alles an mir, meine noch nicht ganz geheilten Wunden schmerzten mich arg, ich lief auf den Feldern umher, bis ich einige Lichter sah, welche sich nicht bewegten. Dem Umsinken nahe, konnte ich nicht mehr laufen, kroch auf allen Vieren den Lichtern näher und weil ich immer nur nach den Lichtern und nicht genau um mich schaute, kugelte ich auf einmal über einen Rain hinab in einen Bach, die Eisdecke brach, ich stand zwei bis drei Schuh tief im Wasser, schrie aus allen Kräften um Hülfe, wurde gehört, einige Weibspersonen kamen und zogen mich aus dem Bache. Ich sagte denselben, daß ich kein Franzose sondern aus dem Reiche sei, sie aber sagten mir, ich sei bei keinem Dorfe, sondern bei einigen Häusern, welche zusammen einen Hof ausmachten und ich habe über 4 Stunden hieher gebraucht, obwohl das Lazareth keine Stunde weit entfernt liege. Meine Angst vor dem Erwischtwerden verschwand bei der Versicherung, man werde mir gar nicht nachspüren, der Krieg sei ja aus und ich könne ruhig bei ihnen bleiben.

Im Stalle zogen sie mich aus und führten mich dann in die warme Stube, wo es mich erst recht fror. Um den Leib trug ich eine Schnur, an dieser ein Amulet mit seltsamen Zeichen, Namen und Bibelstellen und dieses Amulet erregte die

Neugier der guten Leute, an die ich noch jetzt niemals zurückdenke, ohne daß mir die Thränen stromweise über die alten Wangen laufen! ... Ich habe in meinem langen Leben wenig Leute gefunden, die es gut mit mir meinten, doch diese Leute behandelten mich, als ob ich ihr eigen Kind wäre, wiewohl ich als Feind in ihr Land gekommen war! ... Vor dem Kriege lag das 16. Regiment in Besançon, dort hat meine Waschfrau mir das Amulet gegeben und gesagt, daß mich keine Kugel treffen werde, wie es denn auch geschehen ist. Mehr vermochte ich den guten Leuten nicht zu sagen, sie kochten mir eine Milchsuppe und als ich ihnen Alles dafür geben wollte, was ich besaß, nämlich 15 Groschen, die in der gefrornen Montur lägen, lachten sie mich aus. Ein alter Mann mit Einem Fuße stelzte auch herein, fragte mich über Vieles und gab mir auf meine Bitte soviel Schnaps, als ich nur begehrte. Dann kam der Alte mit meinem französischen Gebetbuche, ich durfte nicht mehr in den Stall, sondern in ein gutes Bett, betete vorher laut aus dem Buche und Alle knieten nieder, obwohl sie kein Wort verstanden.

Der Stelzfuß sagte mir noch, ich sei sicher, weil kein kaiserlicher Deserteur, dann grüßten Alle mit dem Gruße jenes Landes, nämlich. "Gelobt sei Jesus Christus!" und ich schlief den ganzen Tag und die andere Nacht fast dazu.

Weil das Wetter schlecht geworden, ließen sie mich nicht marschiren, ich wollte aber nicht umsonst da sein. Es standen zwei Webstühle in einer Kammer, der Zettel war fertig, eine Magd machte mir Spulen und so webte ich ein schönes Stück Tuch, bis die Eigentümer des großen Hofes heimkamen.

Endlich wurde das Wetter gut, meine Wunden ebenfalls, ich wollte ins Preußische, dort einen Paß auftreiben und damit heimgehen.

Die Bäurin hatte eine Schwester an der Grenze verheirathet, der Mann derselben war ein Wirth. Ich bekam einen Brief an diese Leute, dazu auch an einen Einsiedler, den man in jener Gegend nur "den frommen Gottesmann Bernardus" nannte, ferner andere Kleider, einiges Geld und so viel Eßwaaren, als ich nur einzustecken vermochte. Beim Abschiede weinte ich wie ein Kind, die guten Leute weinten auch, ein Knecht und zwei Töchter fuhren mit mir bis Mährisch Neustadt, dann ging ich allein der Grenze zu.

Ich kam zu den Wirthsleuten und wurde so gut aufgenommen, als ob ich daheim gewesen wäre. Die Frau hieß ihre Kinder mir die Händchen reichen, sie mußten mich "Vetter" nennen, ich weinte vor Freuden und mußte bleiben bis Sonntag. An diesem Tage kam eine Tochter auf Besuch, diese hatte den Waldbruder Bernardus bei sich auf dem Hofe und mit ihr kam ich zu diesem eisgrauen Gottesmanne.

Am dritten Tage erst durfte ich abreisen, vorher prophezeite mir Bernardus mein Schicksal und Gott der Allmächtige weiß, daß Alles eintraf, was er sagte, wiewohl ich nicht viel darauf gab.

Er prophezeite Folgendes. "Du wirst in Preußen keinen Paß bekommen, sondern Soldat werden, dem Kaiser dienen und noch Vieles auszustehen haben, ehe Du deine Heimath wieder siehst. Du wirst nicht nur manchen Blutstropfen verlieren, sondern auch ganz unschuldig zum Tode verurtheilt werden. In der Heimath wirst Du wenig Gutes finden und im Elend bleiben, bis Du 70 Jahre alt bist, wirst mehr aushalten, als Tausend Andere auszuhalten vermöchten. Vom 70. bis zum 90. Jahre jedoch wirst Du gute Leute finden und gute Tage erleben!"

Er prophezeite mir noch vieles Einzelne und ich hatte den Gottesmann kaum recht verlassen, so erfüllte sich seine erste

Prophezeiung.

Am Thore von Glatz nämlich wurde ich arretiert, weil ich keinen Paß besaß, auf die Hauptwache geführt, vom Commandanten examinirt. Ich erzählte Alles wahrheitsgemäß und sagte, ich sei ja gerade gekommen, um einen Paß zu holen, der Commandant aber schnauzte mich an:

"Du bist ein österreichischer Deserteur und wirst entweder bei mir Soldat oder ich lasse Dich schließen, über die Grenze bringen und an den nächsten Kreishauptmann abliefern. Hast freie Wahl, bis morgen gebe ich Dir Bedenkzeit!"

Ich wollte fast Soldat in Glatz werden, doch als der Commandant der Hauptwache sagte. "Sei gescheid, nimm keinen Dienst, wenn Du kein Deserteur bist; wir hocken bereits 6-8 Jahre in diesem Nest und haben in dieser Zeit kein Gras wachsen sehen!" da wußte ich, was zu thun war.

Am andern Morgen kommt der Adjutant und fragte: "Nehmt Ihr Dienst?"—Nein! —"Also zunächst geschlossen und ins Civilstockhaus!"

Ich bat, mich nicht zu schließen, doch er sagte, er müsse es thun, wenn es auf ihn ankäme, ließe er mich laufen. Es war kalt, ich fror, war hungerig, hatte fast kein Geld mehr, der Adjutant gab mir einige Groschen, ließ mich ins Civilstockhaus führen, wo die Weibsleute nur durch einen löcherigen Verschlag von den Mannsleuten getrennt waren, so daß unser Affengesicht, der Mausche und mein einäugiger Spezel dort ein wahres Paradies gefunden hätten!

Am andern Tag wurde ich geschlossen, ein Bube machte den Transporteur; derselbe bekam nichts dafür, weil es in der Frohne ging. Vor lauter Elend und Hunger kam ich nur 4

Stunden weit, der Bube gab seinen Brief an den Schulzen ab, der Schulze konnte keinen Buchstaben lesen, ich las ihm die Adresse. "An den Kreishauptmann auf der Grenz abzugeben," erzählte ihm mein Schicksal und dann sagte er. "Es werden 4 Groschen für Dich bezahlt, kannst bis morgen bei mir bleiben!"

Am andern Tage wurde ich nicht geschlossen, weil mir der Schulze glaubte; zum Transporteur gab er mir ein riesenmäßiges Weibsbild. Ich dachte gleich ans Durchgehen, doch der Muth dazu verging mir, wie ich das Weib näher betrachtete und es mir sagte, daß sie mich beim geringsten Fluchtversuch halbtod prügeln werde.

Als es durch den Wald ging, verließen wir die Straße und machten Nebenwege, welche näher sein sollten und kamen dann zu einem Bauernhof, der zugleich ein Wirthshaus war. Ich wollte einkehren, sie ging mit mir und wir beide bereuten es nicht, denn der Hofbauer war ein Pfälzer, überzeugte sich durch viele Fragen, daß ich meine Mundart nicht umsonst redete, zeigte eine große Freude, lud uns zum Mittagessen ein und mein Transporteur aß und trank für eine halbe Compagnie.

Der Landsmann fragt mich heimlich, ob ich wirklich ein Deserteur sei, ich sage Nein und er sagt, ich käme an den alten Ort zum Bruder Bernardus zurück. Dieser fromme Mann habe sein kleines Töchterlein von einer Krankheit bald und ganz geheilt, nachdem das Kind vergeblich die ganze Apotheke durchgebraucht gehabt hätte.

Nach dem Essen will das Weibsbild fort, der Wirth gibt ihr heimlich Geld, sagt, es pressire nicht so, sie könne auf dem Rückwege bei ihm umsonst übernachten. Jetzt trinkt die Große bis gegen Abend des kurzen Wintertages, ich hätte dann leicht entlaufen können. Kaum recht im Walde fiel sie um und ich mochte sie nicht verlassen, weil sie leicht hätte liegen bleiben und in der Nacht erfrieren können.

Sie war zu schwer, als daß ich sie hätte auf die Beine bringen können, blieb über eine Stunde besinnungslos liegen; es wurde ihr allgemach besser, sie steht auf, ich bitte um Gotteswillen, mich nicht irre zu führen und Nachts um 12 Uhr kommen wir richtig beim Bruder Bernardus an, der mir Alles so vorausgesagt hatte. Die Leute auf dem Hofe erschrecken ob meinem Aussehen, ich war beinahe erfroren, doch eine gute Weinsuppe und ein Nachtlager in der warmen Stube stellt mich wieder her.

Am andern Morgen gibt das Weibsbild den Brief an Bernardus und weint beim Abschied über mein Elend, denn ich war kaum im Stande, sie bis zur Thüre zu begleiten.

Vier Wochen blieb ich wieder auf dem Hofe, dann war ich hergestellt, mochte nicht bleiben, weil die Feldarbeiten mir zu schwer waren; die Leute gaben mir Geld, weinend nahm ich Abschied und ging nach Jägerndorf, um mich dort unter die Soldaten anwerben zu lassen.

Am Abend des zweiten Tages komme ich in die Stadt, gehe in das nächste Wirthshaus, wo viele Soldaten waren, lasse mir ein Seidel und Essen geben und frage, ob ich über Nacht bleiben könne.

Es heißt Nein, denn das Haus sei ein Brauhaus.

Einige Soldaten hörten, ich sei aus dem Reich und bei Mannheim zu Hause, sie sagen, einer ihrer Kameraden sei mein Landsmann, verdiene schönes Geld als Küfer in diesem Hause. Einer geht und holt den Soldaten und wer ist's? der Muck, welchen ich schon als kleines Kind gekannt hatte.

Ihr könnt Euch denken wie groß unsere Freude war und als

der Muck erst hörte, ich wolle mich anwerben lassen, bekam ich Essen, Trinken, Nachtlager und Kameraden genug. Muck geht, um schnell einen Nachtzettel zu holen, doch er bekam keinen, der Richter, wie man dort zu Lande den Bürgermeister heißt, wollte mich selbst sehen, ich ging hin und bekam gleich einen Nachtzettel, nachdem ich vom Anwerbenlassen geredet.

Am andern Tage war ich Soldat bei Mucks Compagnie und bekam als Handgeld 24 Gulden, die mir kein Glück brachten. Ich bekam viele Kameraden, das Regiment gefiel mir aber nicht, weil es Stockprügel regnete und ich beschloß nach drei Wochen, mit 18 Andern zu desertiren.

Dem Muck sagte ich nichts, denn er hatte es gut; an einem Sonntage liefen wir davon, doch kamen die Nachsetzer, ehe wir 3-4 Stunden weit gekommen waren. Sie hatten Fuhrwerk bis zur Grenze, eine Menge Bauern folgte ihnen, weil Jedem, der einen Deserteur fange, 24 Gulden versprochen wurden. Am Rande eines Waldes holten sie uns ein, wir hatten beschlossen, uns bis zum Tode zu wehren und nicht zu fliehen, die Bauern unternahmen einen Sturm auf uns, wir wurden bald überwältigt, gebunden, von den Bauern ins Dorf geschleppt und bewacht, am andern Morgen aber zum Regimente nach Jägerndorf eingeliefert.

Wir Alle waren von der ersten Grenadiercompagnie, unser Hauptmann dauerte mich wahrhaft, denn er war ein guter Mann, fragte, was wir denn zu klagen hätten, wir wußten nichts gegen ihn vorzubringen und er machte uns bittere Vorwürfe.

Wir Alle wurden getrennt, verhört, in 10 Tagen Kriegsgericht gehalten. Der Rädelsführer erhielt die Kugel vor den Kopf, wir die härteste Strafe nach der Kugel, nämlich 10maliges Gassenlaufen durch 300 Mann und zwar so, daß nach 5 Läufen frische Ruthen vertheilt wurden. Als ich auf dem Exerzierplatze die langen Soldatenreihen und Ruthen sah, wurde mir doch bange und als die Tambours und Pfeifer anstimmten, klopfte mir das Herz gewaltig.

Ich gehörte zu den Ersten, welche laufen mußten, denn ich hatte mich gegen die Bauern arg gewehrt, der Major und Adjutant schrieen in Einem fort: Zugehauen! Zugehauen! Dennoch hieb gar Mancher auf die Hosen, Viele hieben schonend, denn die Soldaten waren fast lauter Ausländer. Uebrigens lief mir schon beim zweiten Gang das Blut durch die Hosen, denn ich trug auf dem Rücken eine große Warze, welche gar bald weggehauen war und tüchtig blutete.

Das Aergste war mir übrigens nicht das Gassenlaufen, sondern das Zuschauen vieler Herren und Damen der Stadt.

Diese gaben uns nach der Exekution vieles Geld, wir kamen Alle ins Lazareth. Mir wurde ein nasses Leintuch auf den Rücken gelegt, dasselbe war mit Etwas bestrichen, welches mich so wüthend schmerzte, daß ich vermeinte, in die Luft springen zu müssen und eine volle, ewiglange Stunde dauerte die Qual! ... Nach 8 Tagen sollten wir als Geheilte aus dem Lazareth, da fragte ich den Krankenwärter, was denn an dem verfluchten Leintuche gewesen, doch dieser sagte nur: "Ich weiß nicht, wie es heißt und was es ist, es darf halt auf dem Rücken keine Maden geben!"

Fortan ging ich nur mit Muck um, hatte die Freude an diesem Regimente jetzt erst recht verloren und war fest entschlossen, ganz allein zu desertiren, wenn es mir auch das Leben kosten sollte.

Neben der Kaserne stand das Wirthshaus zum Mohren, wo man Alles haben konnte, was zur Menage gehört. Der Wirth war aus Landau, seine Frau, eine Wienerin, hatte zwei Schwestern bei sich, von denen eine Marie hieß. Ich trank zuweilen für einen Kreuzer Rosoli; einmal gab ich der Marie einen Groschen, sie gab mir das Doppelte wieder und so fing meine erste ernsthafte Bekanntschaft an.

Die Offiziere sahen nichts lieber, als wenn die Soldaten Liebschaften anfingen und heiratheten, denn sie glaubten, das Desertiren habe dann bei ihnen eher ein Ende. Kam ich auf Wache, so brachte die Maria mir Essen und Trinken und sagte hundertmal. "Wären wir nur in Wien, da wollte ich für dich sorgen! Habe ich nicht einen Bruder dort, einen Bäcker, der nicht heirathen mag? Wir könnten's für ihn thun!"

Solche Reden leuchteten mir ein, ich ging endlich zum Muck, um denselben zu bereden, daß er mit mir nach Wien desertire. Er kannte Sprache und Sitten, Weg und Steg, andere Montur mußte auch her und die Marie wollte ich nicht sogleich mitnehmen, was sie immer wünschte. Die Wirthin hatte alles gehört, was ich mit Muck redete doch weit entfernt, uns zu verrathen, versprach sie allen möglichen Vorschub und sagte, sie könne mich gut leiden, weil ich es mit der Marie im Mohren gut meine.

Die Wirthin schenkte mir zwei Würste, weil gerade geschlachtet worden und sagte mir beim Fortgehen, ich solle nicht mehr viel in den Mohren, Marie selbst wünsche es und wolle lieber daher kommen, ihre Schwestern plagten sie arg und paßten ihr sehr auf um meinetwillen.

Einige Tage blieb ich aus dem Mohren weg, eine Botschaft nach der andern ließ ich unbeachtet, endlich ruft mich beim Vorübergehen der Wirth hinein. "Weßhalb kommen Sie nicht mehr?"—"Weil ich keine Aufsicht brauche, wenn ich ein Glas Bier trinke, ich zahle es immer!"—"Nu, nu, Alterle!"— "Hab' ich kein Geld, so schreibe ich heim, dort

hab' ich genug; ich ließ mich nicht aus Noth engagiren,
sondern weil mir das Herumziehen gefällt!"— "So,
so!"—"Komme ich auch nicht mehr ins Haus, so wird Marie
doch die Meinige!"

Die Soldaten sagten, Marie werde von ihren Schwestern nur
aus Neid geplagt, der Wirth und die 3 Weiber glaubten, ich
besäße daheim ein ordentliches Vermögen und ich ließ sie in
dem guten Glauben.

Mit Erlaubniß ihres Schwagers kam mein Schatz jetzt häufig
in das Bierhaus, worin Muck arbeitete.

Einmal schlief ich auf dem Posten ein bischen ein, dafür gab
es Stockprügel; besinnungslos vor Zorn und Schmerz renne
ich zum Muck und sage: "Jetzt hats ein Ende, Bruder, Wien
oder die Kugel, Eins von Beiden!"

Marie kam mit ihrem Strickzeuge, sah mich immer traurig
an, denn meine Augen standen immer voll Thränen und
mein Rücken war vom Gassenlaufen noch nicht ganz heil.
Wie ich hinausgehe, kommt sie nach, ich erzähle Alles, stelle
ihr weinend vor, sie dürfe nicht gleich mit mir nach Wien,
weil sie ihr ganzes Vermögen verlieren und noch Strafe dazu
erhalten könnte, wenn wir erwischt würden. Sie verspricht,
am andern Tage all ihr Geld und einen Brief an den Bäcker
nach Wien zu bringen, der Muck sorgt für Montur, welche
im Gartenhause versteckt wird und setzt die Flucht auf den
nächsten Sonntag fest, weil an diesem Tage Niemand auf
dem Felde arbeitete.

Richtig bringt mein Schatz das Geld, doch den Brief nehme
ich nicht aus Fürsorge für sie, sondern nur die Adresse des
Bruders, auf welcher ihr Name nicht stand; ich verspreche,
von Wien aus unter fremdem Namen an die Bierwirthin zu
schreiben, mich eher selbst todtzuschießen, als fangen zu

lassen und sie schwört, sich in den Bach zu stürzen, wenn ich eingeholt werde.

Muck besorgte Alles; am Sonntag nahm ich Abschied von Maria im Gartenhause, es war ein Abschied auf Leben und Sterben, die Thränen fließen noch jetzt oft stromweise über meine alten Wangen, wenn ich an jenen Sonntag im Gartenhause zu Jägerndorf denke!

Wir gingen und nahmen Vogelflinten mit uns, denn Ordonnanzen unseres Bataillons lagen auf den umliegenden Dörfern, an vielen Orten fand sich Militär genug, wir waren bereit eher zu sterben als uns zu ergeben und mußten Umwege in die Kreuz und Quere machen, um gefährliche Orte zu vermeiden.

Wir marschirten, daß uns die Füße schwollen und in der Nähe von Bunzlau wäre es bald schlecht gegangen ... Wir kehrten nämlich in einer elenden Kneipe ein, mehrere Gäste redeten polnisch und betrachteten mich immer, ohne daß ich wußte, was sie wollten. Der Muck war einige Minuten hinausgegangen; als er wieder kam, sagte er mir, die Leute sprächen davon, daß wir Deserteurs seien — er hob den Zeigefinger drohend in die Höhe, spielte mit der Hand am Hahne seiner Flinte, ich griff auch darnach und zog denselben auf, die Bauern erschraken und verstummten, ließen uns ungehindert abziehen, wir vergaßen unsere geschwollenen Füße und liefen wie die Rehe dem Walde zu!

Unter Noth und Entbehrungen aller Art kamen wir endlich nicht nach Wien, denn dahin war der Weg viel zu gefährlich, aber doch nach Prag.

Auf dem letzten Dorfe verkauften wir unsere Flinten, bürsteten vor den Thoren unsere Schuhe, geberdeten uns, als ob wir Spaziergänger aus der Stadt seien und kamen unangefochten hinein.

Als wir am andern Tage dem Aufziehen der Hauptwache zuschauen, kommt ein Heidelberger auf den Muck zu, ein alter Bekannter, wir gehen zu einem Marketender und erfahren, es sei rein unmöglich über die Grenze zu kommen. Muck läßt sich unter fremdem Namen sofort anwerben, ich thue es nicht, denn die Marie und der Wienerbäcker steckten mir so im Kopfe, daß ich sie selbst im ärgsten Rausche nicht vergaß.

Am andern Morgen treffe ich den Gefreiten eines Regimentes, welches mir gefiel. Mucks Regiment hieß: Reuß-Kreuz und trug kapuzinerbraune Aufschläge, das des Gefreiten hieß Collovrath und trug rosenrothe.

Er sagte mir, mein Kamerad werde es nicht gut bekommen, denn das Regiment bleibe in der Stadt, der Dienst in großen Städten sei sehr anstrengend, dagegen kämen die Rosenrothen nach der Musterung wieder hinaus auf kleine Stationskommandos, wo leichter Dienst und gutes Leben zu finden seien. Hier müsse fast Jeder Ordonnanz sein, der aus der Kaserne komme.

Der Gefreite war auch aus dem Reich, erst einen Monat in Prag und verheirathet. Er trieb nebenbei die Barbirerei und versprach, mir das Rasiren zu lehren; Seine Frau führte eine Marketenderwirthschaft in der Kaserne und wir wurden bald einig, daß ich bei ihm wohnen sollte, wenn ich Soldat würde. Mittags behielt er mich beim Essen; Alles sprach mir zu, bei den Rosenrothen Soldat zu werden, am andern Tage meldete ich mich bei dem Bataillonschef des Gefreiten, um mich als Freiwilliger unterhalten zu lassen, nahm eine Capitulation auf 6 Jahre und bekam 24 Kaisergulden Handgeld.

Die Rosenrothen gefielen mir weit besser, als das Regiment zu Jägerndorf, doch dachte ich schon beim Hinzahlen des Handgeldes. "Es müßte wunderlich zugehen, wenn der Paule 6 Jahre hier bliebe!" ... Ich wurde eingekleidet, zog in die prächtige Kaserne zum Gefreiten, dieser hielt redlich Wort und begann sogleich den Unterricht im Rasiren. Abends nach dem Verlesen gehe ich in die Kaserne der Reuß-Kreuzer, um endlich den Muck aufzusuchen, aber die Soldaten lachten und erzählten, er sei nebst dem andern Heidelberger mit dem Handgelde davon gelaufen, bevor er eingekleidet gewesen und jetzt vielleicht schon daheim.

Ich glaubte anfangs, man wolle mich utzen, doch wars wirklich also und ich sagte zu mir selbst. "Paule, jetzt werden die Civilkleider auch nicht verkauft, du wirst sie bald wieder brauchen!"

In den ersten Tagen hatte ich im "Wolf" geschlafen, dahin kam ich manchmal noch, brachte meine Civilkleider und gab dieselben der Kellnerin in Verwahrung. Diese Kellnerin hieß Margareth, war eine dicke starke Tirolerin, eine nahe Verwandte der Wirthin und gab mir von Anfang an immer mehr Geld heraus, als ich ihr gegeben. Einige Tage konnte ich nicht in den Wolf und als ich wieder kam, that die Wirthin sehr freundlich, ermahnte mich, doch mehr zu kommen, die Margareth habe lange nach mir verlangt, denn ich sei ein "lustiger Bub" und könne sehr gut tanzen.

Die Margareth brachte mir Braten, sagte, ich soll es nicht verübeln, daß sie mich immer "Du" nenne, das sei eben Brauch daheim in Tirol und lud mich auf den nächsten Sonntag zum Tanz ein, der das übliche Maienfest verherrlichen sollte.

Am Sonntag gings lustig zu im Wolf; ich erhielt Alles, was ich wollte, sogar das Geld für die Musikanten, doch konnte ich nicht von Herzen fröhlich sein, denn ich dachte nicht an den Muck, wie Margareth meinte, wohl aber an Wien, wo die Marie aus dem Mohren bei ihrem Bruder vielleicht schon auf mich wartete. Nach und nach wurde ich lustiger und beim Zapfenstreich ging ich mit der Frau des Gefreiten in die Kaserne.

Jeden Abend nahm ich den Feldwebel der Compagnie mit in den Wolf, hielt ihn zechfrei und das gefiel ihm gar wohl. Er war ein Stockböhme, verstand jedoch ordentlich deutsch und ich hatte bei meiner Freigebigkeit meine besonderen Absichten.

Margareth ging oft vor das Thor in ihren Garten, wir wären gar zu gerne mit einander gegangen, aber ein ausländischer Soldat mußte damals Jahr und Tag in Prag bleiben und sich musterhaft aufführen, ehe er vor das Thor kam. Der Feldwebel gab ihm dann eine Karte, jedoch nur auf einen Monat und jetzt wollte ich eine solche haben. Gab mir der Feldwebel ohne höhere Erlaubniß eine und es kam heraus, dann mußte er Gassen laufen und verlor seine Stelle dazu.

Er weigerte sich lange, eine Karte zu geben; Margareth gab ihm Geld und gelobte Stillschweigen, ich schwur, daß ich ihn nicht verrathen würde, wenn ich auch unglücklich wäre und erhielt endlich die Karte eines Soldaten, der dieselbe niemals bei sich trug, weil er immer als Gärtner vor den Thoren arbeitete und allen Soldaten bekannt war.

Glücklich komme ich vor das Thor hinaus, da führt mir der Teufel Mucks Zimmercommandanten in den Weg, der mich kannte und anhielt; "Wo ist die Karte?"—"Hier!"—"Woher die Karte?"—"Von dem und dem!"—"Kennst du den Soldaten?"—"Ja, doch weiß ich seinen Namen nicht, die Margreth im Wolf wird denselben wissen!"—"Arretirt!—"

Ich komme auf die Stockwache, der Regimentsadjutant examinirt mich, mein Feldwebel behauptet, er besitze alle Karten, bis auf die eines Bedienten, der in der Moldau ertrunken sei.

Damals desertirten sehr viele Soldaten, deßhalb wurde das Verhör scharf, als Einleitung bekam ich 30 Stockprügel. Margareth wollte von gar Nichts wissen, ich nannte sie eine Lügnerin, der Auditor betheuerte, es geschehe mir nichts, wenn ich nur sage, woher ich die Karte habe; doch ich blieb bei meinem Läugnen und bekam abermals dreißig aus dem Salz. Im nächsten Verhör gab ich gar keine Antwort und sagte endlich dem Auditor: "Es reut mich, im vorletzten Verhöre geantwortet zu haben!"—"Weßhalb?"—"Schon im ersten Verhöre sagte ich die Wahrheit, Gott weiß es und empfing dreißig Streiche dafür. Macht was Ihr wollt, doch bei der Musterung werde ich stehen bleiben und meine Sache dem General vortragen."—"Glaubst du, es sei dir zuviel geschehen?"—"Allerdings, denn ich redete Wahrheit!"—"Glaubst du nicht, daß ich dir noch mehr Prügel geben lassen könnte?"—"Freilich glaube ich's, ob es aber recht wäre, ist eine andere Frage!"—Jetzt meint der Vorsitzende des Kriegsgerichtes: es geschieht dir kein Unrecht, dafür sind wir auch da!—Der Auditor meint: die Jägerndorfer haben ihn so pfiffig gemacht!—"O nein, sage ich; bei meinen vielen Leiden habe ich auch viel erfahren, in Jägerndorf gibts keine andere Weisheit, als Einem den Buckel blau zu schlagen!"—"Du bist auf Jahr und Tag ganz frei vom Regiment und erhältst gleich 25 Kaisergulden, wenn du den Kartengeber angibst. Zeigt ein Anderer denselben an und wird es bewiesen, daß du nicht in den Garten zu dem Mädchen, sondern fort wolltest, dann wirst du nachträglich als Deserteur behandelt! Unterschreibe!"—"Nein!"—Jetzt sagte der Hauptmann: "Unterschreibe nur, es ist dir nicht zuviel geschehn. Du hast keine Strafe erhalten, man wollte blos dein Geständniß. Du kannst in der Stadt und auf der Kleinseite genug herumstolpern, hüte dich vor dem Fortlaufen, du bist ein leichtsinniger und verwegener Patron!"

Ich unterschrieb und sagte dabei: "Hätt' ich mich nur nie engagiren lassen!" In der Kaserne hieß es: "Hast dich brav gehalten, bekommst wieder eine Karte, wenn du eine brauchst. Warst aber dumm, es liegen ja 3 Regimenter hier, konntest die rechten Wachen abpassen!"

Ich schwieg ganz klug, ging zum Marketender, wurde gut empfangen und gut bewirthet. Mein Feldwebel saß auch da, ich erzählte ihm alles und er meinte. "Hättest du geplaudert, du wärest ohne Einen Streich davon gekommen, ich aber in des Teufels Küche. Es desertiren viele Pfälzer; es heißt, alle würden an der Grenze eingeholt und erschossen, doch glaube ich es nicht. Du könntest es bei den Kaiserlichen gut bekommen, doch du meldest dich bei der nächsten Musterung nicht zu einem andern Regimente, sondern desertirst, ich sehe es dir an, du bist ein Leichtfuß!"

Ich dachte, *du* hast den Nagel auf den Kopf getroffen und schwieg.

Im Wolf ward ich ganz festlich empfangen, bekam Geld von den Wirthsleuten, Lobreden, Essen und Trinken genug und die Margareth riß mich schier um, als sie aus dem Keller kam, wo sie mit meinem Gefreiten Bierkrüge für die Offiziere gefüllt hatte.

Beim Vieruhressen wollte ich nicht sitzen und mußte von meinen 60 Prügeln beichten. Im Keller drunten gestand ich der Margareth, daß ich desertire und zwar auf Johanni; sie gab mir bald Recht und als sie hörte, ich sei ein Weber und wolle auf meiner Profession arbeiten, sagte sie, in Iglau besitze sie einen nahen Verwandten, der auch Weber sei, es gebe dort über 100 Weber und Arbeit für mich genug, sie wolle mir Briefe geben und bekäme ich in Iglau keine Arbeit, so könne ich nach Brixen und werde aus Tirol gar nicht mehr fortwollen, es gäbe halt nur Ein Tirol in der Welt ... Meine Civilkleider hatte ich im Wolf geholt, jetzt nahm ich dieselben aus dem Strohsacke, wohin ich sie versteckt hatte, mein Schlafkamerad sah dieselben und ich sagte ihm, die Frau des Gefreiten müsse sie mir verkaufen und brachte Stock, Hosen und Alles in den Wolf zurück.

Es war noch nicht Johanni und an einem Tage, an welchem das Regiment Kinski die Wachen bezogen hatte, spazierte ich zu der Stunde, wo ich sonst zum Rasiren ging, aus Prag hinaus.

Vor dem Thore zog ich die Civilkleider aus, die Montur war darunter, ich warf dieselbe weg; derjenige, der sie finden und dafür 24 Gulden bekommen sollte, war schon in der Nähe!

Ohne Speise und Trank marschiere ich 6 bis 7 Stunden weit, dann trat ich bei einem Bäcker ein, ließ mir Semmel und Branntwein geben. "Woher des Landes?"—"Bin bei Eger zu Hause!"—"Freund, Ihr seid kein Deutschböhme!" —"Warum nicht?"—"Hm, hm!"

Kaum bin ich vor dem Neste draußen, kommen Bauern mit Prügeln, schreien, ich sei ein Deserteur, bringen mich zum Richter, dieser läßt mich auf die Dorfwacht bringen, an einem Fuße fesseln und am andern Tage sitze ich bereits wieder zu Prag, jedoch nicht im Wolf, sondern im— Staabsstockhaus.

Der Profoß sagte mir, die Frau meines Gefreiten sitze bereits; ich weinte darob und behauptete, meinethalben sei sie nicht in Arrest, ich habe nur für ihren Mann barbirt und genommen, was er mir dafür gab!

Mein Papiergeld versteckte ich in den Strumpf, kam am andern Tage ins Regimentsstockhaus und ins Verhör.

"Woher die Zivilkleider?"—"Mitgebracht!"—"Dann?"—"Im Wolf, dann bei der Frau des Gefreiten, endlich im Strohsacke!"—"Dann?"—"Auf dem Leibe unter der Montur!"—"Die Montur?"—"Hinter einem Gartenzaune!"—"Wie kamst du zum Thore hinaus?"—"In Civilkleidern und mit einer Karte!"—"Woher die Karte?"—"Um 12 Kreuzer auf der Brücke gekauft![""]—"So! Nun diesmal geht es anders, Paule!"

Am nächsten Tage erfahre ich, mein Schlafkamerad sei im Verhöre gewesen, die Frau des Gefreiten, die freilich sammt ihrem Manne alles gewußt hatte, freigelassen worden. Ich war sehr froh darüber und wurde lustig, weil ich um baares Geld alles bekam, was ich wünschte.

Wie ich wieder ins Verhör komme, stehen 4 Unteroffiziere da und ich denke: "Jetzt gute Nacht, Paule, 's gibt eine schwere Tragödie!"

Der Auditor kommt und eröffnet, ich werde die schwerste Strafe erleiden, wenn ich nicht sage, woher ich meine Karte habe; sage ich es, dann werde ich von aller und jeder Strafe frei bleiben.

Ich blieb bei der alten Behauptung, da hieß es: "Fort auf die Bank, 15 herab!—Gestehst du jetzt?"—"Ja, daß ich die Wahrheit sagte!"— "Nochmals 15!"

So ging es fort, bis ich 60 Prügel hatte, dann durfte ich abziehen, ließ ein Seidel Branntwein kommen, der "Vater", wie man den Profoßen nannte, nahm mir die Kette ab, ein Unteroffizier brachte Essig und Salz, die Frau des Gefreiten

schickte Leinwand, mit Hülfe der Kameraden brachte ich es
in der Nacht soweit, zumal ich nicht aufgeschlagen war, daß
ich nicht geschunden wurde!

Nach 8 Tagen komme ich wieder ins Verhör und gebe keine
Antwort.— "Weßhalb keine Antwort?"—"Ich habe die
Wahrheit schon gesagt!"— "Bleibst du dabei?"—"Ja!"—
Wieder 15 herunter!—"Gestehst du?"— "Ich habe Alles
schon gesagt!"—"Das Verhör ist geschlossen!"

Der Profoß durfte mir nichts mehr geben, nach 3 Tagen
ward Kriegsgericht für mich und Andere gehalten, das
Urtheil fiel gerade aus wie in Jägerndorf, ich mußte durch
300 Mann Gassen laufen.

Auf dem Exerzierplatze sah man, ich laufe nicht das
erstemal, wurde von den Soldaten sehr geschont, erhielt
Geld von den Zuschauern und als ich aus dem Lazarethe
kam, war ich ein "Unvertrauter" geworden, durfte nur die
Kasernenwache beziehen und nirgends hingehen, ohne daß
eine Ordonnanz bei mir war.

Jetzt bekam ich die Rosenrothen erst recht satt.

Von den Kameraden ward ich fast auf den Händen getragen,
weil ich Niemanden verrathen, im Wolf fand ich die
herrlichste Aufnahme, denn weder Margareth noch sonst
Jemand hatten geglaubt, daß ich die gräßliche Strafe
überleben würde.

"Mich wundert, daß Sie noch leben!" sagt die Wirthin
—"Wen Gott halten will, hält Er, die Leiden mögen noch so
groß sein!"—"Ja, es ist arg!" sagt die Margareth traurig
—"Arg ist's gewesen, doch bin ich an Allem selbst schuld.
Wäre nur heute Sonntag, da wollt' ich besser tanzen, als auf
dem Exerzierplatze!—Am Sonntag wird's

191

eingebracht!"—"He, 's wird halter noch einmal probirt, Franzos?" schreit ein Soldat—"Ja, Bruder, wenn ich nicht bald sterbe, sterbe ich nicht in Prag!"—"Aber die Ordonnanz?"—"Können nicht Zwei zusammen gehen?"—"Ist schon oft geschehen!"—"Was der Paule im Schilde führt, muß durch, ich muß noch österreichischer Bürger werden!"

Meine Ordonnanz war ein geborner Baier, ein armer Teufel, der 10 Jahre zu dienen hatte, wie alle, welche nicht 5 Fuß 5 Zoll groß waren; ich bewirthete ihn tüchtig und konnte, wohin ich wollte, nur nicht zum Hause hinaus.

Später ging ich in den Garten. Margareth erzählte, wie arg der Gefreite bei der Verhaftung seines Weibes geweint habe. Der Oberst hatte ihm versprochen, er sollte bald Fourier werden, kam das Geringste heraus, so durfte er nicht ans Fourierwerden denken. Die Leute im Wolf trösteten ihn, weil alle überzeugt waren, daß ich Niemanden verrathe.

Ich war entschlossen, bis Michaeli längstens zum zweitenmal zu desertiren und bewirthete meine Ordonnanzen vortrefflich.

Die Soldaten hatten nicht geglaubt, daß ich mit dem Leben davon kommen würde. Vier Mann meines Bataillons waren für mich zum Hauptmann, dann zum Oberst gegangen, um ein Fürwort einzulegen. Der Oberst sagte, ich würde mit 6 Touren davon kommen, wenn ich den Kartengeber nenne, der Auditor forderte die Soldaten auf, den Kartengeber anzuzeigen und versprach dann ein weit milderes Urtheil für mich, doch dieser Preis war zu theuer und zudem wußten sie nichts Bestimmtes. In Prag schrie der Adjutant auch nicht: Zugeschlagen! und die 2 Grenadiercompagnien schonten mich, daß es allen Zuschauern auffiel, welche mir auch weit mehr Geld als Anderen schenkten.

Meine liebste Ordonnanz hieß Müller. Er war auch ein
armer Tropf und ebenfalls kein Oesterreicher, heirathete eine
Pragerin, verlor damit seine Capitulation und mußte dienen,
wie die Landeskinder. Sein Weib starb im ersten
Wochenbette, ihr Vermögen war nicht weit her gewesen,
nach ihrem Tode fiel alles an die Eltern zurück und er mußte
froh sein, daß sie auch das Kind zu sich nahmen.

Im Wolf schämte ich mich oft vor den Stadtleuten welche
mich auf dem Exerzierplatze Gassenlaufen gesehen, dennoch
half ich fortwährend in der Wirthschaft, und die Margareth,
der es gar wohl gefiel, als ich davon redete, ich wolle ein
österreichischer Bürger werden, that mir, was sie mir an den
Augen abzusehen vermochte.

Ich sparte tüchtig; gegen Michaeli hatte ich keine Ruhe
mehr, meines Bleibens konnte in Prag nicht länger sein,
Müller zeigte sich bereit, mit mir zu desertiren. Margareth
sagte freilich, ich möge noch zwei Jahre zuwarten, die
Pachtzeit der Wirthschaft sei dann aus, sie ginge alsdann
mit mir nach Iglau und wir wollten dort heirathen, zumal
sie schon bei Jahren wäre—ich wollte nicht warten in Prag,
sondern in Tirol, sie war bereit, den letzten Blutstropfen für
mich zu lassen und half uns zur Flucht.

Mein Abschied von ihr war so traurig, wie der von der
Marie aus Jägerndorf, die Tirolerin habe ich bis zur Stunde
nicht mehr gesehen ... Als Bäckergeselle verkleidet, Haare
und Gesicht weiß von Mehl, einen schweren Brodkorb auf
der Achsel gehe ich eines Morgens mit einem Bäcker von
dem Hause eines Kunden zur Hausthüre des andern und
auf diese Weise zum Thore hinaus, jedoch nicht ohne
banges Herzklopfen, wiewohl es mir nie an Muth mangelte.

In einem Häuslein vor dem Thore kleide ich mich um,
Müller wartete im letzten Wirthshause, es war verabredet,

daß ich nicht hineinginge, er kam heraus, wir liefen davon und mit jedem Schritte, der uns weiter von Prag wegbrachte, wuchs unser Muth.

Wir gaben uns für Handwerksgesellen aus, welche nach Wien wollten, um sich dort engagiren zu lassen und kamen glücklich nach Iglau.

Margarethens Verwandter konnte mich gerade nicht brauchen, wollte mich nach Brixen recommandiren, doch der Weg schien mir zu gefährlich. Am andern Tage sitzen wir Abends in der Weberherberge einer Garnisonsstadt, Müller steht auf, geht zur Thüre hinaus und—kam nicht wieder. Gott weiß, wohin er gekommen ist, vielleicht in seine Heimath! ... Ich sagte dem Wirth, mein Kamerad sei ein Deutschböhme und habe gute Bekannte hier, ich dagegen sei ein Pfälzer, ein Vetter von mir Militairchirurg in der Kaiserstadt, wo ich mich engagiren lassen wolle. Es hieß, daß ich niemals daran denken dürfe ohne Paß nach Wien zu kommen und der Mangel an einem Schreiben betrübte auch die Mutter zweier Harfenspielerinnen. Diese Weiber wollten nach Wien, ich sollte mit ihnen, denn eine Tochter war unwohl; wenn ich die Harfe derselben tragen wollte, so wurde ich zechfrei gehalten.

Abends kommen viele Soldaten, ein alter Schnauzbart erzählt mir, die Frau seines Majors sei auch eine Pfälzerin, habe ihre Schwester bei sich und wie ich nach dem Namen frage, weiß ich, daß diese Frauen noch bei meinem Vater das Tanzen gelernt haben.

Der Schnauzbart wollte es mir ansehen, daß ich auch schon bei den Oesterreichern gedient habe und als ich ihm erzählte, ich hatte in Leitmeritz als Weber gearbeitet, die Bleicharbeit sei fertig, ich wolle jetzt nach Wien, um mich engagiren zu lassen, da meint er, ich möge immerhin dableiben und mich hier annehmen lassen.

Er brachte es mir wacker zu, doch die Harfenmädchen
stießen mich immer heimlich mit den Füßen, ich ließ mich
nicht beschwatzen und wie der Schnauz am andern Morgen
in aller Frühe wieder kommt und fragt, bin ich eben so
wenig wie am Abend vorher zum Bleiben bereit.

Um 9 Uhr besuchte ich meine Landsmänninnen, ward
erkannt, fand eine sehr gute Aufnahme, die Jüngere freute
sich insbesondere, weil ich noch ihren Taufnamen wußte
und Beide, weil ich gut gekleidet war.

Sie riethen mir ebenfalls, mich hier engagiren zu lassen,
doch der Herr Vetter, der Chirurg in Wien mußte aushelfen,
ich erzählte Vieles, wurde zum Mittagsessen eingeladen und
erhielt ein namhaftes Geschenk.

Kaum sitze ich wieder im Wirthshause, so kommen zwei
Polizeidiener, trinken Bier, fragen nach den Schriften ich
habe keine, sie sagen, ich sei gewiß ein Deserteur, es liefen
deren gar viele herum, verhaften mich und führen mich auf
die Polizei, wo ich mich auf die Frau des Herrn Majors und
deren Schwester berufe als Zeugen, daß ich ein Pfälzer,
ehrsamer Weber und kein Deserteur, aber ein Rekrute sei.

Die Polizeidiener erhalten ein Schreiben, führen mich zu den
Frauen zurück, der Herr Major war jetzt auch da, einst
lange in der Pfalz und ein Gönner meines Vaters gewesen,
gab mir ein Schreiben an den Polizeicommissär, dieser
fertigte dann einen Paß für mich aus und rieth mir, ja nicht
von der angezeigten Route abzugehen, weil ich sonst große
Unnannehmlichkeiten bekommen würde.

Voll Freuden gehe ich zum Herrn Major zurück, um für die
Fürsorge zu danken. Er dringt in mich, mich hier beim

Regimente Lindenau anwerben zu lassen, doch ich behaupte, während meines Aufenthaltes zu Leitmeritz eine schöne, junge und vermögliche Wienerin kennen gelernt zu haben, welche in einem Wirthshause bei Verwandten lebte und bereits nach Wien gegangen sei, das Mädchen habe mir viel Geld gegeben und ich müsse zu ihm in die Kaiserstadt.

Ich mußte dem Offizier mein Geld zeigen, er vermehrte es durch einen Fünfguldenschein, lud mich zum Nachtessen ein und sagte, ich könne bei ihm essen so lange ich bleiben wolle, beim Fortgehen werde mir seine Frau noch einen Bündel weiße Wäsche und Kleider geben.

Die Leute im Wirthshaus freuten sich sehr über mein Wiederkommen, besonders die Harfenmädchen; es hieß, der Schnauz habe mir einzig und allein die Polizei auf den Hals geladen. Ich blieb im Wirthshause, mochte nicht mehr bei meinen guten Bekannten zu Nacht essen, sondern zeitig ins Bett, um früh den Weg unter die Füße zu bekommen.

Am andern Morgen gab mir die Frau Majorin richtig einen schönen Reisebündel; ich weinte beim Abschiede und wenn ich an diese guten Leute denke, laufen die Thränen noch jetzt stromweise über meine alten Wangen!

Neben dem Bündel mußte ich die schwere Harfe des kranken Mädchens tragen, doch machten wir täglich nur 2 bis 3 Stunden und lebten gut, denn die Weiber verdienten mit Harfenschlagen und Singen schweres Geld. Wir kamen glücklich nach Wien, die Begleiterinnen zogen ungehindert hinein, doch ich wurde angehalten, zum Platzmajor geführt und da hieß es gleich. "Welches Regiment?"—"Deutschmeister!"—"Gut, du kannst jetzt allein gehen und dich melden, dein Paß bleibt da!"

Am andern Tage sah der Arzt meinen Rücken, fragte, woher

die Bescheerung sei, ich erwiederte, daß ich bei den Preußen in Glatz gezwungen gedient habe, erhalte Handgeld, werde eingekleidet und noch an demselben Tage steht der Paule als neugebackener Soldat des Regimentes Deutschmeister in einem Bäckerladen und—vor der geliebten Marie aus dem Mohren zu Jägerndorf, welche bisher auf mich geharrt hatte.

Welche Freude, welch Wiedersehen! Noch jetzt fließen mir die Thränen reichlich, wenn ich daran zurückdenke! ... Wie weinte aber erst meine Marie sammt ihrem Bruder, dem Hagestolzen, nachdem Beide wußten, was ich ausgestanden seit jenem Sonntage, an welchem ich im Gartenhause Abschied genommen und mit Muck desertirt war! ... Einige Wochen lebten wir in der Kaiserstadt wie die Engel im Himmel, wir hatten es gut mit einander vor, der Bäcker war ein gar zu guter Mann, doch Unglück soll mich verfolgen bis zum Jahre 1852!

Wir begegnen einigen Kameraden, welche mit mir in Jägerndorf gedient hatten und jetzt Artilleristen geworden waren, erkannten und begrüßten mich und fragten gleich: "Wo ist denn der Muck?"—"Ebenfalls hier!"—"Wo finden wir ihn?"—"Er hat die Wache beziehen müssen!"—"Wo gehts Abends hin?" —"Da und da!"—"Gut, wir treffen uns!"

Ich bat die Kanoniere, mich und den Muck um Gotteswillen nicht zu verrathen, sie versprachen es hoch und theuer, doch ich traute nicht, denn die 24 Gulden waren ein gar zu großer Reiz für arme Soldaten.

Wie weinte die Marie, wie erschrak der Bruder, als ich athemlos in den Bäckerladen stürzte, die fatale Begegnung erzählte und damit schloß, daß ich noch heute aus Wien fort müsse, wenn ich nicht erschossen werden wolle! ... Ich zog sogleich meine Civilkleider wieder an, welche ich aus

Vorsicht aufbewahrt hatte, das Handgeld war fort, doch besaß ich noch Geld, Marie gab, was sie hatte, der Bruder in seiner Angst, was er zu entbehren vermochte, ich versprach in der Nähe Arbeit zu suchen, vor Eile bekam ich keine Zeit zum Weinen, mein Schatz sank beinahe in Ohnmacht, ich aber lief aus der Stadt, so rasch ich es vermochte, ohne Aufsehen zu erregen.

In der Nähe zu bleiben, dazu empfand ich keine Lust, sondern wollte nach Rom, um mich bei den päpstlichen Truppen anwerben zu lassen, schlich durch Steuermark [Steyermark] und Illirien Italien zu und kam ganz ungefährdet tief in die Lombardei.

Unglücklicherweise begegnen mir französische Soldaten, welche einen Trupp Menschen, lauter Gefesselte, transportirten, ich werde nach meinem Passe gefragt, wiewohl ich aus Vorsicht gar kein Gepäck bei mir trug, besitze nichts Schriftliches, werde arretirt, bekomme auch sofort eine Kette, muß eine Stunde weit zurückmarschiren und hier wird der Transport abgeliefert.

Von hier kam ich jedoch nach Mantua in ein erbärmliches Gefängniß, wo 300 Gefangene fast nichts zu essen bekamen, dafür vom Ungeziefer beinahe verzehrt wurden. Solchen Mühseligkeiten erlag endlich auch meine riesenhafte Natur, ich wurde schwer krank, was mir der fromme Bernardus auch prophezeit hatte und als ich genas nach mehrwöchentlichen Leiden und trotz der elenden Verpflegung, da betete ich mit einer Inbrunst, mit der ich seither wenig mehr gebetet, um meinen Tod, damit doch nicht Alles eintreffe, was mir der Einsiedler vorausgesagt hatte.

Kaum konnte ich recht laufen, so begann das Verhör. Ich sagte, daß ich wohl kein Deserteur, sondern französischer

Soldat beim 16. Regimente sei, der nach der Schlacht bei Austerlitz verwundet und gefangen wurde. Man glaubte mir jedoch nicht, obwohl ich gleich bei der Verhaftung gesagt hatte, ich befände mich auf dem Wege mein 16. Regiment aufzusuchen. Man schrieb hin und her, ich mußte noch mehrere Wochen in dem abscheulichen Loche schmachten, dann hörte man endlich auf, mich als Deserteur zu betrachten und steckte mich unter ein Regiment, welches in einem Seehafen lag und viele Italiener in seinen Reihen zählte. Es lag sehr viel Militär in der Stadt, wir wurden zu den Bürgern einquartiert, aßen jedoch in der Menage und ich hatte das Unglück, in Ein Quartier mit 11 anderen Soldaten zu kommen, welche Alle Italiener waren, von deren Kauderwälsch ich kaum das <u>No</u> und <u>Si</u> verstand.

Waren wir frei vom Dienste, so fuhren wir in einer Schaluppe ins Meer hinaus, um zu fischen und ich ging gewöhnlich mit.

Eines Tages fahren wir nicht weit, da wird einem Holzschiff zugerudert, meine zehn Begleiter kletterten in Strickleitern auf das Verdeck, ich habe keine Lust dazu, merke schon, wo das Ding hinaus will, doch ich muß den Andern folgen, denn die Schaluppe wurde gleich mit einem Flaschenzug auf das Holzschiff gezogen und wir fahren mit demselben davon. Weit kamen wir nicht. Das Wachtschiff, das wegen der Contrebande und andern Dingen umherfuhr, ließ unser Schiff nicht passiren, zog die Fahne auf, welche uns Halt gebot und meine Kameraden sehen aus, mehr todt als lebendig und kriechen in allen Winkeln herum, ich selbst suche auch ein Winkelchen.

Richtig wird das Holzschiff streng durchsucht, wir Alle werden entdeckt und verhaftet, unsere Schaluppe wird wieder ins Wasser hinabgelassen, nach kurzer Zeit sitzen wir im Cachot und weil damals gerade das Kriegsrecht im

Flore war, werden wir Alle ohne sonderliches Verhör vom Kriegsgericht zum Tode verurtheilt!

Damit war eine Hauptprophezeiung des Einsiedlers Bernardus, nämlich daß ich ganz unschuldig zum Tode verurtheilt werde, an mir in Erfüllung gegangen und Du siehst nun, Mauschel, daß der Mensch sein Schicksal nicht macht, sondern daß es gemacht wird, ob von Gott oder dem Teufel, darüber bin ich zweifelhaft, wahrscheinlich arbeiten Beide zusammen!

Du bist doch nicht todgeschossen worden, he? fragt der Zuckerhannes und wenn der Kerker nicht schon sehr dunkel gewesen wäre, würde man ein ziemlich einfältiges Gesicht gesehen haben.

Der alte Paul lacht, die Andern lachen auch, der Schlosserlehrling meint. "Wenn *Ihr* nicht lügt, dann lügt Keiner mehr. Wie könnte ein Mensch in kurzer Zeit aushalten, was Ihr ausgehalten habt!"

"In der That, Alter, Dein Leben ist so bunt und abenteuerlich, daß man die Erzählung für Erdichtung halten könnte!"

"Erdichtung? saubere Erdichtung! Als ob in der Welt nicht ganz andere Dinge vorfielen, als die, von denen die Dichter träumen und schreiben. Soll ich Euch Personen und Zeugnisse aller Art stellen? Soll ich Datum und Ort genau nennen? Von Italien, Spanien und Rußland, wo ich auch gewesen, wüßte ich vielleicht nicht mehr Alles haarscharf, es gibt dort so wunderliche Namen, doch Zeugnisse genug würde ich aufweisen können, wenn es der Mühe werth wäre. Morgen Mittag sollt Ihr Alle meinen Leib betrachten, die Hiebe, Bajonettstiche und das Gassenlaufen sind bis dato zu sehen!"

"Wie viel Hiebe hast Du denn im Ganzen bekommen?" fragt der Indianer.

"Ach, mein Gott, 6135 bei den Kaiserlichen in *ganz kurzer Zeit*! seufzt der Paul und rechnet: zweimal Gassenlaufen zu 3000 Streichen thut 6000, zweimal 30 thut 60, dann einmal 60 zusammen 120, endlich 15 dazu, thut accurat 6,135! ... Die kleinern Portionen rechne ich gar nicht dazu; die damaligen "Verweise" bei den Kaiserlichen bestanden fast Alle aus ungebrannter Asche! ... Was später kam, will ich morgen sagen, so zwischen 9 und 10,000 Streichen hat der Paule gekriegt!

"Erzähle weiter, wie es Dir ergangen!" schreien Einige.

"Nein, für heute ists genug, der Kerkermeister kommt bald mit der Suppe, ich habe mich müde geredet und erhalte doch keinen Schluck Schnaps, keinen Pfifferling für meine ganze Leidensgeschichte!"

"Ho, das Leiden wird darin auch ein Ende nehmen, hast ja so Vieles ausgestanden in den Kriegszeiten!" meint der Zuckerhannes.

"Ja, Du lieber Gott, ein Ende nehmen! Ich bin nicht mehr so weit von Siebenzig, *dann* muß mein Glück anfangen, es ist hohe Zeit, siebenzigjähriges Leiden ist kein Spaß, ich habe noch wenig gute Stunden gesehen und das Elend fängt jetzt erst recht an, Ihr werdets hören! ... Alles, wie Bernardus gesagt hat vor schon so vielen Jahren!"

"Ach, dein Bernardus ist ein Mährlein, nicht wahr?" fragt der Spaniol.

"So gewiß ich jetzt da stehe und rede und so gewiß ein Gott im Himmel ist, ebenso gewiß ist Alles, was ich von dem Einsiedler erzählte. Es ließe sich Alles beweisen, wenn es

201

nöthig wäre, denn ich habe ein merkwürdiges Gedächtniß für Personen und Sachen und wollte mich heute noch in Mähren ganz gut zurecht finden, wiewohl ich seitdem nicht mehr dort gewesen!" "Ach, ich glaube, daß Du einmal bei einem Jesuiten in die Schule gegangen bist!" meint der Indianer.

"Oho, erwiederte der Paule, ich bin doch gewiß kein Jesuit, sondern von Geburt ein Lutherischer, Zwinglianischer, Calvinischer, Evangelischer, ich weiß es selbst nicht, aber das weiß ich, daß die Pfaffen einen alten Soldaten, der den Tod hunderttausendfach gesehen hat, nicht so leicht an der Nase herumführen. Laßt mich jetzt in Ruhe! ... Wer mir nicht gerne glaubt, mag es bleiben lassen, ich erzähle doch weniger für Euch, als für mich!"

"Es gibt viele Dinge zwischen Himmel und Erde, von denen sich die Philosophen nichts träumen lassen, der Paule ist eine merkwürdige Person!" murmelt der Spaniol.

"Ho, Anderen sind viel seltsamere Dinge in den Weg gelaufen, ich weiß es, ich!" brummt der Paule.

"Am Ende hat der gute Bernardus den Paul leichtsinnig und verwegen machen helfen mit seiner Weissagung, ohne daß er dies beabsichtigte!" meint der Zuckerhannes und verbessert durch diese gescheite Bemerkung die dumme, die er vor einigen Augenblicken äußerte.

Jetzt wurde es im Gange lebendig, die Suppe kam näher und näher, man vernahm das Gelächter oder Gebrumme einzelner Gefangenen, endlich öffnet sich der Thürschalter, zunächst dringt ein kühlender Luftzug in diese Jammerhöhle, dann werden die Suppenschüsselchen hereingereicht oder vielmehr Schüsselchen mit einer unnennbaren Brühe, in der einige Brocken umherirren.

Guten Appetit, ihr Gefangenen!

Der Zuckerhannes kommt aus dem Thurme.

Unsere Gefangenen lagen seit einigen Stunden auf ihren
Strohsäcken, der Grundbaß des Murmelthieres ward von
der Fistelstimme des Schlosserlehrlings sekundirt, vom
Seufzen und Fluchen Anderer zuweilen unterbrochen, die
sich unruhig hin und herwälzten.

Jetzt schlugen die Uhren der Stadt und ihre langgedehnten
Schläge zitterten dumpf und schwerfällig in die schwüle
Behausung unserer Gesellschaft.

"Herrgottmillionen ...! flucht der Indianer, es muß anderes
Wetter geben, die Flöhe, Wanzen, Spinnen thun wie
besessen, ich kann nicht schlafen!"

"Der Teufel mag in dieser Folterkammer schlafen! ...
Glückseliges Murmelthier, dein Speck ist dein Schild und
deine Wehr! ... Ich habe noch kein Auge geschlossen! ...
Gelt, Paule, im Badischen geht's oft ähnlich her, wie in
Mantua!" riefen Einige.

"Hätten wir nur ein Stümpfchen Licht, dann wollten wir
uns die Zeit mit Domino und Neunerstein abkürzen!"
brummt der Spaniol.

"Wären wir Alle lieber im Zuchthaus, dann hätten wir Licht
die ganze Nacht! ... Im Zuchthause ist's überall besser als im
Untersuchungsarrest, ich war Alles in Allem 29 Jährlein
gefangen und habe das erlebt! ... Im Zuchthause gehen
Einem Lichter genug auf!" betheuert der Stoffel.

"Da hast Du Recht, Einäugiger! Zehnmal lieber in jeder
Strafanstalt, selbst auf dem Spielberge als in dem

Amtsgefängnisse! ... Ich will mich morgen gleich ins Zuchthaus melden, werde wohl wieder hineinkommen!" seufzt der alte Paule.

"Alterchen, Du könntest noch Etwas erzählen, damit wir uns müde hören!" meint der Spaniol.

"Mein Sir, wenn der Paule Ebbes erzählt, kriegt er den Wein, den ich unter dem Bette stehen habe und morgen früh Schochomajem; seine Geschicht' ist ebbes Rares!" versichert der Moses.

"So was läßt sich hören, Mauschel!" meint der Paule.

"Ich könnte von einem Juden nichts annehmen außer Geld; Alles ekelt mich an, was von einem Jud' kommt. Als kleiner Bub' hat mir ein sonst recht braves und gutes Judenweib oft Matzen gegeben, da sagt einmal Einer, in die Matzen, welche der Jud einem Gojim schenkt, kämen Speichel und alle abscheulichen Dinge, ich mußte damals dem Ulrich rufen und habe seitdem nie wieder etwas gegessen oder getrunken, was von einem Hebräer kam!" erzählte der Zuckerhannes.

"Moses schreit, dies verhalte sich nicht so, doch Alle schreien gegen ihn und der Paule versichert, er für seine Person nehme Alles von Juden an, doch habe er in ganz Europa gefunden, jeder Jude trage nebst dem Judenkopf noch besondere Mängel an sich und bei armen Juden sei der Haß gegen das Schweinefleisch begreiflich, weil nur Kannibalen Ihresgleichen fräßen!"

"Der Spaniol behauptet, ein Jude bleibe Jude, ob er emanzipirt werde oder nicht und die Renegaten unter ihnen seien gerade die miserabelsten Schufte, die mit Religion schacherten und sich zu Allem gebrauchen ließen nur zu nichts Gutem!"

Das peinliche Wortgefecht über die armen Hebräer dauert noch einige Minuten, dann wird der Paule angegangen, "Mauschels Wein zu saufen" und seine Geschichte fortzusetzen.

Nach einigem Bitten sagt der Alte:

"Nicht der Wein und nicht der Schochomajem des Moses, auch nicht Euer Bitten bringt mich zum Plaudern, sondern die unruhigen Flöhe und Wanzen und die Schlaflosigkeit. Ich bin alt, schlafe im besten Bette nur drei Stunden, wie ein Gaul und wenn ich so daliege in der stillen Mitternacht, kommen alle Personen und Vorfälle meines langen Lebens mir in den Sinn; ich glaube, die Todten und die Weitentfernten zu sehen und reden zu hören und oft fließen die Thränen stromweise über meine alten Wangen, wenn ich daran denke, was ich ausgestanden habe! ... Es ist mehr als zehn oder tausend Andere in einem ebenso langen Leben zusammen aushielten und was ist jetzt mein Lohn? Spitalsuppen, Zuchthaussuppen, Verachtung und Lieblosigkeit! ... Nicht einmal ein Felddienstzeichen oder ein paar Kreuzer Pension habe ich je bekommen und der Einzige, der mir altem Manne ein ruhiges Plätzlein gönnen wollte, der Oberstlieutenant vom 16. Regiment, durfte es nicht thun!"

Von Neuen bitten die Mitgefangenen zu erzählen, der Moses steht auf und bringt den Wein, der Alte trinkt, selbst das Murmelthier wacht auf und will zuhören, weder das Affengesicht noch der Einäugige geben der rothen Liesli Gehör, die in Einem fort an die Wand klopft. Der Paul aber erzählt:

Fortsetzung und Schluß der Geschichte des alten Mannes.

Als ich mein Todesurtheil vorlesen hörte, erschrak ich gar

nicht, sondern behauptete meine Unschuld und forderte Untersuchung. Ich hatte wirklich gar nichts vom Vorhaben der 11 Italiener gewußt, verstand ja kein Italienisch und dies zog. Die Spitzbuben hatten mich sogar als Rädelsführer angegeben, doch der Zwölfte meiner Stubenkameraden, der die Andern verrathen hatte, weil sie nicht auf ihn warteten, bezeugte jetzt, daß ich von Allem gar Nichts wissen konnte, Andere bezeugten auch meine Unkenntniß der Sprache, die Leute auf dem Holzschiffe beschworen, ich sei nur auf das Schiff geklettert, weil man mir die Schaluppe genommen habe und das Ende vom Lied hieß, daß ich frei, der eigentliche Rädelsführer erschossen, die Andern auf das schwere travaux nach Straßburg gebracht wurden.

Im Anfange des Jahres 1807 wurde unser Regiment nach Spanien eingeschifft; wir landeten glücklich in Cadiz und hatten von dem heißen Lande und wüthenden Volke genug auszustehen; es ging blutig und barbarisch her, mancher brave badische Offizier und Soldat könnte auch genug davon erzählen. Bei einem Treffen bekam ich Gelegenheit, meinem ehemaligen Kapitän vom 16. Regiment mit Hülfe eines Andern das Leben zu retten, ich wollte wieder zu diesem Regimente und brachte es dazu. Schon im Jahre 1808 kam das 16. Regiment aus Spanien zurück und blieb 10 Stunden von Paris in Garnison bis 1812, wo wir nach Rußland mußten.

Alles, was ich bis dahin ausgestanden hatte, selbst der Krieg in Spanien war Kinderspiel im Vergleich zu dem, was ich in Rußland erlebte. Die fürchterliche Schlacht bei Borodino, der Einzug in Moskau und vieles Andere, was ich sah und erlebte, gäbe ein dickes Buch. Leider kann ich keines schreiben, zudem bin ich der arme Paule stets geblieben und unsereins kann Alles ausstehen, es kräht kein Hahn darnach, während Alles die Ohren spitzt, wenn ein General oder anderer hoher Herr nur ein bischen Bauchgrimmen bekommt! ... Das Beste war, daß ich bei einem französischen Regimente diente, denn Napoleon schonte seine Franzosen, schickte die Deutschen und Andere am liebsten in den dichtesten Kugelregen und ins Elend! ... Die Deutschen sind von jeher das einfältigste Volk gewesen, schlugen für den Napoleon und meinten, es ginge um Gott und Vaterland, wir Franzosen nannten sie nur "Kanonenfutter," lachten sie offen und heimlich für ihre Dummheit aus, aber in der Schlacht verloren auch wir genug Leute und auf dem Rückzuge nahm das 16. Regiment ebenfalls ein Ende wie das Hornberger Schießen!

Um es ganz kurz zu machen und nur von mir zu erzählen, berichte ich, daß ich nicht über die Beresina kam, sondern gefangen wurde, wie tausend Andere auch. Wir fielen wie die Mücken um Allerheiligen und es war uns fast Eins, was die Kosaken, diese wüsten, säuischen und doch gutmüthigen Leute mit uns anfingen, bis sie uns in den Klauen hatten und über die Schneefelder fortprügelten. Noch jetzt sehe ich oft im Traume die unabsehbaren Ebenen, die endlosen Tannenwälder und eingeschneiten Dörfer des Czaren im bleichen Mondlichte da liegen und mich und meine Kameraden, wie wir bei der grimmigen Kälte der sternenhellen Winternacht fast nackt und hungrig, verwundet und krank von russischen Soldaten fortgestoßen, auf elende Schlitten geschmissen und vom Volke mißhandelt, am Barte herumgerissen und umbrüllt wurden!

Ich war der Rüstigste von Allen, versuchte tief in Rußland den Kosaken durchzubrennen, doch ich kam nicht weit und dann gings nicht christlich, sondern auf gut russisch zu, man mißhandelte und schlug mich, daß ich für todt auf dem Platze liegen blieb.

Endlich marschirte ein Bataillon ins Dorf, ein Offizier sah mich daliegen und redete mich französisch an, aber mein Hals war so arg geschwollen, daß ich keine Silbe hervorzubringen vermochte.

Der Offizier ließ mich aufheben, in ein Feldspital bringen und ich wurde erträglich verpflegt, sah und hörte Alles, was um mich vorging, doch das Reden hatte ein Ende und ich befand mich kaum im Stande, ein wenig Brühe zu mir zu nehmen.

Neben mir lag ein badischer Unteroffizier Namens Ernst, der wunderte sich nur, weßhalb ich allmählig genas und hatte großes Mitleiden mit mir. Er lebt noch heute, mindestens ist er vor Kurzem noch Amtsdiener gewesen, ich dagegen hocke da bei Euch und warte auf meinen siebenzigsten Geburtstag! ... Im Feldspitale nahm sich ein russischer Bataillonsarzt meiner besonders an, es war ein geborner Baier, kannte viele Sprachen und freute sich, weil ich mir Mühe gab, russisch und polnisch zu erlernen. Von Hause aus war er blutarm, doch wegen seiner Sprachkenntnisse und sonstiger Tüchtigkeit ward er bald befördert, kam in ein großes Militärspital in Warschau und nahm mich als seinen Diener mit. Ohne diesen guten Mann wäre ich wohl als genesen entlassen und nach Asien hineintransportirt worden und es kommt sehr darauf an, ob der Paul auch einen Schneider von Pensa gefunden hätte, wie die badischen Offiziere und Soldaten, die unter dem Markgrafen Wilhelm nach Rußland zogen! ... In Warschau bekam ich es gut, erhielt viele Kleider, weil viele Soldaten starben, verkaufte dieselben in der Stadt in welche ich oft kam und besonders zu einem Wirthe, der mit Pelzwerk handelte und eine Wienerin zur Frau hatte.

Diese Leute waren reich und konnten mich bald sehr gut leiden. Die Frau konnte Wien und ihre dortigen Freunde nicht vergessen, plagte ihren Mann immer, er möge mit ihr in die Kaiserstadt gehen und weil sie versprach, mich mitzunehmen, half ich den Mann bearbeiten, sobald ich dessen Zutrauen recht gewonnen hatte.

Er reiste zuweilen mit Pelzwerk von Warschau nach Wien, ich schleppte ihm aus dem Spitale Kleider genug herbei, er versprach, mich das Nächstemal mitzunehmen, ich versteckte die Uniform eines russischen Jägeroffiziers und nöthige Kleider bei ihm im Keller unter alte Fässer.

Mein Herr merkte, was ich vorhatte, doch lachte er nur und sagte nichts, denn ich war noch immer russischer Kriegsgefangener und er ein pflichtgetreuer Mann, der keine Ursache zum Verlassen des Dienstes sah. Ganz in Pelzwerk gehüllt, kam ich glücklich aus Warschau und mit dem Pelzhändler nach Wien.

Auf dem Wege hatte ich mich außerordentlich gefreut, meine Marie vielleicht bei dem Bäcker zu finden, doch vor den Thoren der Kaiserstadt verlor ich allen Muth, denn das Regiment Deutschmeister sammt den Rosenrothen von Prag lagen in der Stadt, so hieß es wenigstens und wenn ich erkannt wurde, war die Kugel für mich dreifach gegossen.

Mein Herr in Warschau hatte mir Geld gegeben, der Pelzhändler mich zechfrei gehalten, mancher polnische Gulden kam durch die Kleider der Verdorbenen in meinen Sack und jetzt nahm ich Abschied von meinem Begleiter, fuhr auf der Donau herauf bis Ulm und ward nicht angehalten bis Tauberbischofsheim, wo mich der Amtmann fragte, woher meine baierische Montur sei. Er schickte mir einen Spionen ins Wirthshaus nach, ich mußte wieder zum Amtmann, wurde über meine Leute und andere Personen befragt und erhielt einen Laufpaß nach Heidelberg.

Am 27. September 1813 war ich nach langer, langer Abwesenheit wieder in der unvergeßlichen Heimath, übernachtete in Schlierbach und spazierte am nächsten Tage in der Uniform eines russischen Jägeroffiziers nach Heidelberg, wo mich kein Mensch erkannte. Freilich besaß ich auch in der Stadt und Heimath keine Seele, die sich über meine Errettung aus so vielen Drangsalen und über meine Rückkehr freute.

Ein Wirth war der Erste, der mich erkannte; er rieth mir, die

Russenmontur abzulegen, man sehe die Russen nicht gern am Rhein, doch befolgte ich seinen Rath nicht, Alles redete von dem russischen Offizier und darin bestand meine einzige Freude.

Ein Offizier konnte sich nicht gut an einen Webstuhl setzen, noch weniger betteln, mein Geld schwand, weil ich standesgemäß leben mußte. Ich ging zu einem Bruder über den Rhein, machte eine Krankheit durch, die jedoch nicht lange dauerte, dann aber ging ich wieder nach Frankreich und meldete mich beim 16. Regimente.

Ich machte alle Gefechte und Schlachten der folgenden Zeit mit, insofern mein Regiment dabei war, kam auch immer glücklich davon bis zur Schlacht von Waterloo. In dieser Schlacht haben außer den Schotten nicht die Engländer, sondern die Braunschweiger, Hannoveraner und Andere uns das Fell am ärgsten gegerbt, die pfiffigen Preußen mit ihrem alten Blücher kamen sehr zur unrechten Zeit und dort verzweifelten wir am Glücke des großen Kaisers, der nicht von uns Soldaten, sondern von den Marschällen und Generalen um theures Geld an die fremden Potentaten verschachert worden war. Die Meisten derselben waren große Spitzbuben, das wußten wir Soldaten ganz gut, sonst wäre es bei Waterloo trotz aller Tapferkeit doch noch anders gegangen! ... Kaum bei Austerlitz oder Borodino habe ich ein so mörderischeres Kanoniren, Kleingewehrfeuer und Einhauen der Reiterei erlebt, wie bei Waterloo, wo auch mein Regiment im Angesicht der alten und jungen Kaisergarde tüchtig mitgenommen wurde! ... Diese Garden hättet Ihr je sehen sollen, wie sie ins Feuer gingen, als ob ein Schlachtfeld ein Tanzboden wäre und noch mit den Zähnen um sich bissen, wenn sie sterbend auf dem Boden lagen! ... Ja, einen Soldaten wie der alte Napoleon Einer war, gabs damals Keinen und wirds Keinen mehr geben, denn wo haben die Deutschen, außer dem Erzherzog Karl, dem Blücher und wenigen Generalen auch nur Einen gehabt, der dem Napoleon die Schuhriemen hätte auflösen dürfen? Keine Führer; lauter Anführer hatten sie und es scheint heute noch so zu sein. Keinen Knopf gebe ich um das ganze Deutschland, für den Napoleon wollte ich noch heute ins Feuer, habe auch bei den Franzosen nie ans Desertiren gedacht!—Die Schlacht bei Waterloo war beinahe vorüber, die Retirade begann, da wurde ich durch eine Kanone, die eine Wendung machte, zu Boden geschlagen und weiß heute noch nicht, wie es möglich war, daß ich nicht hundertmal von Kanonen oder Cavallerie zu einem Brei zerquetscht wurde.

Ich wurde auch nicht gefangen, sondern lag in einem französischen Spital, das Kreuz hatte viel gelitten und es ging mehrere Wochen, bis ich wieder an einer Krücke zu laufen vermochte und mehrere Monate, bis ich wieder hergestellt und beim 16. Regimente, damals einer der ältesten Soldaten war.

Ich habe mich bei den Franzosen nicht schlecht gehalten, doch das Glück wollte mir eben nirgends, ich hatte das Unglück, ein Deutscher zu sein und bekam im Jahre 1818 meinen Abschied ohne alle Auszeichnung, ohne jede Pension, ohne Hoffnung und Aussicht. Ich wollte mich von Neuem engagiren lassen, aber ich wurde bei mehrern Regimentern für zu alt und untauglich erklärt und wanderte zuletzt nothgedrungen von Lyon, wo ich mit meiner Weberei keine Arbeit fand, in meine Heimath zurück.

Im Herbst 1818 kam ich heim, spielte jedoch keinen Offizier mehr, sondern lebte einige Zeit bei Kameraden, welche mit mir in Spanien gewesen waren, bis ich Arbeit erhielt.

Als die fremden Truppen aus Frankreich marschirten,

befolgte ich guten Rath und ging nach Mannheim, machte den Dolmetscher beim Verkaufen und Geldwechseln, verdiente damit in kurzer Zeit schweres Geld, verfiel aber auch in meine alte Dummheit und meinen alten Leichtsinn.

Während ich nämlich in einem Dorfe bei Mannheim lebte, wurde ich mit einer Weibsperson bekannt, die ich zu heirathen gedachte und der ich viel Geld anhing, zumal ich sonst keine Seele auf der Welt hatte. Einige Wochen ging es ganz gut, ich glaubte lauter Liebes und Gutes, da sagten mir rechte Leute, was Andere auch schon gesagt und es hieß, mein Schatz halte mich nur zum Besten, so lange ich Geld besitze, sei ein ziemlich verrufenes und liederliches Weibsstück.

Dies that mir in der Seele weh, ich konnte es fast gar nicht glauben und um mich mit eigenen Augen zu überzeugen, gehe ich Nachts mit einer ungeladenen Pistole in ihr Haus. Richtig finde ich zwei Bursche in der Kammer, bekomme Händel und wie sie meine Pistole sehen, rennt das Kleeblatt zum Hause und Dorfe hinaus in den Weinberg. Ich verfolgte das treulose Weib nicht lange, ging in die Kammer zurück, zerschlug, was ich zerschlagen konnte, zertrümmerte ihre Kiste, nahm die Geschenke heraus, die ich ihr gemacht hatte und war noch mit Einsacken beschäftiget, als sie mit den beiden Burschen zurückkehrten, andere Leute durch ihr Geschrei herbeiriefen und mich einen Räuber und Spitzbuben nannten.

Ich schlug darauf, daß sie Feuer vor die Augen bekamen, doch Andere eilten herbei, sie überwältigten und prügelten mich gottserbärmlich und am andern Tage lieferten sie mich in die Amtsstadt, wo der Amtmann mich gleich einlochen ließ, freilich in ein besseres Gefängniß, als diese Spelunke Eines ist. Übrigens kochte er es mir schlimm genug, denn ich hatte ihn mir zum Feinde gemacht, wie ich kurz erzählen will.

Ein armer Mensch, den er nicht leiden mochte, weil er keine Kappe vor ihm abzog, im Wirthshause schimpfte und ihm gegenüber auch kein Blatt vor das Maul nahm, war unschuldig in den Verdacht eines Diebstahles gekommen und blieb viele Monate sitzen.

Beim Vorübergehen rief mir der arme Kerl, nannte in der Geschwindigkeit alle Entlastungszeugen, klagte, wie er schon mondenlang sitze und niemals ins Verhör komme, so daß er und seine alte Mutter in großer Noth waren. Wir redeten, bis die Gefangenwärterin uns störte und mich nicht mit ihren Drohungen gegen mich, sondern mit denen gegen den Gefangenen fortjagte.

Ich besaß damals Geld, ging zu einem Advokaten, erzählte Alles, der Advokat redete mit den Entlastungszeugen, machte mir eine Schrift und mit dieser lief ich vor die rechte Schmiede, direct nach Karlsruhe zum Großherzog, der mich sehr freundlich und gütig anhörte, die Schrift nahm und das Beste versprach!

Ich habe in meinem langen Leben stets gesehen und erfahren, daß die vornehmsten und höchsten Personen gerade die herablassendsten und besten sind. Bei uns wird es oft dem Bürger und Bauer himmelangst, wenn er vor Amt muß, denn wir haben gar zu viele Amtskosaken und die dummen Leute meinen immer, die Amtskosaken könnten als studirte und angestellte Herren gegen den gemeinen Mann nicht so gar grob und brutal sein, wenn es nicht von Karlsruhe aus also angeordnet würde.

Freilich ist gerade das Gegentheil der Fall; noch Jeder, den die Noth in die Residenz trieb, und mit dem ich redete, konnte sich nicht genug verwundern, wie gnädig und herablassend der Großherzog sammt den Herrn Ministern und andern hochgestellten Personen gegen arme und geringe Leute seien. Das thut den Leuten wohl und sie verschmerzen es leichter, wenn sie auch mit ihrer Bitte abfahren müssen, doch im Lande wissen und glauben es Viele nicht, meinen, es sei ganz in der Ordnung, wenn die Polizeidiener die Leute bei Feuersbrünsten zur Kurzweil prügelten, die Polizeicommissäre Handwerksbursche beim Visiren fast zerrissen, hohlköpfige Schreiber wie Pfauen und bissige Hunde zugleich sich geberdeten und mancher Amtskosak die größten Injurien und Schimpfreden Jedem ins Gesicht werfe, der keinen feinen Rock trägt. Sie getrauen nicht, sich zu beklagen, mögen den Pontius nicht beim vermeintlichen Pilatus anzeigen, schimpfen dafür heimlich und rächen sich, so gut sie es vermögen! ... Auch von denen in feinen Röcken darf Einer nur im Geruche stehen, ein Liberaler oder Radikaler zu sein, dann bekommt er Grobheiten und Verfolgungen genug auf den Hals, verliert vollends allen Glauben an das Wohlwollen der regierenden Herren und denkt: Kommt Zeit, kommt Rath!

Mein Gefangener hatte Licht im Apfel, ich alter Soldat stand frisch vor dem Großherzog; so ein Amtmännlein, das nach Oben kriecht und nach Unten kratzt, macht mir keine Angst und richtig, der Großherzog hielt redlich Wort, der Gefangene kam rasch ins Verhör, die Entlastungszeugen wurden gerufen und nach 14 Tagen ward der mondenlang Herumgezerrte als unschuldig erkannt und freigelassen.

Das war gut, allein mir trug es keine Rosen, denn der Amtmann vergaß mir den Streich nicht, den ich ihm gespielt hatte, jetzt bekam er mich selbst in die Klauen und sein erstes Wort hieß: "Warte, dich Lalle will ich zahm machen!"

Was ich zerschlagen, war ohne großen Werth und ich wollte es bezahlen, was ich genommen, war mein Eigenthum und ich erbot mich, dieses zu beweisen, wiewohl das Mädchen niemals ein Geschenk von mir empfangen zu haben versicherte. Im nächsten Verhöre wurde die Klägerin mir gegenüber gestellt, läugnete abermals, ich aber wollte beweisen, daß die Ohrenringe, in welchen sie gerade prunkte, ebenfalls mir gehörten, nannte den Goldarbeiter und zwei andere Zeugen, doch der Amtmann wollte nichts von ihnen hören.

Er spielte fortwährend mit einem Lineal um meine Nase herum, ich bat ihn drei und viermal, das Spiel aufzustecken, dafür trieb er es desto ärger und ruhte nicht, bis ich ihn bei der Gurgel nahm, zu Boden warf und ihm einige saftige Faustschläge ins Gesicht versetzte.

Ich bekam vier Wochen Dunkelarrest bei Wasser und Brod, doch noch heute freuet es mich, dem Kerl den Meister gezeigt zu haben. Damals wurde meine Freude getrübt, weil der Gefangenwärter sammt seiner Frau mich auf jede mögliche Weise fortwährend ärgerten, quälten und verfolgten.

Wie der Herr, so der Knecht, in meinem Falle waren beide boshafte, heimtückische Tyrannen.

Der Kerkermeister sollte durchaus Händel mit mir suchen, ich merkte es damals schon und dachte. Was Ihr wollt, könnt Ihr beim Paul bekommen!

Einmal verlangte ich Stroh, weil ich bereits auf den bloßen Brettern lag, mehrere Tage später kommt die Frau des Gefangenwärters und sagt. "Vor der Thür liegt Stroh, fülle Er seinen Sack!"—"Nein, fülle Sie ihn, Sie hat Ihr Wartgeld dafür!"—"Soll ich meinen Mann schellen?"—"Nur zugeschellt, ich fürchte Ihren Mann nicht!"

Das Weib rennt zornig fort, bringt den Mann und dieser kreischt. "Willst Du Deinen Sack füllen oder nicht?" "Nein, ich will nicht, *Du* bist dazu da!" Er wollte mich packen und mit einem Stocke prügeln, den er mitgebracht, doch ich kriege ihn an der Kravatte, brachte ihn zu Boden und zeigte ihm, wo Barthel Most holt. Seine Frau will mir geschwind ein Fußeisen anlegen, ich versetze ihr einen Tritt, daß sie heulend und schimpfend davon rennt und bearbeitete ihren Mann, daß ihm Hören und Sehen vergeht. Das Weib kommt mit zwei Schaarwächtern; vor der Thüre liegen einige große Steine, ich nehme einen und gehe damit den Schaarwächtern entgegen, daß sie davonliefen. Der Gefangenwärter liegt in meinem Käfig und kann nicht mehr aufstehen, ich laufe auf dem Gange herum, bis der Amtmann mit 6 bis 8 Leuten kommt, von denen Jeder einen Bengel hat. Ich eile in meinen Käfig, der Amtmann kreischt. "Gehe heraus!"—"Nein, Du Mörder, ich habe nichts mit Dir!"—"Wendet Gewalt an!" brüllt er.—["]Das werdet Ihr bleiben lassen, wenn Euch euer Hirnkasten lieb ist!" schrie ich. Doch Zwei packten mich und hätten mich beinahe erwürgt; der Zorn gab mir Riesenkräfte, ich schmiß beide zum Käfig hinaus, Keiner wollte mehr anbeißen und ich sage. "Ich gehe heraus, wenn der Bürgermeister da sein wird!"

Der Amtmann läßt den Kerkermeister wegtragen, den Bürgermeister holen, ich gehe ins Verhörzimmer, mehrere Herren kommen, der Amtmann fragt: "Weßhalb den Gefangenwärter mißhandeln?"—"Du Tyrann, wenn mich die Herren fragen, will ich eure schlechten Streiche an den Tag bringen, Du bist mir zu schlecht, als daß ich Dir antwortete!"

Den Herrn erzähle ich Alles; sie lassen den Prügel des Kerkermeisters holen, der noch auf dem Boden meines

Gefängnisses lag und sage auch, weßhalb mich der Amtmann ins Unglück bringen wolle. Jetzt erfuhr ich, das Mädchen habe einen Eid geschworen, daß es Nichts von mir besitze. Ich bitte meine Zeugen vorzuladen, meine Mißhandlung dem Herrn Kreisdirector zu melden, der Bürgermeister räth mir, Alles beim Schlußverhör anzugeben, damit es das Hofgericht erfahre.

Ich kam jetzt in ein schweres Gefängniß, obwohl es noch immer besser war, als unser Loch hier, das an den Kesselthurm in Luzern mahnt.

Wie ich am Morgen mein Nachtgeschirr leere, springen mehrere Männer aus einem Verstecke, packen mich von hinten, werfen mich zu Boden, Hände und Füße werden festgehalten, der Schlosser legt mir zwei Ketten an und vernietet jede mit einem Nagel.

Am Sonntag kommen zwei Wächter mit Gewehren, bringen ein Hemd, das an der Seite ganz aufgetrennt und an den Aermeln mit Bändeln versehen war und Abends die Gefangenwärterin, welche seither die Thüre nicht mehr geöffnet hatte, so daß es unsauber genug bei mir aussah. Sie bringt den Schlosser mit und sagt: "Heraus, es wird eine Kette abgenommen, weil Ihr jetzt ordentlich seid!"—"Nein, wenn ich die Ketten verdient habe, will ich sie auch tragen!"

Mein Gefängniß lag einige Schuh unter dem Boden, wie dieses; aus den Reden einiger Leute vor demselben hatte ich entnommen, meine Geschichte sei der ganzen Stadt bekannt und Alles freue sich, weil der als Tyrann der Gefangenen bekannte und auf seine große Gestalt und Kraft vertrauende Kerkermeister doch einmal an den Unrechten gerathen und so "gezwiebelt" worden sei, daß er das Bett hütete.

Nicht lange hernach kommen Herren, um die Gefängnisse

zu visitiren, ich wußte es von den Gefangenen und hörte die Thüren nacheinander aufmachen, endlich die Schritte der Besucher, welche näher und näher kommen.

Wie dieselben vor meiner Thüre sind, höre ich den Amtmann sagen: "Meine Herren, da drinnen ist's nicht sauber!"—"Du bist auch nicht sauber, Du Tyrann!" schrie ich aus Leibeskräften; die Thüre wird jetzt aufgemacht und ich klappere tüchtig mit meinen Ketten, denn Licht kam nur durch die offene Thüre herein.

Nach kurzer Einleitung halte ich eine Rede an die Herren, der Amtmann will mich unterbrechen, doch ein Herr sagt, daß er zuerst mich ausreden lassen sollte und ich erzählte Alles. Die Herren fragen, ob ich krank sei und ich antwortete: "Nein, Gottlob, trotz allem Elend bin ich bis jetzt gesund!" ... Sie sehen meinen Brodlaib, ich sage, das Brod sei bitter wie Galle, voll Sand und mache Bauchgrimmen, sie kosten Alle das Brod und sagen Nichts, Einer schüttelt aber den Kopf.

Die Gefangenwärterin meinte, die Gefangenen seien außer mir Alle mit dem Brode zufrieden, aber jetzt erzähle ich, wie verschieden hier Alle behandelt, gespeist und getränkt würden, wie wohl diejenigen daran seien, welche Geld brächten oder für die Gefangenwärtersleute arbeiteten und wie dieselben Alle abgerichtet hätten über das, was sie bei der Visitation reden sollten.

Richtig werden alle Gefangenen noch einmal einzeln verhört, mir werden die Ketten abgenommen, Alles geht besser, ich erhalte ein weit besseres Zimmer, nach einigen Wochen aber auch mein Urtheil, das auf 5 Jahre schweres Zuchthaus mit Willkomm und Abschied lautete.

Der Amtmann läßt mir den Willkomm mit 25 Stockprügeln

gleich aufmessen, ich wurde streng bewacht und dann ins Zuchthaus abgeliefert.

Hier wollte ich nicht arbeiten, bis eine andere Untersuchung eingeleitet sei, der Verwalter meinte, er könne nichts machen, ich hätte den Rekurs ergreifen sollen, leider hatte ich von der Sache damals noch nicht viel los. Ich arbeitete erst, als ich zuerst 25 erhalten und im Zwangstuhle gesungen hatte. Bald kommt ein hochgestellter Herr von Karlsruhe, ich melde mich zu ihm, erzähle demselben Alles, der Verwalter unterstützt und verklagt mich gleichzeitig und der Herr verspricht das Mögliche zu thun.

Bald wurde ich aus dem schweren Zuchthaus in das Arbeitshaus nach Bruchsal gebracht, die fünfjährige Strafzeit blieb jedoch und das Ganze wurde als Gnadensache angesehen. Gnade hatte ich aber keine gewollt, machte jetzt einen Ausbruch, wurde erwischt, erhielt 40 Stockstreiche in 2 Portionen und 4 Wochen schweres Eisen.

Von da an blieb ich ruhig, machte meine 5 Jahre und wurde mit 25 Hieben beabschiedet. Das Erste, was ich that, war, daß ich mich als Dolmetscher in 2 großen Gasthöfen meldete und angenommen wurde.

Der Gefangenwärter, der alle Gefangenen so arg mißhandelte, war todt, der ungerechte Amtmann abgesetzt und verachtet, Gott ist gerecht!

Ich verdiente ordentlich Geld und wohnte in einem Hause, in welchem eine Krämerin, die hausirend im Lande herumzog, ihre Niederlage hatte. Diese machte mir die Zähne lang, that, als ob sie daheim ein eigenes Haus und Felder besäße und mich heirathen wolle. Sie beredete mich, meinen Posten aufzugeben, mit ihr auf den Jahrmärkten in der Pfalz, in Hessen und Baiern herumzuziehen und ich that es, obwohl gutmeinende Leute mich vor diesem Weibsbilde warnten und sagten, dasselbe sei schon mit mehr als Einem herumgezogen und kein Mensch wisse, wohin dieselben gekommen, sie rede immer davon, daß sie von ihr weggelaufen seien.

Einmal kamen wir nach Mannheim und logirten im "freien Leben" ... Sie gab vor, vorige Weihnachten Vieles in Mannheim gekauft, theilweise in der "goldenen Gans," theilweise in Käferthal gelassen zu haben und bat mich, ihr die Bündel zu tragen, welche sie jetzt holen wolle.

Richtig gehen wir nach Käferthal und mit einem schweren Bündel in die Stadt zurück, dann in die "goldene Gans," wo sie ihre Waarenniederlage hatte, gibt mir wieder einen Pack, geht fort und sagt, wenn sie nicht bald komme, so möge ich sie im "freien Leben" erwarten.

Lange will sie nicht mehr kommen, ich nehme den Pack und will aus der "goldenen Gans" fort, da fragt der Sohn des Hauses, was ich denn trage, ich sage es demselben, die Wirthin kommt, ich muß den Bündel öffnen und siehe da— es waren lauter Sachen, welche diesen Leuten gehörten. Ich wußte, es sei mit den Bündeln nicht ganz in Ordnung, doch daß Etwas den Leuten in der "goldenen Gans" gehöre, das habe ich nicht gewußt und nicht vermuthet.

Natürlich werde ich verhaftet, merke bald, daß ich die ganze Suppe ausessen müsse, weil die Krämerin sich aus dem Staube gemacht hat und ich nicht sauber gewesen bin, wie das erstemal. Mit Beihülfe meiner Mitgefangenen breche ich aus, werde jedoch erwischt und erhalte eine Kette an Hand und Fuß. Jetzt machen wir ein Loch in die Mauer und eines Abends, als die Lichter angezündet wurden, gehe ich sammt der Kette fort, schlage vor der Stadt das Schloß ab, werfe die Kette in einen Garten hinein und finde Zuflucht im Hause eines "guten Freundes."

Dieser getraut sich nicht, mir andere Kleidung in meinem Wohnorte zu holen, mein Ausbruch hatte Lärm erregt, die Polizei war ins Haus gekommen und drohte mit Strafen, wenn man mich in irgend einer Weise unterstütze.

Am 6. Tage sagt die Hausfrau ganz erschrocken, das Haus sei umstellt; ich wollte zum Fenster hinaus, doch da stunden "bekannte Leute," ich hatte kaum Zeit, mich hinter die Kammerthüre zu stellen, so tritt der Bürgermeister herein: "Hat Niemand hier übernachtet?"—"Nein!"—"Ei, dort schauen ja zwei Stiefelspitzen unter der Thüre hervor!" meint der Wachtmeister, macht die Thüre ganz auf und steht vor mir. "Ah, guten Morgen, Herr Paul, habt Ihr hier übernachtet?"—"Nein, ich kam so eben, forderte ein Stück Brod, ging in diese Kammer, als ich Euch sah; ich habe mich genirt, weil mich hier so viele Leute kennen!"—"Weßhalb geniren, wenn Ihr schuldlos seid?" —"Ja, ich bin schuldlos!"—"Das wird sich herausstellen, kommt nur mit!"

Jetzt wurde ich in einem Arreste des Zuchthauses verwahrt, das Verhör fing erst recht an, meine Flucht galt als Beweis meiner Schuld, ich sah, daß Alles schief ging, dachte an Flucht, nicht aber an die Unmöglichkeit derselben. Mit unsäglicher Mühe bohrte ich ein Loch in den Kamin neben dem Ofen, Abends nach der Suppe machte ich es groß genug, um hineinzukriechen, kroch im Kamine hinauf, saß auf dem Dache und wußte nicht wohin.

Ehe mich eine Schildwache bemerkt hatte, kroch ich wieder hinab in meinen Käfig, dachte bei mir selbst: "Kommen sie um 10 Uhr zur Visitation und sehen das Loch, dann bist Du des Todes Paule! ... Sie habens schon Mehrern so gemacht, jedenfalls wehrt sich ein alter Grenadier!"

Ich zog die Bettlade als Barrikade vor die Thüre, blieb angekleidet auf dem Bette sitzen, doch kam in dieser Nacht Niemand mehr zu mir.

Am andern Morgen bringt der Zuchtknecht Wasser und Brod, betrachtet das Loch, sagt nichts, kommt jedoch bald mit drei Andern zurück, sie bringen Farrenschwänze und hauen mich, daß ich keinen Tritt mehr zu gehen vermochte.

Blutend werde ich in einen unterirdischen, stockfinstern Kerker geschleppt, alles Melden zum Doctor blieb vergeblich, mein Schreien wurde höchstens von den im Hofe arbeitenden Gefangenen gehört und so blieb ich 11 Tage liegen.

Der Zuchthauspfarrer mußte Wind bekommen haben, daß ich im "schwarzen Block" sei, dessen Wände schwarz angestrichen waren und worin der Todtenkasten lag. Er kam zu mir, ließ sich Alles erzählen, betrachtete mich vor der Thüre, wohin ich kroch, meinte unwillig. "Auf diese Weise kann man Menschen behandeln? Nimmt dies immer noch kein Ende?" und schon Mittags kam auch der Doctor. Als dieser mich sah, drohte er mit Karlsruhe und lärmte, daß Alle zitterten. Er sprach mich sogleich ins Krankenzimmer, wo Mehrere lagen seit Jahr und Tag in Folge unmenschlicher Behandlungen, bis der Tod sie erlöste oder die Gemeinde als Krüppel zurückhielt. Gottlob und Dank, diese Mißhandlungen sind seit den Dreißigerjahren unmöglich geworden, ein Sträfling der heutzutage klagt, verdient in den meisten Fällen 50 aus dem Salz! ... Die Herren in Karlsruhe und die Gerichte wollten freilich niemals solche Abscheulichkeiten, doch glaubten sie damals, Jeder sei gut genug, Zuchthausbeamter zu werden und wenn dieser ein Vieh zum Zuchtknecht machte, wurde dessen Grausamkeit den höhern Behörden als Diensteifer angewiesen! ... Während ich im Krankenzimmer lag und in

Folge der Mißhandlung Blut spie und trotz aller Sorgfalt des Arztes arbeitsunfähig wurde, machten zwei Sträflinge der Mißhandlung ein Ende, indem sie ihr Leben aufs Spiel setzten.

Beide saßen im "schwarzen Block" und paßten, bis der Schlimmste unter den Aufsehern zum Visitiren kam. Wie er die Thüre öffnet, sticht ihm Einer ein geschliffenes Spuleisen in den Leib, der Zweite nimmt ihm den Säbel und beide verwunden und verfolgen den zweiten Aufseher, der ein guter Mann war, worauf die Sträflinge in ihrer Raserei nicht achten. Derselbe entwischt ihnen, die beiden Sträflinge rennen mit dem Säbel und Spuleisen in den Gängen herum und fordern die eingesperrten Gefangenen auf, alle Beamten und Aufseher todt zu schlagen und allgemein auszubrechen, thun jedoch guten Aufsehern, die ihnen begegnen, nichts und löschen alle Lichter aus.

Wie sie zum Fensterlein des Meisterzimmers hineinschauen, siehe da, da steht der Schlimmste von Allen, den sie erstochen zu haben glaubten, die Thüre ist zu, im Gange liegen Gewichtsteine von 25 und 50 Pfund, sie werfen diese Steine gegen die Thüre und durch das Fenster des Meisterzimmers, ein Stein trifft den Gestochenen mitten auf die Brust und er fällt wie ein Sack.

Andere Gefangene ergreifen Hämmer zum Kettenanschlagen, schlagen Thüren ein und suchen in den Hof zu kommen, die halbe Stadt steht jedoch schon vor dem Zuchthaus, die Soldaten können nicht gleich hereindringen, weil das Schloß des eisernen Gitterthores verstopft wurde, endlich kommen sie doch herein, schaffen Ordnung und bringen die beiden Sträflinge in den Block zurück.

Der schlimme Aufseher starb bald an seinen Wunden; schon das Spuleisen würde ihn getödtet haben, wenn seine

Sackuhr den Stich nicht aufgehalten und abgeleitet hätte. Der bessere Aufseher war durch die Säbelhiebe auf den Kopf halb wahnsinnig geworden, lag lange krank, wurde alsdann Pförtner, jagte sich jedoch bald nachher eine Kugel durch den Kopf. Er war ein guter Mann, trug das silberne Medaillon für einen Feldzug und hinterließ einen achtjährigen Buben als Waise. Vielleicht hat es ihn gekränkt, weil die Sträflinge ihn ungerecht mißhandelten und die Stadtleute als einen Haupttyrannen der Gefangenen verachteten, was er doch nie gewesen. So oft ich an den guten, unglücklichen Mann zurückdenke, schießen mir die Thränen in die Augen, er war auch eines bessern Schicksales würdig!

Ich genas allmählig, ging auf einen Webstuhl, um mir einige Kreuzer gutschreiben zu lassen, dann kam mein Urtheil und lautete schlimm genug. Die fünf Jahre, welche ich schon gemacht, sollte ich wieder machen und noch zwei dazu, also sieben volle Jahre, zum Willkomm 25 Stockprügel, nach Erstehung der halben Strafzeit 25 Repetirstreiche und zum Abschied noch 25 empfangen.

Den Willkomm erhielt ich gleich baar ausbezahlt und während ich sie erhielt, beschloß ich, die sieben Jahre um keinen Preis zu bleiben. Die Weber zettelten ein Complott ein, wir wollten beim Gang aus dem Schlafsaal ins Freie, doch als der Tag da war, wurden wir viel später als die Andern herausgelassen, wagten nichts, weil Alles in der Stadt schon lebendig war, fanden doppelte Aufsicht, wurden aus dem Webersaale bald wieder abgeführt, dann kam der Verwalter und hatte alle Verschworenen auf einem Zettel mit Ausnahme eines Franzosen, der uns verrathen hatte. Wir Alle wurden verhört, einzeln in Arrest gesetzt oder paarweise, ich mit Zweien, die nichts von der Geschichte wußten, mir Strafzulage prophezeiten. Sie waren auch zur

Flucht bereit und hatten bereits dafür gesorgt, daß sie in der Stadt ihre Montur mit Civilkleidern vertauschen konnten. Wir brachen aus, gelangten jedoch nicht ins Freie, weil die Ausgänge ganz verändert und fester verrammelt worden waren. Einer von uns war ein junger Mensch, wir wollten nicht, daß er mit uns gestraft werde, er mußte Lärm machen, wir redeten in unserm Verhöre für seine Schuldlosigkeit, doch uns selbst konnten wir nicht weiß waschen, denn abgesehen davon, daß wir aus dem Arreste gebrochen, hatte ich allzuvoreilig meine Schuhe, mein Kamerad seine Kette ins Freie hinausgeworfen.

Die Verschwornen erhielten Einer nach dem Andern 25 und mußten singen d. h. in den Zwangstuhl, ich erhielt 50 und mußte auch doppelt singen.

Von nun an blieb ich ruhig, bis ich meinte, die sieben Jahre seien abgelaufen. Da nahm ich meine Sachen, brachte dieselben dem Obermeister und sagte, ich wolle fort, meine Zeit sei aus. Er wollte davon nichts wissen, ging zum Rapport, kam zurück und berichtete, ich müsse noch 7 Monat und 23 Tage bleiben.

Nun wollte ich nicht mehr arbeiten, hörte nicht auf die Ermahnungen des sehr braven Obermeisters, sondern ging lieber in den schwarzen Block und hungerte. Täglich wurde ich ermahnt, vernünftig zu sein und zu arbeiten, ich hörte nicht darauf und kam endlich in den untersten Block, hatte jeden andern Tag einen Hungertag und hielt es 33 Tage aus, entschlossen, mich eher tödten zu lassen, als zu arbeiten.

Am 34. Tage werde ich zu den Geistlichen gerufen, diese setzen mir den Kopf zurecht, ich wurde gar schwach und verworren im Kopfe, fühlte schon, ich sei nicht mehr der junge Paul, sondern es gehe allmählig abwärts mit mir. Ich versprach zu arbeiten, wenn ich ein besonderes Zimmerlein erhielte, weil ich nicht mehr zu den Sträflingen gehöre, erhielt auch Eines und arbeitete.

Doch ein solches Leben, wie ich es seit meinen Feldzügen geführt, war mir entleidet; ich spürte, daß ich der Grenadier von Anno 1805 und 1815 nicht mehr sei und der Gedanke, was noch aus mir werden sollte, wenn ich noch schwächer, dümmer, furchtsamer oder gar kränker würde, machte mich schwermüthig, zumal auch gar kein Mensch auf der weiten Welt sich um mich kümmerte. Gott möge es mir verzeihen, daß ich es gethan—ich hing mich einmal in der Nacht an meinem Webestuhle auf, nachdem ich eine Zeitlang bittere Thränen über mein Unglück vergossen hatte. Die Nachtwache entdeckte es jedoch, ich wurde zeitig abgeschnitten, kam ins Krankenzimmer und die Geistlichen sprachen mir armen Teufel Trost, Ermuthigung und Gottesvertrauen ein.

Fortan war ich so schüchtern, daß ich erschrack, wenn mich Jemand nur scharf ansah und ohne Freude sah ich meiner Freilassung entgegen.

Es war Winter, als ich in einer elenden Montur in meinem Heimathsort ankam, doch gute Leute schenkten mir Kleider und verschafften mir Arbeit bei einem Weber. Bald bekam ich mein altes Blutspeien wieder, der Herr Medizinalrath Z. erklärte, ich müsse das Weben aufgeben, wenn mir mein Leben lieb sei. Den Tod scheute ich nicht, desto ärger lange Krankheit, machte wieder den Dolmetscher, diesmal in Heidelberg und bediente einige Herren.

Ich weiß recht gut, daß ich mit mehr Fehlern behaftet bin als ein alter Judengaul und einer derselben besteht darin, daß ich Niemanden leicht eine Bitte abzuschlagen vermag. Ein hoher Beamter, den ich bediente, besaß lange Reihen von Büchern und wie mich eines Tages Einer ersucht, ihm ein

Buch zu verschaffen, dessen Aufschrift er mir nannte und welches er in drei Tagen zurückzugeben versprach, suchte, fand und nahm ich dieses Buch bei dem Beamten und trug es zu dem Herrn, welcher es lesen wollte. Nach drei Tagen erhielt ich das Buch richtig zurück, wollte es auch gleich wieder an Ort und Stelle bringen, doch auf dem Wege begegnet mir ein guter Bekannter aus einem nahen Dorfe, ich muß mit ihm gehen, schleppe das verdammte Buch mit und vergesse, dasselbe auf dem Rückwege mitzunehmen, zumal es wegen seiner Größe in keinen Sack gesteckt werden konnte.

Am andern Tag stehe ich vor dem Prinz Carl, sinne darauf, wie ich Etwas verdienen könnte, da fahren zwei Kutschen heran, aus einer derselben steigt ein ältlicher Herr und wer ists? Mein alter Kapitän vom 16. Regiment, welchem ich in Spanien das Leben retten half und der später bei Waterloo auch einen Fuß verlor.

Er erkennt mich alten Kunden ebenfalls bald, freut sich sehr, mich hier zu finden und wie ich ihm kurz mein Schicksal oder besser mein Elend erzähle, so sagt er, er sei als Oberstlieutant pensionirt worden, von Hause aus reich, habe ein Gut in Oestreich gekauft, wolle mich mitnehmen und versorgen, so lange ich lebe oder so lang es mir bei ihm gefallen würde.

Eilends gehe ich vors Amt und verlange meine Schriften, doch da heißt es: "Eure Schriften kann ich Euch nicht geben, Ihr würdet nur wieder in der Welt herumzigeunern, auf dem Schube wieder heimkommen und Unkosten verursachen!" ... "Bin ich je in meinem Leben per Schub heimgekommen?"— "Nun, wenns auch nicht so ist, so müßt Ihr Euch doch an höhere Behörden wenden!"

Auch gut! denke ich und gehe nach Mannheim zum Herrn

Kreisdirector, sage diesem guten Herrn mein Anliegen und daß ich wegen meiner Armuth nichts Schriftliches mitbrächte. Er läßt ein Protokoll aufnehmen und verspricht, sogleich für Herausgabe meiner Schriften zu sorgen.

In Heidelberg erzähle ich Alles meinem Oberstlieutant, dieser kann nicht lange warten, gibt mir ein schönes Geschenk sammt seiner Adresse, heißt mich bald nachkommen und reist weiter.

Nach einigen Tagen gehe ich zu dem Beamten und frage, ob nichts von der Kreisregierung an mich gekommen sei? Allerdings! sagt er; doch ich habe Gegenbericht eingesandt, Ihr dürft nicht fort!

Flugs eile ich zu einem Advokaten, ich hatte ja Geld, lasse eine schöne Schrift an die Regierung aufsetzen und trage sie selbst auf die Post.

Am andern Tage finde ich den hohen Beamten, den ich bediente, sehr zornig; es sind Leute bei ihm, er heißt mich später kommen und ich gehe in den schwarzen Bären, um das Morgenessen einzunehmen.

Während ich dies thue, kommt der Wachtmeister und bringt mich zu dem Herrn zurück, der mich gleich fragt: "Wo habt Ihr mein Buch?"—"Ich habe kein Buch mitgenommen."—"Gesteht oder Ihr werdet eingesperrt!"—"Ich weiß von keinem Buche nichts!"—"Fort, in den Brückenthurm!"

Auf dem Wege sagt der Wachtmeister: "Ohrfeigen hätt' ich Euch geben mögen, weil Ihr so unnöthig läugnetet; es geschähe Euch ja Nichts, höchstens würdet Ihr 2 bis 3 Täglein im Schatten gesetzt von wegen der Freiheit!"— "Ist die wahr?"—"Mein Seel!"—"Ich wills gestehen, ich habe das

Buch genommen, jedoch nicht gestohlen, sondern nur für einen Herrn geliehen!"— "Gut, da Ihr gescheid seid, wollen wir gleich zu dem Herrn zurück!"

Es geschah, ich erzählte Alles der Wahrheit gemäß, doch wurde ich nicht frei und komme ins Verhör.

Mit Hülfe anderer Gefangener steige ich um Mitternacht auf das Dach des Thurmes, will mich an zerschnittenen Leintüchern herablassen, doch die Sache geht nicht gut, ich muß mich am Schieferdeckershaken halten, bleibe dort hängen, werde bemerkt, mit großen zusammengebundenen Leitern herabgeholt, komme in ein schwereres Gefängniß, werde krank und bald wieder in ein besseres Zimmer gesetzt.

Ich würde lügen, wenn ich über meine Behandlung während der Untersuchung klagte; der Amtmann war kein Tyrann, sondern ein humaner, gerechter und sehr gescheidter Herr, der den Kerkermeistern scharf auf die Klauen sah, damit sie dieselben nicht allzuweit gegen die Gefangenen herausstreckten.

Dagegen lautete mein Urtheil schlimm genug, zumal das unglückselige Buch nicht mehr aufgetrieben wurde und mein guter Bekannter nichts mehr davon wußte.

Sieben volle Jahre hatte ich das vorigemal gemacht, ich sollte dieselben wieder machen und zwei neue dazu, folglich neun geschlagene Jahre.

Ihr könnt Euch denken, wie mir zu Muthe war bei Verlesung des Urtheils, doch mein Reden half wenig, ich dachte auf dem Wege ins Zuchthaus immer an den frommen Gottesmann Bernhardus, der mir auch dieses Unglück wie die meisten andern prophezeit hat. Wenn ich daran denke, daß ich schon bei der Geburt zu 70 Strafjahren verurtheilt wurde, so bin ich Gott dankbar, weil Er mir doch auch lustige Tage schenkte und die Kraft gab, mehr als zehn Andere auszuhalten und wenn ich bedenke, daß die 70 Jahre bald überstanden und dann noch 20 gute kommen werden, so lebe ich manchmal von Neuem auf, wenn ich nicht gerade Blutspeien habe!

Ich war diesmal nicht lange in der Strafanstalt, da gab es eine Revolution wegen der Kost, mein einäugiger Spezel da weiß auch davon zu erzählen, denn er spielte eine weit größere Rolle dabei als ich. Wir schlugen um Mitternacht alle Fenster zusammen, verrammelten uns in unsern Sälen, schlossen dieselben fest und öffneten sie nur dem Kreisdirector, nachdem die ganze Garnison gegen uns ausgerückt war. Uebrigens machte ich selbst sehr wenig dabei; ich bin nicht mehr der Alte, mein Muth und meine Kräfte sind sehr geschwunden und es ist eine leichte Sache geworden mich einzuschüchtern. Mache einer meine Feldzüge und Strapatzen durch, halte dann dazu 15 Jahre Gefängniß der schwersten Art aus und bleibe jung und stark und herzhaft, wenn er es vermag! ... Was sage ich 15 Jahre? Wartet einmal, fünf und sieben sind zwölf, zwei und ein halbes thut vierzehn und ein halbes, dann drei dazu und noch eins, macht Alles in Allem achtzehn und ein halbes Jahr in Strafhäusern seit meiner Rückkehr in die Heimath, abgerechnet, daß ich jetzt wieder einige Monate sitze und trotz meiner Schuldlosigkeit einige Jahre auf den Buckel bekommen kann. Freilich kenne ich Sträflinge, welche abwechselnd 20, 25, ja 30 und mehr Jahre in Zuchthäusern lebten und auch einen Beweis lieferten, daß der Mensch zehnmal mehr aushält als der größte und stärkste Elephant!

Nach der Kostrevolution bat ich, mich alternden Mann

allein zu setzen und es geschah auch, ich erhielt ein ordentliches Zimmerchen und man plagte mich nicht sehr mit dem Arbeiten, weil ich mein Blutspeien wieder bekommen hatte.

Die Zeiten sind für die Gefangenen in Manchem anders und besser geworden, andere Herren sind überall ans Ruder getreten, auch die Stockprügel sind abgeschafft worden und ich bin ganz dafür, obwohl es Menschen und Fälle genug in Strafhäusern gibt, wo ein gerechter Sträfling meint, er müsse selbst den Stock zur Hand nehmen und Mitgefangene prügeln. Wer Ehrgefühl besitzt, dem wird es durch Stockprügel gar leicht aus dem Leibe herausgeschlagen, ich habe das bei den Oestreichern und Russen genug erlebt; aber wo einmal das Ehrgefühl fehlt, da bleiben Prügel und Zwangstuhl das einzig wirksame Mittel; alles Schonen macht unverschämte und freche Menschen nur ärger und weil sie sich durch das Gesetz geschützt wissen, geberden sich manche Sträflinge heutzutage, als ob Aufseher, Beamte und Geistliche ihre Schuhlumpen wären!

Etwas über 2 Jahre saß ich wegen dem Buch in meinen Stüblein, da kam ein hoher Herr von Carlsruhe in die Anstalt, um dieselbe zu visitiren. Ich sah ihn durch den Hof gehen, rief seinen Namen, bat ihn, mich ein ein [ein] bischen zu besuchen; er kam auch richtig gleich zu mir, ich erzählte Alles, der Verwalter und der Doctor redeten auch gut für mich und der Herr sagte, er wolle meiner gedenken und schrieb Mehreres in seine Brieftasche.

Es dauerte gar nicht lange, so wurde ich begnadiget, sechs und ein halbes Jahr sind mir an der Strafzeit geschenkt worden; so oft ich an den guten Herrn und an den Großherzog Leopold denke, der so Vieles für die Aermsten aller Armen, für Gefangene gethan hat, fließen die Thränen stromweise über meine alten Wangen, ich weine wie ein

Kind und kann nur beten, daß Gott den Großherzog Leopold noch lange beim Leben erhalte, denn dieser Herr ist die Güte selbst. Hätte Er nur tausend Augen, tausend Ohren und zehntausend Arme, ein edleres Herz brauchte er nicht, dann könnte er die Spitzbuben und Heuchler sammt den Volksverführern an der Cravatte kriegen und auch einmal manchen feinen Rock ins Zuchthaus abliefern! ... Schon in frühern Zeiten hatten viele Leute um meiner Abentheuer und Ausbrüche willen geglaubt, ich sei eine Art Hexenmeister und könnte recht glücklich und reich sein, wenn ich nur wollte. Lustig blieb ich bei allem Elend immer, kann noch heute recht lustig sein und werde es wohl, wenn einmal die 70 Strafjahre vorüber sind! ... Nach meiner Entlassung behaupteten die Leute, ich könne machen, daß Einer in der Lotterie gewinne, mein Widerreden half nichts, die Leute blieben so abergläubisch auf ihrer Meinung, als ob sie die ärgsten Katholiken und keine Zwinglianer wären, am Ende dachte ich: wenn Ihr durchaus betrogen sein wollt, so kanns der alte Paul ja thun, es wird ihm nicht schaden und Ihr werdet bald an Euerm Verlust merken, daß ich kein Hexenmeister bin!

Viele glaubten, ich wolle mit meiner Wissenschaft nur nicht herausrücken, steckten sich heimlich hinter mich und gaben mir, was ich gerade brauchte, versprachen goldene Berge dazu und ich sagte ihnen das Mittel, welches mir ein Jude einmal anvertraut hat und das ich niemals selbst probirte, weil mir das viele Geld dazu mangelte. Ich selbst hielt anfangs nicht wenig darauf, doch nachdem es Einige angewendet und in der Lotterie dennoch keinen Knopf gewonnen hatten, schwand mein Zutrauen, bei Andern war dies auch der Fall, sie behaupteten, ich führe die Leute betrügerisch am Narrenseil herum. Solches that mir wehe, weil es nicht wahr gewesen.

Dagegen kamen Andere noch immer heimlich zu mir, sagten, ich habe Andern wahrscheinlich das rechte Mittel nicht gesagt, weil sie zu knauserig gewesen und wollten um jeden Preis dasselbe aus mir herausbringen.

Ich lebte in einem Dorfwirthshause, weil ich da am wohlfeilsten schlief und um 6 Kreuzer täglich zu essen bekam. Das Essen war wenig und elend, Durst habe ich auch oft gehabt und so freute ich mich, daß die Schwester der Wirthin, eine wüste alte Jungfer, die immer noch gerne geheirathet und deßhalb in der Lotterie gewonnen hätte, sich hinter mich steckte und mir Vieles gab, damit ich das wahre Mittel sage. Den Wirthsleuten sagte sie nichts davon, um nicht ausgelacht zu werden und wir hielten Alles heimlich.

Einmal trete ich in die Stube, da sitzen einige Juden am Tische und ich setze mich neben sie. Ich hatte einem Studenten eine Kommission gemacht, ein gutes Trinkgeld erhalten, war etwas angetrunken und lasse von Zeit zu Zeit ein Stück Speck unter dem Rocke hervorschauen, um die Juden zu utzen und sage, ich sei nicht mager, wie die Leute meinten, sondern fett, man möge mich nur näher betrachten.

"Woher habt Ihr den Speck?" fährt mich der Wirth an. —"Käthchen hat ihn mir draußen gegeben in der Küche, als ich meine Pfeife anzündete!" sage ich erschrocken. —"Käthchen, hast du dem Paul von meinem Speck gegeben?" fragt der Wirth.—"Mein Herz hat nie daran gedacht, der Paul lügt!"

Jetzt beginnt der Wirth zu fluchen und zu schänden, ich gebe auch nicht nach, weil ich Etwas im Kopf hatte, zahle meine Sache und gehe fort.

Am andern Tage werde ich vor Amt geladen und eingesteckt. Käthchen beichtete die ganze Lotteriesache, dagegen legte sie einen Eid ab, mir niemals Speck gegeben zu haben, Zeugen hatte ich keine und war verloren.

Der Verhörrichter ließ mich frei, weil ich alt und kränklich sei, bis der Bescheid vom Hofgericht kam. Dieser lautete auf 3 Jahre Zuchthaus, mein Widerreden half nichts, weil ich schon oft im Zuchthause gewesen und ich machte meine Zeit.

Kaum bin ich einige Wochen frei, so passirt mir ein neues Unglück.

Ich wohnte wieder in einem Dorfe, blieb bald da bald dort über Nacht. Eines Morgens sehe ich beim Fortgehen vor der Speicherthüre schwarze Wäsche liegen, nehme zwei alte, elende Hemden, von denen keines 24 Kreuzer werth war und will fort. Ein kleines Kind schaute mir zu, wie ich die Hemden in mein Sacktuch band, rennt in die Stube und sagt es der Mutter, diese eilt heraus, stellt mich zur Rede, ich gestehe Alles gleich, während die Frau noch schimpft, tritt der Gemeindediener herein, doch läßt man mich in Frieden ziehen.

Eine halbe Stunde vom Dorfe holt mich jedoch der Polizeidiener ein, führt mich zum Bürgermeister des Dorfes zurück, dieser sagt, er würde mir eine leichte Strafe geben, wenn ich in die Gemeinde gehörte, weil dieses jedoch nicht der Fall sei, müsse er mich dem Amte einliefern.

Vor Amt läugnete ich gar nicht, wurde abermals frei, vom Hofgerichte abermals zu 3 Jahren verurtheilt, diesmal ergriff ich gar keinen Rekurs und machte abermals meine Zeit. Apropos, daß ichs nicht vergesse, meine Rechnung von vorhin leidet an einer kleinen Unrichtigkeit, ich habe die 3

Jahre, in welchen ich für die zwei elenden Hemden büßen mußte, nicht gezählt und bin also nicht 18½, sondern 21½ Jahr in Strafanstalten gewesen. Vielleicht feiere ich bald mein Zuchthausjubiläum!

Elender, schwächer und ärmer als je kam ich heim und kein Mensch wollte sich jetzt mehr meiner annehmen, ich vermeinte, die guten Leute seien auf der Welt Alle ausgestorben! ... Voriges Jahr wird Einer Präsident der Armencommission, welcher allen Armen Abzüge machte. Seit mehreren Jahren bekam ich vom Spitale ganze Kost und Brod oder Kostgeld, weil ich jährlich Zeugnisse vom Physikus brachte, daß ich arbeitsunfähig sei.

Jetzt muß ich zum Präsidenten und da heißt es: "Er erhält gar nichts mehr vom Spitale, arbeitet!"—"Kann ich denn weben? Ich darf ja nicht!"— "Verrichtet leichte Arbeit!"—"Geben Sie mir; ich bekomme nirgends mehr eine Gelegenheit zum Verdienen!"—"Suche Er nur eine solche!"—"Ja, was soll ich jetzt anfangen?"—"Betteln oder Stehlen, mir ist es gleichgültig!"

Einige vornehme Bürger, von denen ich wußte, daß sie den Präsidenten als einen Aristokraten nicht leiden mochten, ermahnten mich, die Sache bei den Behörden anzuzeigen und Einer setzte mir eine Schrift auf.

Diese Schrift gab ich am rechten Orte ab, erhielt 4 Wochen keinen Bericht, hatte manchen Tag nichts zu essen und verhungerte beinahe.

Endlich gehe ich auf das Oberamt, klage mein Elend, die Thränen fließen stromweise über meine alten Wangen, die Herren aber verwundern sich, weßhalb ich noch nichts erhalten, denn sie hatten das Nöthige sogleich gethan. Es dauerte wieder 14 Tage, ohne daß ich etwas erfuhr, ich ging wieder zu den Bürgern und klagte, diese gaben mir Geld, Einer machte mir wieder eine Schrift, worin der Präsident der Armencommission sammt dem Oberamte verklagt war und ich wanderte zum Herrn Kreisdirector.

Dieser gute Herr las meine Schrift und sprach mir Trost ein.

Das Oberamt verübelte mir, daß ich es ungerecht verklagt habe, doch ich hatte dies ja nicht gewußt, die Bürger sagten alle, das Oberamt spiele mit dem Präsidenten unter Einer Decke und beide seien gleich schlecht und volksfeindlich.

Endlich nach 3 weiteren Wochen ist Sitzung der Commission, dieselbe spricht mir für jeden Tag einen Schoppen Suppe und einen Schoppen Gemüse und für jeden fünften Tag 4 Pfund Brod zu. Als alter Mann wollte ich auch Fleisch, ging deßhalb zu einigen Herrn der Commission, doch nicht zum Präsidenten und erhielt dann alle Sonntage ein Stücklein Fleisch.

Weil ich auch unter der Woche Fleisch will, gehe ich endlich wieder zum Präsidenten, erhalte aber nichts, bis er von seiner Stelle abdanken muß, alsdann gibt mir sein Nachfolger Alles, was ich früher genossen. So oft ich an diesen guten Mann denke, laufen mir die Thränen stromweise über meine alten Wangen und der Gottesmann Bernhardus kommt mir in den Sinn! ... Im vorigen Spätjahre hatte ich keine Winterkleider und lief in elenden Sommerhosen herum, obwohl der Winter diesmal früh angefangen hatte; dies sahen einige Herren und es dauerte nicht lange, so trug ich eine ganz schöne, warme Montur. Gott verläßt den alten Paul nicht, wenn Er ihn auch aus einem Kreuz ins andere schickt!

Daß ich jetzt in Untersuchung bin, weil Eine, welche Lotterielose sammelt, mir mein Geheimniß abschwatzte,

Manches gab, in der Lotterie Alles verlor und mich aus Rachsucht nachträglich anklagte, ich hätte ihr Vieles gestohlen, was auf meinem Speicher in der Kiste unter der Bettlade doch ganz schön geordnet gefunden wurde, dies wißt Ihr Alle! ... Der Hauptfehler ist, daß ich eine kleine Winterreise machte und hier herauf gerieth, wo ich arretirt wurde und jetzt schon so lange sitze, ehe ich in die Heimath geliefert werde. Wie wird es mir noch ergehen! ... Gottlob, daß das Jahr 1852 jetzt nahe ist!

———————————————

"Die Geschicht' vom Paul is ebbes Rares, meiner Schumme! Ich glaab' aber, wenn wär' Gott gewest mit ihm, hätt' er nicht so viel' leichtsinnige Streich' gemacht!" meint der Moses.

"Oh, diese Geschichte ist fürchterlich schön, was hat *der* Mensch ausgestanden! ... Man sollte es kaum glauben! ... Morgen zeigt Ihr mir Euern Rücken Paul, nicht wahr?" ... sagt der Zuckerhannes ganz begeistert.

"Mich wunderts nur, wie es dir nach dem 70sten Jahre ergeht! Siehst nicht darnach aus, als ob du noch 20 Jahre gut zu leben vermöchtest oder schlimm; so oft du Geld hattest, hast du jedesmal dummes Zeug gemacht!" bemerkt der Indianer.

"Ach die Weibsleut', von denen hättest du doch mehr erzählen sollen. Jedenfalls hast du mehr mitgemacht, als wir alle zusammen! Ich wollte, ich hätte die Marie, die Margreth und meinethalben noch Eine jetzt neben mir!" grinst das Affengesicht.

Der alte Paul schluchzt, die Mitgefangenen hören es und fragen.

"Ach Gott! ... o Marie, du Längstverfaulte! ... Ach, auch! ... ich war in Akazien geboren! ... Und die Tirolerin! ... Nein, der Mensch liebt nur einmal recht, dann hat er kein Herz mehr dazu! ... So oft ich an den Mohren zu Jägerndorf zurückdenke, fließen die Thränen stromweise über meine alten Wangen! ... Ach, Alle, die ich kannte und liebte, sind todt, lauter neue Gesichter, neue Einrichtungen! ... Für mich ist die Welt ein Kirchhof und was soll ich auf diesem Kirchhofe noch 20 Jahre und mehr thun? ... Das Leben ist nur in der Jugend schön, später wird Einem der Tod lieb, Nichtsterbenkönnen wäre wohl die härteste aller Strafen! ... Hast noch einen Tropfen Wein, Mauschel? ... Nicht? o weh!" jammert der Alte, "deine Geschichte ist nicht ohne Interesse, das Beste daran bleibt, *daß sie nicht erdichtet ist*!" meint der Spaniol und setzt bei: "Was du von der Zeit deiner Rückkehr aus Frankreich an erzähltest, ist im Ganzen eine *gewöhnliche Zuchthausgeschichte*, wie wir sie von vielen Rückfälligen vernehmen können!"

"Heutzutage gibts doch keine rechten Zuchthausgeschichten mehr!" schreit der Stoffel. "Was der Paule von den *alten* Zuchthäusern erzählte, habe ich großenteils nicht nur mit angesehen, sondern mitgemacht. In meinen jüngern Jahren war ich auch keiner von den Letzten, aber jetzt bin ich froh, daß die Herren in Carlsruhe, die Beamten und Meister in den Strafanstalten ganz andere und bessere sind. Kost und Brod ist gut, die Behandlung menschlich und das hält Einen eher vom Stehlen ab, denn alle Strenge und Grausamkeit!"

"Dich hat es doch noch nie vom Zuchthaus abgehalten!" lacht der Indianer.

"Weßhalb? Hatte ich zu leben, dann würde ich nicht "rapsen." Ich bin arm, ohne Heimath und Freunde, verstehe kein Gewerbe, kann nicht schwer arbeiten, da wäre ich doch ein Narr, wenn ich nicht lieber ins Zuchthaus ginge, als draußen mich müde und hungrig herumschleppen, von Jedem schief ansehen und verachten lassen möchte! Gehe in die Strafanstalten und Wen findest du unter den Stammgästen? Lauter Arme und Verarmte Buben ohne Väter, Waisenkinder, kurz Leute, die vom Schicksal verfolgt wurden! Die Zeiten werden schlecht, bald ist es im Zuchthause besser als draußen!" belehrt der Stoffel.

"Oho, oho! Wollen sie nicht bald das Zellengefängniß in Bruchsal bauen? Kann man dort nicht mit Jedem anfangen, was den Beamten oder Aufsehern beliebt? Heißt es nicht in den Zeitungen, die Gefangenen würden alle zu Narren oder Selbstmördern? Hat man nicht schon Zellenbewohner in andern Ländern gefunden, welche vergessen wurden, sich bei lebendigem Leibe die Arme und Beine anfraßen und den Hungertod starben? He?" schreit der Indianer.

"Hu, das ist grausig!—gräßlich!—Lieber todt als in der Zelle! —Man sollte das neue Käfig in Bruchsal niederbrennen, ehe es gebaut ist!" rufen die Gefangenen im Chorus.

"Ach, die Sache ist nicht halb so arg, ich weiß dies von Frankreich und der Schweiz her!" sagt der Spaniol. "Zellengefängnisse sind zwar keine Marterhöhlen und Folterkammern, aber Volksverdummungsanstalten, in denen der Mensch mit Religion angesteckt wird, eine kleine Schlappe, welche bei uns Preußen und Baden der Armee der großen Zukunft versetzen!"

"Was verstehst du unter der Armee der großen Zukunft? he?" fragt der Zuckerhannes.

"Mon Dieu, *du* Dummkopf gehörst ja selbst dazu!"

"Ich?"

240

"Ja du!"

"Setze es dem Simpel noch einmal auseinander, s'ist ein Kerl, mit dem man Riegelwände einstoßen könnte, ohne daß sein Hirn beschädigt würde!" lacht der Indianer.

"Oh, ich bin nicht halb so dumm wie ich aussehe! ... Ihr könnt Einen schon gescheidt machen! ... Hab' ich doch in diesen paar Wochen von den Weibern, Pfaffen und "Großköpfen" hier Dinge gehört, die ich draußen nicht sagen möchte! ... Der Einäugige hat Recht, im Arrest ist Freiheit, es lebe der Arrest!" ... ruft der Gefoppte. "Halt' jetzt deine Gosche, der Spaniol will wieder eine Rede loslegen, er räuspert sich schon und wir wollen den Takt dazu kratzen, während die Flöhe tanzen und das Murmelthier den Contrebaß brummt!" lacht der Stoffel.

"Noch Ein Wort!" bittet der Paul und sagt: "Der Indianer hat vorhin von Zeitungen geredet, die einem vor Zellengefängnissen bange machten.["]

Darauf ist wenig zu geben, denn Zeitungen lügen und Zeitungsschreiber verstehen sicher oft kein Maaß, wenn von Gefängnissen die Sprache ist und schmieren in den Tag hinein, damit das Blatt voll wird. Jedenfalls habe ich, der alte Paul, im Zuchthause Vier gekannt, die sich innerhalb weniger Jahre erhängten, ich selbst habe mich aufgehängt, war weder der Erste noch der Letzte und Narren habe ich auch genug unter den Sträflingen gesehen. Es kommt eben sehr viel auf die Behandlung an! Was die Narren betrifft, so hat mir ein Herr Student in Heidelberg einmal gesagt, der berühmte Doktor Roller habe ausgerechnet, daß auf je 1000 Menschen 3 Narren kämen, das heißt anerkannte Narren, denn wenn man Viele dazu rechnete, welche für gescheidte Leute gelten, gäbe es unter 1000 Menschen mindestens 800 Narren! ... Das hat mir auch ein Heidelberger Student

gesagt und es ist so, je nachdem man die Sache betrachtet! ...
Ich selbst bin oft ein rechter Narr gewesen!"

"Nach dem Jahr 1852 wirst du gescheidt, hast dann bald das
doppelt Schwabenalter!" lachte der Stoffel.

"Silence, je vous prie!" brummt der Spaniol, räuspert sich
noch einmal und spricht mit steigender Aufgeregtheit.

"Ihr wißt, Brüder, daß alle Menschen von Geburt gleich sind
und daß wir im Leben doch überall Ungleichheit des
Besitzes, Genusses, der Arbeit, Bildung, kurz aller Dinge
sehen. Schlaue Betrüger haben die Menschheit mit eitlen
Phantasiegebilden von Gott, Ewigkeit, Vergeltung und
dergleichen Träumereien des beweglichen Herzens in
Furcht, Angst, Verwirrung und Noth gejagt. Der Starke
unterdrückte den Schwächern und nahm mit Hülfe
betrügerischer Priester seine Berechtigung von einem
Himmel, der nirgends existirt, betrog die Mehrzahl um alle
Freuden und Güter des Erdenlebens und stellt ihr
fortwährend Wechsel aus, welche der Unverstand acceptirt
und der Tod mit Nichts honorirt. Millionenfach haben die
Interessen der Menschen sich verschlungen, die Armen
opferten das wahre Interesse ihrem scheinbaren, die absolute
Unordnung wurde zur Ordnung, zum Gesetze."

"Zerstäubte Millionen wurden um ihr Glück betrogen,
unterdrückte Millionen seufzen nach Erlösung aus den
Banden des Aberglaubens und des Despotismus, Millionen
sehen noch nicht, wo sie eigentlich der Schuh drückt,
senden heimlich verspottete Gebete zum ewigstummen
Himmel und schlachten ihre natürlichsten, schönsten
Gefühle auf dem Altare des Wahnes und der Knechtschaft,
welche ihre Herrschaft in ein endloses Jenseits ausdehnten,
um der Herrschaft über das Diesseits desto gewisser zu
sein."

"Es läßt sich berechnen, Brüder, daß, wenn Louis Philipp fortwucherte, in einigen Jahrzehnten die Geldmasse des europäischen Festlandes in seine usurpatorischen Hände käme! — Ihr wißt selbst, daß die Weiber in einer Art Sklaverei auch bei uns leben, daß Jeder nur Ein Weib nehmen darf und Hunderttausende nicht im Stande sind, ein Weib zu ernähren oder ihre Familie also zu unterhalten, daß sie frohe Stunden erlebt. Schwelgen und Befehlen ist das Vorrecht Weniger, Hungern und Unterdrücktwerden das Loos der ungeheuern Mehrzahl. Ihr wißt ferner, von wem und wie die sogenannten Gesetze gezimmert und aufrecht erhalten werden, Ihr Alle seid ja gegenwärtig Opfer derselben und in dieser Stunde seufzen Hunderttausende in Kerkern, die Angehörigen verfluchen ihre Dränger."

"Dies sind nur einige kleine Belege für die unermeßliche Summe des Elendes, welches ob der freigebornen, gleichberechtigten Menschheit lastet. Flössen alle Thränen zusammen, welche nur seit 2000 Jahren auf dem weiten Erdenrunde von der gepeinigten Natur und vom gequälten Herzen geweint wurden, es gäbe ein Thränenmeer, gegen welches das mittelländische in der That nur ein französischer See sein würde."

"Brüder, es wird anders werden und muß anders werden!" —

"Ich habe die Jahrbücher der Menschheit aufgeschlagen und trotz aller Verfälschung derselben gefunden, daß ein tiefes, unauslöschliches Sehnen nach Urfreiheit und Erdenglück durch die Völkerherzen aller Zeiten und Welttheile zieht und daß diese Sehnsucht in fortwährenden Kampf gegen Knechtung und Elend trieb."

"Ich habe die gebildeten Völker besucht und allenthalben gefunden, daß die unbestimmte Sehnsucht der Völker zum Bewußtsein der eigentlichen Zwecke des Erdenlebens und der rechten Mittel für Erfüllung dieser Zwecke sich steigert."

"Ich habe auch gefunden, daß in der Entwicklung der Völker eine gewisse Gesetzmäßigkeit liegt und aus all diesem den herzerfreuenden Schluß gezogen, die Morgendämmerung der großen Zukunft sei angebrochen, die vielen Culte der Völker wichen dem einzigen Culte des reinen Menschenthumes und die Zeit schärfe die Schwerdter des letzten, furchtbaren Krieges, in welchem die unterdrückte Mehrzahl die bisher triumphirende Minderheit unterjochen oder vernichten wird."

"Seit 300 Jahren wurde der Kampf der Freiheit gegen die Lügen der Weltgeschichte ernsthafter und immer ernsthafter. Aus den Flammen der Bastille zuckten die ersten Strahlen des Maimorgens der Menschheit in das gegenwärtige Jahrhundert herüber. Große Resultate sind im Gebiete des Wissens und Lebens erzielt worden, die Ironie des Schicksals verurtheilte immer zahlreicher die bewußten Feinde des reinen Menschenthumes wider ihren Willen, gleichviel ob durch zagendes Nachgeben und Ansichselbstverzweifeln oder durch trotziges Weiterkämpfen und angstvolles Verbarrikadiren, den Völkern die Augen zu öffnen und im Interesse der großen Zukunft zu wirken.

"Am Ende dieses Jahrhunderts wird das seitherige Geplänkel zur offenen, blutigen Feldschlacht sich entfalten und mag tausendstimmiger Kanonendonner auch noch in ein anderes Jahrtausend hinüberdröhnen, mag in der Neujahrsnacht des Jahres 2000 der Mond ganze Hügel von Gebeinen sehen und sein trübes Bild in einem Blutmeer baden, was ist dies im Vergleiche zu den ewigen Segnungen, welche der endliche Sieg der unendlichen Menschheit, den zahllosen Millionen der Zukunft bringen wird?

"Wie in der Bibel gejubelt wird: Saul hat Tausende

erschlagen, David aber Zehntausende, so werden unsere Enkel im künftigen Jahrtausend jubeln: Die Feinde der Menschheit haben Millionen Dulder und Kämpfer des reinen Menschenthums erwürgt, die Helden desselben dagegen haben den *alten Menschen überhaupt* erwürgt und den Muth besessen, auf den Schädelbergen vernichteter Feinde und gefallener Brüder die Fahne der ewigen, unbedingten, schrankenlosen Freiheit aufzurichten! Alle politischen und religiösen Partheien arbeiten dem nächsten großen Ziele: *der permanenten Revolution* in die Hände; je blinder sie sich befehden und je schroffer sie sich gegenüberstehen, desto freudiger und hoffnungsvoller schlägt mein Herz!"

"Laßt die gegenwärtigen Machthaber nur das Volk aussaugen und mißhandeln, jeden Schein von Freiheit todesfeindlich bekämpfen, ihre Armeeen von Jahr zu Jahr vermehren, möglichst viele Proletarier in zweifarbige Röcklein stecken und in die heillose Regiererei hineinschauen, die Pfaffen sollen das Tedeum dazu plärren und der Pabst den Hokuspokus darüber sprechen—im Hintergrunde steht lachend die Revolution und wartet, schweigt und duldet, doch täglich vermehrt sich ihr Heer und wenn die Zeit gekommen, dann entfaltet sie ihr blutigrothes Riesenbanner und hält donnernd Gericht über alle Henkersknechte der Völker!"—

"Wenn der Bauer nur noch Heu und der Arbeiter nur noch Hobelspäne zu fressen hat und wenn man die liederlichen Bourgeois sammt ihren Bücherwürmern in ihrem Treiben belästiget, dann werden die Erstern gescheidt, die Letztern vollends blind und alle Drei treten einig als Rekruten in die Reihen der Armee der großen Zukunft!"

"Diese Armee, Brüder, ist keine Täuschung, kein Wahn, die große Zukunft hat längst ihre Männer, Helden und Märtyrer—wir selbst gehören dazu, wir Alle, wie wir da sitzen, sind Soldaten und Veteranen der permanenten Revolution, obwohl Ihr als unstudirte Leute wohl noch nie bedacht habt, was eigentlich in Euch steckt."

"Ich, der Spaniol, will es Euch sagen, Ihr werdet es niemals wieder vergessen, es soll Euch ermuthigen zu furchtloser, männlicher That und Euern Brüdern sollt Ihr es verkündigen!"

"Sind wir nicht gefangen? — Gewiß! — Weßhalb? — Weil jeder Bewohner dieses Hauses im Verdachte steht, die bestehenden Gesetze in dieser oder jener Weise übertreten zu haben! — Wer hat diese Gesetze fabrizirt? Das Volk etwa? <u>Jamais</u>, nur ein paar Dutzend Bourgeois, welche zum Zeitvertreib dem armen Volke Sand in die Augen streuen helfen. Unsere Gesetze stammen von Gewalt und Betrug! — Was ist ihr Zweck? — Aufrechthaltung der grundverderbten bestehenden Zustände. Warum sind diese Zustände grundverderbt? — Weil sie in der Dummheit der ungeheuern Mehrzahl wurzeln, die allseitige Unterdrückung derselben beabsichtigen und einer sehr kleinen Minderheit auf Unkosten aller Uebrigen fortwährend den Himmel auf Erden bereiten sollen."

"Jeder, der in irgend einer Weise die gesellschaftlichen Zustände angreift, zu verwirren und zu zerstören strebt, ist ein Feind des Bestehenden, ein thatsächlicher Revolutionär, in den Augen der Nutznießer der gegenwärtigen Unordnung aller Dinge, ein schlechter Kerl, unruhiger Kopf oder ein strafwürdiger Verbrecher, in meinen und meiner Brüder Augen dagegen ein bewußtloser oder bewußter Streiter, Märtyrer und Held der großen Zukunft, der nicht blos für sich handelt, sondern zugleich für die Idee des reinen, freien, vollen Menschenthums, für das Menschengeschlecht überhaupt!"

"Wenn die Interessen des Einzelnen mit den Interessen Aller im rechten Einklange ständen, wie Solches im Reiche des reinen Menschenthumes wirklich der Fall ist, wüßte man nichts mehr von Verbrechen, weder von gemeinen noch von politischen, man wüßte nichts von Fürsten, Soldaten, Polizeidienern, Juristen, Gesetzen, Privilegien und Gefängnissen und eine Revolution wäre unmöglich, weil kein Grund für sie vorhanden läge."

"Das Paradies, das goldene Zeitalter, diese tiefsinnigen Wiegenträume der Religionen aller Völker, würde auf Erden herrschen und eine neue Erde eine andere bessere Menschheit beglücken, welche lebt, um zu leben und so spät als möglich, gesättigt von holden Genüssen den Einzelnen dem Todesschlafe übergibt."

"Ihr verwundert Euch, Ihr staunt, Euer tiefes Stillschweigen ist beredt, aber ich spreche meine volle innige Ueberzeugung aus und glaube so fest an die große Zukunft, als ein Ultramontaner an den Papst, ein Mucker an seine himmlische Erleuchtung, ein Sehender an Farben!"

"Der Spaniol schwieg erschöpft still und ging heftig zwischen dem Ofen und Nachtstuhl hin und wieder, das Beifallgeklatsche und die Lobsprüche einiger Mitgefangenen schmeichelten ihm gewaltig, er empfand Etwas von jener Seligkeit sogar, welche das Bewußtsein gewährt, eine gute That vollbracht zu haben.

"S'ist doch ein Elend, wenn man so dumm ist, wie unser Eins und auch gar nicht weiß, wozu man in der Welt da ist!" seufzt der Zuckerhannes.

"Nun, der Spaniol hat schier jeden Tag eine Rede gehalten, seitdem er bei uns ist; du könntest ihn alsgemach so gut wie ich verstehen, wenn du kein dummer Schwarzwälder und einfältiger Roßbube wärest!" bemerkt Martin, der Schlosserlehrling.

"Der Spaniol ist eben ein G'studirter, der alle Schulen durchgemacht und alle Bücher verlesen hat, aber ich, was bin ich? Wer hat mich etwas lernen lassen? Du, Martin, hast gut reden, bist ein Wirthssohn, der brave Eltern hat, hast eine Stadtschule, Sonntagsschule, Gewerbsschule und weiß Gott was besuchen und mit gescheidten Leuten umgehen dürfen. Bei mir ist dies anders, ich bin in meinem Leben noch wenig in die Stadt gekommen und zudem jünger als du, denn du hast dein Schlosserhandwerk ja bis Ostern ausgelernt und wirst freigesprochen!" entschuldigte sich der Zuckerhannes.

"Wenn der Spaniol kein Narr ist (und das ist er nicht), so muß man ihn Musje Genie taufen! ... Nur Schade, daß ein solcher Mann auch den Husten bekommt und von den Flöhen gebissen wird wie Andere! ... Er hätte wohl bis Morgen an seiner Volksrede fortgemacht, denn wenn er einmal anfängt, hört er nicht mehr auf und wir spüren weder Flöhe, Wanzen noch Schlaf!"

"Meine Reden wirken Wunder, wie Orpheus Leier, sie bändigen Bestien und machen Bileams Esel gesprächig; ich habe das in Algier, Frankreich, Genf, Lausanne, Biel und hier erlebt! versicherte der Spaniol ernsthaft."

"Viel hab' ich nicht von der heutigen Rede verstanden, sie war mir wieder zu hoch, aber schön ist sie gewesen, das muß ich unserm Zimmercommandanten lassen!" sagt der alte Paul.

"Verstanden? Nicht verstanden? O ihr dummen Gojims! Du wirst doch wohl verstehn, daß Beschummle ist keine Sünde und unverlorne Sache finden, kein Verbrechen? Auf

Deutsch: Betrügen ist eine Tugend und lange Finger sind ein Verdienst, weil der Mensch nicht nur für sich, sondern auch für die Menschheit betrügt und stiehlt, indem dadurch die ehrliche, volksfeindliche Mehrzahl beschädiget und für die große Zukunft gearbeitet wird!" belehrt der Mauschel den Paule.

"Es geht doch nichts über einen Juden, der dümmste ist gescheidter als zehn Christen!" lacht der Spaniol.

"Wenn man in der "großen Zukunft" sich mit Jeder einen Spaß machen darf, die Einem gefällt, dann gehöre ich der reinen Menschenzunft des Spaniolen mit Leib und Seele an!" versichert das Affengesicht.

"Was hat der Spaniol von Zukunft oder Kuhzunft oder Vernunft und Recht, Polizeistaat und Budget geredet?" gähnt das schlaftrunkene Murmelthier. Alle lachen laut auf, der Stoffel will schier ersticken, der Indianer aber schreit:

"Spaniol, das Murmelthier ist ein Politischer, ein Wunderthier, ein Invalide der großen Armee, von der du gesprochen; seine Frage ist einer neuen Rede werth, hast du keine mehr im Sack?"

"Scherz bei Seite, Indianer, ich habe noch etwas Wichtiges vergessen. Soll ich es jetzt oder morgen nachholen? Es dauert nicht lange!" läßt sich der redselige Spaniol vernehmen.

"Jetzt!—Gleich!—Wir hören!—En avant!—Stille!" schreien die Gefangenen, der Spaniol räuspert sich wiederum und spricht nach kurzem Besinnen:

"Vor Allem verwahre ich mich dagegen, daß unser Murmelthier etwas Besseres oder Schlechteres sei als wir, weil er im Verdachte steht, kein gemeines, sondern ein

249

politisches Vergehen begangen zu haben. Das Reich des reinen Menschenthums kennt gar keine Verbrechen, die Vernunft des reinen Menschenthumes macht keinen wesentlichen Unterschied zwischen gemeinen und politischen Verbrechern. Ein politischer Verbrecher greift das Staatsoberhaupt oder den Staat als Ganzes an, der gemeine dagegen einzelne Mitglieder des Staates und damit ebenfalls den Staat und beide Arten von Verbrechern kämpfen für Eine große Sache lediglich auf verschiedene Weisen."

"Was sehr Viele thun, gilt als kein Verbrechen mehr, ist allgemeine Gewohnheit, wird Sitte, Gesetz und weil sehr Viele den Muth besitzen, politische Körper zerstören zu helfen, dagegen verhältnißmäßig Wenige den Muth, auf eigene Faust die Menschheit an einzelnen Mitgliedern des verkehrten Staatswesens zu rächen, lassen sich die kleinen Unterschiede zwischen politischen und gemeinen Verbrechern nur so lange halten, bis die Vielen in den Wenigen ihre gleichberechtigten Brüder erkennen und die Verdoppelung der Waffen im Kampfe gegen den alten Staat und die alte Menschheit als Notwendigkeit erkennen.

Bisher hat der Staat gemeine Verbrechen gegen Einzelne begangen und dieses Verfahren Gesetzmäßigkeit getauft, im Wachsen der revolutionären Bewegung werden die Einzelnen gemeine Verbrechen gegen den Staat begehen, gemeine Verbrecher bei Ausübung ihrer Thaten die politische Farbe des Anzugreifenden mehr und mehr berücksichtigen."

"Gerade weil erkannt werden wird, der Staat oder die politischen Gegner seien in Einzelnen ihrer Anhänger auch angegriffen, wird ein constitutioneller Spitzbube keinen liberalen Bourgeois bestehlen, ein demokratischer Straßenräuber vor Allem Leib, Leben und Eigenthum der Aristokraten beschädigen und mit jeder für ihn

vortheilhaften Unternehmung zugleich der aristokratischen
Parthei einen Schlag zu versetzen suchen!"

"Derartige Erscheinungen sind die Morgenstrahlen der
großen Zukunft!"

"Ihr werdet nun einsehen, daß kein Bewohner dieses Hauses
schlechter sei als unser dicker Trompeter, dieser ist nicht
besser als wir, sondern uns Allen gleich."

"Ein Betrüger, welcher unter der Firma des Gesetzes seine
Geschäftchen macht, das Gebildetere vor Allem verstehen,
ein Wilderer, der nichts davon weiß, daß wilde Thiere Zettel
auf die Welt bringen, auf denen der Name ihres Eigentümers
steht, ein Falschmünzer, welcher nicht absieht, weßhalb nur
die Reichsten Geld schlagen dürfen, diese Leute bilden bis
zur Stunde die Mittler zwischen politischen und gemeinen
Verbrechern."

"Gemeine Verbrecher, welch unsinniger Ausdruck! ... Hieße
man sie *Privatverbrecher*, dann wäre der Ausdruck
sachgemäßer, obwohl noch immer unsinnig, weil es keine
Privatmenschen gibt, welche nicht auch zugleich
Staatsmenschen wären. Jeder lebt und handelt im
Allgemeinen und für oder gegen den Vortheil des
Allgemeinen, wenn er sich auch lediglich um seine eigene
Person bekümmert."

"Die Verbrecher aller Zeiten und Arten bildeten die
unverwüstliche Armee der großen Zukunft, sind Streiter,
Helden und bisher meist die Märtyrer der geknechteten
Menschheit."

"Wer in Noth geräth, fordert sein Ureigenthum zurück und
begeht gegenwärtig Verbrechen gegen das Eigenthum. Wer
von einem andern angegriffen und in seinen heiligsten
Rechten gekränkt wird, weist den Angriff ab, so gut er kann
und spazirt wegen Mord, Todtschlag und dergleichen

252

Früchten der elenden gesellschaftlichen Zustände ins Zuchthaus. Wer sein Grundrecht als Gattungsmensch etwa so gerne ausübt, wie unser Affengesicht, kann wegen Nothzucht ins Unglück hinein gerathen. Wer kein Geld hat, um ein Feuerwerk abbrennen zu sehen, zündet seine Hütte oder die eines Andern an und erhält die schreckliche Strafe eines Brandstifters oder Mordbrenners!"—

"Brüder, das Herz blutet mir, wenn ich die zahllosen Opfer bedenke, die jährlich für Aufrechthalten der Knechtschaft des Volkes leiden und bluten müssen, aber das Herz hüpft mir vor Wonne, wenn ich sehe, wie alle Gesetze und alle Strenge die Armee der großen Zukunft eher reicher an Rekruten, als ärmer an Soldaten gemacht haben und täglich mehr machen."

"Sie führt einen tausendjährigen Krieg gegen Unordnung und Verkehrtheit unserer Zustände, der Friede auf Erden ist bisher stets ein Scheinfriede gewesen, niemals haben die Unterdrückten aufgehört gegen ihre Unterdrücker zu kämpfen und wie unverwüstlich, wie wunderbar ist diese Armee!"

"Sie ist überall und nirgends, jeder einzelne Soldat schleudert der verderbten Gesellschaft seine Kriegserklärung entgegen, kämpft auf eigene Faust oder mit wenigen Andern; gegen jeden Einzelnen muß die Gesellschaft einen langweiligen, formenreichen, kostspieligen Krieg mit Feder und Stock, Gefängniß und Schwerdt führen! Die Streiter der großen Zukunft beschädigten und zerfleischten bisher oft genug sich selbst, wurden für lange Zeit oder für immer entwaffnet und dennoch wächst ihre Zahl, als ob aus jedem Blutstropfen eines Gerichteten ein neuer Streiter erstünde!"

"In diesem Hause leben durchschnittlich 30 Gefangene, jede Woche gehen mehrere ab und zu, gar Mancher setzt den

Krieg gegen die Gesellschaft auf erlaubte oder unerlaubte Weise fort und so ist dieses Haus für diese Gegend die Kaserne und das Werbdepot der großen Zukunft."

"Im kleinen Baden gibt es über 60 solcher Häuser, die großen Kasernen, nämlich die Strafanstalten, ungerechnet. In einer Strafanstalt mögen einige Hunderte Tag für Tag sitzen, Tag für Tag gehen Leute ab und zu und im Ganzen mag die Zahl der stehenden und rührigen Heeresabtheilung, welche dieses Ländchen der Armee der großen Zukunft liefert, wohl einige Tausende betragen, abgerechnet jene zahlreichen Streiter, welche die Gesellschaft mit nicht strafbaren Waffen angreifen."

"Wie bei uns, also ist's überall und große Länder, wie Preußen, Oesterreich, Frankreich, England und Rußland mögen wohl Tag für Tag eine ansehnliche Armee von 20,000 bis 100,000 Mann in Gefängnissen beherbergen und mit einer noch zahlreichern im unaufhörlichen, ermüdenden Kampfe sein!"

"Die Gesellschaft bietet die Arbeit vieler Menschen und ungeheure Summen zum Kampfe gegen die Verbrecher auf, zu einem ruhelosen und sieglosen Kampfe; was viele Staatsmänner im Straf- und Gefängnißwesen leisteten, hat bisher beim Volke noch wenig Anerkennung gefunden, es hat nur den Milderungen grausamer Gesetze und Verbesserungen der Lage der Gefangenen Beifall genickt, gleichsam als ob es fühle, der Krieg gegen Verbrecher sei ein Krieg gegen das Volk!"—

"Nur zwei Mittel gibt es, welche die Armee der großen Zukunft sichtbar schwächten, entnervten und verminderten: *Vernichtung oder Verdummung der Verbrecher*. Vernichten ist ein gewagtes Mittel und widerspricht dem Geiste des Jahrhunderts, Verdummung der Verbrecher, so

254

daß dieselben für die alte Gesellschaft und deren Religion geködert werden, findet nur in Zellengefängnissen statt, doch glücklicherweise blind gegen den eigenen Vortheil erheben sich tausend gewichtige Stimmen und hundert schwere Anklagen gegen diese Strafart und wo sie noch aufkam, wurden Mißgriffe und Fehler der Vollstrecker sichtbar, die einsame Haft verpfuscht oder das Kind mit dem Bade ausgeschüttet!"—

"Denkt, daß von tausend Millionen Bewohnern dieser runden Maschine, welche Keinem und Jedem angehört, nur fünf Millionen in dieser Stunde mit uns durch Kerkergitter zum dunkeln Nachthimmel emporschauen und ihren Drängern fluchen oder im Kampfe mit der alten Gesellschaft begriffen sind und nun frage ich Euch, Brüder: Muß Einem das Herz nicht höher schlagen, wenn er dieser zerstreuten, aber furchtbaren Armee angehört? ... Muß nicht ewiger, unversöhnlicher Haß die Brust eines freien Mannes erfüllen beim Anblicke der zahllosen Opfer, welche täglich und zwar seit Jahrtausenden täglich dem Götzen Gesetz und dem großen Betrüger Wahn geopfert und geschlachtet werden? ... Thränen, Seufzer, Weheklagen und Blutbäche unterdrückter Millionen schreien vergeblich zum Himmel um Gerechtigkeit gegen eine Handvoll schlauer Unterdrücker, es gibt bisher noch keine Gerechtigkeit auf Erden, aber es soll und wird und muß Eine geben und ihr Spruch heißt: Tod den Unterdrückern, die noch leben, Haß und Fluch denen, die mit ihren Opfern Staub geworden!— Wäre Gott kein leerer Name und der Himmel kein Mährchen schlauer Bonzen, welche denselben von der Erde hinwegdekretirten, so müßte Gott ein Aristokrat und Tyrann erster Größe und sein Himmel nicht für das Volk eingerichtet sein, deßhalb Haß und Hohn Gott und Himmel!"—

"Brüder, Ihr hört, daß ich mich in Begeiferung hineinredete. Was ich in solchen Stunden schon oft gethan, thue ich jetzt wiederum und Ihr, meine Leidensgefährten, ihr verkannten und mißhandelten Söhne des Volkes, Ihr werdet meinem Beispiele folgen, und mit mir schwören, feierlich schwören heißen, unversöhnlichen Haß aller—."

Der Einäugige lacht in diesem Augenblicke unbändig auf.

"Weßhalb lachen, Du altes Märzenkalb?" fragt der Zuckerhannes mit einer Stimme, welche verräth, daß er vor Rührung dem Weinen sehr nahe gestanden.

"Ho s' ist auch zum Lachen!" brummt der Indianer und lacht dann ebenfalls.

"Die Millionenkränk sollst Du kriegen, Spaniol!" schreit der alte Paul und lacht von ganzem Herzen, der Indianer folgt dem Beispiele desselben.

"<u>Mon Dieu</u>, was ist denn zu lachen? ... Hat der Schlosser wiederum einen Streich gemacht? ... Bin ich Schuld? Ich wüßte nicht!" sagt der Spaniol kleinlaut und ärgerlich.

"Ja, Du bist Schuld mit Deiner Fopperei! ... Wie kann denn Einer einen Eid ablegen, der weder an Gott noch an den Teufel glaubt? ... Meinst Du, wir seien so vernagelt, um schon wieder vergessen zu haben, wie oft Du sagtest, jeder Eid sei ein Unsinn, weil es keine ewige Strafe und keine Hölle gebe? —Was soll denn Einen vom Meineid abhalten, wenn der Meineid ihm Vortheil bringt und keine Strafe weder da noch dort?" fragt der Indianer.

"Ich glaube an keinen andern Gott als an die Menschheit, welche durch ihr Denken die Gottesbegriffe ja erst allmählig hervorbrachte und finde Himmel oder Hölle allein in der Brust der Menschen. Doch schwören kann ich so gut als ein

Anderer, blos daß ich statt bei Gott bei meiner Ehre schwöre!" ruft der Spaniol unwillig.

"Mußt zuerst beweisen, daß Du Ehre im Leib hast!" schreit der Stoffel.

"Jedenfalls mehr als Du, einäugiger Spitzbube!" erwiedert der empörte Zimmerkommandant.

"So? Spitzbube? Kurz vorher war ich doch ein Streiter der großen Kuhzunft, hast noch gestern gesagt, ich verdiente "General der Menschheit" zu heißen und mit einer großen Pension bedacht zu werden! ... Die Ehre haben sie mir freilich genommen, es war auch nie viel daran, was thut ein armer Teufel mit Ehren? Ein Stück Brod ist mir lieber, als ein Compliment oder die Schererei, Kammerherrn machen zu helfen. Aber Ehre hat der Stoffel doch, er hat noch in Allem Wort gehalten und Wahrheit geredet außer vor Amt, wo man nach deiner Lehre ja lügen soll, daß sich die Balken biegen!" ereifert sich der Einäugige.

"Mir hat es jedesmal Grauen gemacht, wenn der Spaniol sagte, es gäbe weder Gott noch Teufel, weder Himmel noch Hölle. Bisweilen zweifelte ich auch, aber so oft ich an den Bruder Bernhardus denke, haben meine Zweifel ein Ende. Freilich weiß ich nicht, weßhalb es mir 70 Jahre schlecht und nur 20 recht gut gehen soll, aber ich habe in meinem langen Leben doch auch viele gute Stunden gehabt und immer gesehen, daß fromme Leute gutherziger sind als unfromme und wenn es mir nach 1852 in einem fort schlecht gehen sollte, bin ich doch 70 Jahre daran gewöhnt und hoffe, daß es mir im Himmel besser gehe und zwar nicht 90 Jahre, sondern die ganze Ewigkeit hindurch!" läßt sich der Paule vernehmen.

"Himmel, Ewigkeit, dummes Waldbrudergeschwätz!"

brummt der Spaniol.

"Ei, wenn es keinen Gott und keinen Himmel gäbe, so
würde der Glaube daran doch mehr nützen als schaden. Der
Gedanke, im Himmel gebe es Vergeltung, ist für alle Armen
und Unterdrückten trostreich und die Hoffnung auf ein
besseres Leben im Jenseits bleibt freudenreich für alle
Leidenden. Gäbe es auch keinen himmlischen Vater, der's mit
Königen und Zuchthäuslern gleich gut meint und fiele die
Hoffnung auf den Himmel nach dem Tode auch ins Wasser,
so hat man doch tröstliche Gedanken und freudevolle
Hoffnungen auf Erden gehabt, welche Einem manches
Bittere versüßten!" eifert der Indianer.

"Ja und was nach dem Tode kommt, weiß eben doch kein
Mensch ganz bestimmt. Ich habe noch nie viel darüber
nachgedacht, am Spaniolen und Andern herausgekriegt,
daß dieselben behaupten, es gebe keinen Gott und Himmel
und die Seele sei nach dem Tode ein ausgelöschtes Lichtlein,
aber wo sind die Beweise?" bemerkt das Affengesicht.

"Beweise mir, daß ein Gott sei, ich beweise Dir alsdann, daß
keiner sei und wir stehen wieder—."

"Als Ochsen am Berge!" unterbricht der Zuckerhannes den
Spaniolen.

"Der Spaniol kann Gott läugnen, so lange er mag, ich
läugne Ihn nicht. Ein Gott muß doch sein, der Mensch ist
nicht das höchste Wesen, wie der da meint. Ein sauberer
Gott, der in Spitälern und Kerkern herumliegt und vom
nächsten besten Wolf gefressen werden kann. Ein vom Berge
rollender Stein, der Sturz eines unvernünftigen
Baumstammes, der Schlag eines Mitgottes macht der
Gottheit des Menschen ein Ende. Nein, das ist nichts!—Es
gibt einen Gott, der alte Paul hat Recht und ich kenne viele,

viele Geschichten, wo die Menschen gerade das leiden und thun mußten, was sie nicht leiden und thun wollten und ihnen von Andern gar nicht oder doch nicht wissentlich angethan wurde!" predigt der Indianer.

"Mein Gott, wie oft habe ichs erlebt, daß Kameraden, welche in der Kaserne und im Lager über Gott und Ewigkeit spotteten, ärger als das älteste Weib beteten, wenn es in die Schlacht ging und die Kanonenkugeln zu brummen anfingen! ... Fast nur Einen hab' ich gesehen, der auch in der Schlacht der Alte blieb. Es war ein Pariser, ein Schneider, der immer von einem Musje Baboeuf als dem *französischen Christus* redete. In Spanien traf den "schönen Jean" wie er bei unserer Kompagnie hieß, kein Kügelchen und nach jedem Gefechte kam er zu mir her und sagte. "Gelt, deutsches Vieh, ich habe doch nicht gebetet? ... In der grausamen Schlacht bei Borodino in Rußland aber stand unser Bataillon auf dem linken Flügel, wir mußten ein Quarré formiren, weil ein Regiment russischer Kuirassiere gegen uns herdonnerte, um die Kanonen zu nehmen, von denen außer uns alle Kanonire und Bedeckung weggelaufen waren. Der schöne Jean stand dicht neben mir, zitterte diesmal und wie ich ihm ins Gesicht schiele, sehe ich, daß er todtenbleich ist und mit den Zähnen klappert."

"Was ist's, Jean, ich meine schier, das Beten wolle Dir kommen? frage ich, aber der Jean gibt keine Antwort und wie die Russen, lauter leibhaftige, in Stahl und Eisen gepanzerte Riesen sich nähern, betet der Jean laut aus allen Kräften und will mein Seel mitten im dritten Glied auf die Knie fallen, so daß der Sergeant ihm fluchend den Gewehrkolben in den Rücken stößt. Wir bekamen keine Zeit mehr uns zu amüsiren, die Russen wurden zurückgeworfen, weil unsere Cavallerie auch nicht faul blieb, aber wie wir ein bischen abgelößt wurden und ausruhten, unsere Verlornen musterten, richtig, da fehlt der schöne Jean. Ich habe ihn in meinem Leben nicht mehr gesehen, der Ort, wo mein Bataillon im Feuer gestanden, war von den Pferden so zugerichtet, daß die Gefallenen wie in den Boden hinein zerstampft dalagen!"—erzählt der alte Paul.

"Aber die große Zukunft mit ihrer Armee ist eben doch etwas Schönes und keine leere Erfindung der Gelehrten!" fällt der Stoffel ein.

"Allerdings, wenn das Fressen, Saufen, Spielen, Lieben und Schlafen das einzige und größte Glück des Menschen ist. Aber der Appetit verschwindet, der Katzenjammer kommt, man langweilt sich bei Würfeln und Weibern am Ende doch auch und den Schlaf nimmt Einem Niemand."—

"Außer Wanzen, Flöhen, Schnarchern, Sorgen!" unterbricht der Schlosserlehrling den Indianer.

"Was mich betrifft, so weiß ich nicht recht, was das Geschrei von Aristokraten, Liberalen, Radikalen, Ultramontanen und dergleichen bedeuten soll, ich verstehe es nicht mehr, denn die Welt ist anders geworden, als sie zu meiner Zeit war. Daß aber auch ein Kaiser, König, Herzog und Millionär schwere Sorgen haben und recht unglücklich sein kann, obgleich er die köstlichsten Speisen und Weine hat, mit Dukatenrollen spielt, wie ein Kind mit Bohnen und nur den Finger auszustrecken braucht, um ein Dutzend der schönsten Fräuleins daran hängen zu haben, das Alles weiß ich aus meiner Erfahrung."

"Denkt nur an den Napoleon, den ich so viele hundertmal gesehen und auch oft reden gehört habe, wie ist's *Dem* ergangen? Am Ende schlimmer als mir, weil er nie an's Elend gewöhnt war! ... Von all' den Millionen Menschen,

welche ihm zujubelten, blieb ihm am Ende kaum ein
Dutzend treu und hat er denn schlechtere Sachen gemacht,
als Andere, die ich vor ihm gar oft herumwedeln und
betteln sah? ... Mein Gott, der Mensch ist nun einmal zum
Elend da und der Spaniol wird so wenig daran ändern, als
ich!" meint der Paul.

"Oh alte Krähe, Du begreifst eben die heutige
Geisterbewegung nicht und hast eigentlich nie gewußt,
weßhalb Du auf der Welt bist. Wohl weiß ich's, daß ich
meine Perlen den Säuen hier vorwerfe, denn in Einen
Augenblick seid Ihr wie umgekehrte Handschuhe, aber ich
halte Reden, damit ich nicht aus der Uebung komme und
morgen wird Eine über die "Bornirtheit des heutigen Volkes"
gehalten!" ruft der Spaniol etwas stark verstimmt.

"Erzähle Du wieder eine Geschichte, Indianer, dann wollen
wir das Schlafen versuchen!" bittet der Zuckerhannes,
Andere stimmen bei und der Indianer erzählt die bekannte
Geschichte des beurlaubten Soldaten, welcher dem leiblichen
Vater ohne Wissen und Willen die diebische Hand
abgehauen hat.

Ein Soldat geht nach dem Herbstmanöver in die Heimath.
Nahe dem Ziele der Wanderung überfällt ihn ein heftiges
Unwetter, er sucht Schutz dagegen in einer Mühle, deren
Bewohner ihm sehr bekannt sind. Diese lassen den Soldaten
nicht mehr fort, zumal es bereits Abend und eine
pechschwarze Sturmnacht zu erwarten ist, er nimmt die
Einladung zum Nachtessen gerne an und der verwittwete
Müller, der sehr viel zu mahlen hatte und deßhalb bis gegen
Morgen in der Mühle bleiben will, weist ihm ein
Schlafgemach neben dem seinigen an. Der Soldat kann
keinen Schlaf finden, ist zu müde und denkt an sein
Elternhaus, wo er nicht viel Angenehmes und Gutes zu
erwarten hat, weil die Eltern unzufrieden und die

Schwestern liederlich dazu leben und häufig genug wenig zu beißen und zu nagen haben.

Ein Geräusch an der Thüre macht ihn aufmerken, er steht auf, überzeugt sich, daß ein Dieb herein will und erinnert sich, daß der Müller am Tage zuvor vieles Geld eingenommen und ihm das Bett neben dem eigenen Schlafgemach angewiesen habe.

Der Dieb befindet sich offenbar vor der unrechten Thüre, der ebenso kluge als muthige Soldat stellt sich mit seinem Säbel hinter dieselbe und wartet, bis das Loch, welches der Räuber in die Thüre macht, groß genug ist, um eine Hand hereinzustecken und das Schloß von innen ohne besonderes Geräusch zu öffnen. Das Loch wird größer und größer, endlich kommt die Hand ganz herein, der Soldat packt dieselbe, reißt sie sammt dem Unterarme herein, erhebt den Säbel und—die Hand zuckt blutend am Boden, der Räuber springt mit einem Schrei des Schmerzes und Entsetzens davon, der muthige Soldat ihm nach, macht Lärm, die Leute kommen herbei, Alles wird durchsucht, das Geld ist da, doch der Dieb ist glücklich entronnen.

Am Morgen in aller Frühe eilt der Soldat heim, die Mutter erschreckt gewaltig ob seiner Ankunft, eine furchtbare Ahnung wird zur Gewißheit— der Vater liegt in einem blutigen Bette und der rechte Arm desselben hat voreiligen Abschied von dieser Welt genommen.

Der Soldat hat das Amt des Henkers am eigenen Vater verrichtet, denselben auch den Gerichten überliefert und schöne Belohnung angeboten erhalten, allein er nahm nichts und hat seit der schauerlichen Nacht nicht wieder fröhlich sein können.—

Diese Geschichte des Indianers, welcher Ort, Zeit und

Personen nannte und gekannt haben wollte, macht einen
tiefen Eindruck auf alle Mitgefangenen, die Einen sehen mit
dem Zuckerhannes in ihr ein schreckliches Strafgericht
Gottes, die Andern bleiben ungläubig, weil sie nicht dabei
gewesen, der Spaniol sucht auf alle Weisen den
wohlthätigen Eindruck der Erzählung zu verwischen und
bringt den Indianer und den alten Paul richtig zum
Schweigen durch die Frage:

"Angenommen, Gott sei gegen den Dieb gerecht gewesen,
war derselbe Gott nicht sehr ungerecht gegen den Soldaten?
Das unerbetene Rächeramt hat diesem das Leben verbittert
und er war doch sicher schuldlos an der That des Vaters?
Ein Gott, welcher derartige Komödien im
Würtembergischen aufführt und nach Laune den
Unschuldigen mit dem Schuldigen trifft, was ist dies für ein
Gott? Wo der leidige Zufall sein Spiel treibt und die
Menschen sich Etwas nicht zu erklären wissen, muß Gottes
Wille, Gottes Finger und dergleichen erträumtes Zeug ihren
Nothanker abgeben!"

Den meisten Gefangenen war der Spaniol ein unheimlicher
Gast, den sie nicht liebten, aber er wußte sie Alle
einzuschüchtern, zu gängeln und zu beherrschen und
wenn sie der Sophistik des Verstandes, welcher bei
demselben vorherrschte, ihr Herz und ihre Erfahrungen
hätten nicht mehr oder minder entgegensetzen können, so
würde er die Bessern unter ihnen noch mehr verschlechtert
und mit dem Fanatismus des Unglaubens erfüllt, und in
ihrem Fühlen und Denken irre gemacht haben.

Der Einäugige sucht das Gespräch von der Verwerflichkeit
des Diebstahls abzulenken und weil ihn der Indianer mit
seiner Geschichte unangenehm berührte, derselbe wegen
lebensgefährlicher Verwundung in Untersuchungshaft sitzt,
so rächt er sich an ihm durch ein kleines

Zuchthausgeschichtchen, dessen Held vor noch gar nicht langer Zeit gestorben.

"Ja, ich glaub's, die Geschichte von dem Soldaten ist richtig und steckt in ihr ein Lob für mich!" beginnt der graue Dieb und erzählt:

"Im Zuchthause in F. hatte ich einen Schlafkameraden, der war ein kurioses Thier und während sonst die ärgsten Mörder ganz ruhig schlafen und trotz dem Dicken neben mir schnarchen, hat dieser in der Nacht die Augendeckel niemals lange geschlossen und wer ihm einen großen Gefallen erweisen wollte, mußte ihn wecken, wenn er träumte. Er träumte zwar auch mit offenen Augen wie die Hasen und war dann still, aber wenn er schlief und träumte, dann geberdete sich der Kerl oft wie ein Unsinniger. Warum?

"Er hat gedient als Knecht im Breisgau drunten bei einer grundreichen Wittwe, ist bei derselben gar wohl daran gewesen, denn er war ein starker, großer, schöner, ein bildschöner Mensch und ist oft mit Frucht oder Wein nach Basel hinaufgefahren. Einmal steht er auf der Brücke zwischen Großbasel und Kleinbasel, es soll ein sehr nebelhafter Tag gewesen und der Abend schon stark hereingebrochen sein. Neben ihm aber steht ein Kind, betrachtet ihn und lächelt ihm freundlich ins Gesicht."

"Ich bin niemals daraus gekommen, ob der Knecht plötzlich vom Teufel besessen wurde oder ob er besondere Ursachen dazu hatte, kurz und gut, das freundliche Kind hat ihn mit seinem Anschauen und Anlachen geärgert, er hat es ergriffen, auf den Arm gehoben und—in den tiefen Rhein hinein geworfen und zugeschaut, wie es sein Grab in den kalten, grünen Wellen fand!"—

"Bald darauf ist er um einer ganz andern Ursache willen für sieben Jahre ins Zuchtbaus gekommen, wo ich ihn kennen lernte und so wenig er sich aus dem Zuchthause und Dem, was ihn hineingebracht, machte, so arg quälte ihn der unbewiesen gebliebene Kindesmord und wäre er nicht im dritten Jahre der Gefangenschaft rasch weggestorben, so würde er am Ende den dummen Streich gemacht und den Gerichten die Geschichte von Basel angezeigt haben, wie sich dieselbe begeben."

"Tag und Nacht sah er das Kind und behauptete, es schaue bald aus dieser bald aus jener Ecke beständig nach ihm und lachte ihn an, daß es ihm durch Mark und Bein gehe. Ein Kind mochte er gar nicht sehen, ich glaube, er wäre von Herzen gern ein zweiter Herodes geworden. Auf der Schanz und beim Essen, in der Kirche und im Schlafsaale sah er bereits immer das lächelnde Kind und im Traume kam es ihm vor, als ob es die Aermchen nach ihm ausstrecke und mit dem Finger in den Rhein hinunter weise. Gestöhnt, geächzt, geflucht und gebrüllt hat er im Schlafe und oft sind während desselben mitten im harten Winter große Angsttropfen auf seiner Stirne sichtbar geworden, obwohl die Sträflinge in hundskalten Sälen liegen und der Teppich ihre leeren, kalten Bäuche fast einfrieren läßt.

Als der Kerl in den Krankensaal kam und flugs wegstarb, that er mir recht leid, denn so aufbrausend und hitzig er nach Art der Todschläger und Rothhaarigen sein konnte und so sehr er auch in der ersten Zeit mit dem Gespensterkind langweilte, so hatte ich mich doch an ihn gewöhnt und er hat mir gar manchen Schick, manche Fleischportion und andere gute Bissen verschafft, denn seine Wittfrau hat ihn nicht verlassen und stets gehofft, ihn gesund und ganz wieder zu bekommen. Die Wittfrauen sind eben gute Schäflein!"

Auch die "Geschichte vom lachenden Kinde" fand großen Beifall und selbst der Spaniol meinte, er sei zwar gegen die Todesstrafe sehr eingenommen, doch diesen Knecht aus dem Breisgau würde er dazu verurtheilt haben, von vier Pferden lebendig zerrissen oder durch Herabtröpfeln von Wasser auf den geschorenen Schädel nach jahrelanger Marter getödtet zu werden. An diesem Subjecte habe sich die ganze Macht des bösen Bewußtseins offenbart. —

Bereits hat die "Lumpenglocke" die ehrsamen und nicht ehrsamen Bürger des Städtleins von den Wein-, Bier- und Branntweinbänken hinweggezaubert oder doch zum Stillschweigen gebracht, keine Fremdengesänge erschallen in die Kerker hinein, um diese mit Mißmuth, Trauer und Melancholie zu verproviantiren, die Gefangenen ringen mit dem Schlafgotte, würden sich gerne von demselben überwältigen lassen, wenn Kummer und Sorgen, Flöhe und Wanzen, harte Bretter und unruhige Kameraden kein Veto einlegten.

Lange hat in der uns bekannten Folterkammer der Spaniol sich noch mit dem Zuckerhannes leise unterhalten, das Schelten der übrigen zweibeinigen Bewohner brachte sie endlich zum Schweigen und dann vernahm man nichts mehr als den ersten Schlag der Stadtuhren, das Brausen des Windes, das Krächzen einiger Wetterfahnen in ihren rostigen Angeln, das ferne Rauschen der Gewässer, das Klappern einiger Mühlen, den Schrei eines Nachtvogels, den eintönigen Gang der Wachen oder den eiligen Schritt eines Nachtschwärmers, das Pfeifen und Nagen der Mäuse, ein ohrenzerreißendes Katzenduett, das Schnarchen des Murmelthieres, die schweren Athemzüge des Zuckerhannes, die tiefen des Einäugigen und den Lärm des Indianers, dessen Traum die Gestalten der Geschichten der blutigen Hand und des lachenden Kindes wirr durchzogen.

Die Morgenglocken läuteten dumpf und verstimmt die liebe Langweile eines trüben Regentages in den Kerker ein und die Magd des Kerkermeisters meinte beim Abholen des Wasserkruges, der Thermometer oder Barometer, wie das Ding auf Deutsch heiße, habe ihr schon gestern Abend prophezeit, daß sie heute von den Gefangenen wenig freundliche Gesichter bekommen würde.

Als es hell genug war, gingen der Indianer und der alte Paul wiederum an ihre Arbeit, der Schlosserlehrling malte eine abscheuliche Fratze an die Wand und behauptete, der Moses sei zum Sprechen ähnlich getroffen, der Sohn Israels bekam Händel mit mehrern, die ärgsten mit dem Murmelthiere, welches sich auf ein Gespräch über Judenemancipation einließ und behauptete, es wäre zehnmal gescheidter das Christenvolk von den Juden als diese vom Staate zu emancipiren.

Um dem Lärme ein Ende zu machen, springt der Einäugige vom Strohsacke auf, reibt mit den Fingern den Grundbaß zur "deutschen Marseillaise," welche der Indianer zu singen vorschlägt und sofort beginnt:

Freund, ich bin zufrieden geh' es wie es will,
Unter diesem Dache leb' ich froh und still u.s.w.

Allmählig fallen Alle mit gedämpfter Stimme ein, das rothe Liesli im Nebenkäfig mit einem thurmhohen Diskant, die Gemüther beruhigen sich und nachdem das alte Lied oft genug wiederholt worden, meint der Schlosserlehrling:

"Hört Ihr läuten? Jetzt ist es neun Uhr, meine Mutter kniet im Kirchenstuhle und betet für mich! ... Ich wüßte nicht, was ich darum gäbe, wenn ich nur ein einzigesmal wieder das Inwendige einer Kirche sähe und einem Gottesdienste beiwohnen könnte!"

"Mir ist es gerade so, es ist nicht Recht, daß Untersuchungsgefangene nicht einmal einen Betsaal haben und allem Gottesdienste entfremdet werden!" meint der Paule.

"Ich ginge auch gerne in die Kirche, wenn mich Niemand sähe!" seufzt der Zuckerhannes.

"Oho, Ihr Betbrüder, warnet nur, bis Ihr Zuchthaussuppen bekommt, dann könnt Ihr den Pfaffen am Altare wieder genugsam betrachten!" versichert der Einäugige.

"Mit dem Zuchthaus wirds so geschwind nicht gehen!" meint der Zuckerhannes.

"Du kommst jedenfalls noch hinein, ich sehe es Dir an der Nase ab!" prophezeit Jener.

"Wenn ich draußen wäre, würde ich als aufgeklärter Mann an Sonntagen auch wieder in die Messe gehen, nämlich in den Adler oder Hirschen in die "Eilfuhrmesse," wo mit Tabakspfeifen und Cigarren geräuchert, mit Gläsern geklingelt und mit Messern der Segen gegeben wird!" spottet der Indianer.

"Ja, ja, das Kirchenrennen, das ist eine verfluchte Gewohnheit und steckt noch immer viel zu tief im Volke, besonders in den Weibsleuten. Diese halten das Handwerk der "Pfaffen" allein noch aufrecht!" ereifert sich der Spaniol.

"Der Spaniol hat doch einen wahren Höllenhaß gegen Alles was Religion heißt. Ich bin calvinisch, lutherisch, evangelisch, kurz, ich weiß es selbst nicht recht und er ein geborner Katholik, dazu ein Schulmeister, ein Studirter, aber so weit wie er möchte ich es nicht treiben. *Der* wird den Zuchthäuslern gefallen!" brummt der alte Soldat in den Bart.

"Oho, alte Krähe, hab' Dich wohl verstanden!" sagt der Spaniol und fährt fort:

"Ich habe den "Pfaffen" tief in die Karten geguckt, zuerst Ekel vor ihnen und allgemach vor ihrem Geschwätz bekommen und weiß weßhalb, ein alter Lehrer muß es wissen, wenn er auch keine Grütze im Kopf hat! ... Denkt nur auch ein bischen nach und ich frage: Wenn der Gottesdienst eine so nothwendige Sache ist, weßhalb braucht man keinen an diesem Orte? ... Wenn es den "Pfaffen" wirklicher Ernst mit ihrem Glauben wäre, weshalb leben sie nicht darnach und thun offen oder heimlich wie andere Leute auch? ... Sagt Christus nicht, man müsse Gefangene besuchen und erlösen und rechnet die Kirche das Besuchen der Gefangenen nicht zu den Werken der Barmherzigkeit? Einige von Euch sitzen jetzt sieben volle Monate, die Untersuchung ist geschlossen, sie erwarten das Urtheil und wann habt Ihr je auch nur Einen Schwarzrock hier gesehen? ... Nicht Einer kommt, wenn er nicht bezahlt wird, ein Untersuchungsgefangener kann krank werden, sterben und verderben, es kräht selten ein geistlicher Hahn darnach, Ihr dürft nur den alten Kerkermeister fragen!"

"Bravo! ... der Spaniol hat Recht! ... Die Schwarzröcke können uns vom Leibe bleiben! ... Christus hat Vieles gesagt, woran seine Nachfolger niemals oder selten denken!"—schreien die Gefangenen.

"Die protestantischen Geistlichen sind hierin besser!" versichert der alte Paul.

"Ist der Rabbiner nicht schon dreimal bei mir gewesen? ... Verläßt er je einen gefangenen Israeliten? ... Wo ist Liebe und Treue, bei Euch übermüthigen Christen oder bei uns verachteten Juden?" triumphirt der Moses.

"Wahr ist's, überall halten die Juden zusammen wie Pech!" bemerkt der Spaniol.

"Heute ist Schabbes, wollen wir nicht Eins jaunern wie in einer Judenschule?["] fragt der Schlosserlehrling, geht mit gutem Beispiel voran, Einige folgen nach, Andere lachen und freuen sich über das böse Gesicht des armen Moses, der wenig auf seine Religion, dagegen desto mehr auf sein Volk hält und dieses verspottet sieht.

Auch diese rohe, elende Unterhaltung ist bald wieder verbraucht, das Affengesicht lärmt noch fort, Andere gähnen und der Indianer meint:

"Wenn wir nur auch mehr Bücher bekämen, man könnte in der Nähe des Fensters doch ein paar Stunden täglich lesen!"

"Ein Stümpchen Licht wäre besser, wir könnten dann mit Domino, Neunerstein, Würfeln und Karten die Zeit todtschlagen!" wünscht das Affengesicht.

"Man kann Alles bekommen, wenn Amtmann und Kerkermeister es erlauben und bringen, aber der Himmel ist hoch und der Rechte in Karlsruhe drunten; mit uns macht man, was man will!" klagt der Paul.

"Habe ich einmal recht Geld, dann will ich mich der verlassenen Gefangenen annehmen. Draußen denkt man eben nicht gerne an sie, ich habe es ebenfalls so gehabt, allein jetzt weiß ich, was es heißt, ein Gefangener zu sein!" sagt der Zuckerhannes.

"Ich glaube gar, unser Roßhannes da will verrückt werden. Woher soll denn Geld kommen, wenn Du es nicht stiehlst? Reiche Spitzbuben habe ich noch keine getroffen, mindestens nicht im Zuchthause!" versichert der Einäugige.

"Ich bin kein Narr und auch kein Spitzbube, mag keines von Beiden werden, aber Geld muß her, Geld regiert die Welt und ich weiß, daß ich noch Geld wie Heu bekomme!" lächelt der Zuckerhannes bedeutungsvoll.

"Ja, wenn Du deinen Kropf bis zum Bauche herab wachsen läßt, Dich dann in einen Kasten stellst und dem Publikum um Geld zeigst, dann kannst Du noch reich werden!" spottet der Indianer.

"Unser Zuckerhannes bekommt Geld, viel Geld und vielleicht in kurzer Zeit, das ist gewiß!" versichert der Spaniol sehr bestimmt.

"Hat jemand für ihn in die Lotterie gesetzt? fragt der Schlosserlehrling.

"Nein, noch nicht, aber ich habe ihm mein Geheimniß anvertraut und er wird jetzt in die Lotterie setzen, falls er frei ausgeht. Das ist sein sicherer Reichthum Numero Eins. Ferner hat der Spaniol noch ein Plänlein ausgeheckt, welches ich zwar nicht kenne, aber er ist der Musje Genie und darin liegt des Zuckerhansen Reichthum Numero Zwei. Das halbe Loos wird ihn schon zum gemachten Manne machen, er wird noch weiter hineinsetzen und dann fragen können, wie theuer der Schwarzwald sei!" versichert der Paul.

"Ach, Deine Lotterie hat Dir noch nicht einmal einen guten Rock, höchstens einen Zuchthauskittel verschafft, der Zuckerhans wird hübsch blau anlaufen!" lacht der Indianer.

"Ich muß arm bleiben bis zum 70. Jahre und vielleicht die andern 20 hindurch ebenfalls, das ist und bleibt mein Schicksal!" sagt der Paul sehr ernst.

"Werde ich reich, dann nehme ich den alten Paul zu mir. Er

hat mir diesen Morgen seinen Rücken gezeigt und ich weiß, was ich zu thun habe. Wäre ich nur wieder frei!" meint der Zuckerhannes.

"Jetzt, da so große Dinge im Werke sind, wundert es mich nicht mehr, daß Du mit dem Paule und dem Spaniolen so gar viel Heimliches in der Nacht zu wispern hattest!" sagt der Schlosserlehrling zum Zuckerhannes.

In diesem Augenblicke nähern sich draußen auf dem Gange die Schritte eines Mannes, das Schlüsselbund klirrt, die Thüre geht auf und der Kerkermeister steht auf der Schwelle:

"Zuckerhannes, zieht euch an und kommt mit mir!"

"Haben die zwei gefangenen Freunde, welche sich vorgestern die Zähne in den Hals schlugen, das Versöhnungsfest gefeiert, he?" fragt der Spaniol.

"Hat man den "Schwanenhals" wieder erwischt? He, *der* ist Euch schön durchgebrannt trotz Eurer Vorsicht?" grinst das Affengesicht.

"Bringen Sie doch dem Juden da zwei Zentner Knoblauch, er riecht dann erträglicher!" spottet der Einäugige.

Der Kerkermeister gibt kurze Antworten, der Zuckerhannes legt Schuhe und Wammes an, bespiegelt sich in den blanken Westenknöpfen des Zimmercommandanten, fährt mit dem "Gesellschaftskamm" des Schlosserlehrlings ein paarmal durch die Haare und trabt alsdann neben dem Kerkermeister mit klopfendem Herzen fort.

Schlau lächelt der Paul, spöttisch der Spaniol, Beide schauen sich an und lachen alsdann laut.

Verhöre hat der Zuckerhannes genug bestanden.

Stundenlang vor einem Aktentische stehen, eine Menge
Fragen beantworten, welche die Unschuld empören, die
Schuld verzweifeln machen und oft Beide verwirren,
geliebten, gehaßten oder unbekannten Zeugen gegenüber
gestellt werden, viele Monden als Gefangener allen
Entbehrungen, allen Qualen der Ungewißheit, allen
zeitlichen Nachtheilen ausgesetzt sein—dieses sind Dinge,
welche Jeden, auch den Unschuldigen treffen können,
niemals vergütet werden und sich großentheils gar nicht
beseitigen lassen, so wenig als die Pein eines
Untersuchungsrichters, der sich gar oft wöchentlich einige
Stunden mit dummen oder schlechten Leuten herumbalgen
muß, bei denen Lügen und Läugnen, Rohheit und
Unverschämtheit gemeiniglich der Fünftelsaft ihrer
Tugenden zu sein pflegen.

Vor der Thüre der Amtsstube schöpft unser Held noch
einigemal Athem aus tiefster Brust, dann folgt er dem
anmeldenden Begleiter.

Der Verhörrichter, ein braver, kenntnißreicher Herr, der
ordentliche Gefangene niemals grob behandelte, nutzlos
quälte, ihren Prozeß in bequeme Länge zog und selbst
bedauerte, daß die Sache des Zuckerhannes langsam
entschieden wurde, steht jetzt am verhängnißvollen Tische,
schaut aber dem Eintretenden weit freundlicher als sonst
entgegen und ruft sogleich:

"Hans, Ihr seid frei!"

Frei!—dieses Wörtlein trifft den Hans wie ein Donnerschlag,
der die Wetterwolken gewaltig zertheilt und die Sonne
hineinblitzen läßt in die liebliche Frühlingslandschaft seiner
Heimath.

Frei!—Er mag es kaum glauben, starrt den Beamten mit halbgeöffnetem Munde wortlos an und fährt mit der Hand über die Stirne, um sich zu versichern, von keinem Traume geäfft zu werden.

Das Erkenntniß des Gerichtshofes wird ihm vorgelesen, der Beamte redet einige Worte freundlicher Ermahnung und macht eine entlassende Handbewegung, Hans ist vor Rührung nicht im Stande zu reden und während er dem Kerkermeister wieder hinaus folgt, stürzen Thränen der Freude über seine verblichenen Wangen.

"Habt Ihr Etwas im Arrest liegen lassen?"

"Nein!"

"Gut, dann kehren wir nicht dahin zurück; kommt, ich will das Thor aufmachen, dann geht Ihr, wohin Ihr wollt!"

Hans hätte gerne von den Mitgefangenen Abschied genommen, doch besaß er nicht den Muth, diesen Wunsch zu äußern, er hatte ja kein Geld bei sich und Geldmangel ist im Kerker oft schlimmer, als in der Freiheit.

Wir wollen damit nichts weiter sagen als daß Alles, was der Hofpont des Augustus im heidnischen Rom von der Macht des Reichthumes gesungen, bis zur Stunde auch im Kerker gültig sei.

Ein großer Dichter des Alterthums nennt das Geld die schnödeste aller Erfindungen, der größte deutsche Dichter, nämlich Göthe, behauptet, ein gesunder Mensch ohne Geld sei halbkrank und wie sehr beide Dichter Recht haben, lehrt die alltägliche Erfahrung zur Genüge.

Unser Held weinte bei seiner Freilassung Freudenthränen. Wäre es ihm vergönnt gewesen, einen Blick in seine Zukunft zu werfen, so würde er Thränen des Schmerzes, der Trauer und Angst vergossen haben.

Schon auf dem Wege zum Hofe seines alten Meisters wurde seine Freude durch die Wahrnehmung vermindert, daß Niemand dieselbe theile. Er hätte allen Leuten, welche ihm begegneten um den Hals fallen und denselben sagen mögen, er sei zwar ein armer Tropf und elender Krüppel, jetzt aber doch wiederum ein freier und deßhalb glücklicher Mensch. Die Leute gingen gleichgültig an ihm vorüber, in den Blicken manches Bekannten las er die alte Verachtung, Mehrere redeten ihn zwar an, doch ihre Fragen und Reden schienen nur darauf berechnet, ihn zu verwunden und zu kränken. Sie bezweifelten seine Schuldlosigkeit und verwunderten sich, "weßhalb er diesmal dem Zuchthause entronnen sei!" Aergerlich und verstimmt verließ er das Wirthshaus, in welchem er einen Schoppen getrunken, eilte hinter der Stadtmauer des Städtleins zwischen den Gärten dem Feldwege zu, der ihn zum Hofe des Moosbauern führte, dachte auf dem Wege über Vieles nach, was er von seinen Mitgefangenen gehört hatte, ballte zuweilen die Fäuste und lachte dann wieder vor sich hin.

Ein lautes Wiehern schreckt ihn aus dem Gedankensturme auf; er wendet den Kopf und erblickt auf einem nahen, abgemähten Kleeacker den Lieblingsgaul, seinen Bleß, welcher ihm mit glänzenden Augen und gespitzten Ohren zuwiehert und eine Bewegung macht, als ob er dem Kommenden entgegengehen wolle. Den Bleß sehen, zu demselben hineilen, ihn liebkosend anreden, küssen und streicheln ist beim Zuckerhannes das Werk eines Augenblickes.

Während er dem Gaul auf der flachen Hand ein Stück Gefängnißbrod hinstreckt, kommt der Oberknecht, der Bläsi, mit der Sense den Acker herauf, zieht sein Gesicht in spöttische Falten und fragt hämisch:

"Hoho, bist wieder da? Das hat kein Mensch geglaubt, denn Jeder meint, Du habest die Uhr gestohlen! ... Ich meine es auch, aber Du bist ein pfiffiger Bursche, hast's dick hinter den Ohren, so dumm und tappig Du aussiehst! ... Bist recht vornehm geworden im Loche, he? ...["]

Der Zuckerhannes verbeißt Zorn und Schmerz, versetzt dem Bleß einen Schlag, daß dieser erschrocken auffährt, wendet sich um und geht, ohne dem Bläsi eine Silbe erwiedert zu haben.

"Zuckerhannesle, s'pressirt nicht so, ich muß Dir ja Etwas sagen!" ruft der Knecht ihm nach.

Er hört nicht darauf.

"Der Moosbauer braucht Dich nicht mehr, er hat am Georgentag einen Andern eingestellt! ... Gehe nur und schaue, ob Du nicht den Bündel schnüren mußt!" schreit der Schadenfrohe und geht wieder ans Mähen, während er von Bankerten, Spitzbuben und ehrlichen Meisterknechten brummt, welche mit diesem unter Einem Dache leben müßten.

Im Mooshofe findet der Hans die Ehehalten nicht daheim, die Mägde sind freundlicher als der rohe Bläsi und freuen sich seiner Rückkehr.

Er geht in die Bodenkammer hinauf, öffnet seine Kiste, nimmt einen zehnfach von Leinwand umwundenen Geldbeutel heraus, zählt das Geld und nach wenigen Minuten befindet er sich auf dem Rückwege zum Amtsstädtlein und zum Gefängniß.

Hier übergibt er die meisten Sparpfenninge dem höchlich

verwunderten Amtsdiener und bittet denselben, sie dem
Spaniolen einzuhändigen.

"*Diesem* soll ich das Geld geben?" fragt der Gefangenwärter
und schüttelt den Kopf.

"Ja, seid so gut und thut es je eher, je lieber, ich bin dem
Spaniolen das Geld schuldig! ... Behüte Gott!" sagt der
Zuckerhannes und eilt zum halbgeöffneten Thore hinaus.

"S'ist mir noch alleweil schwindlig! ... Ich meine, ich ginge
auf den Welken des Seees statt auf festem Grund und Boden!
... Das macht das mondenlange Sitzen und die Augen
schmerzen mich auch!" murmelt er und biegt in das
Gäßchen ein, das hinter die Stadtmauer führt.

Der Zuckerhannes wandert fort und verliert sich selbst

Voll und klar schwebt die Mondesscheibe am
Sommernachthimmel und zieht eine glänzende Silberbrücke
über den Untersee. Schwül und heiß war der Tag, Alles freut
sich der Kühle, welche der Abend brachte und während die
Jungen des Dorfes scherzend und lachend in Rädchen
stehen oder Arm in Arm singend durch die Gassen ziehen,
sitzen die ältern Leute mit müden Gliedern und ruhigem
Herzen meist noch auf den Bänkchen vor ihren Häusern im
traulichen Gespräche.

Vor einem der letzten und einsam stehenden Häuschen,
dessen weiße Wand freundlich aus dem Laube eines alten
Weinstockes herausschaut, der seine Ranken bis auf das
niedere Dach entsendet, sitzt mutterseelen allein ein
Weibsbild und stützt die gebrannten Arme auf die Lehnen
eines sogenannten Großvaterstuhles, der offenbar dem
gewohnten Platze hinter dem Ofen in der Stube entrissen
wurde und ins Freie wandern mußte, um einer etwas

277

bequemen Person einen bequemen Sitz zu bereiten.

Die Inhaberin schaut gedankenvoll in den See, dessen Grundwellen einförmig ans sandige Ufer schlagen; weder die Lieder der Dorfbewohner, noch das freudige Quaken der grünen Hüpfer in den vom letzten Regen dagelassenen Pfützen oder das hundertstimmige Zirpen der Grillen stören ihr Nachdenken und nur wenn Schritte sich nähern, fährt sie empor und späht dem Kommenden entgegen.

"Er ist's nicht!—der kann mir gestohlen werden, wenn er heute ausbleibt!" murmelt die Getäuschte zuweilen ärgerlich und sinkt in die vorige nachläßige Lage zurück.

Das Weib hat wenig Zartes, Feines, Aetherisches an sich, wie es Theetisch- Dichter lieben, die Gestalt ist derb und vierschrötig und das keineswegs häßliche, aber sonnenverbrannte und bereits ältliche Gesicht mahnt durch einen gewissen, unbeschreiblichen Zug von Herbheit und Schwermuth an eine alte Jungfer.

Wir haben in der That eine solche vor uns, nämlich die Emmerenz, deren Leben bis zum dreißigsten Jahre sehr einförmig sich gestaltete und erst seit einem halben Jahre reicher geworden ist.

Die Tochter eines blutarmen Fischers, der seine zahlreichen Kinder frühzeitig fortschickte, um das Brod bei fremden Leuten zu verdienen, lebte die Emmerenz vom neunten Jahre bis zum Zwanzigsten in verschiedenen Bauernhäusern der Umgegend und wenn sie von feinen Maniren und Bildung auch wenig erfuhr, so erfreute sie sich doch des Rufes einer arbeitsamen, ehrlichen und unbescholtenen Magd. Diesem nicht unverdienten Rufe hatte sie es zunächst zu verdanken, daß die alte Ursula sie zu sich nahm.

Diese war eine kinderlose, mit ihren Blutsverwandten aus ziemlich nebelhaften Gründen in arger Feindschaft lebende Wittwe, litt viel an Gliederschmerzen, mußte mehrere Jahre das Haus und endlich das Bett beständig hüten.

Die Leute redeten von der wunderlichen, menschenfeindlichen und zanksüchtigen Ursula nicht allzuviel Gutes und Manche konnten es fast nicht fassen, wie die Emmerenz bei solchem "Erzripp" jahrelang auszuhalten und derselben mehr Dienste als die beste Tochter zu leisten vermöge, während sonst Jede im ersten Vierteljahr genug bekommen hatte.

Diese aber hielt bei der Alten aus, verpflegte sie zehn geschlagene Jahre, erbte vor einem halben Jahre das Häuslein sammt Zubehör der Ursula, sitzt jetzt auf eigenem Grund und Boden in einem bequemen Lehnstuhle und paßt nicht nur auf Einen, sondern auf Zwei, von denen Einer ihr baldmöglichst seinen Namen geben soll.

Vom Heirathen war sie niemals Feindin gewesen, doch in den Jahren der Armuth wollte sie nicht leichtsinnig ins Elend hereinheirathen, so lange die Ursula lebte, machte ihr diese mehr als ein halbes Dutzend Männer zu schaffen und entleidete ihr auf vielerlei Weisen jede Bekanntschaft.

Jetzt ist sie todt, seit Ostern schmunzelt und schwänzelt der rothe Fritz um die Emmerenz herum, am letzten Sonntag hat er ihr einen förmlichen Heirathsantrag gemacht, will längstens nach der Erndte als Hausherr ins Häuslein einziehen und gefällt das Ganze der Emmerenz gar nicht übel.

Hat der Fritz nicht einige prächtige Aecker und Geld auf Zinsen ausstehen? Ist er nicht ein stattlicher, großer Bursche und trägt noch den rothen Schnurrbart von der "Atollerie" her? Haben seine Verwandten gar nichts im Dorfe zu bedeuten, da doch des Vaters leiblicher Bruder im Gemeinderathe sitzt und der Mutter Schwestertochter den verwittweten Accisor geheirathet hat? Versteht er das Bauerngewerbe nicht aus dem Fundament, arbeitet er nicht wie ein Roß und könnte leicht eine bekommen, welche gerade wie die Emmerenz über alte Geschichten und bekannte Fehler des Hochzeiters hinwegsähe?

Im besten Rufe stand der Fritz nicht, soll beim Umgange mit der schönern Hälfte des menschlichen Geschlechts niemals wählerisch oder gewissenhaft gewesen sein, doch in neuerer Zeit läßt sich nichts auf ihn bringen und daß er ein Knicker und zornmüthiger Bursche ist, gefällt der Sparsamen und machte nicht bange der gleichmüthigen Erbtochter Ursulas.

Sie würde ihr Jawort sofort gegeben haben, wenn nur ein Anderer nicht eine Art von Vorrecht auf sie gehabt hätte, welchen sie noch vorigen Frühling fast ordentlich liebte, auch jetzt noch nicht haßt und den ihr die Alte sterbend zwar nicht als Hochzeiter, aber doch als Hausgenossen gewaltig empfahl.

Dieser Andere tritt in diesem Augenblicke um die Ecke, ein langgerathener Bursche, dessen nicht übles Gesicht durch eine überflüssige Halszierde widerlich entstellt wird und der mit dem einen Fuße etwas hinkt.

Wir erkennen in ihm, der große Schweißtropfen mit der breiten, abgearbeiteten Hand vom Gesichte wischt und sich langsam der etwas einfältig und verlegen aussehenden Emmerenz nähert, den Zuckerhannes.

"Was kommst so lange nicht? Wirst recht vornehm, Hans!"

"Hoh,—keucht der Angeredete—der Adlerwirth pressirt mit

dem Heuheimthun, so eben hab' ich den letzten Wagen voll
für heute in die Scheune geführt! ... Hast mir sagen lassen,
daß ich Wichtiges vernehmen soll, bin deßhalb aus allen
Kräften hergeeilt und jetzt für einen Augenblick da!"

"Allerdings habe ich Wichtiges mit dir abzumachen, s'ist
gut, daß du da bist, denn einmal müssen wir Beide ins Reine
kommen! ... Du hast im letzten Winter der Ursula das Leben
gerettet, als während meiner Abwesenheit Feuer in der
Stube auskam und sie bereits schon erstickt war, hast ihr
und auch mir lange Alles gethan, was du uns an den Augen
absahest!"—

"Oh, ich wäre für dich—für Euch durch das höllische Feuer
gegangen! ... Es sind Kleinigkeiten, was ich that und hab's
gerne gethan!"

"Die Ursula hat mirs tausendmal auf die Seele gebunden,
dich nie zu verlassen und Alles mit dir zu theilen, weil du
ein so gar armer und verlassener Bursche bist. Ich möchte
Wort halten!"—

Ein Zug voll Ueberraschung und Freude überzieht das
Gesicht des Zuckerhannes, er hält beinahe den Athem
zurück, um kein Wort der Emmerenz zu verlieren.

"Ich habe dich immer gerne gehabt, Hans, hast es wohl
bemerkt und ich weiß, daß du auch mich nicht verachtest!"

"Verachten? Was fällt dir denn ein! ... Hab' ich Jemanden auf
der Welt außer Dir? ... Ach, wenn Du wüßtest, wie—"

"Ja, ich weiß es wohl und Vieles, wovon du kein
Sterbenswörtlein gesagt!" [gesagt!] ... Wenn du nur nicht so
jung und hier Bürger wärest, wer weiß, was dann geschähe!
... Ich kann nicht mehr lange ledig bleiben!"

Der Zuckerhannes schrickt sichtbar zusammen und starrt die Emmerenz mit großen Augen bewegungslos an.

"Ja, so ist's, Hans! Ich besitze jetzt eine Hütte, zwei Prachtkühe, einen Krautgarten, die Wiese dort und mehrere der besten Aecker des Banns. Allein kann ich nicht mehr bleiben, fremde Leute veruntreuen mir Alles, du bist grundehrlich, deßhalb frage ich dich, willst du bis Michaeli den Adler verlassen und mein — Knecht werden?"

"Dein Knecht?" fährt der Zuckerhannes auf, doch als ob er sich verrathen, senkt er die Augen und fragt: "Wie verstehst du das?"

"Nun, ich gebe dir soviel oder noch mehr Lohn als der Adlerwirth, theilst Alles mit mir und Alles wird gut werden!"

"Ich schlage ein, es bleibt dabei, die Hand her, Emmerenz!" ruft der Zuckerhannes mit einer freudigen Eile, als ob ein Glück, von welchem er schon lange heimlich geträumt, der Erfüllung plötzlich nahe stände.

Doch die Emmerenz zog die schwielenharte Hand zurück, richtete die blauen Augen forschend in das Gesicht des Entzückten und sprach zögernd:

"Halt, es ist noch eine Bedingung dabei, Hans! ... Kannst es mir nicht verübeln! ... Mit dir allein darf ich nicht hausen, die Leute würden mit Fingern nach uns weisen und Wunder glauben, was geschähe! ... Hätte ich das gewollt, so würde ich es gleich nach Ursulas Tode oder noch bei deren Lebzeiten gethan haben! ... Es muß außer dir noch Jemand ins Haus!"

"Dagegen habe ich nichts, kann mich mit jedem Nebenknechte vertragen! ... Ich habe starke Knochen, will

schaffen wie ein Gaul und treu sein wie ein Hund!"
betheuerte der noch immer freudig aufgeregte
Zuckerhannes.

"Nebenknecht? ... Zwei Knechte sind für mich zu viel, wenn
du's nicht wärest, nähme ich gar keinen! ... Du hörst ja, daß
ich nicht mehr lange *ledig* bleibe! Der ganze Ortsvorstand
und selbst der Herr Pfarrer plagt mich, daß ich an meine
Habe denken und heirathen soll! ... Es thuts nicht anders
mehr!"

Siedendheiß und eiskalt nach einander überläuft es den
Burschen, er zittert vor banger Erwartung und schnappt
nach Luft, die Emmerenz hat all ihre einstudirten Reden
vergessen, weiß nicht, was sie weiter sagen soll, knüpft den
Schurzbändel auf und zu und bindet ungemein lang an den
Schuhriemen, plötzlich fährt ihr ein glücklicher Gedanke
durch den Kopf, womit sie den Knoten zerhauen kann, sie
erhebt sich und fragt ganz ruhig:

"Hannes, hast du Geld?"

"Geld? ... Ich habe Geld, obwohl ich am letzten Jahrmarkt
ein paar Tuchhosen, ein Schnupftuch, ein paar Schuhe—"

"Wieviel hast du Alles in Allem?"

"Oh, ich bin sparsam, gehe in kein Wirthshaus, spiele nicht,
treibe keinen Staat und habe seit Georgi sogar das Rauchen
aufgesteckt! ... Soviel ich weiß, habe ich Alles in Allem baar
17 Gulden und 9 Batzen!"

Emmerenz lacht laut auf, ihr Lachen ist ebenso erzwungen
als kränkend für den Liebhaber, denn er weiß, daß sie seine
Leidenschaft kennt und früher erwiederte, obwohl Beide das
Wort "Liebe" selten über die Zunge brachten und nie im
Ernste.

"Was lachst du? ... Die reiche Emmerenz hat gut über einen armen Knecht lachen! ... Was kann ich für meine Armuth?

"Oh, die *reiche* Emmerenz theilt gerne Alles mit dem Hans, wie es Ursula noch gewollt, aber an Geld ist die *reiche* Emmerenz eben auch arm und ohne Geld... ja ohne Geld ist —Vieles nicht zu machen!"

"Oh, rede nur deutsch und deutlich, ich merke jetzt, wohinaus es geht!" sagt der Zuckerhanns etwas bitter und spitzig.

"Du merkst es? dann brauche ich dir nichts mehr zu sagen. Einen Mann muß ich haben. Einen mit 17 Gulden und 9 Batzen kann ich nicht brauchen, das Ortsbürgerrecht kostet ja mehr!"

"Oh, Emmerenz, liebe Emmerenz, hast du denn je daran gedacht, mich zu nehmen? Wolltest du mich nicht foppen?"

"Ich hab' mir allerdings mancherlei Gedanken gemacht und bedauert, weil du so blutjung und ich schon so alt bin!"

"Oh, dann ist Alles gut, man wird täglich älter und mit dem Geld wüßte ich mir zu helfen!" lächelte der Erfreute, jeden Groll vergessend und auf einem Beine hüpfend.

Jetzt war die Ueberraschung an der Emmerenz.

"Woher willst du denn Geld nehmen? Etwa aus deiner Lotterie?"

"Schweige doch mit der Lotterie, weißt ja, daß ich nicht gerne davon höre! ... Die Galle läuft mir über, so oft ich daran denke, wie mich der Spitzbube, der Spaniol, übertölpelt hat! ... Weiß Gott, wo dieser Schuft in der Welt herumfährt, aber dem Zuchthause wird er nicht entrinnen!

284

... Keinen Heller hat er je dem Paul gegeben, um ein halbes
Loos im Frankfurter Glücksspiel für mich zu kaufen oder
am Ende haben sich Beide in in [in] meine sauern
Ersparnisse getheilt! ... Jeder Heller möge ihnen auf der Seele
brennen! ... Aber ein gescheidter, grundgelehrter Mann war
der Spaniol doch, *den* hättest du einmal hören sollen und Er
ist's, der mir auch einen Plan auseinandergesetzt hat, wie
ich zu Geld kommen kann! ... Hab' oft daran gedacht,
gethan hab' ich nichts dazu, aber jetzt will ichs thun, Geld
muß her, Geld wie Heu, wenn du, Emmerenz, liebe, gute
Emmerenz es haben willst! ... Sprich und ich gehe noch
heute Nacht fort, um mein Geld zu holen!"

"*Dein* Geld? Ein Plan des Spaniolen? ... Da muß was
Sauberes dahinter stecken ... wirst doch hoffentlich nicht
den Schlechten machen wollen? ... Du weißt, ich kenne dein
Leben in der Heimath und im Hegau drunten, habe lange
an dir gezweifelt und dich auf manche Probe gestellt!" ... Bist
aus einem unehrlichen Buben ein ehrlicher Bursche
geworden, das ist brav! ... Bleibe, wie du bist, ehrliche Hand
kommt durchs ganze Land!" ruft die Emmerenz, welche ihre
Fassung wieder ganz gewonnen, sehr ernst." [ernst.]

"Schau, Emmerenz, so wahr ein Gott im Himmel ist, so
wahr gehört das Geld mein, welches ich jetzt holen will,
wenn du es sagst!"

"Ei, weshalb hast du früher nichts davon gesagt? Weßhalb
holtest du es nicht früher? ... Es wäre vielleicht gut gewesen!
... Hast du geerbt? ... Wieviel ist es denn?"

"Ich sagte nichts, weil ich von andern Dingen reden müßte,
von denen ich gerne schweige, holte es nicht, weil das
Holen eine kleine Plage ist und ich bisher immer das
Nothwendige hatte. Aber jetzt muß Geld her, jetzt muß
auch heraus, was mir seit Ostern Tag und Nacht keine Ruhe

mehr gelassen und mich schier in Verzweiflung gesetzt hat!
... Ich bin in den letzten Wochen selten vor deinen Augen,
aber gar oft noch spät in der Nacht in deiner Nähe gewesen,
weil ich wußte, daß Einer da aus und eingehe, der mir nicht
gefiel!" platzt der Zuckerhannes heraus.

"Du meinst den rothen Fritz, he?"

"Ja, *den* mein ich, *der* ist mir wie Gift und Popperment und
hätte ich in meinem Leben einen Menschen umbringen
können, so ists dieser rothe Halunke, der mich beim
Vorbeigehen immer wie ein Basilisk anschaut und spöttisch
das Maul verzieht!"

"Er hat doch nichts Besonderes wider dich!"

"Aber ich desto mehr wider ihn!"

"Weßhalb denn?"

"O du weißt es, Emmerenz! ... Du weißt es, aber ich wills dir
auch noch sagen. Siehe, seit dem Tode meiner Mutter selig
bin ich behandelt worden und herumgelaufen wie ein
herrenloser Hund! ... Keiner hat mir ein gutes Wort
gegeben, Alles hat mich verachtet und verfolgt, als ob ich
ein Schandmal auf der Stirne und das Schlechteste verübt
hätte, was es geben kann! ... Jahrelang habe ich lieber im
Stalle oder auf der Weide beim Vieh als bei den Menschen
gelebt und mir fast angewöhnen müssen, in jedem
Menschen einen Feind zu sehen! ... Der Moosbauer war gut,
allein er hat bewiesen, daß er es gegen mich nur aus
Eigennutz war, im Gefängniß habe ich Freunde gefunden,
aber sie haben mich nachträglich verrathen und verkauft! ...
Im Adler drüben lebe ich ruhig, aber das Zutrauen zu den
Menschen ist bei mir weg! ... Keinen Vater, keine Mutter,
keine Geschwister, Anverwandte, Freunde, im Grunde gar

keine Heimath und keinen Halt in Freuden und Leiden zu finden, das ist hart, Emmerenz! ... Wie ich dich kennen lernte, wurde es anders, ich hatte für unglücklich mich gehalten und fühlte mich bald als der Glücklichste auf dem ganzen Erdboden! ... Nicht die Ursula, diese alte, wunderliche, kranke Frau, sondern du warst es, was mich in dieses Haus zog! ... Ich kann nicht sagen, was ich empfinde, es ist unsäglich! ... Jedesmal kam ich her, um dir zu sagen, für dich sei mir die Hölle nicht zu heiß und bei dir der Himmel da oben gleichgültig, weil ich ihn da unten und da drinnen habe! ... In neuerer Zeit ist's anders geworden, neben dem Himmel ist die Hölle mit allen ihren Qualen in mir wach geworden! ... Mehr als einmal hätte ich den See springen mögen vor Jammer und Herzeleid! ... An Allem ist der rothe Fritz schuld ... er ist der leibhaftige Gottseibeiuns, der mich noch zu ... zu ich weiß nicht was treiben könnte!"

Schweigend hat die Emmerenz diese lange, abgebrochene Rede des Zuckerhannes angehört, schweigend und nachdenklich blickt sie zu Boden, bebend vor leidenschaftlicher Aufregung steht der Hans vor ihr, endlich richtet sie das Haupt empor und sagt mit ruhigem Ernste:

"Schau, es freut mich, Hans, weil du mich so gar lieb hast, Gott weiß, daß ich dich auch nicht hasse und gerne zum Manne hätte, denn du bist rechtschaffen, ehrlich, fleißig und geschickt im Bauerngewerbe. Aber in meinen Jahren darf man halt nicht das Herz reden lassen, sondern muß dem Verstand das erste Wort gönnen! ... An dir weiß ich nichts auszusetzen, als daß du für mich wohl zu jung bist und kein Geld hast! ... Der rothe Fritz paßt weit eher zu meinen Jahren und er hat Geld und Freunde, ist aus dem hiesigen Orte gebürtig und zu jeder Stunde bereit und im Stande, mich zu nehmen!"

Todtenbleich schaut der Zuckerhannes die Emmerenz an, die

Lippen beben, die Hände zittern, das Herz pocht hörbar, doch kein Wort bringt er hervor.

"Wie gesagt, ich nähme dich im Grunde lieber als ihn, du darfst es glauben, wollte am Ende auch noch von deiner Jugend absehen, aber Geld, Hans, Geld, woher nehmen und nicht stehlen?"

"Geld und immer und überall Geld, verfluchtes Geld!" ruft der Zuckerhannes in wilder Aufregung und fährt fort: "Müßte ich mich dem Teufel verschreiben, daß er uns Geld herbeischaffte, ich thäte es, ja ich thäte es um deinetwillen! ... S'ist, Gottlob, nicht nöthig, ich habe dir schon gesagt, daß es mir um einige hundert Gulden nicht bange ist! ... Der Spaniol mag auswendig und inwendig nicht viel nutz sein, doch sein Plan ist gut! ... Ich habe mehr als Eine halbe Nacht im Loche mit ihm davon geredet und er hat mir Alles so oft auseinander gesetzt, daß ich noch jedes Wort weiß! ... Emmerenz, liebe Emmerenz, wenn du einen Andern nimmst, springe ich in den See oder schneide mir die Gurgel ab! ... Ich kann nicht leben und mag nicht leben ohne dich! ... Versprich mir in die Hand hinein, keinen Andern zu nehmen, am wenigsten den rothen Fritz, dann will ich Geld genug herschaffen und gerne allein bleiben, wie ich bin, wenn ich nur in deiner Nähe bleiben darf! ... Versprich es!"

"Nein, Hans, ich kann und darf es nicht versprechen!"

"Nun, dann lebe wohl, mich siehst du nicht wieder!" [wieder!] ... Nur noch einmal die Hand für diese Welt!" ruft der Arme mit dem Ausdrucke der tiefsten Verzweiflung.

"Sei kein Narr, Hans, thue nicht so, man könnte sich ja schier fürchten und vom Adler her schauen Zwei schon lange, was wir mit einander verhandeln! ... Es wird kühl und ist Zeit, daher höre, was ich jetzt beschlossen habe: Ich

will den Fritz nichts Bestimmtes sagen vor einem
Vierteljahre und zuwarten, ob du wirklich zu Geld kommst.
Mehr kann ich nicht thun, dabei bleibt es! ... Hier hast du
die Hand darauf! ... Schlafe wohl!" Mit diesen Worten erhebt
sich die Emmerenz, trägt den Polsterstuhl ins Häuslein,
wünscht noch einmal gute Nacht und schließt alsdann die
Thüre. Gleich einem Träumenden blickt ihr der
Zuckerhannes nach, dann hinkte er eilig und mit sich selber
redend dem Adler zu.

Am nächsten Morgen ist ein Knecht weniger im Adler, denn
der Zuckerhannes fehlt und der Meisterknecht weiß nichts
zu sagen, als daß derselbe spät heimgekommen sei, die
Sonntagskleider angezogen und gesagt habe, er müsse auf
der Stelle eine Wanderung antreten, wenn es ihn auch
seinen Dienst kostete, werde so bald als möglich wieder
zurückkehren und wolle gerne einen Taglöhner bezahlen,
welcher indessen die Arbeit für ihn verrichte.

Wohin er ging und weßhalb, vertraute er keiner Seele an
und weil der Meisterknecht den seltsamen Gast bereits
kannte, der nicht gerne und lieber mit sich selber als mit
Andern redete, drängte man denselben auch nicht mit vielen
Fragen und ließ ihn gehen.

Bevor wir den nächtlichen Wanderer einholen, müssen wir
Manches nachholen.

Wir wissen bereits, daß die Schriften desselben, welche aus
der Heimath gekommen, einen schlimmen Eindruck auf die
Bewohner des Mooshofes machten.

Je wohler dem Zuckerhannes nach dem langen Marterleben
bei der frommen Sonnenwirthin die milde, freundliche
Behandlung im Mooshofe bisher gethan und je mehr er sich
der Hoffnung hingab, daß auch für ihn endlich bessere Tage

angebrochen seien, desto herber empfand er jetzt das Herbe und Kränkende, welches in dem sichtbar veränderten Benehmen der Hausbewohner gegen ihn sich kund gab. Er hatte Fehler begangen, aber die Fehler eines unerzogenen und mißhandelten Buben, hatte auch hart genug dafür büßen müssen, um das Ende der Strafen erwarten zu dürfen und weil dieses nunmehr ausblieb, rannte er sich in dem Gedanken fest, er sei recht eigentlich nur für Ungemach und Unglück geboren und für ihn gebe es weder einen himmlischen Vater noch einen irdischen Freund, dem er sich anvertrauen könne.

Dieser von trüben Lebenserfahrungen vieler Armen und Notleidenden aufgedrungene Gedanke trägt ungemein viel zur Gleichgültigkeit, zum Zweifel und oft genug zum Hasse gegen Gott und göttliche Gebote bei, wie ein vertrauter Umgang mit Verbrechern und Leuten aus allen, besonders aber aus den niedersten und gedrückteren Ständen des Volkes Jeden belehren mag.

Die entsetzliche Summe des offenliegenden und bekannten Wehe, welches auf den Menschen lastet, wurzelt im geheimen Wehe, was Keiner dem Andern leicht anvertraut und häufig genug nicht anvertrauen kann, weil Viele es schmerzlich empfinden, doch Wenige nur klar und deutlich erkennen.

Der Bläsi, der beim Moosbauern Alles galt und dem man außer einer stolzen, heftigen Gemüthsart nicht Vieles vorwarf, hetzte insgemein die andern Knechte und Mägde auf, daß dieselben den Zuckerhannes mit und ohne Anlaß mit unverhehlter Geringschätzung und Verachtung betrachteten und mit offenem Mißtrauen behandelten, um zu bewirken, daß derselbe den Mooshof bald wieder freiwillig meide.

Solches kränkte den Zuckerhannes gewaltig und weil die Neckereien und Quälereien gar nicht aufhörten, er aber jeden Anlaß vermeiden wollte, der seine Vertreibung fordern und herbeiführen konnte, mied er alle Gesellschaft soviel er vermochte und weil die Knechte und Mägde nicht versäumten, auch andern Leuten vom Leben und Treiben des kropfigen, hinkenden Schwarzwälders zu erzählen, der hinter irgend einem Zaune aufgelesen, schon früh ein Spitzbube geworden und wohl nicht umsonst so weit von der Heimath weggegangen sei, so suchte dieser auch außerhalb des Mooshofes keine Kameraden und war ihm ein Gang in die Stadt oder in die Kirche die schwerste aller Arbeiten.

Er hielt seine wiehernden und gehörnten Pflegebefohlenen für weit besser und gerechter als die Menschen und gab es Einen im ganzen Hegan, der ernstlich beklagte, daß Pferde, Rinder und Hunde nicht zu reden vermögen, so war ers. Er zweifelte nicht daran, Thierseelen seien auch unsterblich und nach dem Absterben des Himmels voll goldener Futterkasten und tausendfarbiger Matten würdiger, als die Meisten ihrer Herren. Seitdem ihm ein Spaßvogel von Thierarzt versicherte, in jedem Thiere hause eine unglückliche, verbannte Menschenseele und die Thierwelt sei eigentlich ein wandelndes Fegfeuer, faßte der Zuckerhannes immer mehr Liebe zum unvernünftigen Vieh, redete mit seinen Stallbewohnern nicht blos, was dieselben zu verstehen pflegen und von andern Knechten auch hören können, sondern ganz ernsthafte Dinge, die man sonst nur mit Seinesgleichen redet.

Plagte ihn die Langeweile an ewiglangen, stillen Sonntagnachmittagen und er erzählte dem Vieh von den Thälern und Tannenwäldern des Schwarzwaldes, von der Elsbeth und Katzenlene, dem Gestellmacher und Herrn

Vikar oder war ihm etwas Widriges begegnet und er erzählte von seinem Wehe und Leid, dann glotzte zuweilen ihn die Falbe mit ihren großen, schwermüthigen Augen aufmerksam an, bewegte die Lippen hin und wieder und brüllte dumpf und kläglich oder zornig oder der Bleß richtete die hellen, verständigen Augen mit einem unbeschreiblichen Ausdruck auf ihn, schüttelte zuweilen die Mähne, spitzte die Ohren, schnaubte, wieherte und scharrte ungeduldig mit den Vorderfüßen, der Zuckerhannes aber hielt dies für klare Beweise vollkommenen Verständnisses und herzlichen Mitgefühls und gab die Hoffnung niemals auf, die Falbe oder der Bleß, seine Lieblinge oder ein anderes Stück würde einmal unverhofft den Kopf nach ihm wenden, den Mund aufthun und eine ordentlich gesetzte Rede im besten Deutsch etwa beginnen:

"Schau, Hans, wir dürfen mit Menschen sonst nicht reden, obwohl wir es vermögen und warum? Weil so wenig Gerechte auf der Erde wandeln und unter den Millionen Menschen auch nicht Einer ist, von welchem der Fluch der Sünde genommen wäre. Unsere Vorfahren waren auch besser als wir, sie haben im Paradiese mit Adam manche Stunde verplaudert, aber mit der Erbsünde sind Menschenseelen in uns gekommen, der Fluch hat sich auf uns vererbt und eine unserer größten Qualen besteht darin, daß wir nur mit Gerechten oder höchst selten mit einem kleinen Sünder reden können und doch mit Allen reden möchten, namentlich mit Thierquälern, deren Seele gemeiniglich in einen Postgaul fährt. Du hast zwar noch kleine Mängel an dir, aber bisher ein schweres Leben geführt, Gott der Herr hat sich deiner Verlassenheit erbarmt und uns für besondere Gelegenheiten gegen dich die Zunge gelöst!"—

Die Hoffnung auf derartige Ansprache ging niemals in

Erfüllung, Hoffen und Harren macht manchen zum Narren und könnte nicht fehlen, daß der Zuckerhannes seine absonderlichen Gedanken wie im Stalle so auch manchmal bei Leuten laut werden ließ.

Die Knechte und Mägde lachten, der Moosbauer lachte anfangs mit, aber seitdem er wußte, der Schwarzwälder gehe an Sonn- und Feiertagen zwar mit andern Leuten bis zur Kirche, dann aber, besonders bei schönem Wetter nicht immer in dieselbe hinein, sondern schlendere in Feld und Wald herum oder kehre in seinen Stall oder auf den Heuschober verstohlenerweise zurück, da schüttelte er bedenklich den Kopf, beobachtete den Zuckerhannes heimlich, wurde mindestens an der Religion desselben irre und machte ihn durch die Androhung augenblicklicher Entlassung wiederum zu einem fleißigen Anwohner des Gottesdienstes.

Das Gelächter der Knechte und Kichern der Mägde hörte nicht auf, hinter dem Gelächter und Kichern steckte bei Diesem und bei Jenem auch etwas Bosheit, Neid und Rachsucht und der Schwarzwälder lieh Anlaß dazu.

Er hielt das Vieh des Mooshofes in einem so trefflichen Zustande, wie es noch niemals der Fall gewesen, war beim Arbeiten der Erste und Letzte und je mehr ihm der Bauer und die Bäuerin dafür Dank wußten, desto weniger wußten ihm dafür die Dienstboten.

Weil er weit mehr arbeitete, als dies bei sonst fleißigen Knechten der Fall zu sein pflegt, so mußten sich seine Mitknechte auch weit mehr anstrengen, damit er ihnen nicht immer als Muster vorgestellt und vorgeworfen würde und dies war ihnen nicht lieb. Sie behaupteten, der Schwarzwälder schinde und plage sich ab aus purem Zorn und Haß gegen sie, thaten Alles, demselben die Arbeit zu erschweren und zu entleiden, richteten jedoch wenig aus und während sonst wohl sogar der Bläsi mit der Zeit seinen Uebermuth und Groll gegen den Zuckerhannes hätte fahren lassen, trug letzterer selbst das Meiste dazu bei, die Gemüther der Mitdienenden gegen sich zu erbittern und unversöhnlich zu machen.

Dem Moosbauer war sein Nutzen das Liebste und Höchste, deßhalb liebte er auch den Schwarzwälder, erhob ihn vom Roßbuben bald zum Range eines Stallbeherrschers und hätte eher dem Bläsi als diesem den Dienst aufgekündiget. Dem Stallbeherrscher wuchs der Kamm, er konnte in Manchem Befehlerles spielen und wie Zorn und Haß gegen Andere wirklich der Sporn seiner Unermüdlichkeit waren, so that er noch mehr, um sich für Unbilden zu rächen und das Mißtrauen in seine Ehrlichkeit gründlich zu beseitigen.

Es gibt wohl selten ein Haus, in welchem eine Anzahl verschiedener Leute wohnt, ohne daß Ungeschicklichkeit, Trägheit, Nachlässigkeit und Untreue mindestens eine untergeordnete Rolle spielen. Der Mooshof galt als Einer der besten Höfe weitum und dies mit vollem Recht, aber verdorben und veruntreut wurde doch jahraus jahrein gar Manches, ohne daß die Eigenthümer Etwas dagegen zu sagen im Stande waren, sei es, daß die Schuld unbeweisbar oder unbekannt war. Nun spielte der Zuckerhannes neben der Rolle eines Musterknechtes auch die eines unbestechbaren Polizeikommissärs mit immer größerer Lust, um sich recht in der Gunst des Moosbauern zu befestigen und an dem Mitdienenden zu rächen. Kein Knecht und keine Magd verdarb eine Kleinigkeit oder trug etwas aus dem Hofe, ohne daß die Hofleute es wußten und wenn es auf unsern Helden angekommen wäre, so würde es wöchentlich einigemal schwere Händel abgesetzt haben. Er log und verläumdete nicht, doch steckte er seiner Herrschaft gar Vieles, was weder dieser noch ihm Nutzen brachte und besser mit Stillschweigen übergangen worden wäre.

Die Mitdienenden haßten den "Hungerleider, Wohldiener und Kalfakterer" von ganzem Herzen, doch weil der Haß nichts helfen wollte, theilten sie sich etwa ein halbes Jahr nach der Ankunft des Zuckerhannes in zwei Partheien, nämlich in eine solche, bei welcher der Haß von der Furcht überwogen wurde und die gerne friedlich im Neste sitzen bleiben wollte und in die alte mißtrauische und feindselige, deren Haupt der geschickte und ehrliche, deßhalb auch furchtlose Bläsi blieb, der kein Soldat hätte sein müssen, um offenen Krieg nicht einem feigen Frieden vorzuziehen.

Diese Partheiung fand kurz vor der Kirchweihe statt, das Haupt der friedsamen Parthei, die Meistermagd lud den Zuckerhannes ein, jetzt auch einmal zu thun wie andere Menschen und mit ihr, der Margreth und dem Jockel und einigen Andern ins Wirthshaus und zum Tanze zu gehen, denn wenn er mit seinem krummen Fuße auch nicht tanzen könne, so könne er doch Gesundheiten trinken und lustig sein mit ihnen.

Der Moosbauer und die Moosbäurin selbst redeten dem
Stallbeherrscher zu, der Einladung zu folgen, aber dieser
schüttelte das Haupt, daß die Zipfelkappe sammt dem Kropfe
wackelte und meinte gar patzig:

"Bin ich Euch vorher nicht gut genug gewesen, so seid Ihr
mirs jetzt nicht. Geht, tanzt und sauft und schimpft über
mich, soviel Ihr wollt, mir ist der Bleß lieber als Ihr Alle
sammt und sonders, ich will nichts mit Euch zu thun haben
und fürchte Euch auch nicht. Ich bin nicht so närrisch,
mein Geld den Wirthen zu geben!"

Solch unchristliches Gebähren hat der Zuckerhannes
schwer gebüßt.

Er bereute es zwar bald, that freundlich mit den
Friedfertigen und gewann einige Hausbewohner für sich,
doch der Bläsi behielt die Oberhand und endlich gelang es,
den Zuckerhannes in eine schlimme Falle zu locken.

An einem Sonntag Mittag schleicht ein guter Freund des
einäugigen Stoffel zu diesem in den Stall und bietet ihm eine
prächtige Ulmerpfeife mit silbernem Beschlag und silbernem
Kettlein, wie es Fuhrleute und Knechte in Schwaben lieben,
um einem Spottpreis zum Kaufe an.

Der Zuckerhannes hat vom Einäugigen, welchen er später
im Amtsgefängnisse traf, schon manches und zwar nicht
viel Gutes gehört, auch hat der Antragsteller einen Kopf, der
an Füchse und Wölfe mahnt, aber in diesem Kopfe stecken
zwei gesunde, pfiffig zwinkernde Augen, folglich gehört er
unmöglich dem Stoffel an und der Inhaber weiß gar ehrlich
und freundlich zu thun, nennt seinen ehrlichen Namen und
ist in nächster Nähe daheim.

Unser Held besitzt Geld, eine große Freude an glänzenden

Sachen, sieht nicht ein, warum er die Pfeife nicht kaufen und einen guten Kauf vorbeigehen lassen sollte, deßhalb werden Beide handelseinig und scheiden in Friede und Freude.

Es dauert nicht allzu lange, so schleicht der Pfeifenhändler zwischen Licht und Dunkel wiederum in den Stall, findet richtig den Zuckerhannes, packt prächtigen Zeug zu Hosen und Röcken aus und läßt einen schönen Theil zurück, denn die heimlich herbeigerufene Meistermagd hat geschworen, die Elle solches Tuchen sei unter Brüdern 3 fl. 30 Kreuzer werth, der menschenfreundliche Kaufmann aber hat dieselbe zu zwölf Batzen abgelassen lediglich unter der Bedingung, den Mooshofleuten einstweilen Nichts zu sagen, weil sie gar stolz seien und derartigen Staat bei einem ihrer Knechte sehr ungern sähen.

Der Falben und dem Bleß hat der erfreute Zuckerhannes die Pfeife und das Tuch einzig und allein gewiesen, diese haben kein rechtes Zeichen von sich gegeben und als er einige Wochen darauf dem Leitgaul eine silberne Repetiruhr in das rechte Ohr hielt und lieblich schlagen ließ, hat das Thier ob diesen Silberklängen keine Freude gezeigt, sondern durch sein erschrockenes, unruhiges Thun den Zuckerhannes schwer erzürnt, so daß er ihm Eins versetzt und brummte: "Bist eben doch ein dummes Vieh."

Einige Tage darauf ist auch Einer in den Stall gekommen, doch nicht im Zwielicht, sondern am frühen Morgen und nicht der billige Krämer, sondern ein Gensdarm und dieser war so unbillig, den Zuckerhannes ohne langen Abschied vom Mooshofe weg in das Gefängniß der Amtsstadt zu liefern, mit den Sachen desselben eine kleine Auswahl anzustellen und Verschiedenes mitzunehmen, was ihm gefiel, darunter Alles, was der erschrockene Arrestant vom Krämer im Stalle binnen längerer Zeit erhandelt und nicht wieder verkauft hatte.

Mehrere Monde saß der Zuckerhannes im Thurme, lernte manche Gemächer und noch weit mehr Bewohner desselben kennen und erfuhr gar Vieles, aber Eines nicht, was er vom einäugigen Stoffel, mit welchem er in den letzten Tagen der Gefangenschaft zusammen lebte, hätte erfahren können.

Daß nämlich der seltsame Krämer, von welchem er einige Herrlichkeiten spottwohlfeil erhandelte, seines Zeichens ein Spitzbube gewesen, ward dem Zuckerhannes schon im ersten Verhöre klar, aber daß dieser Krämer ein alter Freund des Stoffel sei, mit letzterm zusammen "gearbeitet" habe und vom Oberknechte des Moosbauern, nämlich vom Bläsi an ihn gewiesen sei, dies erfuhr er weder in der Amtsstube noch im Kerker, sondern ging ihm das Licht darüber erst weit später im Zuchthause auf, wo er mit dem Bläsi zusammentraf.

Für jetzt ward er nach langem Harren wiederum frei, der Verlust, welchen er während mehrerer Kerkermonate an leiblicher Kraft, Zeit und Geld erlitten, so wenig von Rechtswegen in Betracht gezogen, als die Keime des geistigen und sittlichen Verderbnisses, die in Gesellschaft verkehrter und schlechter Leidensgefährten mächtige Wurzeln geschlagen oder der Verlust an Ehre, den er in den Augen der Mitmenschen wiederum erlitten.

Es war ein weiteres Unglück, daß er mit dem Spaniolen zusammentraf, sich von diesem gewinnen und beschwatzen ließ, ihm fast alles übrige Geld als Darlehn zu hohen Zinsen vorzustrecken und das Versprechen in den Kauf zu nehmen, der Spaniol wolle eine Glücksnummer des alten Lotterielumpen, des Paul, auf eigene Unkosten für Freund Zuckerhannes besetzen.

Der Moosbauer würde den fleißigen Stallbeherrscher nach der Befreiung wohl wieder behalten haben trotz dem Widerwillen und den Stachelreden der meisten Knechte und Mägde, aber der Zuckerhannes vergaß nicht, daß er im Kerker niemals einen Besuch empfangen, der Mooshof und die Gegend waren ihm entleidet, er begnügte sich mit einem vortrefflichen Dienstzeugnisse, nahm zärtlichen Abschied von seinen wiehernden und hörnertragenden Freunden und ging fort.

Einige Zeit hinkte er an den wunderlieblichen Ufern des Bodenseees herum, die paar Thaler, welche er beim Abschied sorgfältig in den vielversprechenden Schuldschein des Spaniolen eingewickelt hatte, wurden in Münze verwandelt und schmolzen bei aller Genügsamkeit rasch zu wenigen Groschen zusammen, so daß der Wanderer dem Ende der Wanderung sehnsüchtig genug entgegenschaute.

Sein gutes Zeugniß verschaffte ihm einen Dienst als Knecht im besten Wirthshause desselben Dorfes, in welchem die kranke Ursula von der Emmerenz verpflegt wurde. Das Wirthshaus führte den Schild zum Adler und lag gar nicht weit vom Häuslein der Ursula entfernt, der Zuckerhannes kam täglich oft daran vorbei, sah die Emmerenz stets freundlich über den Gartenzaun herübergrüßen, fand Gelegenheit, derselben als Nachbar manchen kleinen Gefallen zu erweisen, trug als dienstfertiger Mensch manchen Kübel voll Wasser vom "Gumpbrunnen" des Adlerwirths in ihr Häuslein hinüber und wurde so auch mit der lahmen Alten bekannt.

Am Bodensee erging es dem Zuckerhannes weit besser als drunten im Hegau oder gar im Schwarzwalde. Im Dorfe wußte man weiter Nichts von ihm, als was er selbst erzählte, der Adlerwirth kümmerte sich lediglich um die Arbeit seiner Dienstboten und weil der neue Knecht tapfer arbeitete, Alles frisch angriff und sich nichts Besonderes zu Schulden kommen ließ, war und blieb er mit demselben zufrieden.

"Ich weiß Hanns, daß Du ein Bankert und von Hause entlaufen bist; auch sollen deine Finger länger als die anderer Leute sein, doch Du bist ein rechter Knecht, ich habe Dich bisher aufs Korn genommen, ohne daß Du es wußtest und immer als eine ehrliche, treue Haut befunden. Was kümmert mich dein Vater, deine Heimath, deine alte Geschichte oder gar deine Religion? Nichts, rein Nichts! ... Ja, wir da Oben am See sind nicht so unaufgeklärt und aristokratisch, um nach dem glauben zu fragen, damit kann es Jeder halten, wie er mag, wir schauen nur auf das Thun. Bisher hast Du recht gethan, der Lohn bei mir ist gut, Trinkgelder gibt es auch, Du bleibst im Adler, schau, diese zwei Gulden schenke ich Dir, damit Du dir auch einmal einen guten Tag machst!"

Also redete der Adlerwirth nach dem ersten halben Jahr der Einstellung des Zuckerhannes und im dritten und vierten Jahre dachte und sprach er auf dieselbe Weise. Unser Hans verlebte hier sein goldenes Zeitalter und bessere Tage hat er niemals wieder bekommen.

Weil er von Niemanden besonders mißachtet oder verfolgt wurde, haßte und verfolgte er auch Niemanden und kam mit den meisten Hausgenossen gut aus, weil er früher Gelegenheit genug gehabt hatte, sich in der Geduld zu üben und seine aufbrausende Gemüthsart zu beherrschen, sich auf keine besondere Kameradschaften und Partheiungen einließ, sondern seinem Geschäfte nachging und sich wenig um die Angelegenheiten Anderer kümmerte.

Ein großer Trinker war er nicht, Karten und Würfelbecher übten auf ihn keine Anziehungskraft aus, von

Gesellschaften, wo Gelegenheiten zum Geldausgeben zu regnen pflegen, hielt er sich ferne, denn er war sparsam und die Meisten nannten ihn einen Knicker und Sonderling, er aber behauptete, ein armer Teufel seiner Art sei wohl ein Narr, wenn er sauerverdienten Jahreslohn in wenigen Freudentagen aufgehen lasse und nicht an die Zukunft denke.

Der Spaniol ließ sich nimmer hören, der Adlerwirth lachte laut auf, als ihm der Zuckerhannes den schönen Schuldschein desselben vorwies und machte es ihm klar, der Schein sei lediglich ein Wechsel auf seine Unerfahrenheit in Geldsachen und Gesetzen und auf seine Dummheit und Gewinnsucht gewesen und wer in eine Lotterie setze, werfe das Geld zum Fenster hinaus, wenn er auch Einmal unter hunderten gewinne. Ein Schreiben an das Amt stellte heraus, der Spaniol sei längst frei und auf und davon, der alte Paul aber sitze im Zuchthaus.

Der Verlust seiner Sparpfenninge kränkte den Hans gewaltig, hatte aber auch sein Gutes, denn er machte ihn vorsichtig und mißtrauisch in Geldsachen und während er im Amtsgefängniß beinahe dazu gekommen war, Spitzbuben für ehrliche Leute und die Ehrlichen für die durchtriebendsten und größten Spitzbuben zu halten, brachte ihn der an ihm selbst verübte Betrug doch wieder zu etwas besserer Einsicht.

Dagegen hatte er im Käfig ganz andere Ansichten über das Weibervolk bekommen und diese verloren sich nicht wieder, zumal er täglich größer, stärker und älter wurde.

In einem Wirthshause sprechen vielerlei Leute ein, die Mägde sind häufig nicht von bester Butter, der Adlerwirth drückte beide Augen zu, wenn nur tapfer gearbeitet wurde und die Wirthin hatte keine Ader von der Elsbeth an sich.

Die Arbeit des Zuckerhannes war nicht immer gleich schwer oder dringend, an manchem Wochentag kam er kaum zum Schlafen, im Spätjahr und Frühling kaum zum Athemholen, allein manche Stunde hatte er in der Woche doch frei und wußte manchmal nicht, womit er sich lange Winterabende vertreiben sollte.

Wer weiß, was unter solchen Umständen, wo Gelegenheit und Lust zu unnützen und verderblichen Dingen nahe traten, geschehen sein würde, wenn unser Held nicht mit einem Kropfe und krummen Fuße behaftet, dabei ein schüchterner und erschrockener Mensch gewesen wäre, so oft er mit Weibsleuten zusammen kam und endlich nicht die Emmerenz insgeheim als Schatz verehrt hätte? Jedenfalls war es nicht religiöse Ergriffenheit, sondern die Liebe zur Emmerenz was ihn von schlimmen Streichen abhielt, denn er besuchte die Kirche gar nicht und später nur deßhalb fleißig, weil die Emmerenz niemals in ihrem Stuhle fehlte und sammt der Ursula ihm die Religion und das Kirchengehen gewaltig ans Herz legte.

Die Stallbewohner wurden ebenso pünktlich gefüttert und wohl gepflegt als einst die des Moosbauern, doch eine Falbe oder einen Bleß fand der Thierfreund nicht wieder; der Umstand, daß manche Gäste weit schönere Rosse in die Ställe zogen als die des Adlerwirths waren und vor Allem das erträgliche und leidliche Verhältniß, in welchem unser Held zu den zweibeinigen Hausbewohnern zu stehen kam, mochten der Zärtlichkeit desselben für die vierbeinigen gewaltigen Eintrag thun und je vertrauter er mit der Emmerenz wurde, desto weniger dachte er mehr daran, von seinen Leiden und Freuden dem lieben Vieh Etwas aufzutischen.

Angeborne Dienstfertigkeit führte ihn in das benachbarte Häuslein, Sparsamkeit und Mitleid mit der verlassenen,

alten Ursula hielten ihn darin fest und das Spotten und
Sticheln der Knechte und Mägde des Adlerwirths half
lediglich dazu, daß er in arbeitsfreien Stunden fast immer
drüben zu finden war und eine wundersame Veränderung
in seinem Innern vorging.

Die Absichten, welche er mit seiner Freundlichkeit gegen die
Emmerenz hatte, mochten anfangs keineswegs die
löblichsten sein, allein er war schüchtern und merkte bald,
er sei ganz an die Unrechte gekommen, denn so wenig
dieselbe mit zarten Redensarten und sein verdeckten
Anspielungen um sich warf oder auch nur Einen Funken
einer englischen Miß an sich trug, die bekanntlich um des
Anstandes willen so roth als möglich werden muß, wenn
auch nur das sündhafte Wort "Hosen" in ihrer ätherischen
Nähe laut wird, so wußte sie doch recht gut, was wahrhafte
Züchtigkeit und Ehre gebieten und wer ihr zu nahe trat,
mochte leicht ein schmerzendes Andenken an ihre
wetterharten Fäuste heimtragen. Kurz und gut, der
Emmerenz konnte man in diesem Punkte nichts Unrechtes
nachsagen, der Zuckerhannes wußte täglich weniger an ihr
auszusetzen, sie kam ihm nach jeder Begegnung schöner
und besser vor und das Liedlein:

Kein Feuer, keine Kohle mag brennen so heiß,
Denn heimliche Liebe, von der Niemand weiß!

wurde an ihm mindestens zur Hälfte wahr.

Zur Hälfte, denn die derbe, vielleicht plumpe Emmerenz war
und blieb eben doch ein Weib und brauchte ihr Niemand zu
sagen, woran sie mit dem blöden Liebhaber sei, sondern
wußte es besser, als er selbst, und Andere haben auch
Augen.

Sie war aber ein verständiges und gewissenhaftes Weib,

mochte mit einem armen Tropf kein herzloses Spiel anfangen, dessen Ende nicht recht abgesehen werden konnte, begegnete jenem wie nur die beste Schwester dem Bruder begegnet und wenn er besondere Hoffnungen schöpfte, dann kehrte sie jedesmal flink den Stiel um, that, als ob sie ihn nicht verstünde oder nahm Alles für Scherz auf.

Sie brachte mit ihrem neckischen, lustigen, altklugen und kaltverständigen Gebahren den armen Zuckerhannes schier aus dem Häusle und je mehr er die Hoffnung verlor, desto größer wurde seine Sehnsucht und Liebe und fand doch in anderthalb Jahren keine rechte Gelegenheit, ordentlich von diesen Dingen zu reden und Gehör zu finden.

Allmählig wurde er pfiffiger, gewann die alte, wunderliche Ursula ganz für sich, dies gab Gelegenheit, der vielgeplagten Emmerenz manches Stündlein zu versüßen, welches sonst bitter ausgefallen wäre; ferner half er dieser bei ihren Arbeiten, soviel er nur vermochte, endlich griff er auch in den Geldbeutel und kaufte derselben Manches, was sie schon um der redseligen und befehlshaberischen Ursula willen nicht nur annehmen, sondern auch tragen mußte, ob es ihr gefiel oder nicht.

Seitdem die Emmerenz am Sonntag mit einem halbseidenen Halstuch und einer Granatenschnur prunkte, was der Hans um schönes Geld vom Randegger Juden erhandelt, der auf der Reise zur Konstanzermesse alljährlich zweimal im Adler einkehrte, glaubte das ganze Dorf, die Ehe der ältlichen Magd mit dem hinkenden Schwarzwälder sei von den Beiden und der alten Urschel dazu fest verabredet und beschlossen. Das genannte Kleeblatt waren so ziemlich die Einzigen, welche nichts davon wußten und wissen wollten.

Zwar redete die Alte oft genug von Hochzeiten, welche im

Himmel abgeschlossen würden, von sonderbaren Fügungen Gottes, von den Vortheilen einer Ehe, in welcher die ältere Frau den jüngern Mann für sich recht erziehen könne, von der künftigen Erbschaft der Emmerenz und der Gutherzigkeit des Knechtes und nachdem letzterer sie gar aus einer Lebensgefahr gerettet, redete sie manchmal ganz unverblümt davon, es werde das Gescheideste sein, wenn die Emmerenz dem Hans über ihrem Grabe die Hände reiche und dem Zuckerhans klangen dergleichen Reden wie himmlische Musik—aber der Fisch wollte niemals herzhaft anbeißen, sondern vorläufig vollkommen frei und ledig bleiben und erklärte in unwirschen Augenblicken, eher die halbe oder auch ganze Erbschaft verlieren, als sich ewig an irgend ein Mannsbild der Welt binden zu wollen, am wenigsten an den "Kropfhannes."

Es gäbe ein dickes Buch, wenn man Alles beschriebe, was der Zuckerhannes um der Emmerenz willen in kaum zwei Jahren ausgestanden; jeder Andere hätte alle Geduld verloren und alle Hoffnung aufgegeben, doch wissen wir bereits, daß selbst die Dazwischenkunft des rothen Fritz die Leidenschaft unseres Helden nicht dämpfte, sondern erst recht zur vollen Flamme und zwar zur peinigenden und verzehrenden auflodern machte.

Dieser kannte Gott nicht recht und liebte Christum nicht, Etwas muß aber der Mensch haben, was er liebt und woran er sich hält und bei ihm, in dessen Gemüth einmal eingedrungene Gefühle und Leidenschaften tiefe Wurzeln schlugen, deren Blüthen zu stark waren, um nach jedem Winde zu flattern, war dieses Etwas eben die Emmerenz. Diese wurde der Abgott, den er beständig anbetete und weil der Abgott ein zeitliches, wandelbares Geschöpf war, wurde der Anbeter auch von allen Stürmen des Tages und des Herzens unerquicklich genug mitgenommen.

Weil die später folgende Geschichte des Duckmäusers voll von Liebe ist und wir bereits wissen, wie weit der Zuckerhannes nach dem Tode der Ursula mit der verständigen Emmerenz gekommen, wollen wir mit einem kecken Sprunge den Wanderer einholen, der mitten in der Nacht aus dem Adler und Dorfe schied.

Jetzt leuchtet die Abendsonne über die weiten Getreidefelder der Baar, schärfer und schärfer malen sich die dunkeln Höhen des Schwarzwaldes im tiefblauen Himmel ab, länger und länger werden die Schatten, am Fuße eines Kreuzes, das weit in die einförmige Landschaft hinausschaut und seinen Schatten beinahe bis in den Krautgarten eines stattlichen Meierhofes hineinwirft, sitzt der Zuckerhannes mit gefalteten Händen und bewegt die Lippen in inbrünstigem Gebete.

Noth lehrt beten und manchmal auch der Wahn, zumal hinter der Noth oft genug nur der kurzsichtige Wahn steht, was gerade bei diesem Beter der Fall ist. Befindet er sich nicht in arger Noth, weil er wähnt, ohne die Emmerenz gebe es kein Glück mehr für ihn in seinem ganzen Leben, und weil er kein Geld hat, um vor derselben als Hochzeiter auftreten zu können?—

Einen alten Plan des Spaniolen im Kopfe, die Emmerenz als seinen eigentlichen Herrgott im Herzen und all sein Geld in der Tasche tragend, ist er Tag und Nacht fortgelaufen und je näher er dem Ziele seiner nächsten Wanderung kam, je gründlicher er Alles überlegte, was ihm vom Erfolge derselben abzuhängen schien, desto ängstlicher schnürte sich sein Herz zusammen.

Vom ursprünglichen Plane des Spaniolen, sich auf ganz besondere Weise Geld zu verschaffen, ist er keineswegs abgegangen, aber von den Mitteln für sichere Erreichung dieses Zweckes will er nur im äußersten Nothfalle Gebrauch machen und bittet Gott inbrünstig, diesen Fall *nicht* eintreten zu lassen.

Die Ermahnung der Emmerenz, nichts Schlechtes zu begehen, konnte er nicht vergessen und Gott ließ ihn auf dem Wege mit einem geistlichen Herrn zusammentreffen, in welchem er denselben Vikar von Ehemals erkannte, der seiner Mutter, der Brigitte, so manche leibliche und geistige Wohlthat erwiesen und ihn selbst in die Hände der Elsbeth geliefert hat.

Dieser gute Herr ist indessen ein noch besserer Landpfarrer geworden, hat seinen alten Schützling mit sich in den Pfarrhof genommen, gastlich bewirthet und beherbergt und sich den ganzen Lebenslauf desselben vom letzten Augenblicke der Trennung im Schwarzwalde drunten bis zum ersten der Begegnung in der Baar da oben ausführlich erzählen lassen.

Manchmal hat der Herr den Kopf geschüttelt und den Erzähler scharf angeschaut, um aus der Miene desselben zu lesen, ob der wahrheitliebende Hannesle nicht zu einem lügenreichen Zuckerhannes geworden, doch log dieser nicht zuviel, sondern erzählte Gutes und Schlimmes nach bestem Wissen, denn er sah in der Begegnung mit seinem alten Schützer eine Fügung Gottes und wenn er in das ernstfreundliche Gesicht und mildklare Auge desselben schaute, wollte keine Lüge über die Zunge, es war ihm schier als ob er wieder einmal in einem Beichtstuhle säße und keinen Menschen, sondern einen Engel vor sich hätte, welcher Gottes Allwissenheit theile.

Auch von der Emmerenz und vom Plane des Spaniolen hat der Zuckerhannes geredet und nicht verschwiegen, daß und weßhalb er sich gerade auf dem Wege befinde, diesen Plan auszuführen. Verwundert und fast traurig hat der Pfarrer zugehört und dann dem Plane mit unbesiegbaren Gründen widersprochen.

Aber die Leidenschaft hat ein anderes Fühlen, Denken und Wollen, folglich auch andere Gründe als die christliche Wahrheit und weil der Knecht leidenschaftlich liebte, ist er auch nicht aufrichtig von seinem Plane abgegangen, wiewohl er Nichts gegen das Aufgeben einzuwenden und nichts Stichhaltiges für das Ausführen desselben vorzubringen wußte.

Der Geistliche kennt jetzt die Menschen und ist nicht mehr der junge Vikar, welchen die nächste, beste Gleißnerin mit frömmelndem Geschwätze lange hinters Licht führt, er erkennt die Selbstsucht und den Satan in jeder Verkleidung, selbst in der der Frömmigkeit und religiösen Ergriffenheit, durchschaut den Zuckerhannes und sieht wohl, derselbe leide an einem Uebel, welches sich nicht an Einem Tage und sogar schwerlich in hundert oder tausend Tagen heilen lasse.

Weil dieser offen erklärte, um keinen Preis den Plan des Spaniolen gänzlich aufstecken zu wollen, so schrieb der Geistliche für ihn endlich einen Brief in der schönen Absicht, mindestens die Gewaltmittel, von denen der Spaniol allein guten Erfolg von vornherein gehofft, unnöthig zu machen.

Ganz zufrieden mit diesem Briefe schied der Zuckerhannes von seinem alten Schützer. Auf dem Wege las er das Schreiben einmal und zehnmal; je weiter er vom Pfarrhofe wegkam, desto deutlicher kam ihm die Einsicht, der Geistliche habe die Worte viel zu milde und versöhnlich gestellt, so daß wohl ein guter Christ, nicht aber ein schlechter, gottvergessener Kerl sich dadurch rühren und zum Geldhergeben bewegen lasse.

Am Ende erinnerte sich der Verblendete an alle Verdächtigungen und Verleumdungen des geistlichen Standes, die er im Amtsgefängnisse und anderswo gehört, gelangte zur weitern Einsicht, der Briefschreiber sei eben auch ein "Pfaffe," der im Interesse der Großen und Reichen das Volk betrügen helfe und habe offenbar nicht gewollt, daß er seinen Zweck erreiche, sondern einen Metzgergang mache und am Ende dem rothen Fritz das Feld räume.

Er redet und trinkt sich in argen Groll gegen den Wohlthäter hinein, findet einen Winkeladvokaten und dieser macht um Geld und gute Worte einen neuen Brief, worin die Worte des Geistlichen mit den wilden Drohungen des Spaniolen sich zusammengesellen und welcher zugleich im Namen des Ueberbringers, nämlich des Zuckerhannes, geschrieben ist.

Jetzt sitzt dieser betend am Fuße des Kreuzes und erhebt sich endlich entschlossen, um sich dem stattlichen Maierhofe zu nähern, denn der Eigenthümer desselben ist gerade derjenige, welcher Geld schwitzen und damit ihn mit der Emmerenz zusammenkitten soll.

Das Gebet hat ihm keinen rechten Muth eingeflößt; langsam, mit klopfendem Herzen hinkt er dem Hofe näher, der Kettenhund ist längst unruhig geworden und fährt wüthend aus seinem Häuslein heraus, ein Knecht steht unter der Stallthüre und betrachtet verwundert den Ankömmling, dessen Anzug keineswegs dem eines Bettlers, dessen Gesicht dagegen dem eines armen Sünders ziemlich ähnlich sieht. Eine kleine, hagere, unfreundlich dreinsehende Bauernfrau erscheint unter der Thüre, bringt den Hund zum Schweigen und es entspinnt sich zwischen ihr und dem Zuckerhannes folgendes kurze Gespräch:

"Was wollt Ihr?"

"Etwas mit dem Hofbauern reden. Ist er daheim?"

"Nein, er ist noch im Walde bei den Knechten."

"Wann kommt er heim?"

"Wenn alle Lumpen heimkehren. Sagt nur gleich, was Ihr wollt, ich habe auch ein Maul!"

"Ich muß unter vier Augen mit ihm reden. Wann treffe ich ihn, morgen?"

"Mit Tagesanbruch muß er wieder in den Wald, um neun Uhr vielleicht könnt Ihr ihn finden. Was soll ich ihm sagen?"

"Weiter nichts, aber seid so gut und gebt diesen Brief und dieses Päcklein mit Schriften an ihn ab. Aufbrechen werdet Ihr es wohl nicht?"

"Aufbrechen? Gott bewahre, gebt nur her, bei mir ist Alles wohl versorgt!"

"Ihr seid doch die Hofbäuerin?"

"Ja, die bin ich und Ihr, wer seid denn Ihr? Ihr werdet nicht dem Galgen entlaufen sein und es wohl sagen dürfen!"

"Ho, werdet's schon noch erfahren, besorgt mir jetzt nur die Schriften und behüte Euch Gott bis morgen neun Uhr!"

"Ei, wenn Ihr gute Nachrichten habt, könnt Ihr ja dableiben und ein Gläslein trinken, bis mein Bauer heimkommt."

"Ich weiß nicht recht, wie er meine Nachrichten aufnehmen wird! sie sind schon ein bischen alt, deßhalb behaltet Euer

Gläslein und gehabt Euch wohl für jetzt!"

"Ganz wie Ihr wollt!" [wollt!] ... Wer nicht will, hat schon gehabt! ... Lebt wohl!"

Der Zuckerhannes hinkt eilig fort und murmelt auf dem Wege zum Wirthshaus des nahen Dorfes:

"Der erste Schlag ist gefallen, der Tanz fängt an! ... Diese Bäuerin scheint auch keine von den Besten zu sein, am Ende gibts noch viele Elsbethchen auf der Welt! ... Er hats verdient, wenn er ein Höllenleben führt! ... Vielleicht rührt ihn der Brief desto mehr! ... Ja, eine zweite Emmerenz gibts halt nirgends mehr! ... Was sie in diesem Augenblicke wohl treiben mag!"

In der Schenke vernahm er Manches, was ihm Zweifel und Sorgen über den Erfolg seines Schrittes erweckte und ihn die Gedankenlosigkeit bereuen ließ, mit welcher er die Schriften der Bäuerin eingehändigt. Mehr als zehnmal stand er auf, um in den Hof zurückzukehren und so oft die Stubenthüre sich öffnete, schnappte er nach Luft vor Angst und Erwartung, der Empfänger werde kommen und ihm die Antwort selbst bringen, aber er ging nicht und Keiner fragte nach ihm. Er brachte diese Nacht, welche er später die schwerste seines Lebens nannte, schlaflos zu und die wachsende Sorge trieb ihm alle Müdigkeit und Erschöpfung aus den Gliedern.

Wer die kurze Sommernacht ebenfalls zubrachte, ohne ein Auge zu schließen, war der Empfänger des Briefes, nämlich der *leibliche Vater des Zuckerhannes.* Ja, Michel, der Sohn des reichen Fesenbauern, der Verführer Brigittens ist keineswegs ein Gastwirth geworden, sondern hat nach verschiedenen Irr- und Kreuzfahrten mit dem Reste des Vermögens, welches ihm nach mehreren Unglücksfällen geblieben, einen

Hof gekauft und ein Weib genommen, welches ihm neben einem ordentlichen Geldsacke den leibhaftigen Unfrieden als Brautschatz mitbrachte.

Aus einem wüsten, freudlosen Eheleben ging ein halbes Dutzend ungerathener Kinder hervor, von denen gegenwärtig nur noch Zweie im Hofe leben und im Bunde mit der Mutter den alternden Michel drangsaliren.

Heute hat er draußen im Walde gearbeitet und ist Abends mit schwererm Herzen als gewöhnlich heimgekommen, auch vom Weibe und den Kindern übel genug empfangen worden, denn die Bäuerin hat sofort nach dem Weggehen des verdächtigen Fremdlings den Brief desselben erbrochen und sich von der Marianne, der ältesten Tochter vorlesen lassen.

Noch spät in der Nacht hörten die Dienstboten die gellenden Stimmen der Bäuerin und Mariannens, die verächtlichen Schimpfreden, welche der lange Jörg gegen den Vater ausstieß und das zornige Vertheidigen Michels gegen die bittern Vorwürfe der Seinigen und mehr als einmal bekam es den Anschein, als ob die Worte wieder zu Prügeln werden wollten. Die Knechte und Mägde waren des Unfriedens beim Fesenbauern gewohnt, denn dieser war mit Weib und Kindern fast nur darin einig, der Mensch lebe lediglich, um Geld zu erwerben und gerade diese Einigkeit führte zu Auftritten, welche dem Fesenhof in der Umgegend den Beinamen "Höllenhof" erworben hatten.

Heute Abend jedoch ging es hier zu, als ob Türken und Heiden sich in den Haaren lagen und das Unterste zu Oberst kehren wollten, selbst das gewöhnliche lange Nachtgebet der Dienstboten wurde mit schweren Flüchen und unerhörten Verwünschungen gewürzt, womit der Fesenbauer und die Seinigen sich bombardirten, nachher fing das unidyllische Schimpfiren und Lästern erst wieder recht an und hörte nach mehrern Stunden erst allgemach auf, nachdem sich der Michel in seiner Schlafkammer verbarricadirte und beharrlich jede Antwort verweigerte.

Den Brief des Zuckerhannes, welcher die Rolle des Zankapfels gespielt, wußten die meist liederlichen Knechte und Mägde noch vor dem Einschlafen auswendig herzusagen und obwohl es im Fesenhofe als erstes und höchstes Gesetz galt, daß nach dem Betläuten kein Dienstbote an Werktagen ohne besondern Auftrag sich aus dem Hause entferne, würden die Zungen der meisten Bewohner des nahen Dorfes doch noch heute Nacht durch die Jugendsünden des "Höllenbauern" tüchtig in Allarm und Bewegung gesetzt worden sein, wenn der Spektakel die Neugierigen nicht daheim gehalten hätte.

Ein düsteres Oellämpchen brennt in der Kammer Michels, auf dem Tische liegt eine Abschrift des Taufscheines und aller Zeugnisse des Zuckerhannes, die schlechten allein ausgenommen, den verhängnißvollen Brief des Verstoßenen hält der herzlose Vater in der Hand und ehe er denselben in hundert Fetzen zerreißt, wollen auch wir ihn lesen, zumal der Titel, "Brief an Einen aus Vielen" recht gut paßt.

Derselbe aber lautet:

"Alter Sünder! Zum erstenmal in meinem Leben wende ich mich an Dich, nachdem ich bald 21 Jahre das nämliche Recht auf Dich mit Allem was an Dir ist, besitze, welches das Kind auf seinen Vater, der junge Tiger auf den alten Tiger hat."

"Du hast 21 lange Jahre hindurch bewiesen, das Gewissen eines Bauern könne nicht minder weit als das eines armen oder reichen Lumpen sein, der einem andern Stande angehört."

"An dein weites Gewissen will ich zunächst reden und wenn es nicht ein bischen enger dadurch wird, dann sollst Du einen Theil der Belohnung empfangen, deren Du Dich würdig gemacht, ohne daß dieselbe auf Erden Dir bisher zu Theil wurde."

"Gelt, Du hast die Tochter des Gestellmachers, die Brigitte, vergessen?"—

"Natürlich, was liegt einem Schufte deiner Art an der Ehre und am Lebensglücke einer armen Verführten? Größere Herrn als Du Einer bist, leuchten dem Volke mit Unzucht und Ehebruch voran, die Welt findet derartige Schwachheiten höchst liebenswürdig und nachahmungswerth und was Christus der Herr befohlen, soll eigentlich nur für die Armen und Geringen Gewicht haben, den Andern Alles erlaubt sein und wenn ihnen beliebt, Unerlaubtes zu treiben, dann wird es im mildesten Lichte betrachtet, gar sorgfältig vertuscht, häufig genug belacht, belobt und belohnt."

"Dich aber, Fesenmichel, will ich am Schopfe nehmen, weil ich das nächste Recht dazu habe und Dir zunächst sagen, wer Du bist und was Du gethan hast, Du Unmensch!"—

"Zum Ersten bist Du ein ehrloser Wicht, weil Du von vornherein in der Absicht, einem braven Mädchen die Ehre zu rauben, Dich der verlassenen und geplagten, unerfahrenen und arglosen Brigitte genähert hast."

"Zum Zweiten bist Du ein Meineidiger, denn Du hast derselben nicht blos die erlogenen Redensarten und Schwüre aufgetischt, welche jeder Verliebte aufzutischen pflegt, sondern sie durch gewisse schriftlich gegebene Eheversprechen in dein höllisches Garn gelockt, um rascher zum Zwecke deiner thierischen Lüsternheit zu gelangen. Sie

314

hat von diesen Versprechungen niemals Gebrauch gemacht, weil sie noch als Gefallene mehr Ehre im Herzen trug als Du."

"Zum Dritten bist Du ein Mörder, denn Du hast der Brigitte das Herz gebrochen, den Grund zu schwerem Leiden und zeitlichem Unglücke gelegt, welches ihren frühen Tod herbeiführte."

"Das Sterben unter Gefallenen ist zwar nicht sonderlich Mode, aber gar Viele erliegen durch Schuld ihres Verführers dem geistigen Tode, der wohl mehr als der leibliche bedeutet und die Meisten bleiben einem traurigen, verachteten und freudlosen Leben preisgegeben."

"Die Brigitte modert schon viele Jahre unter dem Boden, Du hast ihr den Todestritt und der Todtengräber den Abschiedstritt gegeben, aber wenn ihr Gespenst auch niemals deinen Schlaf störte, so sind ihre Thränen und Seufzer, ihre Anklagen und Verwünschungen doch von Gott gehört worden, denn Er ließ mich leben und am jüngsten Tage wird die Gemordete gegen Dich ehrlosen, meineidigen Mörder als Anklägerin auftreten, wenn Du deine Schuld nicht auf Erden erkennst und einigermaßen zu sühnen Lust bekommst."

"Sie hat Dir zwar vor ihrem Tode verziehen, Alles verziehen, aber Gott kann und wird Keinem verzeihen, welcher nicht Asche auf das Haupt streut und ernste Buße thut."

"Es ist leider wahr, schrecklich wahr, daß Du, Fesenmichel, vor mehr als 20 Jahren nicht schlechter an Brigitten gehandelt hast, als Tausende vorher und seither, vielleicht in dieser Stunde, an tausend Anderen handeln, aber ein Laster bleibt ein Laster, wenn es auch wegen allgemeiner Verbreitung schier zum Gesetze und Recht gemacht wird und Du bleibst ein ehrloser, meineidiger, mörderischer Wicht, wenn Du auch unter allen Ständen und Klassen des Volkes noch so viele Kameraden und die Entschuldigungen: Jugend, Mangel an Bildung, guter Gelegenheit und dergleichen hohle Redensarten für Dich hast."

"Weißt Du, weßhalb ich das Recht besitze, dein weites Gewissen aus langem Sündenschlafe aufzurütteln und an Brigitten zu mahnen? Weil ich Brigittens Sohn, dein eigener, leiblicher Sohn bin, gegen den Du Dich nunmehr seit mehr als 20 Jahren täglich versündiget hast."

"Der zweideutigen, flüchtigen Freude einer Schäferstunde hast Du das Lebensglück zweier Menschen geopfert, welche nichts Böses gethan haben und die Folgen deiner lustigen Sünde pflanzen sich reichlich und unabsehbar auf Erden und hinüber in die endlose Ewigkeit fort. Brigitte ward unglücklich auf Erden durch Dich; wäre ihre arme Seele nach dem Tode nicht in den Himmel gekommen, sondern den Martern des Fegfeuers oder gar den ewigen Qualen der Hölle überantwortet worden, so trügest Du wohl die meiste Schuld daran, denn Du hast Alles gethan, um sie zeitlich und ewig zu verderben und Nichts, um sie zeitlich und ewig zu beglücken."

"Ungemach und Unglück aller Art haben mich großgezogen, Dir zumeist habe ich alles Widrige zu verdanken, was mir bisher im Laufe vieler Jahre begegnete, indem Du mich in die Welt setzen halfst und dann für immer verließest, wie das wildeste Raubthier sein Junges nicht zu verlassen pflegt."

"Hyänen, Löwen und Tiger helfen ihre Jungen aufziehen, tragen ja Futter herbei und vertheidigen dieselben bis zum letzten Blutstropfen, die Heiden befolgen das Beispiel der Thiere und handeln als Menschen dazu, aber in christlichen

Landen laufen große Haufen viehischer Bauern und viehischer Herren, die großartig mit Ehre und Bildung und manchmal sogar mit ihrem Christenthum prahlen und pochen, herum und unterlassen, was Raubthiere und arme Heiden thun und Christen vor Allem im höchsten Grade thun sollen."

"Brave Geistliche sehen in solch heillosen Zuständen eine Hauptquelle der unermeßlichen Summe von Jammer und Elend, welches auf der Christenheit lastet, doch nicht einmal im Beichtstuhle, geschweige auf der Kanzel dürfen sie sich mehr als allgemeines Gerede über das sechste Gebot erlauben, wenn sie nicht von der empfindsamen, anständigen und doch so grundliederlichen und verderbten Welt arg verkannt, verlästert und vom zahllosen Heer der Religionsspötter, Staatsverbesserer und Unzüchtigen gesteiniget werden sollen."

"Und die Gesetze? Guter Gott, die Gesetze *müssen* da aufhören, wo allgemeine Liebhabereien des Volkes anfangen; gerade die Gesetze sollen in den meisten Ländern das sprechendste Zeugniß ablegen, wie weit es unser Anstand und unsere Bildung mit der wahren Schaam und ächten Sittlichkeit hinsichtlich des sechsten Gebotes brachten und was die Frucht einer allzu zartsinnigen Erziehung sei."

"Die Gesetze geben mir kein Recht, Dich Fesenbauer am Schopfe zu nehmen, ganz im Gegentheil schützen sie Dich ehrlosen, meineidigen Mörder und Rabenvater vor jeder unsanften Berührung, aber ich nehme Dich doch am Schopfe, mein Recht dazu ist von der Natur und Vernunft und damit von Gott gewährleistet und wenn ich Dir eventuell den Hirnkasten einhämmerte, die Gesetze mich dafür verdammen, so hast nur Du vor Gottes Richterstuhl die alleinige Verantwortung!"—

"Nimm Dich in Acht vor mir, Du hast mich zum Waisen gemacht, zum armen, verachteten, mißhandelten und verfolgten Bankert und bei Dir steht es, meiner Armuth ein Ende zu machen oder mich dahin zu bringen, daß ich die bisher unverdiente Verachtung endlich einmal verdiene, die Mißhandlungen, welche die Mitmenschen meiner Mutter und mir reichlich angedeihen ließen, am Urheber räche, nach weiterer Verfolgung den Teufel frage und Dich in alle Ewigkeit in die tiefste Hölle hinabfluche und noch dort erwürge."

"Kein Mensch gibt sich selbst das Leben und kann dafür, wenn er in einem Schweinestalle anstatt in einem Schlosse geboren wird, ein jeder Bettelbube würde gewiß bald und gerne zu einem "gnädigen Herrlein" sich ummodeln, wenn es nur anginge; ferner ist das Weib schwächer als der Mann, ein unerfahrenes Mädchen mit Schwüren und besonders mit schriftlichen Versprechungen nicht sonderlich schwer zu übertölpeln.—Das Kind ist ganz, die Mutter in den meisten Fällen sicher mehr als halb unschuldig, doch Mutter und Kind tragen in unsern Landen voll einsichtsreicher, gerechter Menschen und christlicher Nächstenliebe alle Schuld und alle Folgen der Sünde, der Hauptschuldige und Hauptsünder dagegen wird kaum in Heimgärten oder in den Prachtzimmern ausgeputzter Kaffeeschwestern ein bischen durchgehechelt, fragt gemeiniglich wenig darnach und hat leichte Sorge, seine Ehre vor Schiffbruch zu bewahren."

"Meine Mutter ist an den Folgen deiner Sünde gestorben und ich habe diese Folgen vor der Welt nunmehr 21 Jahre herumgeschleppt, Du hast nichts darnach gefragt, bist nach wie vor der reiche, angesehene Fesenbauer geblieben, hast ein reiches Weib und eheliche Kinder bekommen, aber jetzt schreibt Dein Ismael an Dich und wenn es umsonst ist, dann soll die todte Hagar gerächt werden von ihrem Ismael und Du wirst mindestens einmal heulen wie die Thiere der Wüste, wenn Du nichts Besseres von denselben lernen willst!"—

"Wäre ich ein Spitzbube, Räuber, Mordbrenner und Mörder geworden, wer trüge wohl viele oder die meiste Schuld daran? Nennt Dir das weite Gewissen keinen Namen? Hätte ich das schlechte Leben Deiner Jugend auch bereits angefangen und mein Elend durch neue Waisen vervielfacht, wer hätte die erste Verantwortung dafür? Würde ich mit allen meinen Nachkommen dereinst ewig verdammt werden, wer hätte der Hölle diese Rekruten angeworben?"

"Ich brauche Dir den Namen einstweilen nicht mit einem Dreschflegel hinter die Ohren zu schreiben; wenn Du auf Dich selbst hinweisest und sagst: das ist der Schuft!—dann hast Du den Rechten errathen!—Gelt, der *junge* Fesenmichel hat beim Bärenwirth im Walde drunten keine derartigen Gedanken bekommen? Ich vermuthe, der *alte* Fesenbauer bekomme vom vielen Denken noch immer keine Kopfwehe, deßhalb hat der Ismael diese Schrift machen lassen und mit Freuden unterzeichnet."

"Beiliegende Zeugnisse und Schriften enthalten die Beweise, daß ich Brigittens Sohn und der Deinige sei vor Gott und daß ich ferner groß geworden, ohne eine besondere Schlechtigkeit zu begehen."

"Von meinen Unglücksnächten und Trauerjahren will ich Dir so wenig erzählen als von den zahllosen Flüchen, welche ich Waise auf Dich herabfluchte. Ich bin so gut Dein Kind, wie Deine ehelichen es sind, vor Gott dem Allmächtigen habe ich von Dir Alles zu fordern, was ein ehelicher Sohn vom Vater zu fordern hat und wenn Gerechtigkeit auf Erden zu finden wäre, würden die Gesetze

einen Menschen Deiner Art ins Zuchthaus zu den
Leibesmördern und Seelenmördern senden oder jedenfalls
weniger, auch gar keinen Unterschied zwischen den Rechten
ehelicher und unehelicher Kinder machen!"—

"Aber Brigittens Verzeihung soll gelten, ich will Alles
vergeben und vergessen, was ich 21 Jahre um Deinetwillen
litt und Dein getreuer Sohn werden oder Dir angeloben,
eidlich angeloben, den Eid schriftlich aufsetzen und
gerichtlich bestätigen lassen, daß ich niemals wieder einen
Anspruch irgend einer Art an Dich machen werde, Alles,
wie Du es willst—wenn und insofern Du Dich jetzt dazu
verstehst, mir nur einen kleinen Antheil von Dem zu geben,
was jedes Deiner ehelichen Kinder wohl schon gekostet,
geschweige noch zu erwarten hat."

"Vier- bis fünfhundert Gulden nämlich reichen aus, aus
einem der verlassensten Bursche des Landes zeitlebens einen
glücklichen Mann zu machen, der Dich und die Deinigen
niemals belästiget und täglich für Euer Wohlergehen betet."

"Um Christi Barmherzigkeit willen flehe ich Dich an, zum
ersten- und letztenmal menschlich gegen mich zu sein, zu
Füßen will ich Dir fallen um Dein Felsenherz zu erweichen
und nicht Dich und wohl auch mich zeitlich und ewig
unselig zu machen."

"Mit leeren Versprechungen lasse ich mich nicht abspeisen;
Dein Geiz darf nichts hoffen, ein guter Freund hat mir
gesagt, was ich zu thun habe, wenn Du Flausen machtest
und Gott sei mein Zeuge, daß ich nimmer weiche, nimmer
ablasse, Dich auf alle möglichen Arten zu quälen und zu
verfolgen, wenn Du mir nicht einige hundert Gulden,
weiche Du wohl stets bereit oder doch sehr nahe bei der
Hand hast, mir einhändigest, damit ich bald wieder
fortkomme."

"In Betreff der Amtsleute bemerke ich Dir, daß ich Zuchthaus, Galgen und Rad weniger scheue, als ein Leben ohne Geld, welches ich bisher ertrug, nunmehr aus Gründen, die ich Dir mündlich mittheilen kann, nicht länger ertragen mag."

"Ueberlege wohl, Fesenbauer, bevor Du handelst und handle diesmal menschlich und christlich an Deinem

Ismael Zuckerhannes."

Dieser Brief wurde vom Leser in hundert Fetzen zerrissen, ohne das Conzept des Winkeladvokaten wäre die solide gebildete Welt um ein Muster unanständiger Grobheit ärmer geblieben.

Der Michel hat in dieser Nacht nicht geschlafen und unwillkührlich viel an die Brigitte und ihren Bären gedacht.

Am nächsten Morgen geschah, was der Spaniol einst prophezeit hatte, der heranrückende Zuckerhannes wurde nämlich vom Fesenhofe durch den Kettenhund, das Schimpfen, Schelten und Drohen der zweibeinigen Bewohner schmählich vertrieben und vergaß die rührende Rede, welche er sich während der Nacht ausgedacht, bevor er noch ein Wort davon über die Lippen brachte.

Am dritten Abend später blieb der Fesenmichel ungewöhnlich lange von seinem Hofe weg.

Die Bäuerin und Marianne schalten und lärmten, der lange Jörg, der älteste eheliche Sohn des Hauses, fluchte wie ein Türke, später jedoch griff man zu Laternen und band den Kettenhund ab, die Knechte suchten mit dem Jörg den Hofbauern.

Sie fanden denselben dem Anscheine nach erschlagen in

einem Graben und der ganze Verdacht der That fiel auf den Landstreicher, welcher den bitterbösen Brief gebracht und vom Hofe verdienterweise weggehetzt worden war.

Die Bäuerin wälzte sich vor Trauer und zerraufte die Haare sammt zwei Kämmen, Marianne schrie, daß die Leute im Dorfe drüben es hörten, der lange Jörg stelzte in stummem Schmerze hin und wieder, auf und ab und begann ein neues Hausregiment zu führen, als nagelneuer Gebieter zahllose Mängel an allen Maßregeln des Vorgängers zu finden und seine Aufmerksamkeit zunächst auf die kleinsten Kleinigkeiten zu richten—aber Alles änderte der Physikus, welcher am vierten Tage der entsetzten Bäuerin, der wehmüthigen Marianne und dem zornigen Jörg die frohe Nachricht verkündigte, er habe im ersten Augenblick recht gesehen, das Gehirn des Fesenmichel sei unverletzt und die Herzwunde könne zwar langwierige Folgen haben, doch habe der Stich um einer gewissen Rippe willen nicht so tief einzudringen vermögen, um den Michel allzufrüh mit dem Himmel in Bekanntschaft zu setzen.—

Die Gensdarmen liefen sich schier die Beine, jedenfalls dicke Stiefelsohlen ab, um den Zuckerhannes zu fangen, aber sie erwischten ihn nicht und waren froh, daß er sich freiwillig den Gerichten überlieferte.

Er spazirte wiederum in ein Amtsgefängniß und der Prozeß begann ernsthaft zu werden, als der Fesenbauer auf den Beinen und so weit hergestellt war, um vor Amt erscheinen zu können.

Kein Unglück ohne Glück!—Der Zuckerhannes hatte keine Zeit gehabt dem zu Boden geschlagenen Hofbauern das Mindeste zu nehmen und deßhalb wurde er nicht als Räuber behandelt. Ferner schwor der Fesenmichel, die Brigitte sei ein "liederliches Thier" gewesen und der Zuckerhannes sei eher jedes Andern Sohn als der seinige. Dieser Schwur war eine große Wohlthat und der Thäter so gescheidt, die That für die Folge eines kleinen Mißverständnisses zu erklären.

Einige Monate später trug Brigittens unehrlicher Sohn auch unehrliche Kleider.

Ein Tag im Zuchthause.

Die Sterne glänzen und flimmern noch hell am Winternachthimmel, der Mond schaut noch in die Straßen der Stadt hinab, man könnte dieselben für ausgestorben halten, wenn nicht zuweilen die eiligen Schritte eines bleichen Nachtschwärmers oder die abgemessenen einer Schildwache auf dem Pflaster hohl und dumpf wiedertönten oder eine Wäscherin längs den hohen stattlichen Häusern einem Marktweibe begegnete und beide sich guten Morgen wünschten—da zittern hell und schrill die Klänge eines Glöckleins durch die Morgenluft und wer sich nicht in holden Träumen wiegt, des Glöckleins Stimme hört und kennt, der weiß, daß ein neuer Tag mindestens für die modernen Staatssklaven, die Bewohner des Zuchthauses, angebrochen sei.

Das Zuchthaus liegt am Ende der Stadt, ist ein altes, weitläufiges mit einer hohen Mauer umgebenes Gebäude mit mehrern Nebengebäuden und Höfen und unseres Wissens sehr sinnvoll und zeitgemäß aus einem ehemaligen Kloster zu einer Kaserne und endlich zum Rang einer Strafanstalt erhoben worden, deren Bewohnerzahl noch vor 10 Jahren nicht 150 überstieg, in neuerer Zeit aber fast nicht mehr unter 330 im Durchschnitt herabsinken will.

Hochgestellte Staatsbeamte, weltliche und geistliche Herren, rührige Werkmeister und vielgeplagte Aufseher sind oft viele Jahre und manchmal ihr ganzes Leben hindurch dazu verurtheilt, mit dem den Gesetzen verfallenen Abschaum des Volkes zu verkehren, demselben ihre Zeit und ihre Kräfte zu opfern, ohne großen Lohn und sonderliche Anerkennung dafür einzuerndten und so magst auch Du als Freund des Volkes Dich dazu bequemen, der Stimme jenes Glöckleins zu gehorchen, als unsichtbarer und gerade deßhalb als richtig sehender Gast in eine Strafanstalt einzutreten, deren Bewohner in Sälen Tag und Nacht beisammen hausen und welche den Ruf einer Musteranstalt der gemeinschaftlichen Haft vollkommen verdient.

Dem ersten Anscheine nach geht es in einem derartigen Hause gar einförmig, still und dennoch rührig zu; es ist eine wahre Freude, das Leben und Treiben der reinlich gekleideten, gut aussehenden, bescheidenen, gehorsamen und fleißigen Sträflinge einmal mitanzusehen und könntest beinahe Lust bekommen, mit dem nächsten besten Graukittel human oder christlich zu fraternisiren — aber ein Mensch wird eben doch niemals zur vollkommenen Maschine, der Wurm, welcher am bessern Selbst des Sträflings nagt, wird von der zweckmäßigsten Hausordnung nicht getödtet und das Wehe, welches ihm oft so tief im Herzen sitzt, durch die einsichtsvollste, menschenfreundlichste Behandlung nur gemildert und niemals gehoben.

Das Glöcklein hat die Gefangenen nicht geweckt, für das Erwachen derselben sorgten schon vorher die Aufseher durch Anpochen an die Thüren der Schlafsäle. In ihre Wollteppiche eingewickelt lagen die Sträflinge auf ihren Strohsäcken, Mancher schaute bereits gleichgültig oder sehnsüchtig dem neuen Tage des alten Elendes entgegen, Andere störte das Rufen und Pochen in süßen Träumen und verwandelte lächelnde Gesichter in niedergeschlagene Alltagsköpfe, Alle erheben sich, greifen nach ihren

Zwilchkleidern, Strümpfen und Schuhen und in einer halben Minute ist die Toilette schon so weit gediehen, daß nachträglich zum Kamme und zum Handtuche gegriffen werden kann.

Dort im Hintergrunde steht ein gemeinsamer Waschtisch, ein altes Fäßlein oben darauf, dahin trabt Einer nach dem Andern, das Lachen, Fluchen und Selbstquälen beginnt gemeiniglich schon bei dieser Gelegenheit, denn Jeder will zuerst Wasser haben und schön werden und der Gänsewein läuft doch nur aus einem Hahnen, den Becher kann nur Einer nach dem Andern bekommen und der Flinke ärgert sich über den Langsamen.

Die Gescheidesten machen einstweilen ihr Bett und geben demselben die vorschriftmäßige Glättung, ehe sie sich waschen und kämmen; die Unreinlichsten begnügen sich mit einigen Tropfen Wasser, welche auf das Handtuch als Ovation der Hausordnung tröpfeln, lassen die ohnehin kurzgeschnittenen Haare ungekämmt, die Verzärtelten thun dasselbe, denn der Winter hat seine Eisblumen über die Fenster des Saales gewoben, so daß man weder Drathgitter und Eisenstäbe vor denselben noch den Sternenhimmel sieht und das Wasser ist kalt. Ehe die Langsamsten und diejenigen, denen der Aufenthalt in dem dumpfen Saale Kopfweh verursachte oder der von schweren Träumen beherrschte Schlaf keine Erquickung gewährte, vollkommen fertig geworden, klirren Schlüssel und Ketten, die mächtigen Riegel der eisenbeschlagenen Thüre des Saales Nro. 5 werden zurückgezogen, die Thüre springt auf, ein schnurrbärtiger Aufseher tritt in den Saal und wird von mehr als einem freundlichen "guten Morgen, Meister!" empfangen.

Ein Fremder würde vielleicht vor der verderbten Luft, welche ihm aus dem Schlafsaale entgegenströmt, weichen und etwas von jenem unbeschreiblichen, durchdringenden Geruche wittern, welcher der Kerkerluft eigen ist, doch die Geruchsnerven eines Aufsehers sind längst gegen derartige Kleinigkeiten durch Gewohnheit abgestumpft, der Aufseher nimmt lediglich zu seinem Vergnügen eine riesenmäßige Prise und wirft die Augen prüfend rings umher.

Alles befindet sich in guter Ordnung, jeder Gefangene steht bei seiner Bettlade, das Summen und Brummen wird durch den ersten Kommandoruf des Tages in lautlose Stille verwandelt.

"Gebet!"

Die Reihe des Betens ist heute an Nro. 117, einem Mordbrenner aus der Baar, dessen dicker Kopf und ungemein starker Nacken an einen tüchtigen Schweizerstier oder an eine englische Bulldogge mahnen. Der Gute haspelt Etwas herab, was möglicherweise einem Vaterunser ähnlich lautet, mindestens versteht man die Worte "Vater unser" und "Absterbens Amen," die Kameraden falten die Hände und schauen in die Nacht hinein.

"Ab!"

Jeder greift nach seiner Mütze, Einer nach dem Andern trabt der Thüre zu, Einer hinter dem Andern in den Gang hinaus und an den Aufsehern vorüber, welche mit Soldaten an einigen Posten aufgestellt sind und Jeden mustern.

Der Aufseher, welcher der Saalthüre zunächst steht, zählt die Herausgehenden, ein Zweiter macht für Jeden derselben einen Strich auf eine Schiefertafel, die Zahl wird voll, Keiner der unfreiwilligen Gäste fehlt, einige derselben sind uns bekannt.

Das Affengesicht ist unter den Ersten, welche aus dem Saale

Nro. 5 schleichen, hat die Zwilchkappe sehr herausfordernd auf das linke Ohr gesetzt, aber die verloschenen, mit blauen Ringen unterlaufenen Augen, die gebückte Haltung, der schlotternde Gang und vor Allem die süßfreundliche Frazze, womit er die ernstblickenden Aufseher begrüßt, beweisen, daß Kraft und Muth nicht in der Seele dieses Subjektes flammen.

Ein Faustschlag des hinter ihm gehenden Mordbrenners reichte wohl hin, das durch längere Gefangenschaft und andere Dinge erschöpfte Affengesicht zu zermalmen. Jetzt kommt Einer, von welchem ein witziger Sträfling behauptet, derselbe müsse ein Gärtner sein, weil er das Saamensäcklein beständig am Halse hängen habe—es ist der Zuckerhannes, der lang und faul aus dem Saale hinkt und nicht vergißt, jeden Aufseher gutmüthig anzulächeln. Die Wangen sind offenbar stark verbleicht und etwas unschlittfarben geworden, doch im Ganzen sieht unser Held gar nicht übel und unglücklich aus und die reinliche Sträflingstracht kleidet ihn recht gut.

Dem Zuckerhannes folgt ein eisgrauer Mann mit großen, schwermüthigen Augen und kummervollem, gefurchtem Antlitze. Er grüßt Niemanden und man bliebe zweifelhaft, ob die langen, schmalen Lippen durch Krampf oder Gebet beständig in Bewegung erhalten würden, wenn man nicht wüßte, daß Beides zugleich der Fall sei.

Ja, der alte Melchior betet vom frühen Morgen bis in die späte Nacht, ein Nonplusultra der Frömmigkeit, welches Spott und Hohn der Religionslosen verachtet, denn er hat als Mörder seines Sohnes noch zwölf Jahre hier zu "brennen," ist ein alter Mann, der die Heimath liebt und nur Einen Wunsch hegt, nämlich sein Dörflein wieder zu sehen. Er betet um Befreiung aus dieser Jammerhöhle und je länger diese ausbleibt, desto inbrünstiger und ausschließlicher fleht er um dieselbe.

Hinter dem Melchior trabt ein Bube einher, welchen wir ein Kind nennen würden, wenn nur noch etwas Kindliches in diesem pfiffigen Spitzbubengesichtchen sich entdecken ließe. Blutjung an Jahren übertrifft er den alten Melchior an Erfahrung in Sachen der Greiferkunde und jedenfalls an Verschmitztheit und Schlechtigkeit. Weil er außergewöhnliche Anlagen zu Lastern und Verbrechen bethätigte, sandte ihn die einsichtsvolle Gesellschaft auch ungewöhnlich früh auf diese Hochschule der Verbrecher und es scheint, daß er die von gründlicher Erfahrung strotzenden Vorträge grauer Schelme mit Nutzen hört.

Mit dem festen Schritte eines Soldaten folgt ein hochgewachsener, noch jugendlich aussehender Bursche, dessen edle Gesichtszüge wenig von der Resignation eines alten Sträflings, wohl aber von stiller Schwermuth und hoffnungsloser Verzweiflung sprechen. Das Feuer der dunkeln Augen ist noch nicht verloschen, der Mund, der so mancher Dorfschönen und Stadtmamsell freundlich zugelächelt, hat das Lächeln noch nicht verlernt, doch aus den Augen sprüht ein innerer Brand und durch das Lächeln zuckt ein tiefer Gram.

Dieser schöne, interessante Mensch ist ein lebenslänglich Verurtheilter, nämlich der Duckmäuser, der erste und letzte Busenfreund des Zuckerhannes.

Wir werden uns viel mit ihm beschäftigen, der Umstand, daß er kein Gebilde dichterischer Einbildungskraft ist, sondern bis heute lebt, vermehrt vielleicht das Interesse des Lesers—doch für jetzt lassen wir den armen Duckmäuser abmaschiren und befassen uns lediglich mit der Sträflingsrolle desselben.

328

Der brave Obermeister, welcher die Namen derjenigen aufzeichnet, die heute Nacht im Saale Nro. 5 erkrankt sein wollten und einen sichtbar Erkrankten bei sich zurückbehält, grüßt den Duckmäuser freundlich und dieser eilt hinaus in den Hof, nimmt in der Geschwindigkeit einen Schluck frischen Wassers vom Brunnen mit, blickt zum Monde empor, gedenkt seufzend der lieben Schläfer im Heimathdörflein, welches er niemals wiedersehen soll und verschwindet dann in der Thüre eines Nebengebäudes.

Stumm, in ihre dunkeln Mäntel gehüllt, stehen Schildwachen und Aufseher in den Höfen umher, außer den Schritten der Sträflinge vernimmt man keinen Laut, endlich verhallen auch diese, nur der Bach, der seine raschen, kalten Wellen durch die Strafanstalt jagt, murmelt mit dem Morgenwinde.

Doch hell ist's geworden hinter den großen und kleinen vergitterten Fenstern der Arbeitssäle, rasch wird der Lärm der Arbeiter hörbar, dort das emsige Klopfen der Schuster, hier das taktfeste Aechzen der Webestühle, nicht weit davon das gemüthliche Schnurren der Rädchen der Spuler, Spinner und Wollspinner; tief aus dem Bauche der Erde herauf zischen alle Arten von Hobeln, kreischen Sägen, donnern schwere Küferhämmer und das wilde Rauschen des losgelassenen Wasserrades, das dumpfe Rollen gewichtiger Walzen in der Hanfreibe mahnt an die industrielle Neuzeit, wie die frühere Stille an das Klosterwesen des Mittelalters.

Steigen wir hinab in das Gewölbe der Holzarbeiter, so finden wir dasselbe hell erleuchtet und voll rühriger Arbeiter, denn schon die empfindliche Kälte des Morgens setzt trotz dem knurrenden Veto des leeren Magens Füße und Hände in Bewegung.

Gemessenen Schrittes geht ein unbewaffneter Aufseher

ruhig auf und ab, während der Werkmeister von dieser Hobelbank hinter jene Reihe doppelt aufgethürmter Salzfässer eilt, an jenem Schleifsteine nur verweilt, um dem fleißigen Drechsler oder dem geschickten Holzschnitzer oder Leistenmacher ein schärferes Instrument zu bringen oder am Schreibtische in der hintersten Ecke die Arbeitslisten des Tages zu ordnen.

Vor dem Ofen steht der Zuckerhannes mit einer Schaufel, schaut behaglich in die Flammen, deren röthliches Licht seine Gestalt umflackert und füttert von Zeit zu Zeit den Wärmespender mit Abfall und Hobelspänen.

Befinden sich Aufseher oder Werkmeister nicht gerade in der Nähe, dann schaut das Bulldoggengesicht des Mordbrenners vielsagend von der Fügbank zum Heitzer herüber oder eine listige Galgenphysiognomie blinzelt für einen Augenblick hinter dem Ofen hervor oder ein furchtsamer Neuling zischt ein kurzes Wort, der Zuckerhannes aber wirft die Augen spähend umher, bückt sich dann rasch, zieht einen dunkeln Gegenstand zwischen den Hobelspänen hervor und im nächsten Augenblicke fliegt ein Stück Erlenholz, Nußbaumholz, ein Sesselfuß, ein Eichenklotz oder etwas Anderes in die lodernde Gluth und die Schaufel sichert der Flamme ihren Raub durch nachgestoßene Hobelspäne. "Spart Holz an den Sträflingen, Ihr Kaiben!" murmelt der Zuckerhannes und lacht schadenfroh, die Nachbarn lachen, der Schurrbart [Schnurrbart] des zurückkehrenden Vorgesetzten zaubert lauter unschuldige Mienen um sich her, doch inwendig lacht das Herz fort und das Verschwinden des Argus gibt das Signal zur Wiederholung des Manövers.

Der Werkmeister mag noch so getreu, der Aufseher noch so scharfblickend und erfahren sein, dennoch wird an Rohstoffen und Arbeiten in Sträflingssälen jährlich Vieles absichtlich verdorben und wer mit Strenge dreinfährt und dadurch die Arbeiter erbittert, wird bald arg erfahren, daß keine Macht der Erde den Menschen zur willenlosen Maschine und den Sträfling zum getreuen Haushalter mit fremdem Eigenthum macht.

Es gibt manche, vielleicht viele Gefangene, welche das ihnen anvertraute Gut sehr sorgfältig und eifersüchtig hüten, dafür ist ihnen das des Nachbars vollkommen gleichgültig und Viele haben ihre Freude daran, Rohstoffe zu verderben und zu verschleudern.

"Es gehört dem Staat!" brummt der Exfourier, ein langer Mensch, dessen Fuchskopf von einer ungeheuern Adlernase beschattet wird und spedirt im Vorübergehen ein hölzernes Arbeitsgeräthe in den Ofen, der sich freudig aufflackernd für diesen Morgenbissen bedankt.

"Es gehört dem Staat!" wiederholt der Zuckerhannes und fügt bei "der Teufel soll den Staat holen!"—Der Staat ist ihm ein ungreifbares Etwas, ein reicher, vornehmer, mächtiger Feind, der ihn beherrscht und quält und dafür auf jede Weise beschädigt werden muß.

Manche Sträflinge gehen hin und her, wandeln ein und aus und mehr als Einer kehrt freudiger zurück, als er fortgegangen. Die holde Dämmerung ist der Mantel, unter welchem der Hausordnung die besten und sichersten Schnippchen geschlagen werden, der Abtritt die Börse und das Rathhaus der Zuchthauswelt. Hast Du Schick? fragt ein Straßenräuber den Ofenheitzer. Dieser zieht ein Päcklein dieser Sträflingsambrosia hervor, der Räuber schneidet eine Viertelelle ab, klirrt freudig mit seinen Ketten und ist in diesem Augenblicke ein Glücklicher.

Wie wenig gehört dazu, ein Kind oder einen Gefangenen

glücklicher oder unglücklicher zu machen!—

"An Eure Arbeit!" donnert der Aufseher den Beiden zu; der Zuckerhannes springt an seine Fügbank, der Straßenräuber aber schreitet trotzig nach der Thüre.

"Wohin?"

"Hinaus!"

"Schon wieder?—Verfluchtes Geläufe!"

"Schon wieder!" schnauzt der Kettenträger und murmelt vor sich hin einen schweren Fluch über alle Leuteschinder.

Er trifft einige Andere; der Exfourier erzählt eben, wie bis zur Stunde ein ehemaliger Aufseher in der Stadt herumstolpere, welcher eine Perüke und darunter einen silbernen Hirnschädel trage, weil ihm der beinerne von einem Sträfling eingeschlagen worden sei. Die Zuhörer bewundern die That dieses Sträflings und der entzückte Kettenmann schwört, nach der Entlassung dem Hungerleider da drunten mindestens die Augen ausdrücken oder die Beine abschlagen zu wollen.

"Weßhalb bist Du da?" fragt der Exfourier einen jungen Burschen, welcher erst vor zehn Tagen gekommen und gestern zur Arbeit gesandt wurde.—"Von wegen meiner Religion!"—"Wirst doch nichts auf die Spitzbuben von Pfaffen halten!"—"Gott bewahre, ich habe meine eigene Religion und deßhalb bin ich hier, denn mein Glaube wird verfolgt!"—"Ja, was glaubst Du denn?"—"Ich habe geglaubt, das Gut Anderer sei das meinige, es ist mein erster und letzter Artikel!"—Alle lachen, Einige gehen, Andere kommen, unter letztern der Zuckerhannes mit dem Benedict, wie der Duckmäuser heißt.

"Ah bonjour, Benedict, mein, ich habe schön von meiner Braunen geträumt!" sagt der Exfourier und lacht höhnisch.

"Kann mir denken, was ein Schwein deiner Art träumt!" meint der Benedict trocken.

"Hört einmal diesen Narren, er vergönnt Einem die Träume!" meint Einer.

"Der Duckmäuser hat einen haushohen "Krattel," meint immer, er sei Etwas Besseres als Andere, das hat ihm das Genick gebrochen! ... Wozu ist denn der Mensch auf der Welt, wenn er nicht einmal ein bischen ein Schwein sein darf? ... Kannst Dich noch so tugendhaft anstellen, deßhalb siehst Du die Marzell, die Susann, das Rosele und wie deine "Menscher" alle geheißen haben, doch in den nächsten 10 Jahren nicht wieder!" spottet der Exfourier.

"Ein düsterer Zug fährt über das Gesicht des Benedict, während er erwidert:

"Hast Recht! ... es war vielleicht eine Dummheit, daß ich nicht die Grunzer meines Rheindörfleins nachahmte! ... Vielleicht wärs mit mir jetzt doch schon zu Ende!"

"Oh, Du kannst noch frei werden!" tröstet der Zuckerhannes.

"Ja, wenn die Kuh einen Batzen gibt!" scherzt der Benedict.

"Wir wollen gehen, das Tagwerk muß heute auch fertig sein!" sagt Einer und die Meisten gehen, während Andere kommen.

Allmählig bricht der Tag heran, die Stunde der Morgensuppe ist nahe, man merkt am Arbeiten, sie habe im Magen der Sträflinge bereits geschlagen; endlich ertönt die

helle, schrille Stimme des Hausglöckleins, in einem Nu
werden sämmtliche Werkzeuge bei Seiten gelegt, der
Straßenräuber brüllt mit einer Stimme, welche dem
heidnischen Kriegsgotte keine Schande gebracht hätte:

"Suppe!"—Alle rüsten sich zum Abgehen.

"Ab!"

Die Gefangenen drängen sich nach der Thüre durch die
Gänge und marschiren im Gänsemarsch dem Hauptgebäude
zu, still, geordnet, rasch, das einsame Klirren der Fußkette
eines Räubers gibt zuweilen den Takt an, mit befriedigten
Blicken lassen die Aufseher die langen Reihen
vorbeidefiliren.

Dort aus jener Thüre tritt ein alter Kerl, wendet das von
allen möglichen Leidenschaften und Schicksalen
durchwühlte Gesicht gegen den Zuckerhannes, zwinkert
pfiffig mit dem einen Auge und zieht das Maul in eine
möglichst angenehme Krümmung.

Das rothe Band unter dem linken Kniee zeigt an, daß er zur
alten Garde des Zuchthauses gehöre, es ist der einäugige
Stoffel, der Besenbinder und Erzspitzbube, welchen wir im
Amtsgefängnisse kennen lernten und welcher das gewohnte
Winterquartier wiederum bezogen hat.

Beim Eingange zum Hauptgebäude trifft er mit dem
Zuckerhannes zusammen.

"Der alte Paul läßt Dich grüßen, Hannes!"

"So? Was treibt er? wo ist der graue Halunke?"

"Halunke? Ein braverer Bursche hat noch nicht auf Erden
gewandelt, als er, aber das Unglück verfolgt ihn. Hab Dir's

ja längst auseinandergesetzt, daß ihm der Spaniol keinen Kreuzer von deinem Gelde gegeben und daß er deßhalb Händel mit ihm bekommen hat. Der alte Paul wird auch bald wieder kommen, das Unglück verfolgt ihn bis zum Jahr 1852 und ist nur gut, daß das Zuchthaus nicht das größte Unglück ist, was Einem begegnen kann!"

"Hast Recht, Stoffel, es ist nicht halb so arg, als man draußen meint. Weiß Gott, ich will lieber lebenslänglich im Zuchthause, als Ein Jahr bei der dicken Sonnenwirthin sein. Ein armer Teufel bleibt ein geplagtes Thier, ob er hier hocke oder—."

Die beiden werden vom Strome fortgerissen, der am Ende des Hauptganges sich in mehrere Arme theilt, welche zu den verschiedenen Speisesälen führen. Der Zuckerhannes tritt in einen niedrigen, finstern Saal, aus welchem ein verworrenes Gesumme und Gebrumme ertönt. Rasch füllen sich die langen, schweren, altersbraunen Tische längs den Wänden, ruhig sieht ein alter Schnurrbart von Aufseher am Ofen, der in der Mitte des Saales sich erhebt und in Einem fort sprudelt das Wasser aus dem alten Fasse in den Becher, der von Hand zu Hand geht.

Die stumpfen Messer, welche an Ketten angenietet auf dem Tische liegen, wüthen in großen Stücken sehr schmackhaften Brodes, die blechernen Löffel klirren heimelig und thönerne Schüsselchen, in denen ein Stücklein Butter im Wasser schwimmt, laden neben den Salzbüchsen die Gourmands des Zuchthauses zu ihrem vornehmsten Genusse ein.

"Suppe!" schreit der Aufseher.

Alle Sträflinge fahren wie electrisirt in die Höhe, alle Mützen fliegen von den Köpfen, alle Hände werden gefaltet, der Zuckerhannes betet laut ein Vaterunser und je lieblicher der Dampf einer gerösteten Mehlsuppe in seine Nase dringt, desto beflügelter wird seine Zunge.

Unser Held ist ein eifriger Beter. Er betet für sich, wenn die Reihe an ihn kommt, betet aber auch für manchen Andern, der gerne eine Portion Fleisch oder etwas Anderes opfert, um nicht durch ein lautes Vaterunser in den Verdacht christlicher Frömmigkeit zu gerathen oder um seine Unwissenheit nicht durch Steckenbleiben zu offenbaren.

"Absterbens Amen!" ruft der Zuckerhannes mit freudiger Hast, die Gefangenen setzen sich mit Ausnahme der Aufwärter, welche die zinnernen Suppenschüsseln vertheilen und die vornehmsten billigermaßen für sich auf die Seite stellen.

An Appetit fehlt es sehr Wenigen, zudem ist die Suppe vortrefflich und viele tausend Arme werden an diesem Morgen wohl nichts Besseres bekommen. Die erträgliche Kost Gefangener als zu gut tadeln wollen, hieße unmenschlich sein, weil die Gefangenschaft schon an sich zehrt und Viele schwer arbeiten, Alle vom frühesten Morgen bis zum späten Abend thätig sein müssen; es hieße aber auch unsinnig sein, denn Alles ist möglichst karg ausgemessen und der Vortheil, für viele Menschen auf einmal zu kochen, so groß, daß trotz aller Beschränkung ein redlicher Kostgeber ordentliche Kost bereitet und dennoch seinen billigen Vortheil dabei findet, ein unredlicher auf Unkosten armer Mitmenschen zum reichen—Schuft werden kann.

Um sich von musterhafter Verwaltung und durchdachter Kontrolle der badischen Strafanstalten zu überzeugen, wird ein Blick in die Verköstigung der Gefangenen Erklekliches beitragen, was in frühern Jahren nicht immer der Fall gewesen sein möchte.

Selbstbereitung der Kost von Seiten der Anstalt, wie dies im Zellengefängniß zu Bruchsal seit neuerer Zeit eingeführt wurde, möchte übrigens für den Staat und die Gefangenen zugleich sich laut bisheriger Erfahrung in einer Zeit der Theuerung aller Lebensmittel stets als das Vortheilhafteste bewähren. —

Mancher leckt bereits sein Schüsselchen rein, das Affengesicht bettelt Ueberreste Anderer zusammen, der Exfourier, der mit Zuckerhannes und dem Benedict an Einem Tische sitzt und längst als Wortführer der Sippe anerkannt ist, klopft sich behaglich auf den Bauch und läßt den Duckmäuser bezeugen, die Morgensuppe der Soldaten übertreffe nimmermehr eine solche Mehlsuppe.

Dieser bejaht, findet nichts zu wünschen übrig, außer einem "Pfifflein vom Alten" als Würze und meint, die Heldenkraft der mittelalterlichen Ritter müsse sicher auch vom tüchtigen Genusse guter Mehlsuppen mit Wein hergestammt und der Rasse die heutige Welt lendenlahm gemacht haben.

Der Mordbrenner aus der Baar findet nichts Gutes am ganzen Zuchthause, geschweige an den Mehlsuppen desselben und beneidet schließlich die "Großköpfe" alter Zeiten um Mehlsuppe und Wein.

Das Gespräch wird gelehrt, der Exfourier gibt die Entscheidung, die Allen gefällt, nachdem auch er nichts Gutes am Zuchthause gefunden haben will.

"Dort drüben auf der Wachtstube," sagt er und deutet mit dem Löffel durch das Fenster, "dort drüben habe ich als Wachcommandant viele hundert Ritter- und Räubergeschichten gelesen und tief über die heutige Welt und Lumperei nachgedacht. Wenn ich die armen Sträflinge so betrachtete, wie sie bleich und hungrig an mir vorüberschlichen und die Nase sehnsüchtig nach dem Qualme meiner Tabakspfeife richteten, wollte es mich schier versprengen vor Zorn und Wehmuth! ... Arme Teufel, dacht' ich, man verherrlicht Euch in Büchern, bewundert Euch in den nobelsten Gesellschaften und mißhandelt Euch doch im Leben. Was könnt Ihr dafür, weil Ihr zu spät auf die Welt gekommen seid, wo das Rauben und Bandensammeln kein Hauptgeschäft adelicher Herren mehr sein darf und gemeine Leute dafür eingesperrt und gehängt werden? Warum gibt es bei uns in diesem zusammengestohlenen Bändelland keine Abruzzen und kein Estremadura? Weßhalb einen Schwarzwald voll Gensdarmen statt eines Bakonyerwaldes? ... Mein Seel, wenn viele Soldaten wie ich gedacht hätten, wären wir einmal vom Exerzirplatze mit Sack und Pack weggelaufen, um als freie Männer zu leben und den Reichen die Schädel einzuschießen. Wir hätten uns im Schwarzwalde ganz gut einige Zeit halten, leicht vertheidigen und durch die Schweiz nach Italien durchschlagen, auf dem Wege unsere Beutel und Schnapssäcke füllen und manchem Schurken den wohl verdienten Lohn geben können! ... Ich wäre als Karl Moor vorangegangen, meine Braune hätte ich als Amalie oder Emilie oder wie das Theatermensch heißt, mit mir genommen! ... Gott straf mich, wenn meine Braune nicht auch zur Büchse gegriffen und in die liederliche Welt hineingeschossen hatte! ... Aber jetzt hocke ich da und freß unschuldige Zuchthaussuppen, sie steht noch immer in einer Küche und hat Abends vielleicht einen Andern zwischen Acht und Neune!—Der Teufel soll die Welt, den Himmel und uns Alle dazu holen, wenns nicht bald anders kommt, denn ich habe es satt und kann nicht sterben, bevor das Unrecht, was das Kriegsgericht an mir verübte, gut gemacht und meine Schmach blutig abgewaschen ist!"—

Um die Unschuld des Exfouriers, von der er mit seinen Kameraden fest überzeugt ist, begreifen zu lernen, bedarf es weniger Worte.

Er gehörte einst zu jenen Unteroffizieren, welche zehn Wochen nur Ein Hemd oder auch gar keines unter der glänzenden Uniform tragen und nach zahlreichen Eroberungen innerhalb der Mägdewelt ward endlich auch er erobert. Eine handfeste, stämmige Nymphe des Schwarzwaldes mit braunen Haaren und rothen Wangen, mit beerenschwarzen Augen und einem Lächeln so süß als das der Houris des Paradieses angelte das Herz des Kriegshelden und was noch keiner gelungen, gelang ihr. Sie fesselte ihn nicht nur vier Wochen, sondern nach vier Monden wurde er erst recht ernstlich gefesselt und Liebe und Leichtsinn begingen Streiche, welche mit Pflicht und Ehre sich täglich weniger zusammenreimen ließen.

Der Krug ging lange zum Brunnen, zuletzt zerbrach er doch.

Die Gebieterin der Nymphe trug einen prächtigen Schawl, die Nymphe wollte einen ähnlichen als Hochzeitsschawl einstweilen in ihrer Truhe haben.

Bitten und Thränen, Vorwürfe und Schmollen brachten den ohnehin stark verschuldeten Liebhaber in Verzweiflung. Endlich reichten einige kühne Griffe in Kassen und fremde Geldbeutel hin, die Nymphe zu beseligen und ihn mit ihr. Er legte den Schawl zu ihren Füßen und erndtete der Minne Sold, nur die Angst vor Entdeckung trübte seine Seligkeit. Mindestens Ein Pöstlein mußte rasch ersetzt werden, wenn der Fourier ruhig schlafen wollte, deßhalb eilte er aus den Armen der Liebe in die der Freundschaft, welche sich für ihn in einem feisten Corporal verkörpert hatte.

Die Freundschaft saß gerade im Bierhause, trank den zehnten Schoppen und nebelte Bremerknaster dazu, der Fourier entdeckte Alles unter dem Siegel tiefster Verschwiegenheit.

Die Freundschaft nahm erstaunt die Pfeife aus dem Mund, schaute den Kameraden groß an, strich den Schnurrbart lange und eifrig, endlich zog sie einen Geldbeutel heraus und warf ihn auf den Tisch. Der Geldbeutel war an Münze beinahe so leer, als das reine Nichts Hegels an Bestimmungen und während der Fourier denselben noch mit trüber, rathloser Jammermiene betrachtete, fand sich die Freundschaft bewogen, dem Unglücklichen zum Schluß einen halben Schoppen Bier ins Gesicht zu schütten und ohne Entschuldigung fort zu gehen.

Der Fourier wischte den braunen Nektar ab, betrachtete den Streich als Spaß der muntern Freundschaft und hatte zudem keine Zeit zum Zornigwerden, denn die Stunde des Zapfenstreiches war da.

In Todesangst läuft er in aller Geschwindigkeit noch zu einem zweiten, dritten und vierten Busenfreund und erhält von Dreien Nichts, vom vierten den guten Rath, sich schleunig auf die Socken zu machen, weil die drei vermeintlichen Freunde, denen er sich entdeckt habe, wohl in diesem Augenblicke ihn bereits verriethen.

Er weiß nicht mehr, was er thut und eilt statt zur Kaserne zum Thore hinaus. Es war eine schöne, mondhelle, lauwarme Sommernacht, welche viele poetische und prosaische Seelen ins Freie gelockt hatte und unglückseligerweise auch den Hauptmann der Compagnie, welcher der als "liederliches Tuch" bekannte Fourier angehört. Der Hauptmann sieht und erkennt den Untergebenen, die Eile desselben scheint ihm verdächtig, er hält ihn an und arretirt ihn.

Aber ein Liebhaber der Romantik läßt sich keineswegs mir nichts dir nichts auf seiner Heldenlaufbahn hemmen, somit zieht der Fourier vom Leder und erst ein glücklicher Hieb des ebenso muthigen als braven und diesmal arg in Harnisch gebrachten Offiziers bringt ihn zur Flucht, aber andere Leute reden auch ein Wörtlein und eine Stunde später sitzt unser Held krummgeschlossen im "Dunkelarrest für Unteroffiziere" und sinnt über Schicksalstücke voll Weltschmerz nach.

Jetzt sitzt er für eine hübsche Zeit im Zuchthause und sucht Licht und Aufklärung in demselben zu verbreiten, ist ein belesener Mann und deßhalb ein Nebenbuhler seines Tischgenossen, des vielbelesenen Duckmäusers, den er übrigens in innerster Seele anwidert.

Der Duckmäuser ist in seinen schlimmsten Stunden doch noch zehnmal mehr werth gewesen, als der grundliederliche Exfourier im Schlafe und während jener den Beifall der Beamten, Aufseher und bessern Kameraden erstrebt, will dieser Alle sich gleich machen und dabei doch über Alle herrschen.

Der Ehrgeiz verwirrt Staaten und Zuchthäuser, der Mensch mit seinen Leidenschaften bleibt überall derselbe, wenn nicht die übernatürliche Weihe der Religion sein Wesen allmählig veredelt.

Von einer derartigen Veredlung weiß der Exfourier mit seinen Kameraden wenig, denn alle sind Kinder des 19. Jahrhunderts, Alle haben den Jugend- Glauben verloren und ein langes Sündenleben, oft in Verbindung mit mangelhaftem Religionsunterrichte hat ihre Gemüther verwildert und verkehrt.

"Die Mehlsuppe ist mir lieber als die Predigt, welche heute der Pfarrer wieder auftischen wird!" sagt Einer, nachdem das:

"Stille, Stille!"

des Aufsehers den Redefluß des Exfouriers für eine Weile unterbrochen hat.

"Im Krankenzimmer ist's schändlich langweilig, die paar alten Schunken, welche droben herumfahren, habe ich schon vorigen Sommer gelesen, auch ist jetzt wieder der Teufel los, man kann deshalb nicht einmal ein Stück Schwarzbrod hinaufschmuggeln und der Doktor bringt Einen mit seiner Diät und Viertelskost fast zum Verhungern. Aber ich wäre doch froh, wenn ich wieder einige Tage droben sein könnte, um der Abwechslung willen und um aus der leidigen Kirche bleiben zu können!" murmelt der Exfourier.

"Krankenstock? he, he, he! ... Gutes Essen, Ausruhen, keine Grobheiten, he, he, he! ... Ich weiß, wie man Doktoren auch im Zuchthause über den Löffel barbirt, he, he, he!"

schmunzelt der schielende Kilian und schaut bedeutungsvoll mit einem Auge zur Stubendecke, mit dem andern zum Fenster hinaus!

"Sag's, wir verrathen Dich nicht! ... Der Kilian ist lange in Frankreich gesessen, er weiß Alles! ... Der Kilian kommt zur Krankenkost wenn es ihm beliebt."

"Kilian, sage mir ein Mittel!" fleht der Exfourier.

"Was krieg ich, he, he, he?"

"Fünf Päcklein Schick, wenns probat ist!" meint der Duckmäuser.

"Zehn Päcklein!" bietet der Exfourier.

"Zehn Päcklein und fünf Portionen Fleisch!" steigert das Affengesicht.

"Zehn Päcklein Schick und zehn Portionen Fleisch, wer bietet?" entscheidet der Kilian.

"Ich, es gilt, topp!"—Der Exfourier hat es, geht mit dem Kilian hinaus und kehrt nach einer Minute mit der Miene eines Menschen zurück, der ein freudebringendes Geheimniß erfahren.

"Der Kilian ist ein durchtriebener Franzose, er hat mich angeschmiert und wieder einen dummen Witz gerissen, aber ich liebe den Witz und dieser ist so dumm, daß ich gern zehn Fleischportionen opfere!" versichert der Exfourier der ganzen Tischgesellschaft.

Diese Versicherung ist eine vom Kilian ausbedungene Lüge. Er gab dem Exfourier ein probates Mittel an, um nach Belieben Geschwulsten zu erzeugen und das Gesicht in wenigen Stunden unkenntlich zu machen. Am Tische sitzt kein Verräther, dies wissen die Akkordanten, aber sie wollen Nutzen aus dem Geheimnisse ziehen, jeden Verdacht vermeiden und deßhalb hat der Exfourier auch "auf Ehre" schwören müssen, in den nächsten vier Wochen noch keinen Gebrauch von der Sache zu machen.

"Gebet!" ruft der Aufseher.

Die Aufseher legen ihre Schüsselpyramiden weg, alle Gefangenen erheben sich und verstummen, der Zuckerhannes betet ein zweites Vaterunser, dann wird es lebhafter und lauter als je, 10 Aufseher würden 60 bis 70 Esser dieses Saales nicht vollkommen im Zaum halten können.

"Was hat denn der drüben gemacht, der mit dem Hasenmaul und der rothen Nase, he?" schreit der Zuckerhannes zu einem andern Tische hinüber.

"Ein altes Weib ausgeplündert und alsdann ins Kamin gehängt! ... Nein, einem Kleiderkasten das Gehirn eingeschlagen! ... Einem liederlichen Amtmann das Genick gebrochen!" rufen Einige herüber.

Der Rothnasige mit dem Hasenmaule hat Alles gehört, das Gelächter ärgert ihn, er kommt zum Zuckerhannes und sagt zitternd vor Zorn:

"Vefluchter kropfiger, hinkender Halunke, was geht es Dich an, was ich machte? Ich bin kein so schlechter Kerl wie Du, wenn Du mich nicht gehen läßt, werde ich den Weg auf die Verwaltung finden!"

"Hier sind Alle gleich, es gibt keinen Unterschied!" bemerkt der Exfourier.

"Hör, Du, Hasengosche, fährt der Mordbrenner auf, wenn

Du Etwas anzeigst, dann nimm Dich vor mir in Acht! ... Ich frage den Teufel nach dem Verwalter, Zwangstuhl und schwarzem Loch und an *dem* Tische, wo ich sitze, muß Freiheit sein. Der Zuckerhannes sitzt aber da!"

"Ein schlechter Kerl bist Du, man sieht es Dir an und was Du gethan, ist Eins!" meint der Zuckerhannes, der sich vom ersten Schrecken erholt hat.

"Der Teufel hat mit der wüstesten, ältesten Hexe in der Mainacht das Hasenmaul fabrizirt!" lacht der Exfourier.

"Beleidiget und quält Euch doch nicht selbst, ihr Narren!" erinnert der Duckmäuser.

"Ihr alle seid Spitzbuben, wie Ihr da hockt, aber ich bin unschuldig hergekommen, Gott weiß es und wird meine Ankläger, Zeugen und Richter finden."

"Packe Dich oder ich haue Dich viereckig!" droht der Mordbrenner.

"Bst, der Aufseher kommt!"

Richtig, er kommt, das unerfahrene, arme Hasenmaul wendet sich an ihn und erzählt ihm Alles, der Aufseher verspricht, Alles zu melden. Er wird es thun, Alle werden für den Zuckerhannes und den Mordbrenner reden, diese werden dann Alles rundweg läugnen und dennoch bestraft werden, aber das Hasenmaul wird Alles bitterlich bereuen und sich in diesem Punkte gründlich bessern. —

Wiederum ruft das Glöcklein zur Arbeit, der Abmarsch beginnt, die Speisesäle leeren sich rasch und nach wenigen Minuten steht jeder wieder bei seiner Arbeit.

Der Zuckerhannes hobelt rüstig darauf los, er ist im

Zuchthause kein heuriges Häslein mehr und weiß seine Zeit so einzutheilen, daß er stets bequem mit seinem Tagwerke fertig wird, ohne sich sonderlich zu beeilen oder anzustrengen, bis jetzt hat er an der Morgenportion noch wenig verfertiget.

Eine der schwierigsten Aufgaben der Gefängnißbeamten, Erhaltung eines lohnenden Gewerbsbetriebes, Vertheilung der Arbeitskräfte und Heranbildung von Arbeitern ist in dieser Anstalt so gut gelöst, als die zahlreichen Schwierigkeiten von Außen und Innen, Oben und Unten es erlauben.

Der Zuckerhannes hätte ein Handwerk erlernen können, aber er mochte nicht und unterzog sich der schweren Arbeit des Daubenfügens, welche wenig Geschicklichkeit, doch Armschmalz genug erfordert; er wäre im Stande ein doppeltes Tagwerk zu liefern und seinen Lohn zu erhöhen, aber er that dies nur im Anfange und arbeitet seit langer Zeit gerade was er muß, denn erstens hat der Staat nicht den Fesenmichel, sondern ihn bestraft und keine Macht der Welt wäre im Stande, ihn von der Gerechtigkeit seiner Strafe zu überzeugen, folglich will er einem so ungerechten Staate auch so wenig als möglich nützen. Zweitens erhalten die Gefangenen ohne doppeltes Tagwerk Schnupftaback, diesen mächtigen Beweger eines Sträflingsgemüthes und Butter tauscht unser Held für manche Fleischportion ein.

Er thut somit gemächlich, schaut von Zeit zu Zeit nach dem Ofen und plaudert bisweilen mit seinem Nachbarn und frühern Todfeinde, dem Bläsi, welcher als Oberknecht des Moosbauern ihm so vieles Herzeleid bereitete.

Bläsi ist wegen unvorsätzlicher Tödtung bei Raufhändeln auf einem Tanzboden zu einer vieljährigen Zuchthausstrafe verurtheilt, die Strafe hat seinen Hochmuth furchtbar erschüttert, doch nicht gebrochen, sondern gegen Gott und Welt, Gesetze und Menschen gekehrt.

Er hält seine Strafe lediglich für ein unverdientes Unglück, bleibt zu stolz, sich zu Gott zu erheben oder zu den Spitzbuben herabzusteigen, die Meinung der Menschen galt ihm stets als höchstes Gesetz, jetzt ist er in dieser Meinung tief gesunken und hierin liegt das Wehe, welches sein Innerstes beständig durchwühlt.

Der Zuckerhannes hat die Lehre des Spaniolen, Verbrecher seien Helden der Menschheit und Martyrer der großen Zukunft, niemals vergessen, das Leben unter Sträflingen und das tägliche Anhören ihrer Geschichten hat ihn gegen Verbrechen abgestumpft und für die Leidensgenossen eingenommen.

Gutmüthig ist er dem Bläsi entgegengekommen, hat alle Unbilden vergessen, ist unfähig, den Einfluß zu berechnen, welchen dieser Mensch auf sein Schicksal ausübte und hat demselben den Vorfall mit dem Hasenmaul während des Morgenessens erzählt.

Bläsi befindet sich kaum ein Vierteljahr in der Anstalt, gibt mit Herz und Mund dem Hasenmaul Recht, insofern dieser seine Ehre wahren wollte, aber das Anzeigen desselben findet er nicht schön.

"Er kriegt seinen Lohn!" meint der Zuckerhannes.

"Allerdings kann hier Einer dem Andern das Leben arg verbittern und entleiden, ohne daß Aufseher und Beamte es recht erfahren oder zu verhindern vermögen. Aber Vieles und Hartes kann doch nicht leicht Einer dem Andern anthun, ohne dafür bestraft zu werden!" philosophirt der Neuling.

"Ho, wenn Einer den Andern krumm und lahm schlägt oder sogar todt sticht, was hilft dem Verwundeten oder Todten die Bestrafung des Thäters? Gewiß nicht viel! ... Zudem ist das Beweisen eine schwere Sache und wenn Mehrere gegen Einen zusammenhalten, dann ist er verloren, davon weiß ich ein Exempel zu erzählen. Ich lag noch keine zehn Nächte im Schlafsaale, da sah ich, wie Einer die Laterne, welche die ganze Nacht drinnen brennt, auf einmal auslöschte, zwei bis drei Andere von ihren Strohsäcken auf einmal aufsprangen und einem Schläfer, der so wenig als ich und Andere an etwas Böses gedacht hatte, schnell den Bettteppich über den Kopf zogen. Dann hämmerten sie aus allen Kräften mit den schweren Schuhen auf den Kopf und Leib des Angepackten los, derselbe schrie wie ein fallender Ochse und der ganze Saal wurde unruhig, weil man einen Todschlag fürchtete. Die Wache machte Lärm, die Aufseher sprangen herbei, aber weil die Laterne ausgelöscht war, erkannten sie keinen Thäter und ehe die vielen Riegel und das schwere Schloß geöffnet und Licht im Saale war, lagen Alle mit Ausnahme des Geschlagenen so ruhig und schön da, als ob sie kein Wässerlein getrübt hätten! ... Der arme Teufel stöhnte, wimmerte, war voll Flecken und Beulen, kannte auch die Thäter, aber er hielt das Maul und nannte sie nicht und weißt warum? Gerade weil er für einen Spionen galt, hatte man ihm eine gute Lehre gegeben! ... Es gab eine Untersuchung, aber Alles wurde geleugnet und Keiner konnte gehörig bestraft werden ... Ich für meine Person thue dem Hasenmaul nichts, sollte ich auch um seinetwillen ins schwarze Loch kommen, aber die Tischkameraden werden ihn dann aufs Korn nehmen, denn erstens hat er Unrecht, weil ich ihn ja nicht beleidigen wollte und besonders der Baaremer kann keine Ungerechtigkeit sehen, zweitens muß Ordnung unter den Sträflingen sein, ein Anzeiger verdirbt Allen das Spiel. Ich lebe nicht droben bei den Herren, sondern da unten bei den

Gefangenen und richte mich doch zehnmal mehr nach diesen als nach jenen!"

"Der Zuckerhannes hat Recht", spricht der Duckmäuser, der mit seiner Leimpfanne beim Vorübergehen eine Weile stehen geblieben; "ja er hat Recht, denn die Herren und Aufseher können nur Weniges verhindern und nur mit Strafen hintendrein tappen und geradehin strafen geht auch nicht, denn wenn sie Einen am Schopfe kriegen, der es wirklich nicht verdiente, dann macht es bei diesem und Andern böses Blut!"

"Ja und wenn sie einen Schuldigen strafen und einen andern Schuldigen nicht, weil sie ihm nichts beweisen können, dann macht es auch böses Blut. Sie mögen sein und machen, wie und was sie wollen, so bekommen sie eben Feinde und Lästerer. Sie sind ja bezahlt, um uns zu hüten und zu quälen, das vergißt ihnen der dümmste Kerl nicht leicht und das Elend wird voll, weil die Gefangenen sich oft unter einander auf alle Weisen kränken, bestehlen, mißhandeln und verfolgen!" sagt der Bartel, ein stiller, gutmüthiger Riese.

"Zur Arbeit!" schreit der Werkmeister.

"Hinauf!" flüstert der Bläsi, sucht die Thüre und der Zuckerhannes folgt ihm, das Gespräch wird fortgesetzt.

"Schaut, gestern Nacht fand das Affengesicht den Bettteppich in lauter kleine Stücke zerschnitten, wer hats gethan? ... Das kommt schwerlich heraus. Vorigen Sonntag hatte der Exfourier einen bogenlangen Brief an seine Braune just fertig, da kommt der lange Kaiserstühler und schüttet das ganze Dintenglas über den Brief. Der Exfourier that wie nicht gescheidt und kam in Arrest, der Kaiserstühler behauptete, er habe den Brief aus Versehen verdorben und könne nichts dafür und geschah ihm nichts, obwohl er es absichtlich gethan hat!" erzählt Einer.

"Ja und ich habe ein schönes Buch zum Lesen gehabt, der Elias vom Hotzenwald wollte nicht haben, daß ich lese, sondern mit ihm plaudere, der Kilian dagegen wünschte das Buch selbst zu lesen, Andere ebenfalls, ich aber behielt und las es. Wie ich beim Rapport gewesen und wieder in den Saal komme, sind mindestens fünf Blätter aus dem nagelneuen Buche herausgerissen und wer hats gethan? Ich weiß es nicht und schweige, damit nicht ich am Ende noch bestraft werde!" klagt der Bartel.

"Wißt Ihr, weßhalb das Murmelthier gestern Abend wie ein Bär brummte? Beim Schlafengehen versetzt Einer dem alten Kerl von hinten einen Stoß, daß er der Länge nach auf die Treppe patschte. Es ist nicht überall gleich hell, die Meister können nicht um alle Ecken schauen, ein kleines Gedränge kommt oft, das Murmelthier weiß nicht, wer ihn gestern Abend mindstens zum zehntnmal [zehntenmal] traktirte und nicht einmal den Grund, denn er hat ja die Augen niemals recht auf, schläft alle Augenblicke bei der Arbeit ein und begreift nicht, daß sein verdammtes Geschnarche Allen zur Last und Qual wird!" meint der Duckmäuser.

"Das Murmelthier ist ein Tropf! Der alte Esel hat ohne Bedenken über den Großherzog, den er doch gar nicht näher kennt und der ihm gewiß noch nichts zu Leide gethan, die gröbsten Schimpfreden ausgestoßen und thut es noch, wenn er nicht gerade schläft. Dagegen wedelt und schmeichelt er vor dem geringsten Aufseher wie ein Hund herum und ließe sich eher kreuzigen, bevor er ein Wort gegen den Verwalter spräche!" grollt der Bläsi.

"Wir wollen wieder hinab, man weiß nicht, ob ein Beamter kommt und wenn er Viele auf unserm Rathhause hört oder sieht, muß es der Werkmeister entgelten!"

"Gerade deßhalb bleib' ich und stelle mich recht breit unter die Thüre. Mich freuts in der Seele, wenn die Beamten sich schier zu Tode ärgern! ... Wenn die Werkmeister und Aufseher recht geschunden werden und sich selbst verrathen, fuchsen und plagen, wirds dem Nazi wohler ums Herz!" sagt der Mordbrenner und bleibt, während unsere Bekannten gehen.

Die Arbeit nimmt im Ganzen ihren ungestörten Fortgang, an fleißigen Arbeitern mangelt es so wenig als an geschickten und wer wollte im Grunde tadeln können, daß man sich zuweilen eine Minute erholt?

"Weißt was Neues, Hans?" zischt der einäugige Stoffel, der als Hausschänzer mit einem Andern eine Tragbahre voll Hobelspäne für die Küche sammelt, dem hobelnden Zuckerhannes zu.

"Na, na, ist eine Kuh fliegend geworden? Machst ja ein ganz verklärtes Gesicht!" sagt der Zuckerhannes neugirrig.

"Der Jost ist begnadiget und der Daniel vom Hotzenwald auch, Beide sind schon beim Obermeister, um ihre Kleider anzuziehen. Gelt, daß hättest Du nicht geglaubt?"

Dem Hans geht ein scharfer Stich durchs Herz, denn ihm ist die Begnadigung vor Kurzem abgeschlagen worden und das Glück der Beiden macht ihn traurig, doch sammelt er sich rasch:

"Dem Jost gönne ichs, er ist schon lange genug da und hat Weib und Kinder, aber der Daniel verdient so wenig Begnadigung, als das Murmelthier. Ich bin doch wahrhaftig unschuldiger als er, habe schier meine halbe Strafzeit gemacht und weßhalb läßt man mich verschmachten? Der

Teufel hole die Herren, bin wohl ein Narr, mich da mit Hobeln zu quälen!" seufzt unser Held finster und mißmuthig und läßt den Hobel ruhen.

In fünf Minuten wissen Alle, der Jost und der Daniel seien frei, selbst die Aergsten gönnen es dem Jost, die Besten mißgönnen es dem Zweiten und Allen thut es wehe, nicht selbst begnadiget worden zu sein.

Wie schwer erträgt es der Mensch, daß ein Mitmensch glücklicher wird als er selbst!—In einem Augenblicke verminderten Lärmes dringt Weinen und Schluchzen in die Werkstätte herein.

"Was ist das für ein Geheule?" forscht der Werkmeister.

Der Aufseher geht und kehrt zurück, indem er das Affengesicht vor sich hertreibt und zur Arbeit jagt. Das Affengesicht ächzt und weint kläglich und schneidet eine Jammermiene dazu, daß selbst die traurigsten stillsten Gefangenen sich den Bauch vor Lachen halten müssen, der Aufseher sammt Werkmeister minutenlang kein Wort hervorbringt und nur mit der Hand vergeblich Ruhe gebietet. Was hat es denn gegeben?

Das Affengesicht klagt oft über Rückenwehe und Mattigkeit, hat sich heute zum Doktor gemeldet und ist von diesem wider Erwarten nicht ins Krankenzimmer gesprochen worden.

"Was liegt daran, ob ein Zuchthäusler abfährt? So wenig als wenn draußen ein Dutzend Proletarier, welche von vornherein des Verbrechens der Armuth bezüchtiget werden, zu Grunde geht. Gelt, das ganze Jahr geht der Doktor keine dreimal in den Sälen herum, um sich vom Gesundheitszustande von Unser Einem zu erkundigen?

Gelt, die Seegrasspinner können feinen Staub schlucken sammt den Hechlern und Andern und kommen schlecht weg, wenn sie dem Doktor zumuthen, wöchentlich in den heißesten Monden für ein Bad zu sorgen? ... Gelt, der vorige Dreher war ein starker Mann, ist ein halbes Jahr brustkrank gewesen und an der Drehbank geblieben, bis er endlich ins Krankenzimmer kam und am 9. Tage starb? ... Gelt, wenn Einer schwindsüchtig wird, trägt der Doktor erst darauf an, daß er auf Genesung entlassen werde, wenn er am Abschnappen ist? Er schnappt alsdann doch in der Freiheit ab! ... Sauf Zuckerwasser und Thee, wenn Du dumm genug bist, Dich krank zu melden! ... Ich hätte dem Doktor die Guttere längst an den Schädel geworfen, aber Du bist ein feiges Thier und kannst nur heulen, Affengesicht!" sagt der Exfourier zu dem jammernden Kameraden.

"Oh, der alte Doktor war heute da ... Der ist ein Filz und thut, als ob *er* die Kost und Medizinen für uns bezahlen müsse! ... Der junge hat mir Etwas verschrieben und versprochen, mich hinauf zu nehmen, wenns nicht besser würde, der alte Knicker hat die Medizin nicht repetirt, sondern Bärenzuckerwasser verordnet und mich herabgejagt! ... Auf der Treppe sah ich den Jost und den Daniel, habe sie kaum mehr gekannt in ihrer neuen Tracht und haben mich nicht angeschaut! ... Ich armer Teufel muß im Zuchthause sterben und was habe ich gethan? ... Ich möchte gerade da umfallen und hin sein, ganz hin!" wimmert das Affengesicht und heult von Neuem auf.

"Wenn Ihr Euer Maul nicht haltet, geht Ihr mit mir auf die Verwaltung!" droht der Aufseher.

"Wer? Ich? Warum?" trotzt der Exfourier und erbleicht vor Zorn.

"Nein, nicht Ihr, sondern der Heuler dort!" erklärt Jener.

Das Affengesicht macht sich eilig an seine Arbeit und wimmert schwere Flüche und Verwünschungen leise vor sich hin.

"Wir sind halt im Zuchthause!" murmelt der Duckmäuser wehmüthig.

"Man erfährt und erlebt das schändlichste Unrecht und soll dadurch vor dem Recht Achtung kriegen, komische Leute das!" denkt der Zuckerhannes.

Während der Werkmeister mit einem widerspenstigen Burschen schilt, ruft die Hofwache vom Gitterfenster ins Gewölbe herab:

"Zuckerhannes, zieht Euch an und kommt!"

"Aha, jetzt gibts Arrest, das Hasenmaul hat sich gerührt!" prophezeit der Bläsi.

"Die Sache wird nicht arg werden!" tröstet der Duckmäuser, der von der Hobelbank unter dem Vorwande, eine Säge zu holen, herüber gesprungen ist.

"Meinethalben, im schwarzen Loch kann ich schlafen und brauche nicht zu arbeiten!" murmelt der Gerufene und eilt fort.

Ein grauer, trostloser Winterhimmel schaut in den Gefängnißhof herab, ein naßkalter Wind streicht von den Bergen herüber und über die Gefängnißmauern herein tönt dumpfes Trommeln.

Trübes, unfreundliches Wetter lieben die Gefangenen, weil das heitere sie herber an ihre Entbehrungen und an die Genüsse der Freien erinnert. Unstreitig ist die Aussicht, einen schönen Frühlingstag in einem schwarzen Loche zubringen zu müssen, herber als die, welche unser Held gegenwärtig vor sich hat.

Gleichmüthig, gähnend folgt er dem Aufseher, der ihn richtig zum Vorstande führt.

Der Vorfall mit dem Hasenmaul ist nicht minder richtig rapportirt, aber er zieht diesmal wider Erwarten nur einen kleinen Verweis nach sich, dann erfährt der Zuckerhannes Etwas, was ihn im ersten Augenblicke entzückt, im zweiten zu Boden schlägt.

Drüben im Schwarzwalde ist die alte Bibiane, Brigittens, seiner Mutter Base vor einiger Zeit gestorben und hat ihm unerwartet mehrere hundert Gulden vermacht.

"Der Gang zum Fesenmichel war voreilig!" denkt der vor Freude zitternde Erbe. Aber die Kosten der Untersuchung sind bedeutend, das Zuchthaus beherbergt Vermögliche nur gegen Vergütung von jährlich 80 fl., der Zuckerhannes ist zu einer hübschen Reihe von Jahren verurtheilt, hat bisher nichts bezahlen können und jetzt werden ihm so viele Abzüge gemacht, daß ihm etwa so viel von der Erbschaft bleibt als er vorher besessen, nämlich Nichts!

"Die Base hats gut gemeint und dumm angefangen, für mich gibts kein Glück auf der Welt!" stammelt der Arme und weiß vor betäubendem Schrecken kaum, was er spricht.

Ohne zu wissen wie kehrt er in den Arbeitssaal und zu seiner Hobelbank zurück, die Kameraden wundern sich über sein zerstörtes Aussehen, der Duckmäuser sucht einen Vorwand an den Haaren herbeizuziehen, um seinen Platz verlassen zu können, doch findet er keine Zeit mehr dazu.

Vergeblich redet der Bläsi mit seinem Nebenmanne, dieser gibt keine Antwort, fährt gedankenlos mit dem Hobel hin und her und zuweilen fällt eine große Thräne auf den Fügebock.

"Wenn mich nur der Teufel nähme, gleich auf der Stelle und die ganze Welt dazu!" seufzt er endlich aus tiefstem Herzensgrunde und schleudert den Hobel ingrimmig zu Boden.

"Bst, bst!" warnt der Aufseher.

"Wir bekommen Visite!" murmelt der Bläsi, bückt sich und gibt dem Zuckerhannes den weggeworfenen Hobel wieder in die Hand.

Sobald die Nähe eines Beamten angekündigt wird oder ein solcher in den Arbeitssaal tritt, verdoppeln die Sträflinge im Nu ihren Arbeitseifer und räumen dem *Schweigsysteme* die Oberherrschaft ein.

Die Zeit, während welcher gesprochen werden darf, ist bestimmt festgesetzt, auf eine strenge Durchführung des sogenannten Schweigsystems verzichtet die Hausordnung und bezeugt schon dadurch, daß sie von einsichtsvollen und erfahrenen Fachmännern entworfen wurde.

Während der Arbeit soll jedenfalls nichts Unnöthiges gesprochen werden, aber wenn man dieses verhindern wollte, müßte man zunächst den Betrieb aller Gewerbe aufstecken, welche Lärm verursachen und vielen Raum erheischen, ferner die Zahl der Aufseher mindestens verzehnfachen und auf wortkarge, herz- und gemüthlose Dienstmaschinen Rücksicht nehmen, endlich jedem Sträfling eine Larve aufsetzen, denselben an seinem Platze festbinden und ihm einen Knebel in den Mund stecken, zuletzt die Anzahl der Arreste verdoppeln, einen eigenen Schreiber für die Führung des Strafbuches besolden, einen kleinen Nero zum Vorstande machen und gewärtigen, daß wenig oder schlecht gearbeitet, Vieles verdorben und gelegenheitlich Leib und Leben des Personals der Beamten und Aufseher gefährdet und angegriffen wird.

Ohne derartige Maaßregeln würde das sogenannte Schweigsystem zu theurer Spielerei, wobei der Staat gar nichts und die Gefangenen noch weniger Ersprießliches erzielten.

Verstünde man sich aber zum Versuche strenger Durchführung, dann liefe das Ganze auf eine Menschenquälerei hinaus, welche alle Redensarten von Humanität geschweige von christlicher Liebe albern und hohl erscheinen ließe, sehr viel edle Kräfte und Geld kostete und Namhaftes beitrüge, um das ohnehin gegen Religion und Gesellschaft erbitterte Gemüth des Sträflings vollends zu versteinern, jeglicher Art von Belehrung und Bekehrung unzugänglich zu machen.

Wenn es auf uns ankäme, schrieben wir über das Portal von Singsing und jeder verwandten Anstalt: "Nichts ist so abgeschmackt und verderblich, daß es nicht von irgend einem Gelehrten ausgeheckt werden könnte; Wanderer, stehe still, betrachte dieses in Stein ausgehauene Exempel oder gehe hinein und überzeuge dich, wie sehr die Menschen sich vom Scheine betrügen lassen!" Das Schweigsystem ist das auf dem halben Wege stecken gebliebene System der einsamen Haft, eine Zwitterschöpfung, welche die Nachtheile des Beisammenlebens der Sträflinge nicht beseitiget, höchstens in ihrer Erscheinung ein bischen modificirt und die Vortheile der einsamen Haft nimmermehr zu erreichen vermag.

Es mag wohl aus der Erkenntniß hervorgegangen sein, daß

den Uebelständen der gemeinsamen Haft künstliche
Klasseneintheilungen nimmermehr abhelfen und daß
Zellengefängnisse eine gefährliche Kur seien, wobei der
Sträfling leiblich und geistig leicht zu Grunde gehe und
nicht zum Freunde Gottes und der menschlichen
Gesellschaft, sondern zum Verstockten, Wahnsinnigen und
Selbstmörder werde.

Statt mit dem Aufheben des Zusammenlebens der Sträflinge
alle Folgen desselben von selbst verschwinden zu machen
und statt zu bedenken, daß die einsame Haft ein Problem
sei, dessen Durchführung längere Probezeiten und reiche
Erfahrungen voraussetze, lassen die Anhänger des
Schweigsystems die Sträflinge beisammen, muthen diesen
Menschen zu, freiwillig zu Maschinen oder Stockfischen zu
werden, *sich selbst zu isoliren* und weil dies nicht angeht, wird
zu Hetzpeitschen gegriffen und im Namen des Rechts und
der Humanität der Mensch unter das Vieh herabgewürdiget,
ohne Viehisches zu begehen.

Der Vorstand der Schweiganstalt Sankt Jakob bei Sankt
Gallen hat mit schweizerischer Biederkeit und edler
Selbstverläugnung seine Erfahrungen innerhalb eines
Zeitraumes von zehn Jahren der Welt dargelegt, die
Unfruchtaarkeit [Unfruchtbarkeit] und Mängel des
Schweigsystems auch tabellarisch enthüllt; ferner ist der
Credit dieses Systems aus guten Gründen stark im
Abnehmen, deßhalb mag der Leser auf eine ins Einzelne
gehende Critik desselben hier gerne verzichten und leicht
begreifen, strenge Aufrechthaltung des Schweigens
während der Arbeit sei in den meisten Sälen des
Zuchthauses, in welches wir ihn einführten, eine
unmögliche Sache.

Der Beamte tritt in einen Webersaal; der ihm
entgegenströmende starke Geruch, für dessen Bezeichnung

die deutsche Sprache trotz ihrem unerschöpflichen Reichthume uns keinen genügenden Ausdruck darbietet, schlägt ihn nicht zurück und er steht in einem Walde voll astloser, blätterloser, kahler Bäume; Balken und Webstoffe bilden das undurchdringliche Unterholz und schon weil jeder Schritt eine alte Aussicht versperrt und eine neue bietet, muß der Beamte forschend durch die schmalen Gänge des Saales sich hindurchwinden.

Wie ächzen, knarren und lärmen die Webstühle, wie lustig zischen hin und zischen her die Schiffchen der emsigen Weber, wie anmuthig schnurren die Rädlein der Spuler und mitten in diesem Lärm nur Eine Menschenstimme hörbar, nämlich die des Werkmeisters. —

Angesichts der fleischgewordenen Hausordnung schrumpft jede Sträflingsseele für einige Minuten zu ausschließlicher Arbeitskraft zusammen, aber sollte dies länger dauern als der Besuch währt?

Der Werkmeister übersieht stets nur einen Theil des Saales, Weber und Spuler können nicht auf Einem Flecke sitzen bleiben, jeder gebrochene Faden und jeder Ruf nach frischen Spulen setzt sie in Bewegung, der Werkmeister ist auch ein Mensch und muß ein freundlicher, ordentlicher Mann sein, wenn gut und viel gearbeitet werden soll, denn dieses läßt sich durch keine Gewalt erzwingen.

Die Erfahrung lehrt, daß Strenge weit größere Unordnungen hervorruft, als Nachsicht und Güte, und Sträflinge sind im Allgemeinen fügsame, fleißige Leute, wenn man dieselben nur zu behandeln versteht.

Trotzige, gefährliche Bursche gibts in jedem Saale; diese werden am besten in Schach gehalten, wenn der Werkmeister die klügere Mehrzahl für sich gewinnt. Unter

20 bis 40 Sträflingen den ganzen Tag leben und den unerbittlichen Spielen wollen, hat seine vielfachen Bedenken und es ist bald befohlen, aber nicht bald ausgeführt.

Bei Metallarbeitern und in der Hanfreibe übertönt der Lärm jedes laute Gerede und auf der Seilerei würde ein Arbeiter, der mit seinem Radbuben durch Grimaßen sich verständigte, eine seltsame Figur spielen. Die Bahn ist lang, der Meister muß dem Geschäfte nachgehen und steht er vorn, dann plaudern oder flüstern die Radbuben, steht er hinten, dann plaudern die Seiler und ein verständiger Beamter darf wohl zufrieden sein, wenn nur keine unnützen, verderblichen Gespräche geduldet werden.

Und bei den Holzhackern!

Ein Paar, welches Eine schwere Säge handhabt, deren Krächzen im Bunde mit dem Schlag der Äxte ein leises Reden selbst für den nahestehenden Aufseher unhörbar macht, sollte schweigen vom Tagesanbruch bis zur sinkenden Nacht? Der leiblichen Anstrengung und der aufgezwungenen Hausordnung willen noch moralischen Zwang beifügen? Und wozu? Fleißiges Arbeiten beseitigt viel nutzloses Gerede von selbst und Nothwendiges muß geredet werden.

Lauter donnern die schweren Küferhämmer gegen die hohlen Fässer, vielstimmiger ächzen die Hobel, munterer schwirrt die Drehbank, eifriger zischt der Schleifstein, rascher eilen die Sträflinge mit ihren Aufträgen hin und her und wenn Einer einen nöthigen Gang verschieben kann, verschiebt er denselben gewiß, bis der Beamte den Rücken kehrt.

Jetzt steht dieser beim Zuckerhannes und sucht den niedergeschlagenen Burschen zu trösten, indem er versichert, Alles für baldige Begnadigung desselben thun zu wollen, so daß ihm im günstigen Falle immer noch Erkleliches von der Erbschaft übrig bliebe.

Der Angeredete seufzt tief auf und weint:

"Unser Herrgott wird alles zum Besten lenken, ich für meinen Theil glaube an kein Glück mehr!"

"Da glaubt Ihr zuviel, bleibt brav und fleißig, dann wird noch Alles gut werden!" tröstet der Beamte und wendet sich zu einem Andern.

Hannes berichtet dem Bläsi, was der Beamte heute so freundliches geredet, der nahestehende Räuber hört zu und sagt finster:

"Hans, traue den "Großköpfen" nicht, s'ist Einer so schlecht wie der Andere und der dort Einer der Schlimmsten, sonst hätte er sich nicht als Oberschinder anstellen lassen! ... In *seinen* Beutel wird er dein Geld gesteckt haben, glaubs, ich kenne mich aus!"

"Kannst Recht haben, wer weiß? Unsereiner versteht eben nichts von all den lumpigen Gesetzen und wird doch bestraft, wenn er über das einfältigste hinausstolpert! ... S'ist himmelschreiend, wie man mit armen Leuten umgeht! ... Wäre nur der Spaniol da oder noch besser die ""große Zukunft!""

"B'st, er guckt!" flüstert Einer vom Ofen herüber.

Der Beamte steht beim Duckmäuser und lobt die Arbeiten desselben.

Will man talenvolle [talentvolle] Handwerker, wahre mechanische Genies finden, so muß man in Zuchthäusern

nachsuchen, in welches wenige von Natur beschränkte
Menschen kommen, desto häufiger solche, die bei besserer
Erziehung und unter günstigeren Lebensverhältnissen
ihrem Vaterlande zur Ehre und Zierde gereichen würden.
Auch der Duckmäuser ist im Zuchthause zu einem
Sesselmacher, Kunstschreiner, Dreher und Bildschnitzer
geworden, der es in all diesen Dingen mit dem besten
Meister einer Residenz aufzunehmen im Stande wäre. Das
Arbeiten ist ihm Zerstreuung, Erholung, die
wohlverdienten Lobsprüche der Beamten und Werkmeister,
die Weihrauchwolken der Kameraden nimmt er scheinbar
gleichgültig hin, aber sie gewähren ihm einen Schimmer
von Glück, denn er ist ein gefallener Engel, die Natur hat
ihn mit all ihren Gaben ausgestattet, widrige Schicksale
trieben ihn in verkehrte Bahnen, der Hochmuth hat ihn
gestürzt und ein stolzes, ehrgeiziges Herz schlägt noch
immer und zuckt schmerzlich unter dem entehrenden
Sträflingskittel.

Während der Beamte vom Duckmäuser weggeht, schreit der
einäugige Stoffel ins Gewölbe herab:

"Katholiken! ... Katholiken! ... Unterricht!" und alle
katholischen Sträflinge rüsten, entfernen sich und eilen der
Kirche oder vielmehr dem schmucklosen Betsaale zu.

Die vordern Stühle sind bereits von den Frommen der
Zuchthauswelt, nämlich von den rückfälligen Dieben in
Beschlag genommen, die übrigen füllen sich rasch, manche
Bekannte, welche sonst niemals zusammenkommen, finden
sich hier zusammen und Gelegenheit, ein vertrautes
Wörtlein zu reden.

So sitzt diesmal der Zuckerhannes neben dem Indianer, der
wegen Tödtung schwer verurtheilt und dadurch
schwermüthig geworden ist, denn in ihm steckt ein

ursprünglich edler Kern, er fühlt, Einen mit den schlechtesten Subjekten zusammenwerfen, heiße so viel, als das bessere Ich desselben zum Selbstmorde verdammen. Weit entfernt, das ihm gewordene Urtheil gerecht zu finden, hat der Vollzug ihn zum heißen Feinde der Gesellschaft und zu einem heißen Anhänger der Ansichten des Spaniolen gemacht.

Er unterhält sich mit Hannes vom Spaniolen, behauptet, in der Noth sei alles erlaubt, Todschlag und Betrug, der Spaniol sei in schwerer Geldnoth gewesen, der Betrug, welchen er am Zuckerhannes beging, lediglich ein Akt der Selbsthülfe und Nothwehr und schließt:

"Er hat den Moses anzapfen wollen, aber dieser war ihm zu pfiffig; mit dem Murmelthier war gar nichts anzufangen, weil er Gedächtniß und Verstand längst verschlafen hat, Martin war vermöglich und freigebig, allein ein minderjähriger Schlosserlehrling, der eben nur Taschengeld bekam, wir Andern besaßen Alle nichts und so mußte er nothgedrungen *dich* daran kriegen!"

"Ich verzeihe es ihm doch nicht. Ein sauerverdienter Kreuzer ist Jedem lieb und er hätte sich mit Wenigerem begnügen können. Freilich hat mir der Staat erst heute zwanzig mal mehr gestohlen und—"

"Ruhig!" brummt der Bierbaß eines Aufsehers.

Aus einem Bretterverschlage, welcher eine Sacristei vorstellen soll, tritt der Geistliche im Chorrocke heraus zum Altare, alles Gemurmel und Geflüster verstummt.

Er verkündiget zunächst, die österliche Zeit sei nahe, er wolle am nächsten Samstage mit dem Beichthören beginnen und habe vom Erzbischofe besondere Ermächtigung, auch die schwersten Sünden zu vergeben, ganz natürlich aber nur unter der Bedingung aufrichtiger Buße und Besserung des Sünders.

Die meisten Gefangenen hören solche Botschaft sehr gleichgültig an, manche Gesichter verfinstern sich, über mehr als eines fliegt ein Zug bittern Hohnes, im Hintergrunde des Saales setzen sich einige Mundwerke in leise Bewegung.

"Ich glaube gar, die Schwarzröcke halten uns Alle für schlechter als andere Leute!" murmelt der Bläsi und schaut ganz verwundert vor sich hin.

"Hast gut salbadern da vornen mit deinen rothen Bäcklein und dem feisten Wampen! ... Kannst auf Erden fressen und saufen, was Dir beliebt und hintennach kommt der ewiglange Himmel!" spottet der Exfourier.

"Wär' doch ein großer Narr, wenn ich dir Dinge sagen sollte, die ich vor Amt verschwieg!" zischt ein Falschmünzer.

"Der Bischof muß ein rechter Aristokrater sein! ... *Wir* schwere Sünder? Ei, so hole dich doch Dieser und Jener!" brummt der Mordbrenner.

"Ich lasse das Beichten bleiben und Einige in userm Saale mit mir, willst du mithalten?" fragt der Indianer den Zuckerhannes.

"Nein, ich beichte und communizire!" erwiedert dieser und flüstert dem Nachbar ins Ohr, warum, und—

"Seid doch ruhig dort hinten!" bittet der Geistliche.

"Ruhig, ich sag' es zum letztenmal!" donnert der Aufseher.

"Herrgott, wenn ich wieder eine Kirche betrete, sobald ich von diesen Leuteschindern weg bin, dann soll mich—!" murmelt ein kleiner Knirps und wirft den Kautabak unwillig aus der rechten in die linke Backentasche.

Der Geistliche will heute eine kleine Prüfung anstellen, um sich zu überzeugen, ob die gute Saat, die er treu und emsig gesäet, doch ein bischen aufgegangen sei. Er hofft wenig, denn die jüngst Angekommenen wissen gemeiniglich fast nichts von Religion, die Andern besitzen nur wenige Bücher; Gelegenheit und Zeit mangeln, um auswendig zu lernen oder nachzudenken und wie Mancher schläft ein in der schwülen Luft des überfüllten Betsaales, wie mancher schweift mit seinen Gedanken außerhalb der Gefängnißmauern herum, wie mancher liest während des Unterrichtes ein wildfremdes Buch oder paßt nur auf, um den Vortrag entstellen, verspotten und critisiren zu können! —

Zuerst fragt er jetzt nach den 10 Geboten Gottes. Der erste Gefangene bleibt beim fünften stecken, der Zweite findet das achte nicht, der Dritte verwechselt Alle, endlich sagt der Vierte sie ordentlich her und fügt auch kurze befriedigende Erklärungen bei.

Ein lautes Aufschnarchen des Murmeltieres erregt arges Gelächter und nach Herstellung der Ruhe fragt der Pfarrer nach den Kirchengeboten.

Diese sind den zwei Ersten, welche er fragt gänzlich, drei Andern nur verworren bekannt, zuletzt sagt wiederum derselbe Sträfling, welcher bei den 10 Geboten ausgeholfen, auch die 5 Kirchengebote geläufig her und Andere müssen dieselben wiederholen.

Dieser unterrichtete Mensch ist ein eisgrauer

Gewohnheitsdieb, der all sein Wissen einem vieljährigen Zuchthausleben verdankt. Er hat sich stets als stiller, eingezogener Sträfling und fleißiger Arbeiter bewährt, eine Klage wird selten innerhalb der Anstalt gegen ihn laut, doch sobald er in die Freiheit hinaustritt, um auf eigenen Füßen zu stehen, thut er, was Viele seiner ihm ganz ähnlichen Kameraden ebenfalls thun—er stiehlt eine Kleinigkeit und kehrt ruhig, manchmal freudig in seine Versorgungsanstalt, nämlich ins Zuchthaus zurück.

In dieser Thatsache liegt eine furchtbare Anklage gegen unsere gesellschaftlichen Zustände. Je ärmer die Kirche und je geringer die Zahl der Klöster wurde, desto mehr füllten sich Kasernen, Strafanstalten und Spitäler.—Was die Liebe nicht mehr thut, weiß der Haß zu erzwingen!—

Der Exfourier soll die 7 Todsünden nennen, die Nachbarn wecken ihn, er hatte sich gerade in Walter Scotts Ivanhoe vertieft, schaut etwas verdutzt empor, alle Augen richten sich auf ihn, denn er ist noch niemals vom Pfarrer examinirt worden und hat geschworen, demselben auch niemals eine ordentliche Antwort zu geben, falls er ihn frage.

In der That antwortet er mit unverschämter Naivetät: er für seine Person wisse nichts von Todsünden und habe den Katechismus über den Kriegsartikeln ganz vergessen. Uebrigens meine er, man sollte einen Mann, welcher den gebildeten Ständen angehöre, nicht gleich einem Schuljungen examiniren. Auch stände nichts davon in der Hausordnung.

Der gute Geistliche will hier keinen Lärm anfangen, der Exfourier war klug genug, so höflich und artig zu reden, daß der Aufseher nichts zu sagen weiß, der Zuckerhannes soll die sieben Todsünden nennen.

Er bringt stotternd nur vier zusammen, der Mordbrenner antwortet durch ein unverständliches Brummen und tiefes Grunzen, was Viele wiederum erheitert, der Indianer kennt vielleicht alle 7 Todsünden und sagt dieselben absichtlich nicht in der rechten Ordnung her, der Kilian ist frech genug, um laut zu sagen, es gebe nur Eine Todsünde, nämlich *das Erwischtwerden!* —Schallendes Gelächter, ungeheure Heiterkeit, vielstimmiges Geflüster, denn Viele haben die Rede nicht verstanden oder gehört, alle wollen wissen, weßhalb gelacht werde und nachträglich lachen, mit Mühe wird die Stille wiederum hergestellt und Kilian erhält zunächst eine ernste Strafpredigt. Der Duckmäuser, welcher einen tüchtigen Schulsack in die Anstalt brachte, nennt endlich alle Todsünden und während der Stoffel die verschiedenen Theile der Beicht aufsagt, läutet das bekannte Glöcklein Mittag, der Geistliche tritt in den Verschlag zurück, zieht den Chorrock aus und entfernt sich traurig und wehmutsvoll.

Gewehre fallen klirrend zu Boden, eisenbeschlagene Thüren rasseln auf, die Meister stehen auf ihren Posten, die Evangelischen und Juden sind bereits von der Arbeit abgeführt, von den Katholiken entfernt sich Einer nach dem Andern aus dem Betsaale, um seinen Speisesaal aufzusuchen.

Selten geht ein Rückfälliger, ohne einen tiefen Knix zu machen, sich mit Weihwasser zu besprengen und dreifach zu bekreuzigen. Die Meisten dieser Leute zweifeln und grübeln wenig über religiöse Wahrheiten, spotten niemals über Gebräuche oder Diener der Kirche, fromme Gesänge und Litaneien sind ihre Lust, ihr religiöser Glaube mag oft ein arg verkehrter, noch häufiger ein todter Buchstabenglaube sein, doch seltener ein erheuchelter. Hätte Luther mit seiner Behauptung, daß der Glaube allein selig mache, Recht, dann dürften sich unsere grauen Veteranen der Greiferkunde auf ein nicht ganz übles Loos im Jenseits gefaßt machen, hätte gar Amsdorf mit seinem Paradoxon Recht, gute Werke seien der Seligkeit schädlich, dann würde sich der Spruch: die Letzten werden die Ersten sein, im Himmel vor Allem an den Bewohnern unserer Zuchthäuser erfüllen! —

In jedem Speisesaal verworrenes Summen und allgemeines Gemurmel, Klirren der Löffel, Messer und Schüsseln, jeder Aufseher ist gerade mit dem Austheilen vortrefflichen Brodes fertig geworden, bis das Wort: "Suppe!" — allgemeines Aufstehen und allgemeine Stille hervorzaubert.

Im bekannten Saale betet diesen Mittag der Zuckerhannes nicht, die Lust zum Beten und Essen ist ihm vergangen, der Duckmäuser spricht an seiner Stelle recht deutlich, kräftig und andächtig das Gebet des Herrn, dann fliegen die Aufwärter mit den Suppenschüsseln herbei, der Speisezettel lautet heute vortrefflich, deßhalb herrscht eine ziemlich gleichmüthige und oft heitere Stimmung unter den Gefangenen.

"Reissuppe — Kartoffelschnitze — Rindfleisch!"

Morgen wirds lauten:

"Wassersuppe — saure Bohnen — Ende!" und mehr als ein alter oder junger Gefangener wird sich mit der Wassersuppe und trockenem Brode begnügen, dagegen werden die Vielfraße wiederum einen Freudentag haben. Alte Häuser wissen von Manchem zu erzählen, der sich im Zuchthause zu Tode gegessen, Mancher hat dem Affengesichte schon einen ähnlichen Tod prophezeit, aber dieser läßt sich dadurch nicht rühren, bettelt und erhandelt die Schüsseln Anderer zu seiner Portion, manche schieben ihm um des

Spasses willen ihre Ueberreste zu, er ißt Alles, was er bekommt und hat der Heißhunger den Straußenmagen verlassen, dann setzt die Eitelkeit und Ruhmsucht das Ihrige oben drauf.

Doch bereits beginnt die Rache der Natur, das Affengesicht muß heute fasten, denn der Magen mag nicht mehr gut verdauen und an seiner Stelle entfalten der Mordbrenner und der Kilian ihre Meisterschaft im Ueberessen.

Ersterer meint, es sei ihm Eins, wenn er auch zu Grunde gehe und der Tod eines Vielessers jedenfalls dem Hungertode weit vorzuziehen, letzterer versichert, er habe in seinem ganzen Leben noch niemals genug gegessen und wenn er auch keinen Bissen mehr hinabbringe, sei er doch noch immer hungrig.

In allen Sälen wird der Heldenmuth, womit der Exfourier dem Pfarrer antwortete und der Witz, welchen der Kilian zum Besten gegeben, zum Anknüpfungspunkte, die Religion zum Angelpunkte der Unterhaltung.

Der Obermeister holt den Kilian vom Essen hinweg in das wohlverdiente "schwarze Loch" ab, dafür wird das religiöse Gespräch im Saale desselben und besonders auch am Tische des Zuckerhannes um so lebhafter.

Wir werden uns hüten, dem Papiere anzuvertrauen, was wir mit eigenen Ohren über die tiefsten Geheimnisse unserer Religion, die h. Sakramente der Buße und des Altars, über den Erlöser und dessen jungfräuliche Mutter, über alle Heiligen und Diener der Kirche aus dem Munde des Exfouriers und anderer Halbgebildeten oft genug anhören mußten und möchten nur dreierlei jedem Freunde Gottes, der Regierungen und des Volks ans Herz legen, nämlich:

Erstens liegt der Unglaube von vornherein im falschen Interesse der Verbrecher, weil der Glaube ihr Thun am härtesten verdammt und dadurch ihre tiefgewurzelte Selbstsucht am schwersten beleidiget. Weil sie sich selbst nicht kennen, Alles mit dem Auge der Selbstsucht beschauen, das die Macht des Glaubens in der Wirklichkeit nirgens bewährt findet und Alles mit dem Ohre der Selbstsucht anhören, das ob dem Weltlärm des Eigennutzes und Hasses die Stimme der göttlichen Liebe nicht mehr vernimmt, reden sie sich gegenseitig in Zweifel und Unglauben und Feindseligkeit gegen Gott und Welt hinein.

Hierin liegt kein besonderer Tadel gegen Gefangene, im Gegentheil haben dieselben mehr Entschuldigungen für ihren Unglauben als Andere.

Es sind häufig verwahrloste, ungebildete Menschen und haben Ursache, das Loos vieler Mitmenschen zu beneiden, sind nicht im Stande, im heutigen Staatswesen viel Gerechtigkeit und christliche Liebe zu entdecken, wohl aber viel brutale Gewalt und herrische Willkür, welche sich vor Allem nur gegen die Armen kehrt und für deren Opfer sie sich halten. Endlich glauben die Verbrecher recht fest, daß ein Reicher sehr bequem alle Gesetze beobachten und sehr schlecht innerhalb der gesetzlichen Schranken zu leben vermöge, überall höfliche Behandlung, Nachsicht, Milde und Schutz auch für strafbares Thun finde und wissen zudem, daß auch jeder Arme ein sehr schlechter und verworfener Mensch sein könne, ohne mit dem peinlichen Richter zu thun zu bekommen.

Sie sehen keinen Wald vor lauter Bäumen und kein Christenthum vor lauter vermeintlichen und wirklichen Heiden, betrachten die Geistlichen als gutbesoldete Schildträger der Gewaltigen und Reichen und kümmern sich wenig um deren Predigten.

"Wäre der Himmel so schön und die Hölle so heiß und all
das Pfaffengeschwätz nicht Lug und Trug, vor dem
höchstens alte Weiber Angst bekommen, dann würden die
Gewaltigen, die Reichen und nicht nur ein Häuflein
Geistliche, die eben von Natur gute Männer sein mögen,
sondern Alle ihr schlechtes Leben aufstecken und die
Armen, Wittwen und Waisen nicht verachten, verfolgen
und unterdrücken, sondern denselben helfen, wo und wie
sie können, um nicht ewig verdammt zu werden! ...
Christus war sicher ein guter Herr und großer Freund der
Armen und Unterdrückten, aber wenn er heute käme,
würde ihn die Polizei packen, der nächste beste Amtmann
ins Zuchthaus bringen und wäre Er ein Gott, dann könnte
Er solche Lumpenwirthschaft und solches Elend, wie es jetzt
draußen ist, unmöglich dulden! ... Die Religion der Liebe
und große Armeen, Vergebung der Sünden und
Todschießen und Hängen, das schöne Beisammenleben der
ersten Christen und die Hungerseuchen in Irland und
Schlesien, wie reimet Ihr dieses zusammen? Die Armen
haben die Hölle auf Erden, die Andern machen sich dieselbe
zum Himmel, fressen und saufen und plagen die
Mitmenschen zur Kurzweil, ein Narr, wer da noch an einen
himmlischen Vater Aller glaubt! ... Gibt es Einen, dann
kommen *wir* in den Himmel, jedenfalls vor den Andern, und
würde jede Kleinigkeit in die Hölle führen, nun, dann
können *wirs* nicht anders machen, die "Großköpfe" werden
Gesellschaft leisten und wo es so Viele aushalten, muß es
lustiger und unterhaltender zugehen als in einem leeren
Himmel, wo sie sich mit ihrem Alleluja heiser schreien und
vielleicht nicht einmal Grammisches Bier und Portoriko
ohne Rippen dazu bekommen! ... Vor alten Zeiten, als die
Leute noch stockdumm und pfaffenblind waren, mag man
Etwas auf leere fromme Redensarten und Gaukeleien
gegeben haben, die Gescheidten thatens gewiß auch damals
nicht und heuchelten Glauben aus Furcht vor

Scheiterhaufen und der Inquisition, aber heute ist's anders!
... Geht in die Kaserne und schaut, wie viele Betbrüder
drinnen sind! ... Kommt so ein hölzerner Rekrut vom
Hotzenwald oder da oben von den Bergen, wo sie den Mond
noch mit Stangen herabschlagen wollen, der wird oft
gescheidt, bevor er die Honneurs machen kann und in die
Stadt hinaus darf!"

So hat der Exfourier hundertmal gesagt und sagt es heute
noch. Der Duckmäuser besitzt Rednergabe und andere
Ansichten, aber er fürchtet die Grobheiten, Spöttereien und
Verdächtigungen des Exfouriers, die Andern geben diesem
Recht und der Mordbrenner meint heute entzückt:

"*Der* kanns Einem klar machen! ... Ja, so ists bei Gott! ... Der
Exfourier sollte Zuchthauspfarrer werden, dann schliefe ich
nie in der Kirche ein!"

An diese unbescheidene während des bescheidenen
Mittagsmahles schon oft und heute wiederum preisgegebene
Rede knüpft sich etwas Weiteres.

Zweitens nämlich ist in unserer Zeit der Auflösung aller
Stände der Gesellschaft und des bis in die untersten
Schichten des Volkes eingedrungenen Strebens nach
allgemeiner Bildung die Zahl jener Menschen sehr groß,
welche ihre Bildung aus Zeitungen, Leihbibliotheken und
Schriften der verschiedenartigsten Tendenzen schöpfen
müssen, weil ihnen Zeit und Gelegenheit für gründliche
Ausbildung mangelt. Aus dem seit der Mitte des vorigen
Jahrhunderts auch in Deutschland überhand nehmenden
Mangel an Christenthum in Staat, Leben, Schulen und
Büchern erklärt es sich, daß die Zahl der oberflächlich oder
mangelhaft Gebildeten so ziemlich derjenigen, der
entschiedenen Gegner des positiven Christenthums
entspreche. Das an sich gewiß löbliche Streben nach

nützlicher Unterhaltung und allgemeiner Bildung hat zunächst in Folge der sozialen und literarischen Verhältnisse unseres Jahrhunderts zu einer heillosen Verwirrung aller Begriffe im Gebiete des Staates, der Wissenschaft, Kunst geführt und die Gleichgültigkeit gegen positive Religion hat sich selbst bei ursprünglich edeln, geschweige bei gemeinen und verkommenen Naturen zur bittern Feindschaft gegen die Kirche und gegen alle positive Religion überhaupt gesteigert.

Unsere genialsten Schriftsteller haben Vorurtheile und Irrthümer in religiösen Dingen unabsichtlich und absichtlich in Menge ausgestreut und die edelsten Gefühle des menschlichen Herzens besonders gegen den Katholicismus in Aufruhr gebracht, eine unübersehbare Schaar untergeordneter Geister hat die Ansichten und Meinungen unserer großen Dichter, Philosophen und Historiker popularisirt und die Unterhaltungsliteratur vor Allem dazu benutzt, das moderne Heidenthum über das positive Christenthum, den natürlichen Menschen über den Christenmenschen Siege feiern zu lassen.

Das gegenwärtig lebende Geschlecht hat von seinen Vätern durchgängig eine sehr elende religiöse Erziehung ererbt, die der positiven Religion gleichgültig, gehässig oder auch todesfeindlich gegenüber stehende Literatur erfreut sich bis zur Stunde der entschiedensten Oberherrschaft, das Alltagsleben predigt in Einem fort durch zahlreiche Thatsachen überwiegend den Unglauben, weil diese Thatsachen den Lehren und Vorschriften des Christenthums mehr oder minder herb widersprechen, endlich liegt der Unglaube offenbar im Interesse der Selbstsucht jedes Einzelnen und wenn gründlich gelehrte Männer oft wie Kinder reden, sobald von der katholischen Kirche die Sprache ist, so darf man sich nicht wundern, daß die Zahl der Halbgebildeten und Halbgelehrten, welche dem Katholizismus fremd, lau, mißtrauisch und feindselig gegenüber stehen erstaunlich groß und fortwährend im Zunehmen begriffen bleibt.

Diese Halbgelehrten und Halbgebildeten leben fortwährend in und mit dem Volke, sind die eigentlichen Apostel aller Irrtümer und Lügen der Zeit und was ihnen an umfassender Bildung und gründlicher Gelehrsamkeit abgeht, ersetzen sie durch absprechendes, brutales Auftreten, volkstümlichen Witz und schonungslosen Spott, durch den Fanatismus ihres Unglaubens.

Es ist erstaunlich, wie aufgeklärt Schustersjungen und Schneidergesellen heutzutage in den schwierigsten politischen und sozialen Fragen sich geberden, wie tief einfache Handwerker in die Geheimnisse der europäischen Kabinette eingeweiht zu sein vermeinen und wie bündig an jedem Biertische über den Unwerth der positiven Religion, das Absterben der katholischen Kirche und deren Bund mit der weltlichen Gewalt geredet wird.

Wer das Volk genau kennt und tagtäglich in Berührung mit den verschiedenartigsten Menschen tritt, der weiß am besten, wie gewaltig der Geist des Widerspruchs und der Empörung geworden und wie scheinbar er gebändiget ist und wer nicht sanguinisch genug sein kann, aus leisen Anfängen zur Besserung rasche Fortschritte derselben herzuleiten oder gar zu wähnen, es ließe sich in einigen Jährlein gut machen, was mehrere Menschenalter sündigten, der wird auf eine aufrichtige Rückkehr des jetzt lebenden Geschlechtes zur positiven Religion im Ganzen verzichten, in der Kraftentfaltung der katholischen Kirche und vor Allem in einer christlichen Jugenderziehung die einzige Rettung vor den einfachen Consequenzen herrschender Ansichten und Grundsätze, nämlich vor einer sozialen

Revolution und der schauderhaften "großen Zukunft" des Spaniolen erblicken.

Bettelsack und Elend bleiben die Propheten und Werboffiziere des Communismus, die Halbgelehrten und Halbgebildeten die Apostel des Unglaubens, welche mindestens von den Männern des Proletariats am liebsten gehört werden.

Die Welt ist ein großes Zuchthaus und wie es hier zugeht, geht es vielfach in kleinen Zuchthäusern zu. In diesen wird wenig Schlimmes von Zeitungen und verderblichen Büchern gestiftet, weil solche nicht zu haben sind, eine strenge Hausordnung wird möglichst streng gehandhabt, weltliche Lehrer suchen rohsinnliche Naturen für höhere und edlere als rohsinnliche Genüsse empfänglich zu machen, Geistliche offenbaren die Weltanschauung des Christenthums, ein entbehrungsreiches, freudloses, hartes Leben fordert jeden Sträfling auf, in der Religion Trost zu suchen und durch dieselbe den verlornen sittlichen Halt wiederum zu erringen—dennoch ist von wahrer Besserung in Sträflingssälen wenig oder nichts zu entdecken, Hopfen und Malz sind an diesen Felsenherzen und Rohrmenschen verloren, so lange sie beisammen bleiben und bei den Bejahrtern gemeiniglich für immer.

Einen Grund dafür finden wir auch in dem Umstande, daß Halbgelehrte und Halbgebildete in jedem Sträflingssaale sich finden und ihre Kameraden im Grunde mehr beherrschen, als sämtliche Vorgesetzten zusammengenommen.

Allenthalben herrscht der Gebildetere über den Unwissenden und Rohen und wenn der Sträfling von vornherein geneigt ist, den besten Gefängnißgeistlichen mißtrauisch zu betrachten, so glaubt er dagegen von Herzen gern einem Leidensgefährten.

Wie mag ein Geistlicher Vieles ausrichten, dessen Person verdächtigt und verläumdet, dessen Lehre verdreht, verachtet und verspottet wird und mit welchem ein Sträfling selten ein vertrautes Wort reden kann, ohne sogleich verspottet, verhöhnt und verdächtiget zu werden? Was der Geistliche bei diesem oder jenem in einer Stunde gut macht, verdirbt der nächste, beste Fanatiker des Unglaubens in fünf Minuten oder noch rascher durch einen derben Witz.

Wo bleiben denn die Berichte der Geistlichen in den Schriften jener gloriosen Gefängnißkundigen, welche die gemeinsame Haft vertheidigen und Großartiges von der Besserung ihrer Pflegbefohlenen glauben machen wollen?—

Halbgelehrte Fanatiker des Unglaubens üben mächtigen Einfluß auf die Armen außerhalb der Gefängnißmauern aus, sie beherrschen auch als Sträflinge die Ansichten und das Benehmen ihrer Leidensgefährten und sind eigentliche Verderber der Besserungsfähigen unter denselben wie des gesammten Proletariates.

Es ist bekannt, welche Rollen ehemalige Sträflinge gelegenheitlich bei Revolutionen spielen und seit 1848 in Frankreich übernahmen, es ist auch begreiflich, weßhalb religionslose Proletarier und ungebesserte Entlassene den wahnwitzigsten Träumern des Sozialismus in die Arme stürzen und bei der wachsenden Anfüllung und Ueberfüllung aller Strafanstalten möchte einsame Haft für die verderbtesten, so wie für halbgebildete Verbrecher eine Maßregel politischer Klugheit sein, wenn auch diese Leute keine unsterbliche Seele besäßen und nicht die Bestimmung hätten, Glieder am Leibe Christi zu werden.

Bessern sie sich nicht in der Zelle, so verschlechtern sie doch keine Kameraden und machen Strafhäuser nicht zu

Kasernen der Revolution.

Drittens endlich ist das enge Beisammenleben von Sträflingen
verschiedener Confessionen für die auf den Grundlagen der
positiven Religion allein mögliche Besserung nichts weniger
als vortheilhaft. Der Protestant hat am Papste, an der
Verehrung der Jungfrau Maria und der Heiligen, an der
Ohrenbeichte und der Ehelosigkeit der katholischen
Geistlichen ungemein Vieles auszusetzen, katholische
Sträflinge wissen gemeiniglich nicht gehörig zu erwidern
oder sie mögen weder für Jesuiten noch für Dummköpfe
oder Heuchler gehalten werden; wenn die Israeliten
gewöhnlich die Christen bei ihrem Glauben lassen, so thun
getaufte Sträflinge den Israeliten gegenüber gewöhnlich das
Gegentheil und aus all' diesem folgt, daß die Religion Aller
wenig dabei gewinnt, wenn auch der religiöse Frieden
ungestört bleibt.

Der Unglaube scheint im Interesse der Verbrecher zu liegen,
halbstudirte und etwas belesene Sträflinge vertreten die Rolle
der Priester des Zeitgeistes, das Zusammenleben der
Mitglieder verschiedener Confessionen befördert kein
Anschmiegen an positive Religion—woher soll da die
Besserung kommen?

Wir wissen es nicht, haben es auch nirgends zu erfahren
vermögen und kehren nach diesem traurigen Ausflug in
den Speisesaal des Zuchthauses zurück, in welchem der
Exfourier dem Zuckerhannes just den Begriff des
"historischen Rechtes" in seiner gewohnten Art erläutert.

Der Aufseher stört diesmal den Redefluß des gelehrten
Mannes, der Zuckerhannes erfährt nur noch, die großen
Fische fräßen die kleinen und das sei historisches Recht und
das Gespräch wird rasch auf die Begnadigungen gelenkt,
welche diesen Morgen vorkamen.

Das Hasenmaul scheint bereits Neigung zur Verträglichkeit zu bekommen, setzt sich einen Augenblick neben den Duckmäuser, hört dem Gespräche zu und meint, der Jost, dem Alle die Begnadigung gönnten, sei eben doch wegen Straßenraub verurtheilt gewesen und ein solcher Kerl jeder Begnadigung unwürdig.

Auf solche Rede hin versetzt der gegenübersitzende Mordbrenner dem armen Hasenmaul einen Stoß auf die Brust, daß es über die Bank hinabpurzelt und laut aufschreit.

In diesem Augenblicke ruft das Glöcklein wiederum zur Arbeit der Aufseher muß zur Thüre hinaus auf seinen Posten, der Lärm der Sträflinge hat den Schrei des Hafenmaules schier erstickt und jetzt drängt Alles der Thüre zu. Wie ein kampfbereiter Stier steht der Mordbrenner vor seinem Opfer, ein Wort könnte das Hafenmaul in arge Ungelegenheit bringen, der Duckmäuser sucht Beide zu beschwichtigen, erklärt letzterm, er habe Unrecht, dem armen Jost das bischen Freiheit zu vergönnen und sagt:

"Jost hat allerdings einen Straßenraub begangen, aber er stand vorher niemals vor den Schranken eines Gerichtes als Angeklagter und weniger die eigene Noth, als die Noth seines kranken Weibes und fünf unmündiger Kinder hat ihn zur Verzweiflung und zu seiner That getrieben! Weißt Du wie wehe der Hunger thut?"—

Dergleichen Sträflinge beherbergt jedes Zuchthaus, die Meisten sind im Grunde wirklich unglücklicher als schuldig; die Geschichte Vieler zeigt zur Genüge, wie sehr der Mensch mit Allem was er ist und hat von seinem Mitmenschen abhängt und welche Ungerechtigkeit zugleich hinter der Lieblosigkeit steckt, mit welcher Sträflinge oft

genug beurtheilt und Entlassene oft genug behandelt
werden.

An jeglichem Verbrechen, welches verübt wird, hat die
Gesellschaft mehr oder minder Mitschuld und deßhalb
schon die Pflicht, Verbrecher nicht blos zu bestrafen,
sondern auch zu streben, dieselben für sich zu gewinnen
und Entlassenen ein ehrliches und friedliches Leben möglich
zu machen!—

Nach wenigen Minuten ist es in der Strafanstalt wiederum
lebhaft und das Arbeiten nimmt seinen ungestörten
Fortgang. Webstühle knarren, Weberschiffchen zischen,
Rädlein der Spuler, Wollspinner und Seiler schnurren, die
Sägen der Holzmacher krächzen und ächzen, die Aexte
schlagen einen schwerfälligen, unregelmäßigen Takt dazu;
dumpfes Rauschen der Wasserräder, dröhnendes
Umherrollen großer Walzen in der Hanfreibe, schrille
Feilenmusik und Ohrenbetäubendes Hämmern der
Metallarbeiter, pickendes Klopfen der Schuster,
dumpfdröhnendes Donnern der Küfer, welche Reifen um
ihre weitbauchigen Fässer schlagen—dieser
hundertstimmige Lärm mahnt wiederum an das Zeitalter
der Industrie, dieses Haus an Industrieritter dazu und die
außerhalb der hohen Mauern vorübertösende Eisenbahn
läßt von Zeit zu Zeit das unheimliche Freudengejauchze des
sieghaften Erdgeistes in diese traurigen Räume dringen.

Traurig? Gewiß, doch bei weitem nicht so traurig, als die
meisten Menschen sich einbilden, davon mag der
Zuckerhannes reden, der vor seinem Fügebocke steht, ein
sehr gleichmüthiges und ruhiges Gesicht macht und von
Zeit zu Zeit freundlich zum Duckmäuser hinüberlächelt.

Er weinte bitterlich, als er über die Schwelle dieses
verhängnißvollen Hauses treten mußte, wollte vergehen vor

Schaam, als Räuber und Spitzbuben ihn mit dem brüderlichen "Du" begrüßten, wünschte sich anfangs in den tiefsten Kerker hinab, als er die unzüchtigen Reden und schauderhaften Erzählungen einzelner Mitgefangenen anhören mußte—doch kein geschaffenes Wesen ist zäher und elastischer als der Mensch, *tägliche Gewohnheit* stumpft ihn gegen Alles ab und wenn der Zuckerhannes jetzt ruhig über das Leben im Zuchthause und über seine Zukunft in der Freiheit nachdenkt, stimmt ihn der Gedanke an den letzten Tag der Gefangenschaft nicht allzu freudig. Freilich mahnt ihn jeder vorüberziehende Vogel daran, welch' unschätzbares Gut die Freiheit sei, freilich wünscht auch er manchmal einen guten Schoppen neben seinem Teller und eine Wurst in seine Erbsen, freilich drückt die erbarmungslose Regelmäßigkeit eines Lebens, wo Alles nach dem Minutenschlage sich richtet, der Mensch mehr oder minder zur Maschine wird und die Eintönigkeit zu laut durch die kleinen Ereignisse jedes Tages dringt, noch jetzt zuweilen mit Alpdruck auf seine Seele—aber hat er draußen frei und glücklich gelebt gleich den Vögeln des Waldes? War er jemals besonders genußsüchtig gewesen, seitdem ihn die dicke Sonnenwirthin im Schwarzwalde seine kindische Naschhaftigkeit so theuer hat büßen lassen? War er nicht an rauhe Kost, Schwere Arbeit, freudlose Tage und herbe Entbehrungen gewohnt, bevor er hieher kam? Was hat er Großes draußen zu erwarten, zumal er nicht weiß, was aus der Emmerenz geworden? Im Zuchthause wird er nicht verachtet, erndtet keine herben Vorwürfe, lebt ungeschoren, weil er sich in Andere fügt, braucht für Kost, Kleidung und Wohnung keine Sorge zu tragen, lauter Gründe, welche die natürliche Reue über die Folgen seiner That schwächen, während die übernatürliche niemals in ihm zum Durchbruche gelangte.

Draußen kennt er keine Seele, welche sich liebend um ihn

kümmerte, denn die Emmerenz hat mehrere seiner Briefe mit keiner Silbe beantwortet, hier dagegen besitzt er einen Freund, der ihm Alles in Allem geworden, nämlich den Benedikt, welchen er "sein Duckmäuserle" zu nennen pflegt.

Dieser Duckmäuser gehört bisher noch zu den Halbgebildeten, welche nichts von einem Leben in Christo wissen, aber als seltene Ausnahme von der Regel ist er kein Fanatiker des Unglaubens, der jeden Andersdenkenden anfeindet und verfolgt, wenn dieser sich nicht bekehren lassen will.

Ein schweres Urtheil machte ihn ernst, ein edles Naturell ließ ihn im Zuchthause niemals zu den gemeinsten und niedrigsten Bewohnern herabsinken, er wußte stets eine gewisse Würde und Ansehen bei den bessern Gefangenen zu behaupten. Der Zuckerhannes kam an seinen Tisch und zeigte, daß ihm schaamlose Reden, in welchen ältere und verheirathete Gefangene zumeist voranleuchteten und das Affengesicht sammt dem Exfourier zehnfach überboten, anwiderten.

Dies bewog den Benedict, ihm freundlich sich zu nähern und als der Ankömmling bald von seiner leidenschaftlichen, doch rein gebliebenen Liebe zur Emmerenz erzählte, hatte er das Herz des Duckmäusers gewonnen. Die Zeit lehrte, daß sich Beide vielfach in einander getäuscht hatten, aber sie sind beide Freunde geblieben.

Während der Erholungsstunde hat der Duckmäuser die Ursache des Kummers erfahren, welcher den Freund niederdrückte; es gelang ihm, denselben vollkommen zu trösten und sein Versprechen, ihm bei der Entlassung seine Ersparnisse, von denen er als ein lebenslänglich Verurtheilter und gänzlich verlassener Mensch doch keinen bessern Gebrauch zu machen vermöge, mitzugeben, hat den überraschten Zuckerhannes bis zu Thränen gerührt.

Jetzt hobelt der Beglückte an seinen Faßdauben, wirft von
Zeit zu Zeit sehnsüchtige Blicke nach dem Arbeitstische des
Benedict und wünscht eine Gelegenheit herbei, einen
Augenblick hinüber zu springen.

Er findet keine, denn der Werkmeister ist sehr übel gelaunt
vom Mittagessen zurückgekommen, mit dem Aufseher in
scharfen Wortwechsel gerathen und wird jede Gelegenheit
benutzen, um den Ingrimm an Gefangenen auszulassen,
von denen er nichts zu befürchten hat.

Der bessernde Einfluß, den manche Werkmeister und viele
Aufseher auf Gefangene ausüben, ist äußerst gering
anzuschlagen und je nachdem dieselben sind, verlöre der
Gefangene wenig, wenn er sie auch den ganzen Tag niemals
sähe!—

Der Zuckerhannes steht in Gefahr, Etwas über sein
gewöhnliches Tagwerk zu Stande zu bringen, deßhalb
wählt er Dauben mit Astlöchern, an denen sich der Hobel
abstumpft und ist bald beim Schleifsteine, bald beim
Wasserfasse, bald außerhalb der Werkstätte zu finden, ohne
daß er von einem Vorgesetzten deßhalb gescholten oder
bedroht werden kann.

Er hofft, der Duckmäuser werde ihm einmal folgen, möchte
demselben gerne ein freundliches Wörtlein sagen, doch
dieser ist ganz vertieft in das Laubwerk der Lehne eines
prachtvollen Kanapeegestelles und denkt gar nicht daran,
wie sehr er den empfindsamen Freund durch seine
Vernachläßigung betrübt! Welch' sentimentale Seelen gibt es
oft in unsern Sträflingssälen!

Sentimentalität ist wohl auch eine der Verirrungen des der

positiven Religion entfremdeten Gemüthes und findet sich
häufig genug bei den weichherzigen und geplagten Kindern
des Volkes, welche außer dem Kalender, der Bibel oder einem
Gebetbuche sammt einigen Volksschriften und Liedern
niemals ein Buch lesen!—

Der Zuckerhannes könnte fast weinen und fühlt sich
während der ersten Mittagsstunden recht unglücklich, denn
der Duckmäuser ist sein eigentlicher Herrgott und hat das
Antlitz von ihm abgewendet!

"Hof!—Hof!" ruft es durch das Haus.

Dieser Ruf gilt weder den Seilern, noch den Holzspaltern,
auch nicht den Kameraden des betrübten Hannes, denn all'
diesen mangelt es nicht an Bewegung und sie dürfen
zwanglos ausruhen, was wir nur billig, zweckmäßig und
löblich finden können, dagegen gilt der Ruf Allen, welche
sitzende Gewerbsleute sind und diese bleiben zum
Spazierengehen verpflichtet.

Zunächst speit der Saal der Spinner und Korbflechter und
einer der Weber seine Gäste aus, dieselben drängen sich zur
Thüre hinaus und eilen die Stiege hinab in den Hof.

Eine Minute später marschiren sie rasch und taktfest,
schweigend und streng beobachtet, immer Einer hinter dem
Andern längs den Mauern eines Hofes hin und her, der ein
längliches Viereck bildet.

Auf den Flügeln des laufenden Vierecken stehen Aufseher, in
der Mitte desselben der Obermeister, welcher bald diesen
bald jenen aus dem Zuge herausbeschwört und in das
Kleidermagazin beordert, damit der alte schmutzige und
löcherige Mensch mindestens einen neuen Kittel bekomme
und auswendig erträglich aussehe.

Der stumme Gänsemarsch einer Sträflingsschaar mag auf den fernstehenden Zuschauer wohl einen peinlichen Eindruck machen, aber er ist dem zwanglosen Ausruhen und beliebigen Umhergehen während der Erholungszeit weit vorzuziehen, weil er Menschen, welche bereits den ganzen Tag auf einem Flecke sitzen und jahraus jahrein sitzen müssen, zum Laufen zwingt, genauere Bekanntschaften der Bewohner verschiedener Säle verhindern hilft und jedem eine Gelegenheit, Andere zu verderben und verdorbener zu werden, abschneidet.

Abgesondert von den Uebrigen stehen Einige, bei denen die eine Seite der Montur schwarz, die andere grau ist und welchen die Kette weder große noch eilige Schritte zu machen gestattet. Einer hinkt einsam längs den Wänden hin und her, zwei Andere athmen schwer und stehen herum.

"Ab!" commandirt der Obermeister nach einer starken halben Stunde und während die Spaziergänger in ihre Säle zurückkehren, treten ihre Nachfolger in den Hof hinaus.

Seltener und matter tönt das Hämmern und Klopfen, nach einer Weile setzt der Ruf. "*Vier Uhr!*"—dem Fleiße der Seiler und Holzarbeiter ein plötzliches Ziel.

Eifersüchtig bewahren die Sträflinge jedes der kleinen Zugeständnisse, welches ihnen zu Theil geworden, der fleißigste Arbeiter wird eher den letzten Nagel, welchen er zur Hälfte ins Holz hineingehämmert, stecken lassen als noch einen Schlag thun, wenn der Ruf: Vier Uhr!—hörbar geworden.

Das Vesperbrod wird zur Hand genommen und mit Gänsewein hinabgewürgt, die einzige Würze des spartanischen Mahles besteht darin, daß sich Bekannte gelegentlich in kleinen Gruppen zusammenfinden dürfen.

"Komm, Hannes, ich habe etwas Besonderes!" lacht der Duckmäuser, der Zuckerhannes hat sich vorgenommen, ein wenig zu schmollen, aber diesem Lächeln vermag er nicht zu widerstehen und noch weniger dem Leckerbissen, an welchen er Antheil haben soll.

Er eilt zur Hobelbank hinüber; mit dem gewichtigen Ernste und der feierlichen Würde des vornehmsten Kochkünstlers irgend eines modernen Heliogabal zieht der Duckmäuser eine Schüssel unter der Hobelbank hervor, vor deren Inhalt Mancher zurückschaudern würde, der nicht eine Ader von einem Eßkünstler in sich hat.

Zusammengebettelte Kartoffelschnitze, einige Tropfen elenden Essigs und einige Tropfen ranzigen Brennöles daran —der Zuchthaussalat ist fertig und mit vergnügter Miene greift das Freundespaar mit einem Löffel zu, welcher aus dem Munde des Einen in den Mund des Andern wandert.

Mit welchem Appetit wird dieser Leckerbissen verzehrt, mit welchem Neide betrachten einige Gefangene die Esser, welche Freude spiegelt sich in den Mienen derjenigen, die zum Mithalten eingeladen werden und einen oder zwei Bissen der köstlichen Speise zu sich nehmen dürfen!—

Der Benedict ist in diesem Augenblicke wiederum der Held, der Wohlthäter des Saales, er empfängt den Lohn des Fleißes und der Geschicklichkeit, der Werkmeister drückt ein Auge zu, der Verwalter wird nichts von diesem Salate erfahren, den die Hausordnung keineswegs ausdrücklich verpönt, aber auch nicht ausdrücklich billiget, so daß er möglicherweise eine Zeile im Strafbuch nach sich ziehen könnte.

Die Schüssel wird leer, der Bläsi eingeladen, dieselbe vollends auszulecken, er bedankt sich dafür, weil er noch nicht lange genug hier ist, um die volle Wonne eines mehrfach zweifelhaften Kartoffelsalates zu empfinden, ein halbes Dutzend Anderer wünscht seine Stelle einzunehmen, das Affengesicht erhält jedoch den Vorzug.

Der Gastgeber sucht mit dem Zuckerhannes und Andern die frische Luft und steht auf den Treppen der Eingangsthüre.

Ein Gefangener, in welchem man durch das rothe Band unter dem Knie einen Rückfälligen erkennt, schleppt einen Korb voll Garn durch den Hof, bleibt plötzlich stehen, setzt die Last nieder, beginnt gewaltig zu schimpfen, zu drohen und einen unsichtbaren, stummen Feind herauszufordern. Dann horcht er eine Weile und wiederholt das Manöver, bis die Hofwache ihn vertreibt.

Verwundert hat der Zuckerhannes den Lärmmacher betrachtet, das Gelächter der Kameraden ist ihm unbegreiflich, er fragt:

"Was ist's denn mit diesem Menschen? ... Keine Seele hat Etwas mit ihm gehabt und er schimpft und tobt als ob er einen Todfeind auf dem Halse habe?"

"Der Kilian gibt Aufschluß, wenn er aus dem schwarzen Loch kommt, er kennt den Kerl genau!" meint der Exfourier, welcher sich der Gruppe näherte.

"Ich kanns auch thun, denn der Salomon, wie der geschupfte Mensch heißt, hat sein Nest neben mir und hat in den ersten Wochen den ganzen Saal manchmal allarmirt!" erzählt ein Veteran der Greiferkunde und fährt fort.

"Der Salomon wurde voriges Jahr entlassen, kehrte vor bald acht Monden ins Zuchthaus zurück mit einer neuen Capitulation von zwei Jährchen. Er behauptete jedoch in Einem fort, unschuldig zu sein und wollte deßhalb um keinen Preis arbeiten. Alle Güte und alle Strenge fruchtete nichts, wir selbst ermahnten ihn vergeblich, gescheidt zu sein und zu arbeiten, damit er sich nicht für jetzt und für ein andermal das Spiel verderbe."

"Wie Alles nicht half, wurde der Salomon endlich für so lange in Arrest gesprochen bis er sich dazu verstünde, den Kneip zur Hand zu nehmen. Tag und Nacht saß er allein in seinem Arreste, bekam weder einen Tisch noch ein Buch und durfte sich in der Kirche und in der Schule auch nicht blicken lassen. Als Arrestant sah er keinen Bissen Fleisch und damit es ihm nicht einfalle, die Zeit mit Schlafen todtzuschlagen, erhielt er Abends seinen Spreuersak [Spreuersack] und das Bettzeug, Morgens wurde Alles wieder herausgenommen."

"Sechs Monate hat ers in der Einsamkeit und Langweile ausgehalten und ist fest darauf geblieben, er sei unschuldig, gehöre nicht ins Zuchthaus und werde deßhalb auch nicht arbeiten. Es wäre leicht möglich, daß die Herren Richter eines schönen Morgens nach einem Donnerwetter und Platzregen sich übelgelaunt zusammen setzten und zwei Jahre des salomonischen Lebens als Gabelfrühstück verspeisten, aber ich für meine Person glaube nicht an Salomons Unschuld. Wurde er Einmal unschuldig verurtheilt, so hat er dafür Manches gefunden, was nicht verloren war und es kam nicht auf ihn heraus. Zwar hat er nicht so Vieles gestohlen und nicht so viele Untersuchungen durchgemacht, wie der rothe Philipp, denn dieser ist kaum 30 Jahre alt und hat 27 Untersuchungen und einige kleinere Strafen durchgemacht, bevor er zum erstenmal hierher kam, aber sauber ist der Salomon schon als Soldat nicht gewesen! ..."

"Kurz und gut, er blieb 6 Monate in Arrest, dann kam er heraus, mußte einigemal im Zwangstuhl singen und weil ihm angedroht war, daß er jeden andern Tag singen müsse, verstand er sich endlich zur Arbeit. Er arbeitet oder thut doch, als ob er guten Willen dazu habe, allein sein Arbeiten ist nicht mehr weit her, er hat in der Schusterei Leder verdorben und Dummheiten aller Art gemacht und macht jetzt so eine Art Hausschänzer! ..."

"Er ist in der Zelle ein Narr geworden, wer weiß, ob es mir nicht auch so geht, wenn sie bei uns Zellengefängnisse bauen!" murmelt der Duckmäuser nachdenklich.

"Müßte ich heute für Monate und Jahre einsam in einen Arrest, dann machte ich es wie der Thorsepp vor acht Tagen, ich spränge dort in den Bach und wenn ich entdeckt und herausgezogen würde, wie es diesem ergangen, hinge ich mich am nächsten, besten Nagel auf!" meint der Exfourier.

"Ja im Menschenquälen ist jeder Esel ein Genie und in der Menschenliebe das Genie oft genug ein Esel, ich habe das schon in der Kaserne erlebt!" seufzt der Duckmäuser.

"Überall errichten sie jetzt Vereine gegen Thierquälerei und ich bin ganz dafür, weil ich oft gelesen, wie viehische Bauern, Knechte, Fuhrleute und Metzger die armen Thiere quälen aber weßhalb fällt es den Herrn niemals ein, auch einen *Verein gegen Menschenquälerei* zu stiften?" fragt der Bläsi. Der Zuckerhans schaut dem Bläsi ernst ins Gesicht und dieser wird bis über die Ohren roth.

"Weil der arme Teufel weniger auf der Welt gilt als ein Stück Vieh! ... Das Geld macht Alles aus, wer keines hat und nimmt wo ist, wird doch eingesperrt! ... Wir leben in einer gang [ganz] verkehrten Welt!" seufzt Einer.

"Wenn ich könnte, packte ich die ganze Welt in eine

Beißzange und hämmerte sie mit dem schwersten Küferhammer platt!" lacht der Exfourier.

"Apropos, was macht denn der Salomon, wenn er närrisch wird, he?" fragt der Zuckerhannes.

"Ei, hast ihn ja selbst gesehen und gehört!" erwiedert der Rückfällige.

"Wenn kein Mensch an Etwas denkt, fängt er an zu schimpfen und behauptet, es sei Einer draußen, der ihn in Einem fort schimpfe und ihn schlagen wolle. Ist's Tag, dann läuft er oft auf die Verwaltung oder zum Doctor und verklagt seinen Feind, von dem Niemand etwas sieht, hört und weiß!"

"Das ist spaßig! ... Grausig! ... Salomons Feind ist der Teufel! ... So ergeht es vielen Franzosen in der Zelle," spricht der Kilian! ...

"Die Beamten und der Doctor lachen den Salomon aus wie wir Alle, sagen, mit der Zeit würden die Einbildungen von selbst verschwinden und es scheint auch richtig so zu kommen, denn er ist schon jetzt viel ruhiger als noch vor 3 Wochen und—"

"Zur Arbeit, Leute!"

unterbricht der Werkmeister den Rückfälligen, die letzte Minute der Erholungszeit ist vorüber, die Sträflinge eilen zu ihrem Geschäfte zurück und die Meisten arbeiten eifriger als bisher den ganzen Tag, denn wer am Sonntag ein Stücklein Butter oder am Ende des Monats ein halbes Pfund Schnupftabak kaufen will, darf mit der Fertigung des vorgeschriebenen Tagwerkes nicht zurückbleiben.

"Schule! ... Zweite Klasse! ... Schule!"

Der Ruf zur Schule ergeht wöchentlich einigemal an Alle, welche das 36. Lebensjahr noch nicht zurückgelegt haben und ihm folgt selten ein Sträfling mit Widerwillen.

Das Amt eines Zuchthauslehrers ist ein schwieriges, aber dafür auch ein dankbares und segensreiches.

Alter und Bildungsstufen der Gefangenen vervielfachen die Mühe des Lehrers und erschweren die Eintheilung der Schüler, täglich oder doch wöchentlich gehen alte Schüler ab und treten neue ein, nur bei Schwerverurtheilten sieht der Lehrer die Früchte seines Wirkens und weiß, daß diese sich verdoppeln und vervielfachen würden, wenn die Schüler einige ihrer arbeitsfreien Stunden der Selbstbildung widmeten.

Ueber schlimmen Willen wird ein Zuchthauslehrer selten zu klagen haben, Sträflinge sind gewöhnlich aufmerksame und talentvolle Schüler, fertigen auch Schulaufgaben, so gut sie es vermögen, doch wer mag in dem unvermeidlichen, durch Strenge höchstens zu mildernden, doch nimmermehr zu beseitigenden Gesumme, Gebrumme und Hin- und Herrennen eines Saales, wo an Sonn- und Feiertagen 40 bis 80 Menschen dichtgedrängt bereits den ganzen Tag beisammen sitzen, kopfanstrengende Arbeiten vornehmen? Ein bischen Schreiben, Lesen, Zeichnen geht an und wird auch keineswegs vernachlässiget, dagegen hat es mit allem Rechnen so ziemlich und mit dem Auswendiglernen gänzlich ein Ende.

Religionsunterricht und Schule müssen die Schuld des Beisammenlebens der Verbrecher abbüßen helfen, mögen die Lehrer auch noch so eifrig und pflichtgetreu sein, die Gefängnißbeamten fleißige Schüler beloben und belohnen und mag die Regierung Alles thun, um die Feinde der Gesellschaft durch die Macht der Bildung und der Religion mindestens von Rückfällen in neuen Verbrechen abzuhalten.

Schon Mancher hat den verlornen Schulsack im Zuchthause wieder gefunden, Mancher ist hier mindestens so weit gekommen, um aus Klugheit ungesetzliche Handlungen künftig zu vermeiden, mancher arme Tropf hat ein Handwerk gelernt, in Folge größerer Bildung und menschenfreundlicher Behandlung den Haß gegen die Gesellschaft aufgegeben und als Entehrter zum erstenmal eine klare Vorstellung der Ehrenhaftigkeit erworben—doch im Ganzen sind und bleiben Strafanstalten Hochschulen des Lasters und Verbrechens, so lange die Bewohner derselben Tag und Nacht beisammen leben.

"An den Früchten sollt ihr sie erkennen!" rufen wir den kurzsichtigen oder auch eiteln Vertheidigern der gemeinsamen Haft zu; zum Unglück derselben ist die Welt darüber ziemlich im Klaren, daß die schlechten Früchte dieser Strafart die guten von jeher kaum sichtbar werden ließen und ein beachtenswerther Zwiespalt der Ansichten ergibt sich lediglich in der Frage, was Besseres an die Stelle der gemeinsamen Haft zu setzen sei.—

Der Zuckerhannes hat in der Schulstube seiner Heimath blutwenig gelernt, später sich lieber mit Thieren und Menschen als mit todten Büchern und unnütz scheinenden Dingen abgegeben, doch in der Finsterniß des Kerkers ist ihm ein besseres Licht aufgegangen, der Duckmäuser brachte ihn zur Einsicht, der Brief des Winkeladvokaten an den Fesenmichel sei keineswegs ein Diplomatenstreich gewesen, jetzt sitzt unser Held bereits in der zweiten Klasse der Zuchthausschule und der Antrag des Lehrers, ihn der dritten Klasse einzuverleiben ist ein neues freudiges Ereigniß des heutigen ereignißreichen Tages.

Es dämmert bereits, wie der Zuckerhannes mit seiner

Schiefertafel aus der Schule in die Werkstätte zurückkehrt. In einem Winkel des Ganges trifft er den einäugigen Stoffel, der tiefsinnig an den Nägeln kaut.

"Was gibts, alter Strolch, was treibst?"

"Ho, ich blase Trübsal, s'ist ein böses Instrument und morgen werde ichs im schwarzen Loch blasen. Wenn nur das ganze Zuchthaus heute Nacht noch zusammenbrennen würde und ich damit! ..."

"Weßhalb? ... Bist ja hier daheim, was hat es gegeben?"

"Ich erfuhr schon gestern Abend, daß der Jost heute fortkommt, weißt ja, daß die alte Garde Manches eher erfährt als die andern. Der freudenvolle Jost gab mir das Versprechen, ein paar Päckle Schick und ein Kettchen Knackwürste von Außen herein über die Mauer zu werfen, hats auch richtig gethan, ich ließ es mir schmecken, fing einen kleinen Krämerhandel an, der Meister ist dahinter gekommen, ich habe Alles schön geläugnet, aber man fand Zeugen in meinen Strümpfen und jetzt gehts bei diesem kalten Wetter wieder einmal in unterirdische Regionen! ... S'ist ein Elend!"

"Oh, bist im Ganzen hier doch besser daran, als Tausende draußen. Wenn ich früher vom Zuchthause reden hörte, dachte ich immer an dunkle Löcher mit triefenden Wänden, an Wanzen, Flöhe, Spinnen, steinhartes Brod und stinkendes Wasser und hat unser Amtsgefängniß auf etwas Besseres hingedeutet? ... Hier habe ich die Hände über den Kopf zusammengeschlagen, als ich diese Reinlichkeit und Pracht sah und eine Art Spital fand, an welchem die verschlossenen Thüren das Fatalste sind! ... Ich für meine Person muß mich dankbar an Vieles erinnern, was ich hier genossen habe!"

"Oh Narr! lacht der Stoffel; du willst dich für die Schinderei auch noch bedanken? ... Glaubst du denn, die ""Großköpfe"" würden uns so gar ordentlich betten, wenn sie nicht ihren verfluchten Vortheil dabei hätten? ... Zudem ist alles armselig genug, gerade so, daß man zur Noth bestehen mag! ... Früher gabs Willkomm und Abschied, wie der alte Paul wohl weiß, doch hier arbeiteten fast alle in der Stadt und wenn ich all den Specksalat, die Würste und Brodstücke auf einen Haufen legen und alle Schoppen darüber gießen könnte, welche mir draußen auf der Schanz zugesteckt wurden, es gäbe einen Berg, in welchem sich dieses ganze Gebäude verbergen ließe! ... Jauchzend und singend zogen wir manchmal Abends durch die Stadt heim und klapperten mit unsern Holzschuhen den Takt dazu, s'war ein Stolz und eine Freude Graukittel zu sein, aber jetzt? ..."

"Müßte ich nicht an meinen grauen Stachelbart denken, ich liefe wahrhaftig davon! ... Man darf jetzt nur noch das bischen Butter und den Schnupftabak wegdecretiren, mit Hungerkost freigebiger werden, dann wird und muß das Häfelein überlaufen. Es hapert dann mit der Arbeit, die Krankenstube wird voll, wöchentlich einmal kommen die mit den Schlapphüten und tragen Einen von uns zu den Studenten. Wir profitiren bei all diesen Dingen nichts, aber die großen Herren profitieren auch nichts! ... Unsereins kostet immer viel Geld, bevor er unter dem Boden liegt und kommt er wieder aus dem Zuchthause, so wird er das nächstemal pfiffiger sein und keine Kleinigkeit stehlen, sondern tüchtig zugreifen, anzünden, einen Reichen todschlagen und Alles thun, was er vermag!"

"Warum?"

"Ho, bist du noch immer so dumm, wie damals, als der Spaniol dich hinters Licht führte. Hat Einer recht ""Moos"",

394

dann gehts ihm gut, wenn er damit durchkommt. Wird er aber erwischt, nun, dann macht man ihm den Garaus und die ganze Lumperei hat ein Ende oder er weiß doch wenigstens, weßhalb er ins Zuchthaus gekommen! ... Ich halt's ganz mit dem Spaniolen, der war ein gescheidter Mann: je ärger die Großen dreinfahren, desto ärger treibens die Kleinen und alles muß so kommen, wenn die ""große Zukunft"" nicht ausbleiben —"

"Fort, s'kommt Einer!"

Der Aufseher findet weder den Zuckerhannes noch den Einäugigen mehr, hinter ihm traben die Hausschänzer her, um die Lichter in den letzten Werkstätten anzuzünden, denn bereits schaut ein neuer sternenloser Winternachthimmel in den Hofraum der Strafanstalt herein.

Die heimelige Zeit der Dämmerung und die ruhige der Nacht bringt Gefangenen von selbst eine minder strenge Aufsicht und Vergessenheit ihres Zustandes, wirft ihren Schleier über manche Kleinigkeit, die sich nicht streng mit der strengen Hausordnung vereinbaren läßt und stimmt die abgematteten Werkmeister und müden Aufseher milde und versöhnlich gegen ihre Arbeiter und Pflegbefohlenen.

Wiederum läßt die Hausglocke ihre helle Stimme vernehmen.

"Sechs Uhr!"

Jeder legt die Arbeit nieder, die Aufseher ziehen ihre Dienstmützen vom Kopfe und machen ernstere Gesichter, die Gefangenen thun dasselbe, mancher faltet die Hände und zuweilen bewegt auch einer die Lippen.

Leben wir nicht in christlichen Landen und ist's nicht Betzeit?

Nach einigen Minuten wird fortgearbeitet, die Faulen sputen sich um ihr Tagwerk fertig zu bringen, die Fleißigen ermüden sichtbar, die Arbeit eines Jeden wird in Augenschein genommen, zuweilen belobt, noch öfter mit Stillschweigen übergangen, manchmal getadelt und immer aufgezeichnet.

Allgemach wird es ruhiger in der Werkstätte, Ungeduld spiegelt sich in mancher Miene, auch die armen Werkmeister und Meister bleiben zuweilen einen Augenblick ruhig und horchen scharf, ob das Glöcklein nicht den letzten und besten Ruf, den Heimruf zum Essen und Schlafen anstimme.

Endlich ertönt es;—"*Feierabend!*"—rasches Verstummen jedes Arbeitslärmes, Aufräumen aller Geräthschaften, Abmarsch.

Nach wenigen Minuten sitzt unsere bekannte Tischgesellschaft wieder beisammen, der Zuckerhannes betet wiederum laut vor, dann läßt sich Jeder die Wassersuppe und Mancher auch Reste des Mittagsmahles oder ein Stück Brod schmecken.

Kaum hat der Zuckerhannes vom Tische gebetet und kaum sind die Zinnschüsselchen verschwunden, so beginnt das Abführen in die Schlafsäle.

Die Wachen und Aufseher stehen draußen in den Gängen auf ihren Posten, der Reihe nach werden die Nummern der Schlafsäle ausgerufen und Einer nach dem Andern marschirt ab.

Wollte man während des Abführens in die Schlafsäle gar zu streng auf Stille und Ordnung in den Speisesälen sehen, so würden die Wachen vielleicht erst um zehn Uhr in ihre Wachtstube und die ohnehin arg angestrengten Aufseher noch später zu ihrem Nachtessen gelangen und solche

Verzögerung brächte Niemanden Nutzen, während das minutenlange Gehenlassen der Gefangenen wenig schadet.

Wer unter Tags nicht zu einem Bekannten oder Landsmann kam, welcher an einem entfernten Tische sitzt, trifft denselben jetzt und wer nicht ein bischen heiter war, wird es für eine kleine Weile.

Der Mordbrenner benutzt das lebhafte Getümmel, um mit gedämpfter Stimme ein bischen zu jodeln, der Erfourier tanzt mit dem Affengesichte im Hintergrunde und versichert es sei Polka, ein Räuber schnalzt den Takt dazu mit Zunge und Fingern, das Hasenmaul theilt mit dem Zuckerhannes ein Päcklein Schick und der Duckmäuser hält Einigen eine Vorlesung über den hohen Werth einer menschenfreundlichen Behandlung im Zuchthaus.

Morgen Abend wird es wieder froh um diese Zeit zugehen, denn übermorgen ist ein arbeitsfreier Tag und die Ruhe- und Freudentage der freien Bevölkerung sind Folter- und Trauertage, jedenfalls Tage peinlicher Langweile für Gefangene.

Freilich nimmt an Festtagen der Gottesdienst und Gänsemarsch im Hofe Zeit weg, vielleicht müssen auch die Füße in der Waschküche gewaschen werden und manche melden sich zum Rapport beim Vorstande, doch immerhin bleibt manche Stunde übrig und während derselben wie angenagelt hinter einem Tische sitzen sollen, um St. Johannistag wie um Weihnachten um sechs Uhr Abends die Suppe essen und sich alsdann von der noch ziemlich hochstehenden Sonne im Bette bescheinen lassen, dazu die Freudentöne der Freien von Weitem vernehmen, dies Alles macht arbeitsfreie Tage zu den unbeliebtesten, welche die Mehrzahl der Sträflinge erlebt.

Was sollen dieselben machen?

Die schwüle Luft macht Aeltere schläfrig und mißmuthig, die Jüngern reden und schäckern, zehn Aufseher wären nicht im Stande, sie daran zu hindern, Manche laufen beständig ein und aus und es läßt sich nicht verbieten.

Unsere Bekannten gehören meist zu den geschicktern Gefangenen und diese wissen sich zur Nothdurft immer Unterhaltung zu verschaffen. Das Murmelthier wird sich in der Kunst immerwährenden Schlafes produciren, der Indianer spielt die Rolle eines Porträtmalers und wird Einigen ihre Dulcineen malen. Freilich hat er letztere niemals gesehen, allein wenn die Farbe und der Schnitt der Sonntagskleider getroffen, der Kopfputz nicht ganz verfehlt und das Roth der Wangen und Lippen recht einleuchtend hervorstechen wird, dann fühlt sich der Liebhaber schon beseliget, spendet Weihrauch und Lohn und seine Einbildungskraft ersetzt die fehlende Kunst. Auch das Affengesicht macht Geschäfte als Maler; zum Scheine malt er schuldlose Häuser, in unbewachten Augenblicken klekst er unzüchtige Bilder zusammen, diese finden reißenden Absatz und Mancher, der das schönste Heiligenbild als Geschenk gleichgültig betrachtete oder auch zurückwiese, spart sich das Fleisch vom Munde ab, um vom Affengesichte mit einem Schandgemälde beglückt zu werden.

Der Exfourier ist heute durch eine Schildwache von der vollendeten Treulosigkeit seiner Braunen überzeugt worden und wird am nächsten Sonntag einen herzbrechenden Brief an dieselbe schreiben. Der Mordbrenner wird dem Hasenmaul ein langes und unter Sträflingen sehr beliebtes Gesicht, nämlich Kotzebue's "Verzweiflung" gleichmüthig ins Schreibheft eintragen und wenn ihm das Hasenmaul nur noch ein kleines Stücklein Butter weiter verschafft, wird er die furchtbaren Worte:

Ha, wo bin ich und was soll ich hier
Unter Tigern, unter Affen?
Welchen Plan hat Gott mit mir
Und wozu bin ich erschaffen?

mit zolldicken lateinischen Buchstaben schreiben.

Der Duckmäuser, dieser Allerweltskünstler, würde an
arbeitsfreien Tagen Vieles verdienen, wenn er minder
gutmüthig und freigebig wäre. Er wird am nächsten
Sonntag die niedlichsten Dosen aus Maserholz glänzend
poliren, welche er unter der Woche neben seinen vielen und
schönen Arbeiten für sich "gepfuscht" hat, auf Glastafeln mit
goldenen Lettern und kunstreichen Randverzierungen
wiederum ein schönes Gedicht malen und gelegentlich dem
Zuckerhannes beistehen, der sich mit der Fertigung der
Schulaufgaben abquält und Auszüge aus Zschockes
"Stunden der Andacht" und verwandten Schriften zu
machen pflegt.

Auf solche Art wird der nächste Sonntag vorüberschleichen
und die Angst auf seinen Nachfolger als Angebinde
zurücklassen.

"Numero Fünf!"—ruft es durch die Gänge.

Die meisten Gefangenen haben den Speisesaal bereits
verlassen, jetzt bricht der Zuckerhannes auf und nimmt
Abschied vom Duckmäuser, denn dieser liegt Nachts in
einem andern Saale und sein Wunsch, neben dem Freunde
zu schlafen, ist bisher unerfüllt geblieben.

Einer der Letzten hinkt unser Held in den Schlafsaal
Numero 5, ein Aufseher folgt ihm, der Beter von heute
Morgen haspelt wiederum ein Vaterunser herab, dann wird
die schwere Eichenthüre geschlossen, die gewichtigen Riegel

klirren vor, der Schnurrbart eines Aufsehers hängt noch eine Minute zum Guckfensterlein herein, bis Jeder unter seinem Teppich liegt.

"Gute Nacht!"

Fortan hört man von drunten im Hofe nichts mehr außer den langsamen Schritten der Schildwachen, die der Aufseher sind nicht mehr hörbar, weil sie auf Socken einherwandeln oder doch sehr leise auftreten, dagegen tönt vom Guckfenster her manchmal ein ernstes und häufig auch ein grobes Wort, wenn nicht Alles hausordnungsmäßig zugeht.

Wer hart arbeitete, schläft gemeiniglich rasch ein, minder ermüdete oder kummervolle Nachbarn flüstern unter ihren Decken hervor oft noch lange miteinander, verwegene Bursche lachen oder reden auch laut und lassen Verweise und Drohungen zu einem Ohre hinein und zum andern hinaus, Leute, welche der nächste Tag oder die nächste Woche zu Entlassenen macht, fragen begreiflicherweise nicht immer zu viel nach der Hausordnung die lange genug als drohendes Damoclesschwerdt über ihrem Haupte hing. Zuweilen erhebt sich auch ein Streit um der Luft willen, denn Einzelne möchten aus guten Gründen ein Fenster halb oder ganz offen lassen, dagegen pflegen die abgesagten Feinde reiner Luft oft als Mehrheit zu opponiren. Endlich dringt der Stundenschlag der Stadtuhren, der Gesang fröhlicher Zecher oder eine ferne Musik wehmüthig zu den Ohren der Eingesperrten, im Schlafsaale vernimmt man nur noch die Traumredner oder die Schnarcher, welche ihr ohrenzerreißendes, rasendmachendes Tutti beginnen.

Sendet um Mitternacht der Mond sein bleiches Licht durch die trüben, arg vergitterten Scheiben des Saales, so wird er von Neuem zum Zeugen der Thatsache, daß die schlechtesten Leute und furchtbarsten Verbrecher sehr fest und ruhig schlafen und trotz dem harmlosesten Philister manchmal sehr gemüthlich schnarchen. Zwar fehlt es selten an offenen Augen, auch thränenschwere sind zu entdecken und mancher Seufzer aus tiefster Brust klagt in die Mitternacht hinaus, doch übernatürliche Reue mag höchst selten ein Auge wach erhalten und ein Herz zu Thränen und Seufzern bringen.

Neulinge gewöhnen sich nicht immer rasch an das harte Zuchthausleben, Familienväter gedenken gerne besserer Tage und die verrathene Liebe zu den Ihrigen, welche mit dem Schuldigen büßen und manchmal schwerer büßen als dieser selbst, stachelt sie aus ihren Träumen auf.

Ein Tag vergeht nach dem andern, Gestalten wechseln, aber das Spiel dauert fort und wann naht das Ende der Qual? —

Die letzten Jahre des Zuckerhannes.

Wiederum sind wir im Schwarzwalde und zwar in demselben Thale, in welchem wir vor einer Reihe von Jahren dem Begräbnisse eines verachteten, unbekannten und längst vergebenen Weibes beiwohnten.

Damals wars ein schwermüthiger Regentag, doch heute steht die Sonne hoch und glänzend im tiefblauen Himmelsgewölbe über den dunkelgrünen Tannenwäldern und leuchtet freundlich in das Thal mit seinen zerstreuten Strohhütten, stattlichen neuen Häusern, wogenden Saatfeldern, blumigen Matten und silbern schimmernden Bächlein.

Tausend Vögel singen ihrem Schöpfer das Alleluja der Thierwelt, tausend Schmetterlinge und Käfer flattern und schwirren um die blühenden Obstbäume und jagen sich munter aus einem Blumenkelche in den andern, laue Lüfte säuseln und ziehen durch das Thal und um dem Frieden und die Freude der Natur die höchste Weihe zu geben, dringen Orgelton und Glockenklang und fromme Gesänge an unser Ohr.

Ists heute nicht Pfingstsonntag und gibts einen schönern Tag im ganzen Jahre als diesen? Stehen die Hütten und Häuser nicht deßhalb so einsam und verwaist da, weil die Thalbewohner in der Kirche dem feierlichen Hochamte beiwohnen?

Beiwohnten! müssen wir sagen, denn in diesem Augenblicke läutets mit allen Glocken, die Kirchgänger drängen zum Tempel hinaus, auf allen Wegen und Stegen wimmelt es von halbstädtisch gekleideten Männern und Burschen und unter dem Weibsvolke entdeckt man nur noch wenige schwefelgelbe Strohhüte, dunkelfarbige Leibchen, vielfaltige kurze "Juppen," blaue Strümpfe, unförmliche Bauernschuhe, Gebetbücher mit Messingschlössern und altmodische Rosenkränze.

Offenbar hat der Geist der neuen Zeit auch in diesem Thale gewaltige Fortschritte gemacht und wenn man an den nagelneuen Häusern, neumodischen Trachten und an Vielem, was zu Brigittens Lebzeiten noch nicht dagewesen, wenig auszusetzen weiß, so thut Einem doch Manches wehe, weil es den Verdacht bestärkt, daß hinter all' dem Flitter, aufgeklärtem Gerede und lebhaftern Verkehr weit mehr Armuth, Herzlosigkeit und geistiger Tod stecke, als mit dem entschwundenen Geschlechte begraben wurde.

Greise, Weiber und Kinder begeben sich von der Kirche in ihre meist alleinstehenden, zerstreut liegenden Wohnungen, dagegen vermögen viele Männer und Bursche nicht an den Wirthshäusern vorbei zu kommen, ohne einzukehren und dem Hochamte des Pfarrers die "Eilfuhrmesse" des

Bärenwirthes oder eines andern Wirthes folgen zu lassen.

Das Wirthshaus zum Bären an der Steig ist um ein Stockwerk höher, mit einer prächtigen Altane versehen und zum Range eines "Hotels" erhoben worden. Der ehemalige kleine Krautgarten daneben erinnert jetzt an einen englischen Park im Duodezformat, lustig plätschert ein Springbrunnen darin und von der bedeckten Kegelbahn herüber erschallt bereits Gelächter, Geschrei und das dumpfe Geräusch rollender Kugeln, das lustige fallender Kegel.

Die alte Nebenbuhlerin, die Sonne da drunten ist indessen auch eine vornehme Dame geworden und hinter den herabgelassenen grünen Jalousieladen des bedeutend verlängerten und schön angestrichenen Hauses geht es längst laut und lustig zu, denn die Zeitungen sind angekommen und da ihr gewöhnlicher Erklärer, der bebrillte und beschnurbartete Volksbildner nach der Kirche in den Pfarrhof hinübermußte, um eine Festtagsnase für sein gar zu munteres Orgeln während des Gottesdienstes einzustecken, so hat ein Handlungsreisender, dem das Motto seines himmelanstrebenden Berufes:

  Ich mach' in Tuch und Seide,
  Politik und Religion!
  Und hab' von allen Vieren
  Die allerneuest' Facon!

im Gesichte geschrieben steht, das Amt des Volksbildners freiwillig verwaltet, die Politiker des Thales durch tiefe Einsichten und geheimnißvolle Kenntnisse in freudigen Aufruhr und durch die neuesten Witze in Entzücken versetzt.

Der dicke Wirth streckt sein Mastochsenantlitz zum Fenster hinaus und zupft mit der einen Hand an den Vatermördern des feingefältelten Hemdes, während die andere in den Taschen wühlt und Kronenthalermusik macht. Hinter ihm steht—die Elsbeth etwa? Gott bewahre, das Haus Elsbeth hat längst aufgehört, in der Sonne zu regieren, die neue Wirthin ist ein blutjunges Ding und trägt nicht nur an ihren dürren Fingern schwere Goldringe und einen Schawl, der beinahe den Boden fegt, sondern auch einen Pariserhut mit Lyonerblumen, Alles direct aus Freiburg verschrieben.

Außer dem Bärenhotel und dem Gasthof zur Sonne gibt es nunmehr auch einen "Anker" im Thale, der beide an Eleganz übertrifft und eine Bierbrauerei, welche an schönen Tagen die "Naturkneiper" der beiden nächsten Städte mit Allem versorgt, was ihnen Noth thut, endlich eine Weinwirthschaft, wo auch Kaffee und Liqueur zu haben und eine kleine Winkelschenke, welche wir als bescheidene Wanderer zunächst besuchen müssen.

Sitzt denn in dieser Winkelschenke nicht eine gute alte Bekannte, nämlich die Elsbeth? Hat sie sich nicht vor vier Jahren aus der prächtigen Sonne hieher zurückgezogen mit dem Reste ihrer Habe? Und sitzt nicht neben ihr ein guter Bursche, welcher bereits seit fünf Wochen mit ihr für die Sünden der Welt trinkt und sich mit dem baldigen Untergange derselben tröstet? Ist dieser Bursche nicht der Zuckerhannes, der den Schauplatz seiner Kinderjahre nicht nur begrüßen durfte, sondern heimsuchen mußte, nachdem er seine Strafe bis auf den Rest eines halben Jahres erstanden.

Ja, so ist's; der Hannesle, welcher als 15jähriger Bursche aus der Sonne Reißaus nahm, ist als 27jähriger wieder zurückgekehrt und dieselbe stolze Frau, die ihn um Gottes Barmherzigkeit willen aufnahm, als vermeintliches Werkzeug des göttlichen Zornes ihm einen Kropf wachsen ließ und ein Bein abschlug, sitzt nunmehr als die herablassende Wirthin einer Winkelschenke neben ihm und versichert ihn, er sei einer der ordentlichsten Menschen des Thales, weil er alte Unbilden vergesse und einer armen, bedrängten Wittib in dem Gomorrha und Sodoma des Schwarzwaldes einige Groschen zukommen lasse.

"Menschen werden mit den Zeiten anders!" hat schon vor bald 2000 Jahren ein heidnischer Dichter an den Ufern des kaspischen Meeres geklagt und genau dasselbe klagt unser Paar, obwohl es sich niemals sonderlich mit Büchern und am allerwenigsten mit Heiden befaßte.

Fünf volle Wochen bereits hat die Elsbeth ihren ehemaligen Pflegsohn davon erzählt, wie es ihr seit seiner Flucht ergangen und ist noch lange nicht am Ende, doch wir wollen uns kurz fassen, damit die Geschichte unseres Helden nicht allzulang gerathe.

Die fromme Sonnenwirthin führte ihre Wirthschaft in altgewohnter Weise fort, nachdem die Hoffnung, im Zuckerhannes einen arbeitsamen und wohlfeilen Knecht zu bekommen, verschwunden.

Im dritten Jahre darauf verlor sie ihren getreuesten Lobredner, nämlich das 265 pfündige Dekanat, welches an einem Schlagflusse plötzlich verschied und von allen Vieh- und Weinhändlern, Amtsleuten und Wirthen schmerzlich vermißt wurde.

Weil die fromme Elsbeth Niemanden mehr besaß, mit dem sie sich von den theologischen Tugenden, von der Erbsünde und andern gottseligen Dingen unterhalten konnte, verlegte sie sich auf das Weltliche und wählte sich unter den Weltkindern Eines heraus, um dasselbe den Klauen des Satanas zu entreißen und für den Himmel einzunehmen.

Dieses Weltkind hieß Wendel und war der stattliche Sohn eines Bäckers des Amtsstädtleins, welcher eine Stubenwirthschaft führte und die Sonne seit vielen Jahren mit Brod versah, nämlich mit seinem Weißbrod, Fastenbretzeln, Butterwecken, Schildbrod, Milchbrod, Ringen, gebackenen Männern mit Zibebenaugen und andern Herrlichkeiten, die der Hannesle schwer verfluchte, bevor er zum Zuckerhannes geworden und dies aus triftigen Gründen. Mußte er nicht jeden andern Morgen Sommers und Winters mit Tagesanbruch in das Städtchen hinab laufen, um den Brodkorb füllen zu lassen, und wiederum daheim sein, wenn es Zeit war, den Schulsack vom Nagel hinter der Wanduhr herabzulangen? War der Wendel nicht schon damals ein großer und muthwilliger Bursche, der seine Freude daran fand, den eingeschüchterten, linkischen Buben auf alle Weisen zu quälen? Und als der heranwachsende Hannes sich nicht mehr Alles gefallen ließ und herzhaft redete, spielte da der Wendel nicht den Stolzen und Vornehmen gegen ihn und pflegte jedesmal, wenn der Bäcker oder die Bäckerin nicht in der Stube standen, in die Küche hinauszurufen. "Vater oder Mutter, kommt, der "Zuckerhannes" will seinen Theil haben und notirt alles gut auf?"

Besagter Wendel zog dann einige Zeit auf die Wanderschaft, stand in Paris hinter einem Backofen und brachte ungemein viel Anstand und Bildung aus diesem Mittelpunkte der Civilisation nach Hause. Als ein wahres Chamäleon wußte er sich in Jedes zu fügen und zu schicken, mit dem er anbinden wollte und der Elsbeth, mit welcher er monatlich einmal abrechnete, so viel Erbauliches von den prächtigen Kirchen, frommen Häusern und gottseligen Personen der Weltstadt zu erzählen, daß sie ihm nicht genug zuhören konnte. Sie wußte recht gut, der Wendel mache den Eltern schweres Kreuz, habe von der Obrigkeit, Sittlichkeit,

Weibern und andern Dingen nagelneue Ansichten, welche den bisherigen schnurstraks zuwiderliefen und sprach zu sich:

"Wär' es nicht Jammerschade, wenn ein Mensch, der auf Erden so schön und geputzt wie ein Offizier einherschreitet, ewig im Höllenschlamme versenkt würde? Ist er nicht jung und weiß ich nicht aus eigener Erfahrung, daß die Jugend erst mit den Jahren nach mancherlei Fällen und Unfällen zur Tugend gelangt? Darf Einer nicht täglich siebenmal fallen und bleibt dennoch ein Gerechter? Ist der Wendel nicht gleichsam ein geborner Wirth, der sich in Alles und gewiß also auch in Treue und Frommheit zu finden weiß? Besitzt derselbe nicht ein ordentliches Vermögen? Und, wenns schlecht geht, hat mich der Herr nicht aus fünf Trübsalen errettet und wird Er Seine Dienerin schon in der sechsten stecken lassen? Gibt es im Himmel nicht sieben Stufen der Seligen, habe ich nicht bereits Anspruch auf die fünfte und kann mich zur sechsten und siebenten emporschwingen? Kurz und gut, wenn ich will, wird der Wendel nicht Nein sagen und Gott kann nicht anders als Ja sagen und uns segnen, weil er mich genau kennt und weiß, daß ich zunächst den Leib haben muß, um meine Seele retten zu können. Lebte nur der Herr Dekan noch, *der* brächte Alles ins Geleise; einen bessern Heirathsstifter hats im Walde nicht gegeben und der neue ist ein Holzbock im Vergleich zu ihm. In Gottes Namen, das Weib ist zum Jochtragen auf der Welt, ich nehme den Wendel, die Gottlosen mögen darob heulen und mit den Zähnen knirschen!"—

Der Wendel hatte auch Augen und Gedanken, ließ sich herab, das ehemalige Brodträgeramt des entlaufenen Zuckerhannes zu verwalten, feierte seine Sonntage allgemach in der Sonne und es dauerte nicht lange, so

ereignete sich das Wunder, daß die Elsbeth eines Sonntages
aus der Kirche wegblieb, wie dies Gebrauch bei Leuten ist,
welche als Brautleute ausgerufen werden und nicht drei
Wochen später stolzirte der Wendel als Sonnenwirth durch
das Thal und die Zahl der Freunde, die aus dem Städtlein
herüberkamen, um sein Glück in der Nähe zu betrachten,
wuchs mit jedem Tage.

Vor der Hochzeit hatte es die ersten schweren Händel
abgesetzt, weil es sich schwarz auf weiß herausstellte, daß
Wendels Vater zwar kein ruinirter, aber doch keineswegs ein
reicher, der Bräutigam vollends ein armer Mann sei, dessen
Capitalbriefe nirgends mehr aufgetrieben wurden.

Freilich besaß er einen Onkel, der ein Triberger Packer und
tief in Amerika drinnen ein steinreicher Mann geworden
war, zur Zeit noch keine Kinder und dabei die Absicht
haben sollte, die Verwandten in Europa sammt und sonders
zu kleinen Rothschilden zu machen, doch Elsbeth war in
Geldsachen erfahren und genau, donnerte und blitzte einige
Tage lang und die Leute munkelten, der Pariser sei an die
Unrechte gekommen.

Dennoch ward die Hochzeit abgehalten, kein Mensch erfuhr
jemals aus Elsbethens Mund, weßhalb diese so nachgiebig
gewesen, dafür redete der Wendel desto unverblümter und
prophezeite, sein Weib habe überhaupt den Rechten an ihn
gefunden, er wisse, was in der großen Welt Mode sei und
wie man mit Weibern fertig werde.

Ein Verschwender, Schlemmer, Prozeßkrämer, Spieler,
Faullenzer und Anderes mehr, wurde er rasch mit dem
Vermögen der Sonnenwirthin fertig, doch mit ihr selbst ist
er keineswegs fertig geworden, denn sie hatte die Freude,
ihm nach zehn Jahren die Augen zuzudrücken und ließ als
"tiefbetrübte, im Thale der Zähren allein stehende Wittib"

dem "innig geliebten, sanft und selig dieser mangelhaften Welt entrückten Gatten, dem ehrenfesten, hochachtbaren Herren Wendel" einen Grabstein setzen der noch heute vom Kirchhofe herab ins Thal schaut.

Länger als jeder frühere Mann hat der Pariser mit der Elsbeth gehaust und diese unerhörte Thatsache erklärt sich lediglich daraus, daß er sich weder von ihr bekehren ließ noch darnach trachtete, sie für sich zu gewinnen, sondern mit musterhafter Gleichgültigkeit gegen sie seine Tage verlebte.

Ihren Predigten setzte er Spott und Hohn, ihrem Zorn lautes Gelächter und ihren Todsünden meist die entgegengesetzten Laster entgegen. Der schlaue Mann hatte nicht blos die Geldliebe der Sonnenwirthin vor der Hochzeit überflügelt, sondern auch durch die gefährliche Drohung, der Welt ohne alle Rücksicht auf seine und andere Personen mancherlei Geheimnisse einer für fromm geltenden Seele zu enthüllen, einen Ehevertrag zu Stande gebracht, welcher Gütergemeinschaft und für den Fall einer Trennung für ihn die günstigsten Bedingungen festsetzte.

Es läßt sich leicht denken, wie die Elsbeth sich geberdete, nachdem sie vor dem Ende des ersten Jahres die letzte Hoffnung aufgegeben, den Wendel für sich zu erziehen. Bei etwas weniger Leichtsinn und etwas mehr Ehrgefühl würde er ein Höllenleben geführt haben, allein er fragte nach Allem nichts, was nicht die Befriedigung seiner Leidenschaften betraf und brachte es zu Stande, daß sein Weib, welches er niemals mißhandelte, keinen erheblichen Vorwand oder Beweise zu finden vermochte, die eine Trennung gerechtfertiget hätten.

So kam es auch, daß die Elsbeth keinen sonderlichen Antheil an seinem frühen Tode hatte. Er war nicht ihr

Sklave, sondern lebte in der Knechtschaft der eigenen Sünden und Laster, welche sich ihre zweideutigen Freuden mit Wucherzinsen heimzahlen lassen und richtete sich selbst in der Blüthe seiner Jahre zu Grunde.

Dem Leichenbegängnisse folgte eine Zwangsversteigerung, die Sonnenwirthin mußte aus dem ererbten Hause ihrer Väter abziehen und trug außer den stark ins Graue gerathenen Haaren nur wenig Geld mit sich fort, mit welchem sie die kleine Wirtschaft pachtete und einrichtete, wo wir den Zuckerhannes bei ihr gefunden.

Wendels glorreicher Grabstein erklärt sich namentlich durch den Umstand, daß die Elsbeth auf die Ankunft des Vetters aus Amerika hoffte, der jährlich geschrieben, er werde kommen und mehr Eagles und Dollars bringen, als Kirschensteine im Thale gefunden werden könnten. Geschrieben hat dieser Crösus, doch gesandt hat er niemals auch nur einen Penny und ist bis heute ausgeblieben, so daß er den prächtigen Grabstein des Neffen niemals mit eigenen Augen betrachten konnte. Die Elsbeth aber hofft und hofft in Einem fort und weil das Hoffen nicht satt macht, eine Wirthin aber um so toleranter werden muß, je weniger sie besitzt und je kleiner und armseliger die Wirtschaft ist, hat sie allgemach ihr Häuslein zu einer Zufluchtsstätte aller Elenden und Verfolgten gemacht, insofern dieselben noch Einen Kreuzer auszugeben hatten und ist bereits so weit gekommen, offen zu predigen, wir alle glauben an Einen und denselben Gott und ein braver Evangelischer sei ihr tausendmal lieber denn ein zahlungsunfähiger Katholischer. Nicht der Glaube, sondern das Rechtthun sei die Hauptsache, man komme zwar auf der Welt schlecht damit fort, aber man lege sich dadurch viele Pfunde im Himmel an und das irdische Leben sei ja nur ein Augenblick.

Bei der ehemaligen Pflegmutter haust der Zuckerhannes, dieselbe versichert ihn eben, in der Kirche auch für ihn gebetet zu haben und er meint etwas grob, das sei ihm ganz Eins, denn ob er bete oder fluche oder Andere es für ihn thäten, darob kümmere sich weder Gott noch Teufel. Dieses sei ihm im Zuchthause und besonders seit den letzten 5 Wochen klar geworden.

Eine derartige unwirsche Rede an einem so wunderlieblichen Pfingstmorgen tönt nicht gut, zeugt für arg verstimmte Herzenssaiten und bedarf einer Erklärung.

Am letzten Tage, den unser Held im Schlafsaale der Strafanstalt aufdämmern sah, ward er auf die Kanzlei gerufen und erhielt seine Freiheit.

Die Sehnsucht nach der Freiheit war lebhafter als je in ihm geworden, die Erfüllung kam früher, als er gehofft und ein Stich ging ihm durchs Herz, denn die Trennung vom Duckmäuser erschien ihm plötzlich schwerer als das Zuchthausleben und er sah sich vom einzigen Freunde, den er auf der Welt kannte, im Nu durch eine fast unübersteigliche Kluft getrennt.

Ohne den Benedikt noch einmal gesehen und Abschied von demselben genommen zu haben, mußte er nagelneue, ungewohnte Kleider anziehen, welche ihm großentheils von der Regierung geschenkt wurden und das Gutmachgeld betrug ein ganz ordentliches Sümmchen, obwohl er täglich nur 2 Kreuzer erhobelt und Manches für Schnupftaback und Butter ausgegeben, auch ein Gebetbuch und Schreibbücher gekauft und einiges Porto bezahlt hatte.

Gleich einem Träumenden nahm er Abschied von den geistlichen und weltlichen Beamten, sah die Thüre, welche manches liebe Jahr ihm verschlossen geblieben, durch einen ganz leichten Druck auf die Schnalle aufspringen und folgte dem Aufseher, der ihn zur Polizei führte.

Lange hatte er geglaubt, er werde nach der Befreiung kein Jota mehr nach der Welt und den Leuten fragen, doch schon auf der ersten Canzlei, welche er ohne grauen Kittel betrat, fühlte er, daß dieser Glaube auf einer Täuschung beruhe. Manche Anwesenden betrachteten ihn scheel, ein dickköpfiger Jüngling, den das blinde Glück aus einem verdorbenen Lyzeistlein erst vor Kurzem zu einer handwerksburschenquälenden Schreibmaschine umgemodelt, lachte ihm verächtlich und höhnisch in's Gesicht, daß er purpurroth wurde von der Stirne bis zum Halse hinab und die Augen ganz verwirrt zu Boden schlug.

Der Zuckerhannes erhielt seinen Laufpaß und las mit Entsetzen, er müße geradewegs dahin, wo er wenig Gutes zu erwarten und viel Schlimmes zu befürchten, nämlich in die Heimath. Dies war ein Donnerschlag für ihn, er nahm sich das Herz heraus, den Beamten zu bitten, ihm doch einen Laufpaß nach dem Bodensee oder sonst wohin zu schreiben.

Das kleine, spindeldürre Männlein machte Augen, als ob der verwegene Bittsteller auf den Umsturz aller Staaten und Dintenfässer sinne und näselte giftig, er möge sich zum Teufel scheeren, das sei Gesetz im Lande, Geschriebenes sei hier stets unfehlbar und unabänderlich und wenn er Einen Zoll von der Route abweiche, so werde es nicht gut gehen!

"Aber ich bekomme keine Arbeit, ist das Gutmachgeld weg, was anfangen, lieber Herr? Ich muß doch leben!"

"Euer Leben ist nach meiner Einsicht durchaus unnöthig, macht, was Ihr wollt, Marsch!" Der unbesonnene Zuckerhannes sagte noch Etwas und hätte es wahrscheinlich arg bereuen müssen, wenn nicht ein ordentlicher Beamter eingetreten wäre, bei dessen Eintritt Jener gar süß lächelte und einem Diener winkte.

Ein Polizeidiener führte unsern Helden zum Thore hinaus, dann nahm dieser den Weg in den Schwarzwald unter die Füße und dachte unterwegs ungemein viel an die "große Zukunft" des Spaniolen und an die Reden des Exfouriers.

Abends spät gelangte er in der Heimath an. Vom Kirchhofe herüber wehte eine kalte Frühlingsluft, er erkannte keinen Menschen, der ihm begegnete, wollte in kein Wirthshaus, sondern bei den Hausleuten der Katzenlene übernachten. Er fand das alte Haus und auch die alten Bewohner, wie sich nach einigen Minuten herausstellte, aber die Katzenlene fand er nicht mehr, weil diese den Glauben Mancher an ihre irdische Unsterblichkeit durch einen sanften, obwohl raschen Tod schon vor mehreren Jahren widerlegt hatte. Die Leute boten ihm von selbst ein Nachtlager an, nachdem sie jedoch herausgebracht, woher ihr Gast geraden Weges komme, da gab es so seltsame Gesichter und zweideutige Reden, daß der Zuckerhannes auf seinem Stroh, welches man ihm statt des versprochenen Bettes auf den ungedielten Boden der Wohnstube geworfen, bittere Thränen weinte und bei Tagesanbruch mit seinem Bündelein abzog.

Er hatte gehofft, es sei Gras über seine Jugendgeschichte gewachsen und der Name "Zuckerhannes" den Landsleuten nicht mehr geläufig, wurde jedoch früh genug vom Gegentheil überzeugt. Der Vogt, bei welchem er sich melden mußte und gar nicht übel aufgenommen wurde, stellte ihn seinen Buben als ihren alten Schulkameraden den "Zuckerhannesle, welchen die Brigitte selig ledig gehabt" vor und dieser hinkte keine 6 Stunden im Thale herum, so hörte er oft genug hinter sich sagen: "Der Zuckerhannes ist wieder gekommen, dort der große hinkende Mann. Er hat Einen umgebracht und ist grausam lange im Zuchthause gehockt!"

Der Gestellmacher war längst gestorben, die Leute, bei
denen er später einige Zeit zugebracht, lebten auch nicht
mehr, die alte Welt moderte meist auf dem Kirchhofe, die
junge war groß geworden und nahm jetzt deren Stelle ein,
der Nachwuchs, der noch in der Wiege schrie, als der
Zuckerhannes aus der Sonne entlief, wuchs bereits der
Conscription entgegen, gar manches Haus hatte andere
Bewohner, die alten hölzernen Hütten mit ihren Dächern
von Stroh und Schindeln waren vielfach durch neue
steinerne mit großen Fensterscheiben und bunten
Ziegeldächern ersetzt, der alten Tracht hatte eine neue und
stets wechselnde Platz gemacht.

Kurz, Vieles war anders geworden und selbst die Natur
vielfach verändert, mancher Wald ausgeholzt und manche
öde Trift in Ackerland verwandelt. Manches gefiel dem
Hannes, namentlich die Nachsicht und Gleichgültigkeit,
welche jüngere Leute gegen entlassene Zuchthäusler vielfach
übten und er freute sich heimlich, weil Brigitte fast ein
Dutzend Nachfolgerinnen zählte, die mit vaterlosen Kindern
auf den Armen an sonnenhellen Tagen ganz ungescheut
umherliefen und selten daran dachten, auf Unterstützung
der Gemeinde zu verzichten.

Freilich gab es noch Viele, welche dergleichen Weiber
verachteten und verlästerten und nicht gerne mit einem zu
thun hatten, der Zuchthaussuppen gegessen, doch viele
Andere, besonders unter den Jüngern und Aufgeklärten,
waren duldsam und lachten, wo ihre Väter zornig die Fäuste
geballt hätten.

Es geschah mehr als einmal, daß im Wirthshause manche
Gäste verstummten, die Nase rümpften und wohl vom
Tische wegrückten, an welchem sich der Zuckerhannes

gesetzt, manchmal auch ein peinliches Gespräch vom Zuchthause anspannen, was ihm sehr wehe that, dagegen fehlte es ihm nicht an Kameraden und sogar an Freunden. Worüber er sich am meisten wunderte, war die Einladung, welche er von der alten Sonnenwirthin erhielt, deren Schwelle er niemals zu übertreten hoffte.

Am ersten Tage schon vernahm er auch, daß sie noch immer eine sehr fleißige Kirchengängerin sei und namentlich durch den Wendel Grund genug bekommen habe, der argen Welt spinnenfeind zu werden, dagegen aber für die Sünden der Welt unmenschlich trinke und beide Augen freudig zudrücke, wenn ein kleiner Profit vor ihr zu stehen schien.

Die Elsbeth lud ihn ein, weil er nicht von selbst kam, überhäufte ihn mit rührenden und zärtlichen Vorwürfen, redete wie die Güte und Liebe selbst, wollte nichts davon hören, daß sie ihm zu einem Kropfe und hinkenden Bein verholfen und ruhte nicht, bis er zu ihr zog gegen ein sehr gering scheinendes Kostgeld, das er für einige Wochen voraus bezahlte.

Elsbeth wußte was sie that. Der Hannes brachte Gutmachgeld und von Bibianens Hinterlassenschaft ward ihm durch die Sorge des braven Zuchthausverwalters noch ein Sümmchen gerettet, welches der Vogt als Pfleger in Händen hatte und womit sich in diesem Thale Etwas anfangen ließ.

Der Vogt und die Elsbeth aber verstanden sich miteinander und hatten ihr Plänchen fertig. Zwei Wochen wollte der Zuckerhannes von seinen langjährigen Strapazen ausruhen und gemächlich thun, dann im Thale oder noch lieber in der Ferne schauen, was zu machen sei. Zunächst mußte ihm die Elsbeth an den Adlerwirth in Hegau schreiben, damit er erfahre, was denn aus der Emmerenz geworden sei.

Der Benedict, ein gewaltiger Verehrer der bessern und schönern Hälfte des menschlichen Geschlechtes, redete am längsten und liebsten von seinen ehemaligen Freundinnen, sorgte auch dafür, daß der Zuckerhannes die Emmerenz nicht vergaß und war es, der ihm beim längeren Schweigen derselben anrieth, Alles wo möglich im Ungewissen zu lassen, nachdem sie selbst nicht geantwortet.

"Ist sie für Dich verloren, dann erfährst Du es noch immer früh genug und sie hat Dich nie recht gerne gehabt; findest Du sie noch ledig, dann weiß man nicht was kommen kann, Du hast bis dahin dir doch das Glück mit ihr recht ausmalen und mit mir hoffnungsvoll davon plaudern können. Sei gescheidt Hannes und denke: Unverhofft kommt oft!" pflegte der pfiffige Benedict zu sagen, und der Freund, der sich in Allem gerne von ihm gängeln ließ, befolgte auch diesen wohlmeinenden Rath.

Nach der Freilassung besaß der Zuckerhannes wiederum Keinen, der sich seiner aufrichtig annahm und ihn liebte, die Hoffnung, sein "Duckmäuserle" jemals auf Erden wieder zu sehen, war gering und er erfuhr, das Leben eines Menschen, der ganz allein auf der Welt dastehe und in Allem für sich sorgen müsse, sei in vielen Dingen leidenreicher und mühevoller als das eines Zuchthäuslers.

Zudem stand er bereits tief in dem Alter, in welchem sich das Herz des Mannes nach einer festen Existenz und bleibenden Stätte, nach einem Weib und Kindern sehnt, an denen er den Freund machen kann und bis zum Tode nicht von ihnen verlassen wird. Die Meisten, welche mit ihm auf der Schulbank gesessen, hatten längst ein eigenes Heimwesen und waren verheirathet, Viele schienen recht glücklich zu leben und Manche hausten wirklich gut, nur er stand noch immer allein und unbeachtet in der Welt da, an seinen Freuden und Leiden nahm Niemand jenen herzlichen

Antheil, welchen er wünschte und dies that ihm wehe.

War er doch auch ein Mensch und weßhalb sollte er noch immer als Ausnahme unter den Leuten ruhelos und ziellos gleich Ahasverus herumstolpern?

Es läßt sich denken, wie gewaltig dem Zuckerhannes das Herz klopfte, als er Elsbethens wohlgesetzten und siebenfach versiegelten Brief an den Adlerwirth im Hegau ins nächste Posthaus trug und wie die Vermuthungen über die Antwort den einzigen Stoff seiner vertraulichen Gespräche mit der Pflegemutter blieben. Diese sprach dem Zagenden Trost und Muth ein und weil er fortwährend ein bischen zweifelte und den Kopf schüttelte, bewies sie ihm aus Karten und Kaffeesatz, ein großes Glück stünde ihm bevor, Alles laufe auf eine Heirath hinaus und so sicher sie für ihre Person sei, daß der Kutscher Sepp einmal an ihrem Häuslein halte und den steinreichen Vetter aus Amerika ablade, so zuversichtlich dürfe er hoffen, daß es ihm bald prächtig ergehe. Die Kreuzkönigin wolle nicht wanken und weichen, bei jedem Spiel liege sie obenauf und das sei eine bedeutsame Person.

Etwa 14 Tage nach der Absendung des Schreibens kam ein großer Pack mit Kleidern, worin trotz der langen Zeit die Schaben wenig Unheil angerichtet. In der Seitentasche des fast noch nagelneuen Manchesterkittels steckten zwei Briefe statt eines und weil der vor banger Erwartung zitternde Zuckerhannes nicht wußte, welchen er zuerst erbrechen sollte, so griff die Elsbeth nach demjenigen, der mit einigem Geld belastet war, setzte den Nasenklemmer auf und las ihn zuerst allein in der Küche, dann aber laut dem nebenstehenden Empfänger. Der Brief kam vom Adlerwirth, doch nicht vom Alten, der das Zeitliche auch bereits gesegnet sammt seinem Weibe, sondern vom Jungen, welcher seitdem die Wirtschaft führte und den

Zuckerhannes als einen treuen, geschickten und fleißigen Stallknecht kennen gelernt hatte.

Er schrieb, der Zuckerhannes werde wohl nicht gerne drunten im Walde und noch ohne Arbeit sein, deßhalb möge er, falls er wolle, nur herzhaft hinauf an den Untersee wandern und vorläufig im Adler sich als Knecht einstellen lassen. Arbeit gäbe es genug und obwohl die Trinkgelder der Fuhrleute jährlich sparsamer ausfielen, so mache dieses wenig, weil der Sternenwirth an der Straße "ausgelumpt" habe und die alten Gäste desselben jetzt alle im Adler einsprächen. Er sende ihm die Kleider, die "rothe Fritzin" habe dieselben die vielen Jahre hindurch in ihrem eigenen Kasten und Getüchtrog aufbewahrt, Kienholz dazu gelegt, fleißig an die Bohnenstangen ihres Gartens gehängt, ausgeklopft und ausgebürstet, wenn ihr Rother just nicht daheim gewesen.

In der Erwartung, der Schwarzwälder werde kommen und weil er kommen könne, obwohl das Ziel erst am Jörgentag ausgelaufen, sende er zwei große Thaler, welche Dinggeld sein sollten, wenn er komme und als Präsent wenn er nicht komme. Neues wisse er weiter nichts zu schreiben, der Klee sei droben sehr gerathen, die Weinstöcke hätten fast ausgeblüht und die Felchen könne man vor ihrer Unzahl schier mit Händen fangen, was Alles ein ungemein fruchtbares Jahr bedeute. Ein Fuhrmann aus der Baar habe ihm erst voriges Jahr erzählt, der Fesenmichel habe sich zur Ruhe gesetzt und führe ein betrübtes Leben, obwohl sein schlimmes Weib gestorben; die älteste Tochter, Marianne, habe bereits zweimal taufen lassen und sei bisher noch niemals copulirt worden, der jüngste Sohn, der lange Jörg, hause auf dem Hofe und sei dem Aushausen nahe, so daß es ihm ergehen werde, wie dem ältern Bruder, der als Knecht bei ihm diene.

Der Fesenmichel selbst lache ob dem Unglück seiner Kinder, habe noch eine große Erbschaft zu erwarten, welche ihn wiederum zum reichen Manne umwandle und schwöre täglich hundertmal, eher vor seinem Tode Alles dem Narrenhause zu vermachen, als dem Jörg oder einem Geschwister desselben einen Heller zukommen zu lassen. Vielleicht gehe der Fesenmichel doch in sich und werde das Unrecht gutmachen, welches er dem Zuckerhannes angethan.

So schrieb der junge Adlerwirth und so las die Elsbeth, aber der Zuhörer bekam genug an dem Ausdruck "rothe Fritzin" und hörte von allem Andern nichts mehr. Eine Zeitlang stand er ganz versteinert da und schnappte nach Luft, dann schlug er mit der Faust auf den Küchentisch, daß dieser in die Höhe sprang und wackelte, endlich fing er an zu fluchen, fluchte immer lauter, hinkte wüthend zur Thüre hinaus und hätte ihn in diesem Augenblicke Keiner schief anschauen oder gar foppen dürfen, der gerade Glieder liebte.

Im Zuchthause sitzen manche Bursche dieser Art, der Zuckerhannes war keiner der Letzten derselben und ist solches Gebahren weder vernünftig noch christlich, so entspricht es doch der Bildungsstufe der Stiere, Elephanten, Nashörner, der Bergbewohner von Java, in welche der "Amok" fahrt und der vielgepriesenen Berserker.

Die Elsbeth schaute dem davonhinkenden Zuckerhannes verwundert nach, sah denselben über die Wiesen dem Walde zueilen und wäre ihm um ein Haar nachgesprungen, weil sie sich im ersten Augenblicke vor dem Gedanken fürchtete, er könnte sich selber ein Leid anthun. Doch rasch besann sie sich eines Bessern und nach einigen Stunden kehrte der Flüchtling wieder ganz ruhig und still zurück.

Man sah an seinen Augen, daß er erbärmlich geweint haben

mußte, Thränen schwemmten den ersten wilden Schmerz fort und ließen die scheinbare Gleichgültigkeit einer stillen Verzweiflung zurück. Er wußte nie, wie leidenschaftlich er die Emmerenz geliebt und erfuhr es erst, nachdem er sie verloren.

Abends las er den zweiten Brief, derselbe rührte von der Emmerenz selbst her und nachdem er sich durch viele Hahnenfüße und Schreibfehler durchgearbeitet hatte, brachte er Folgendes heraus:

"Lieber Hans! Daß ich den rothen Fritz ein Jahr nach Deinem Unfall heirathete, wirst Du wohl wissen und daß ich jetzt recht ordentlich und glücklich mit ihm lebe, dafür danke ich Gott alle Tage. Rothhaarige Leute sind entweder recht gut oder recht schlimm und ich habe Vieles durchmachen müssen und oft bereut, nicht ledig geblieben zu sein, bis ich meinen Mann recht im Geschirre hatte. Jetzt ist das Aergste längst überstanden und ich wünsche nur, daß auch Du es recht gut bekommen mögest, es wäre endlich Zeit und würde damit manches Vaterunser erhört, welches ich für Dich betete, während Du eigentlich um meinetwillen, ohne daß ich Etwas dafür konnte, am bösen Orte schmachtetest. Die Kleider habe ich dem jungen Adlerwirth hinübergetragen, er ist ein braver Mann, in Vielem besser als sein Vater und wenn Du gescheidt bist, kommst Du aus Deiner Heimath zu uns herauf."

"Bevor ich den Fritz heirathete, habe ich mir ausbedungen, für Dich einen Antheil von dem zurückzubehalten, was die alte gute Ursula (Gott hab' sie selig und erlöse die arme Seele!) im Grunde nicht nur mir, sondern uns Beiden zurück ließ."

"Deßhalb komme und sei ohne Sorgen; so Gott will, stirbst Du nicht als ein alter Knecht und wenn's auch so käme, dürftest Du in deinen alten Tagen doch keine Noth leiden. Bei mir könntest Du freilich jetzt noch nicht wohnen, der Fritz ist in Manchem gar wunderlich aber später kann Alles anders werden und einstweilen hast Du ja ein Obdach im Adler."

"Wie sehr es mich freut, weil Gott Dich endlich vom langen Elend erlöste, sollst Du sehen, wenn Du kommst und bis dahin grüßt Dich Deine alte Freundin

Emmerenz."

"Was gedenkst Du anzustellen?" fragt die Elsbeth.

"Schier hätt' ich Lust hinaufzugehen, der falschen, treulosen Emmerenz und ihrem rothen Sidian das Leben recht bitter zu machen. Aber im Grunde ist es nicht der Mühe werth, ich habe die Alte nie recht mögen!"

"Brav und christlich heiß ich das gesprochen, man muß seinen Feinden eher Gutes als Böses anthun, aber das, was die Urschel vermacht hat, würde ich ihnen doch nicht schenken!"

"Aber ich! Ich mag nichts haben, jeder Bissen würde mir zu Gift und wenn ich denken müßte, von der Gnade und Barmherzigkeit eines schlechten Weibes zu zehren, würde ich mich vorher aufhängen."

"Nun, mit diesen Dingen ist's noch Zeit. Einstweilen bleibst Du bei mir, bei Deiner Pflegmutter. Ich will gut machen, was ich aus gutem Herzen an Dir fehlte.—Apropos, der Bettelvogt hat ausgeschellt, die Grund- und Häusersteuer müsse schon wieder bezahlt werden. Bei mir macht es just 4 Gulden 31 Kreuzer. S'ist ein Elend mit dem Zahlen, jedes Jahr wirds ärger und nicht die mindeste Rücksicht auf Wittwen genommen. Ich bin nur froh, daß ich außer Dir keine Kinder habe! ... Brauchst Du die zwei großen Thaler, welche der Adlerwirth geschickt hat?"

"Zum Kukuk damit, will sie gar nicht mehr sehen! ... s'thut mir freilich leid, wenn die Herren sie bekommen, möchte sie fast eher auf die Straße werfen, aber das Zahlen hat auch sein Gutes! ... Wenn der Bauer Heu frißt und dem Handwerker die Haut abgezogen wird, dann kommt es anders! sagt der Spaniol."

"Bravo, Ihr seid ein gescheidter Mensch und, soweit ich vernommen, auch droben am Bodensee gewesen?" sagt ein Fremder und trinkt mit pfiffigem Lächeln sein Braunbier.

"Seht, fuhr der Fremde fort, während er den Mund abwischte, seht, ich bin ein Konstanzer und weiß, wie's mit dem Zahlen steht. Wir gehen zu Grund vor lauter Zahlen und Beeinträchtigen, werden als aufrüherische Köpfe verschrieen und fragt aber kein Herr, wo uns eigentlich der Schuh drücke, so wenig man uns seiner Zeit fragte, ob wir badisch werden wollten oder nicht! ... An das Erzhaus Oesterreich hat die Stadt Konstanz in den letzten Zeiten jährlich 7000 Gulden bezahlt und seit der Regierung des Kaisers Joseph 7 oder 10 Mann jährlich ins Feld stellen müssen und blühten damals Handel und Gewerbe, und saßen in der Stadt viele vorderösterreichische Regierungsherren, welche viel Geld ausgaben. Jetzt aber muß die Stadt jährlich 70,000 allein an den Staat zahlen, Soldaten stellen, soviel Andere wollen. Jährlich wird Alles höher hinaufgetrieben, während der Verdienst jährlich mehr abnimmt und könnte Einer weinen, wenn er weiß, was die alte Stadt noch vor 25 Jahren war und heutzutage ist! ... Wäre Vorderösterreich ewig Vorderösterreich geblieben, dann versänken wir nicht jährlich tiefer ins Elend und das Steuerbüchlein machte uns schwerlich zu Radicalen!"

"Das kommt Alles vom Luther her; dieser brachte Empörung gegen Kaiser und Reich ins Land und wo gute Katholiken lutherisch regiert werden, müssen sie wohl dem Teufel in den Rachen fahren!" seufzt die Elsbeth und blickt andächtig nach dem Kruzifix in der Ecke.

"Da seid ihr ganz auf dem Holzweg, Frau Wirthin. Der Luther war der Schwan, von welchem der Huß prophezeite, als ihn das Conzil verbrennen ließ. Wir Konstanzer haben auch eine alte Prophezeiung aus jener Zeit und ist gar merkwürdig bisher in Erfüllung gegangen. Die Stadt Konstanz (soll nämlich der Huß selbst prophezeit haben), die Stadt Konstanz, sage ich, wird so lange abnehmen und zerfallen, bis mir an derselben Stelle, wo ich verbrannt werde, von ihr ein Denkmal gestiftet wird! ... S'ist so gekommen, man hat auch ein Denkmal errichten wollen, aber nicht dürfen, Gott sei's geklagt. Was bin ich schuldig?"

Der Fremde wollte aufbrechen, doch jetzt machte sich der Zuckerhannes hinter ihn und fand, derselbe kenne die ganze Seegegend, den jungen Adlerwirth, den rothen Fritz und auch die Emmerenz, sogar den Mooshof.

Die Bauersleute im Mooshofe lebten noch, der Fremde erzählte Vieles dem Zuckerhannes und dieser wurde über Alles, was er vorbrachte, so entzückt, daß er demselben antrug, ihn über die Steig hinauf zu begleiten.

Gesagt, gethan! Auf dem Wege ward Mancherlei geredet, der Fremde sagte auch, daß er einen treuen und geschickten Knecht wohl brauchen könnte, der Hannes säumte nicht, sich als solchen anzutragen und die Unterhandlung begann.

"Schaut, wer geht denn mit dem liederlichen Zuckerhannes?" ließen sich Zwei ganz laut vernehmen, welche auf der Staffel des Bären standen.

Der Fremde hörte es, schielte nach dem Begleiter hinüber, bemerkte, daß dieser erbleichte und zitterte, schwieg jedoch und ging weiter.

"Hat *der* wieder Einen umzubringen? Wahrscheinlich wird er ihn droben im Walde abthun wollen, man sollte den Fremden warnen!" flüsterte später ein Weibsbild, welches mit einem Bauern an den Beiden vorüberzog. Der Fremde machte ein ernsthafteres Gesicht und blickte nach der Höhe, von wo der Tannenwald finster und schweigend herabstarrte.

"Jokele, sei brav oder der Zuckerhannes muß Dich holen!" rief ein Kind dem kleinen Brüderlein zu, welches auf einem Holzstamme vor dem Hause saß und ins Blaue hinausschrie, beim Anblicke der beiden Wanderer aber erschrocken im vollen Laufe ins Haus hineinrannte.

Dem Zuckerhannes standen Thränen der Wuth und des Schmerzes in den Augen, er vermochte keine Silbe mehr hervorzubringen.

Nach einer kleinen Weile blieb der Fremde stehen und meinte:

"Hört, guter Freund, Ihr könnt es mir nicht verübeln, wenn ich mich für Eure Begleitung bedanke und dieselbe etwas verdächtig finde. Als Handelsmann muß ich in gute und schlechte Wirthshäuser, die Wirthin da drunten hat mir gar nicht recht gefallen und Ihr gefallt mir auch nicht. Wer ist denn der Zuckerhannes, der sich nicht unter ehrlichen Leuten sehen lassen darf? Seid Ihr's, dann laßt Euch nur nicht träumen, daß ich Euch als Knecht brauchen kann! Wie steht es, redet ehrlich und aufrichtig!"

Große Thränen quollen dem Armen über die Wangen, krampfhaft gab er dem Fremden die Hand, sagte mit zitternder Stimme:

"Nichts für ungut! ... Herr! ... ja ich bins!" und ersparte sich eine weitere Beichte durch rasches Umkehren.

Kopfschüttelnd blickte ihm der Konstanzer nach, murmelte in den Bart. "Ja, es gibt doch kuriose Menschen auf der Welt, man kann die Nase anrennen!" und zog rüstig seine einsame Straße weiter.

Der Tag, an welchem der Hannes Gewißheit erhielt, die Emmerenz sei für ihn verloren und es werde schwer halten, einen zweiten Adlerwirth zu finden, welcher ihn in Dienst nehme, endete mit einem gewaltigen Rausche, welchen er sich bei der Pflegemutter antrank.

Aller Muth und alle Lust und Liebe Etwas zu unternehmen, schien ihm vergangen, er faßte den Vorsatz, sich mit Essen und Trinken für alles Andere zu entschädigen und sein Gutmachgeld sammt dem Reste der Erbschaft durchzubringen.

Diesem Vorsatze blieb er getreu und die Elsbeth hütete sich sammt dem Vogte, eine ernsthafte Einwendung dagegen zu manchen.

Völliger Müßiggang widersprach der Natur des Unglücklichen, er verrichtete Hausgeschäfte für die Wirthin, blieb fast immer daheim und ihr bester Gast. Hatte er Etwas im Kopfe, dann wurde der einsilbige, düstere Mensch lebhaft, zärtlich, freigebig, das Gegentheil von dem, was er im nüchternen Zustande zu sein schien. Wo er saß, mußte es lustig zugehen, wollten die Gäste nicht aufthauen, so ließ er eine Flasche nach der andern aufstellen und so konnte es nicht fehlen, daß er bald unter den Lumpen des Thales unzertrennliche Freunde fand, welche er im Rausche für die vortrefflichsten und verkanntesten Seelen hielt und dieser Meinung gemäß bewirthete.

Das Gutmachgeld befand sich bald in fremden Beuteln, jetzt wies er die Pflegmutter an den Vogt und ließ sich selbst anfangs wenig auszahlen, weil er selten in ein fremdes Wirthshaus ging, am allerwenigsten ins Bärenhotel.

Jeden Morgen rechnete die Elsbeth mit ihm ab, er mochte wollen oder nicht, er staunte zuweilen über die Rechnung und faßte gute Vorsätze.

"Hannes, beim Vogt liegen nur noch drei große Thaler, welche Dir gehören. Was soll jetzt geschehen? fragt die Elsbeth nach einem halben Jahr.

"Zunächst müssen die drei Thaler fort, damit ich weiß, daß ich Nichts mehr habe!"

"Ho, Närrle, wirst doch der Emmerenz nichts schenken wollen?"

"Nein! ... Schreibt hinauf!" sagt der Zuckerhannes bestimmt und fest nach längerem Besinnen.

Richtig gibt die Emmerenz bestimmte Versprechungen, doch soll Alles in kleinen Terminen abgemacht werden und sie will wissen, wozu das Geld nöthig sei und verwendet werde.

"Schreibt, daß ich Euch heirathe und ein Wirth werde. Ists auch ein Lug, so ärgert er sie doch und schadet nicht. Die Termine reichen auch lange Zeit, wahrscheinlich kommt indessen der Vetter aus Amerika, habe ich nichts, so gebt mir Credit oder verschafft Geld. Man lebt nur einmal und ich habe noch nie gelebt!"

Die fromme Elsbeth lachte heimlich, that, was der Zuckerhannes wollte, die alte Wirtschaft dauerte fort, der Bursche fand, man gewöhne sich doch weit leichter und rascher ans Nichtsthun als an Arbeit.

Ein Jahr später war unser Held durchaus nicht mehr demüthig und menschenscheu, sondern ging mit Jedem und bald auch mit Jeder um, die nicht gut bei den "Großköpfen" angeschrieben stand.

Ein eigentlicher Säufer wurde er nicht, obwohl es mehr als einmal in der Woche sich ereignete, daß er nicht mehr wußte, was er redete. Dagegen liebte er die Weiber mit wüthender Leidenschaft; je weniger er sich früher mit denselben befaßt hatte und zu befassen vermochte, desto ärger trieb ers jetzt. Elsbeth war geizig und that sehr Vieles, um das Geld des Pflegsohnes in ihren Kasten zu bringen, doch einen Einzug von zweideutigen Weibern duldete sie durchaus nicht in ihrem Hause, der Pflegsohn mußte anderswo suchen, wornach er gelüstete.

Ein Kropf und hinkender Fuß empfehlen weder bei Schönen der Stadt noch des Landes. Der Inhaber dieser Mängel war nicht wählerisch und hielt sich fast mehr an die Alten als an die Jungen, dennoch mußte er mehr als Ein Halstüchlein oder Stück Zeug zwischen seine Gestalt und die Augen der Erkornen hängen, wenn er gern gesehen sein wollte. Manche derselben befand sich jahraus jahrein in der fatalen Lage, mehrere Anbeter zugleich zu besitzen, so daß sie eine schwere Wahl anzustellen hatte, aber dennoch mit dem Wählen und Vorziehen nicht fertig zu werden vermochte. Darauf ergaben sich manchmal Mißhelligkeiten zwischen Nebenbuhlern und weil Prügel besser ziehen als alle Worte, die Nebenbuhler in der Führung des Prügels als Thalmenschen wohlbewandert und oft arge Hitzköpfe waren, setzte es auch Schlägereien ab. Nahm die Obrigkeit von einer derselben Kenntniß, so vergalt sie zwar nicht Gleiches mit Gleichem, nämlich Prügel mit Prügel, strafte jedoch mit Gefängniß und nahm dabei auf den

Zuckerhannes besonders Bedacht, wodurch der Groll und Ingrimm desselben gegen geistliche und weltliche Obrigkeit nicht sonderlich verhindert wurde.

Die Weisheit des Spaniolen, des Exfouriers und ähnlicher Leute wurde in diesem einst so stillen und frommen Thale allmählig verbreitet, der Zuckerhannes ein Träger der Cultur der "großen Zukunft." Von ihm selbst nahmen nur Seinesgleichen etwas an, aber jeder besaß wiederum eine Zunge, dazu Verwandte, Bekannte und Freunde und eine ausgesprochene Ansicht mag Einem recht gut gefallen, ohne daß der Mensch gefällt, der sie ausspricht.

Es sah überhaupt im Thale nicht mehr aus, wie zur Zeit des 265 pfündigen Dekanats. Viele trugen Pech auf den Köpfen, so daß sie die Hüte nicht mehr gut herabbrachten, Haare auf den Zähnen trotz dem feurigsten Grünsesselbrutus und einen souveränen Stolz im Herzen, der die Leute berghoch machte, so daß sie weit über ihr Thal hinaussahen in den heilbringenden Westen.

Wozu ein wüstes, liederliches Leben genauer schildern?

Die Gesellschaft hatte den Zuckerhannes auf die Hochschule des Lasters und der Verbrechen geschickt und das Heimaththal desselben keinen triftigen Grund, ihn deßhalb anzuklagen, weil er Schlechtes sah und hörte, Schlechtes endlich selbst ausübte und hierin mit jener Raschheit fortschritt, welche seinem ursprünglich heftigen Temperamente und der Natur des Bösen entsprach.

Sein Leben nach der Entlassung drängt zu wenigen Bemerkungen.

Erstens nämlich halten wir jenes Gesetz, welches entlassene Sträflinge in ihre Heimath treibt, deßhalb für unzweckmäßig, weil es in den meisten Fällen bei weitem mehr schadet als nützt und die Quelle manches Rückfalles wird.

Zweitens möchte man Entlassene auch ferner polizeilich überwachen, weil dadurch manche Verbrechen vorgebeugt wird. Aber die Polizei ist die allerletzte Macht, welche auf Gesinnungsänderung und Besserung der Menschen einigen Einfluß übt oder es einem Entlassenen erleichtert, sein Fortkommen als ehrlicher Mensch zu finden. Hier sollten angesehene und menschenfreundliche Leute, Geistliche und Laien, sich ein bischen aus ihrer Bequemlichkeit aufraffen und die an vielen Orten in ruhigern Zeiten aufgetauchten, doch bald wiederum entschlafenen *Vereine für Entlassene* von Neuem begründen.

Kleider und Geld besitzt mindestens bei uns wohl jeder Entlassene zur Nothdurft, dagegen braucht er eine moralische Macht, welche sich seine Hochachtung und Liebe zu erwerben und damit Einfluß auf seine Gesinnungen und Handlungen zu gewinnen versteht. Heutzutage, wo viele Arme gerne arbeiteten, wenn sie nur Beschäftigung immer fänden, ist es ferner eine Hauptsache, Entlassenen Gelegenheit für Arbeit anzuweisen oder dieselben wo möglich nach Amerika zu spediren, wo sie Erwerb und je nach Umständen auch einen Galgen finden.

Weßhalb aber soll man sich um Entlassene mehr bekümmern, denn um ehrliche Arme? Weil Entlassene gefährlich gewordene Arme sind, die weit leichter als andere Menschen sich zu Verbrechen hinreißen lassen, insbesondere wenn sie des Glückes der Gesellschaft anderer Verbrecher längere Zeit theilhaftig geworden.

Drittens endlich hat der *Stifter der Gesellenbunde* den besten Weg gezeigt, auf welchem den Grundübeln der Zeit zu Leibe gegangen werden mag.

Wer ist den Hetzereien und Wühlereien gewissenloser Demagogen und politischer Fanatiker zumeist ausgesetzt als der Stand der Handwerker? Der kleine Handwerker, der Mittelstand überhaupt, scheint zum Opfer des gewaltigen Aufschwunges der Industrie, des Welthandels und neuer Erfindungen bestimmt zu sein und im Fabrikproletariat gänzlich verschwinden zu wollen. Handwerk hat heutzutage keinen goldenen Boden mehr, das Kapital arbeitet sich zum eigentlichen Herrn und König einer neuen Zeit empor; den Kleingewerben vermag der edelste Fürst, die wohlwollendste Regierung nicht mehr auf die Beine zu helfen oder das Anwachsen und die Gefahren des Proletariats zu verhindern.

Hier kann zumeist nur Gott und können nur die Einzelnen selbst sich retten, indem die Religion die Unzufriedenheit und Trostlosigkeit des Gemüthes durch ihren Frieden, die steigende Genußwuth und Verdienstlosigkeit durch Genügsamkeit und Sparsamkeit der Armen, durch großartige Maßregeln christlicher Liebe und politischer Vorsicht von Seite der Reichen ersetzt.

Ein Mensch ohne Religion ist ein unglückliches Geschöpf, wird zum unseligen Spielball der eigenen und zum willenlosen Werkzeuge fremder Leidenschaften und das um so eher, je mehr der Druck äußerer Verhältnisse auf ihm lastet und je unselbstständiger er in Folge des Mangels an sonstiger Bildung dasteht.

Zeigt den Armen Menschlichkeit und Liebe, zeigt ihnen handelnde Christen, Ihr Mächtigen und Reichen der Erde, dann habt Ihr nicht nöthig, für Eigenthum, Freiheit und Leben zu zittern, wenn es einer Handvoll Flüchtlinge beifällt, Euch die Zweifelhaftigkeit des dauernden Schutzes

431

furchtbarer Armeen und rücksichtsloser Handhabung der Gesetze zu beweisen, Ihr habt alsdann auch nicht nöthig mit banger Hoffnungslosigkeit Euerer Enkel Zukunft zu bedenken.

Setzt den unmoralischen Waffen Eurer Todfeinde moralische, den Verschwörungsplanen derselben offene Gesellschaften der Söhne des Volkes entgegen, in welcher ein religiöser Geist auflebt und in *diesem* Falle einzig und allein entwaffnet Ihr Eure Feinde, deren Religionslosigkeit vielfach zur Verteuflung fortgeschritten und besiegt einzig und allein die Revolution, diese Ausgeburt der Hölle!—

Pflege eines religiösen Sinnes unter den Heeren, Stiftung von Gesellenbunden und Vereine für Christianisirung des Proletariats sind allerdings Anfänge zum Bessern, aber auch nur Anfänge, zu welchen bittere Erfahrungen hindrängten.

Sammelt die Dienstboten beiderlei Geschlechtes in Städten und auf dem Lande in ähnlichen Vereinen, sorgt für angenehme und nützliche Unterhaltung derselben in ihren arbeitsfreien Stunden, kommt ihnen mit Rath und That entgegen, dann werdet Ihr zahllose Sünden, Laster und Verbrechen, welche unter den Dächern der Dienstgeber, in Wirthshäusern und Tanzsälen, in Feld und Wald begangen werden und in ihren Folgen stets auch auf die Gesellschaft zurückfallen, verhindern. Die kleinen Opfer und große Mühe sind des heilbringenden Zweckes würdig, Ihr befestiget dadurch das zeitliche und ewige Glück der eigenen Person und der Nebenmenschen!—

Wer aus dem Munde der Leute aus der Hefe des Volkes und alter Verbrecher gründlich erfahren, wie es mit unsern sittlichen und religiösen Zuständen aussieht, wie weit die Fäulniß der Gesellschaft um sich gegriffen, wird die Reden des Spaniolen und des Exfouriers gewiß nicht für

Eingebungen der Gespensterfurcht und die auf lauter Thatsachen sich stützende Schilderung des Lebens, Denkens und Fühlens der Gefangenen für keine Uebertreibung halten.

Kennt doch ein ehemaliger Revolutionär die Revolution und ein ehemaliger Gefangener seine Leidensgefährten wohl genauer als mancher Andere! —

Der Zuckerhannes lebte leichtsinnig und müßig in den Tag hinein, versank im freud- und friedlosen Wandel eines Liederlichen so tief, daß einige Briefe, welche der Duckmäuser an ihn schrieb, ihn anwiderten, weil aus denselben kein vollkommen verwildertes Gemüth und einiger Sinn für ein ehrbares, sittliches und religiöses Leben heraussprach.

Er beantwortete den ersten, zerriß den zweiten und ließ den dritten bereits ungelesen. Endlich wurden die Folgen seines Lebens sichtbar, als Emmerenz zuletzt erfuhr, auf welche Weise der alte Liebhaber das Seinige vergeude und aufhörte, demselben Etwas zu senden.

Die Elsbeth wußte stets woran sie war, fand es allgemach räthlich, andere Saiten aufzuziehen und dem Pflegsohn in der verschollenen Tonart seiner Jugend aufzuspielen. Gerade an demselben Tage, an welchem er den letzten Gulden in der Tasche und einige kleine, aber ungestüme Gläubiger auf dem Halse hatte, fing die Wirthin schwere Händel an, der Zuckerhannes mußte mit dem Bettelvogte ins Loch wandern, weil er sie mißhandelte und lebensgefährliche Drohungen ausstieß und erhielt wiederum eine mehrwöchentliche Gefängnißstrafe.

Nach seiner Befreiung sollte und wollte er keineswegs der Gemeinde zur Last fallen und suchte Arbeit, doch vergeblich. Der Stachel der Genußflucht ließ ihn nicht ruhen, er würde vielleicht nicht mehr Energie genug besessen haben, um das ehrliche Brod wiederum zu verdienen, seine Kräfte waren sehr geschwächt, die Keime derselben Krankheit, an der seine Mutter gestorben, hatte er durch ein qualvolles, zügelloses Leben in sich selbst zum Entwickeln gebracht.

Nach der Achtung ehrbarer und rechtschaffener Menschen fragte er längst nichts mehr, aber der Menschenhaß erwachte vollends, als er erleben mußte, daß dieselben Weiber und Saufbrüder, denen er so Vieles angehängt, ihm den Rücken wandten, sich verächtlich oder gar feindselig gegen ihn kehrten, nachdem er mit seinen Mitteln zu Ende gekommen.

Der Vogt spielte längst den gestrengen Herrn gegen ihn, nirgends im Thale fand er Aufnahme, er mußte der Gemeinde übergeben werden und sollte ein elendes, entbehrungsreiches Leben führen. Dies überstieg seine Kräfte; der einzige Kamerad, welcher ihm treu geblieben, war ein alter Schnapslump und Zuchthausbruder, vor welchem Jedermann die Thüren zuschloß und sich fürchtete.

Dieser Mensch brachte den Zuckerhannes bald dazu, mit ihm gemeinsame Sache zu machen. Beide lungerten zusammen in der Gegend umher und trieben zum Scheine das Korbmachergewerbe, in Wirklichkeit brandschatzten sie wohlhabende Bauern und Bäuerinnen, welche aus Respekt vor derartigen Bettlern diese oft reichlich bedachten. Zeiten des Genusses wechselten für den Zuckerhannes mit denen arger Noth, es ging das Gerede, er sammt seinem Kameraden fänden das einfache Mittel für Verbesserung ihrer Glücksumstände in außerordentlich langen Fingern. Doch wollte es der Umsicht der unermüdlichen Behörden nicht bald gelingen, Etwas auf die hausirenden Korbmacher zu bringen.

In einer Winternacht entstand ein Brand im Hause der Elsbeth, welche am Abend zuvor dem halbbetrunkenen Zuckerhannes den Eintritt in ihre Wirthsstube verboten und ihn zurückgestoßen hatte.

Der Brand des steinernen Häusleins wurde bald und glücklich gelöscht, der Schaden blieb unbedeutend, aber der dringend verdächtige Pflegsohn wurde festgenommen, der Brandstiftung halb und halb überführt und zu einer langwierigen Zuchthausstrafe verurtheilt, obwohl er beharrlich Alles wegläugnete.

Im Vorarreste traf er zwei alte Freunde, nämlich den Spaniolen, der seiner Wuth ob dem alten Betrug gleichmüthiges Gelächter entgegensetzte und Martin den Wirthssohn, den ehemaligen Schlosserlehrling, welchem eine Tödtung im Affect eine 15jährige Freiheitsstrafe eingetragen.

Der Duckmäuser suchte den tiefgesunkenen Freund zu verbessern, es gelang ihm auch theilweise, doch die Auszehrung bereitete allen Mühsalen desselben ein baldiges Ende und er ist keineswegs als ein *Christ*, sondern als der *Zuckerhannes* gestorben.